COLLECTION FOLIO

Frank Waters

L'homme qui a tué le cerf

Traduit de l'américain
par Daniel Bismuth

Gallimard

Titre original :

THE MAN WHO KILLED THE DEER

Première publication : Swallow Press, Chicago.

NOTE DE L'ÉDITEUR

Frank Waters, né dans le Colorado en 1915, a consacré toute sa vie à l'étude des tribus du Sud-Ouest des États-Unis, en particulier hopi et pueblo. À plusieurs reprises, il a vécu parmi ces Indiens. Il s'est toujours appliqué à les faire connaître sans pour autant trahir leur philosophie morale et religieuse, ni divulguer ce qui ne devait pas l'être. Cette passion a donné naissance à de très beaux ouvrages dont *Le Livre du Hopi* et *The Masked Gods.*

Avec *L'homme qui a tué le cerf,* Frank Waters aborde un genre différent, le livre est avant tout un roman initiatique d'une poésie simple et fantastique. Le roman repose néanmoins sur des données socio-ethnologiques : la vie quotidienne d'une réserve pueblo — sans doute celle de Taos au Nouveau-Mexique — dans les années vingt-trente, et le douloureux processus d'acculturation ; l'Indien est déchiré entre la réalité américaine et une vie rythmée par les croyances et les coutumes de son peuple. Garant de la mémoire, ce livre nous décrit la société indienne vue à travers les yeux d'un Pueblo nourri des traditions hermétiques et mystiques. *L'homme qui a tué le cerf* fut considéré par la critique américaine comme l'un des meilleurs romans sur les Indiens d'Amérique du Nord.

OLIVIER DELAVAULT

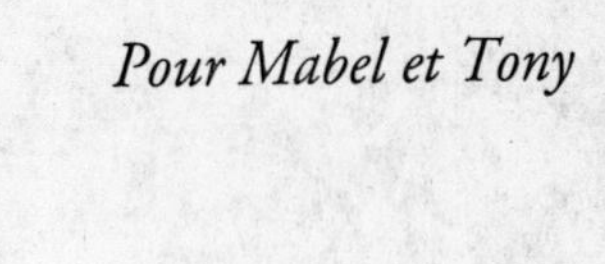

Pour Mabel et Tony

1

La dernière bûche de pin se recroquevilla dans l'âtre. Les braises rougeoyèrent avant de se couvrir d'une fine pellicule grise semblable à la taie des yeux d'un faucon mort, et la pâleur rosée qui colorait les murs blanchis à la chaux commença à s'estomper. Un rat détala sur le sol de terre battue puis ce fut le silence. Dans la pièce, on n'entendait plus que les respirations régulières d'une femme et d'une fillette couchées sur un lit de bois et celle, plus faible, d'un petit d'homme qui, enroulé dans un châle, dormait sur une banquette le long du mur. Entre eux, étendu sur une natte, un homme cherchait en vain le sommeil. Il avait l'impression qu'une main invisible cherchait à s'emparer de son esprit… À l'arracher de sa poitrine… À l'entraîner hors de la grande pyramide silencieuse où il reposait.

Il n'y avait pas de fenêtre dans la pièce, seulement une petite ouverture d'aération au plafond, et pourtant l'homme entendait le vent d'octobre rôder le long des murs, gémir en s'engouffrant dans les fours dont les silhouettes de fourmilières parsemaient la plaza. Tout près des saules, des voix distinctes et graves s'élevaient : « Hi-yah ! Ai ! Hi-yah ! » C'étaient des jeunes gens drapés dans des couvertures pâles, tels des fantômes, qui célébraient par leur chant l'ascension de la lune. Au loin dans la prairie, on entendait le bruit d'un petit tambour d'eau. La sombre masse de la montagne ressemblait au sein palpitant d'une femme couchée, avec ses lignes arrondies comme la bosse d'un vieux bison ; ce battement venu du cœur du monde persistait, presque inaudible, tel le grondement du sang humain, et chaque pulsation en appelait une autre : elles étaient indivisibles et pourtant ne parvenaient à s'accorder.

Ainsi, l'homme n'arrivait pas à trouver le sommeil. Il se leva sans faire de bruit, enfila son pantalon, s'accroupit devant l'âtre et remua doucement les braises avec une baguette. À la lueur vacillante du feu mourant, son buste et ses épaules ressemblaient à ceux d'une femme, hâlés, charnus et glabres, mais il s'en dégageait cependant une impression de robustesse. Ses yeux noirs, son nez fort, ses lèvres pleines et ses pommettes saillantes évoquaient un masque d'acajou ; son visage était fermé, calme et attentif : celui de l'homme qui retrouve autour de lui ses sentiments les plus secrets.

Il attendait. La plainte reprit — la longue plainte insistante qui montait du bois de pins. C'était, surnaturel et glaçant, le hurlement d'un coyote. Trois fois déjà il l'avait entendu, mais à présent, mû par la force qui s'était emparée de son esprit, il ne pouvait plus ignorer l'appel suggéré par ce cri.

Son expression changea. Il semblait toujours en transe, mais paraissait à présent plus déterminé. Lentement, il s'habilla, revêtit une chemise de laine et une veste de cuir râpé, sur laquelle il jeta une couverture avant d'enfiler une paire de bottes sans talon. Une cascade de cheveux noirs tombait sur ses épaules ; sans prendre le temps de les tresser en deux longues nattes liées par des fils de laine colorée, il les releva en un simple chignon qu'il attacha à l'aide d'un lambeau de tissu. Doucement, afin de ne pas réveiller femme et enfants, il traversa la pièce sombre puis, d'un geste assuré, saisit le fusil posé sur les deux bois de cerf faisant office de râtelier. Il ouvrit la porte et sortit en tapinois.

La lune était levée. Sur la plaza, une légère couche de givre recouvrait la terre battue. Les deux moitiés du *pueblo*[1] se dressaient de chaque côté comme de hautes parois. Il n'y avait pas une seule lumière, même les chiens étaient assoupis. Les jeunes chanteurs avaient disparu, et seul le murmure de la rivière résonnait à présent sur les pierres glacées.

L'homme atteignit les enclos situés hors de l'enceinte du village. On avait entremêlé des branchages et des rondins afin de protéger les bêtes de

1. Mot espagnol pour désigner un village indien. *(Toutes les notes sont du traducteur.)*

la neige et du vent. La jument baie sentit sa présence et l'accueillit d'un hennissement. Il lui mit sa bride, une couverture, une selle et la conduisit au-dehors. Elle le suivit en renâclant devant les courants d'air glacés.

La jument hésita devant les grands monticules de cendres que formaient des centaines d'années d'ordures empilées, de poteries brisées et de vieux déchets ; son cavalier fit comme si de rien n'était, il pressa son genou contre le flanc droit de sa monture et lui rendit un peu la bride. Une force invisible continuait de l'entraîner sur la pente douce de la piste rocheuse.

À mesure que l'homme prenait de l'altitude, le paysage se trouvait magnifié à ses yeux : on voyait la vallée encaissée où coulait la rivière bordée de peupliers blafards, de buissons, de pruniers, de cerisiers, de champs de maïs et de friches. Sous la clarté lunaire, tout semblait aussi vide que dans un rêve. Les tiges sèches des grands épis bruissaient dans le vent. Au cours de l'après-midi, des femmes effrayées par un ours avaient dû renverser leur panier, car des cerises sauvages jonchaient le chemin.

L'homme leva ses yeux vers la nuit claire. La constellation du Cerf était visible[1]. Quelques corbeaux croassèrent. Il prêta l'oreille et poursuivit sa route.

1. Littéralement : Les cerfs étaient levés (*The Deer were up*). Il s'agit de la constellation des Pléiades.

La piste suivait le flanc ascendant de la montagne. Le sol était recouvert d'une lave noirâtre et cassante. La jument contourna un rocher qui portait le signe énigmatique des Anciens : un cercle entourant un point, l'empreinte d'une main, et le dessin d'un animal étrange au cou et aux pattes démesurés. À cet instant, le cavalier et sa monture ressentirent les vibrations persistantes de la vie immortelle, cette vie qui n'avait laissé derrière elle qu'une forme corporelle, dès lors subalterne, telle une enveloppe négligeable.

Parvenus au col, ils s'arrêtèrent. La jument bronchait, des filets de sueur ruisselaient sur ses flancs. Le cavalier ne pouvait détacher son regard de l'enceinte du village. Perdu dans son rêve, il contemplait les bâtiments communaux qui ressemblaient aux deux moitiés d'une noix brisée, il regardait la rivière qui coulait au centre de la plaza où deux troncs d'arbres servaient de pont, il voyait les fours dont les silhouettes coniques paraissaient reproduire en miniature les formes montagneuses alentour et parvenait à distinguer les échelles qui surmontaient les kivas[1] cérémonielles. Au clair de lune, le panorama présentait une apparence d'unité inaltérable. Les deux parties du pueblo évoquaient les morceaux d'un grand tambour brisé, ou bien faisaient penser aux fondations d'une antique kiva

1. Réceptacle souterrain où se déroulent les rites religieux hopis, et notamment ceux liés à l'initiation (*N.d.É*).

exhumée après plus de un millénaire. On ressentait le poids inerte de la terre retombant lentement dans l'oubli, dans l'indifférence, dans l'inexistence ; non pas dans la mort, puisque rien ne meurt jamais, mais dans une vie redevenue minérale, qui palpite et serpente en un songe perpétuel, celui du temps qui passe.

Soudain, l'homme se sentit de nouveau aiguillonné par la force qui dominait son esprit. Il poursuivit son chemin à travers l'obscure forêt de pins jusqu'à l'entrée d'un canyon escarpé. La piste se resserra, des buissons griffèrent ses jambes et vinrent même frôler la crosse de son fusil au point qu'à plusieurs reprises il dut courber sa tête nue afin d'éviter les branches intermédiaires.

L'homme était enfin arrivé sur les hauteurs, à presque neuf mille pieds d'altitude, laissant loin derrière lui la forêt ombreuse. Entre les pointes des sommets, il apercevait le désert pâle qui s'étendait par-delà la rivière. À l'horizon, vers l'ouest, se devinaient les brouillards où le Soleil tient sa demeure. Et toujours l'évidence de cette force qui lui intimait de gravir encore…

Le canyon s'élargit. L'écume du torrent blanchissait, elle formait de petites cascades et s'engouffrait dans les anfractuosités des rochers avant de finir sa course dans de grands bassins peuplés de truites. C'était là le royaume des castors. Des arbres tombés barraient le torrent et la piste tandis que d'autres, toujours debout, présentaient des entailles en forme de croix, là où les rongeurs avaient planté leurs dents, comme en témoignait le sol jonché de menus copeaux fraîchement découpés.

Le cavalier arrêta sa monture afin de mieux contempler la ligne dénudée de la montagne granitique ; elle était comme son propre visage, calme, stoïque, impassible. Au-delà de la crête se trouvait le lac sacré de la tribu, Petit-Œil-Bleu-de-la-Foi, Turquoise-Profonde-de-la-Vie. L'impulsion qui avait guidé l'homme jusque-là disparut soudain ; il entendait le cœur de la montagne, comme lorsque l'on perçoit le battement d'un tambour depuis si longtemps que l'attention s'en trouve distraite, puis il entendit le rythme de son propre pouls. Ces deux pulsations se mêlèrent jusqu'à l'unisson. L'homme sut alors qu'il était arrivé.

Sans mettre pied à terre, il attendit à l'orée d'une petite clairière que cachaient de grands peupliers pâles. Au-dessus, les nuages poursuivaient leur course et le Peuple-de-la-Nuit scintillait encore. Vieille-Femme-le-Vent soufflait la bise depuis les premières neiges des sommets et faisait tourbillonner les feuilles floconneuses. L'homme ne bougeait pas.

Une ombre semblait voleter d'arbre en arbre. Un cerf apparut à l'orée du sous-bois et pointa son museau ; ses oreilles se dressèrent comme des pétales puis, après un vif mouvement de sa petite queue blanche qui zébra la nuit comme un éclair, il se rembucha. L'homme ne fit pas un geste pour saisir son fusil. Sa main pesait sur l'encolure de la jument. Et toujours aucun signe…

Après une brève attente, il s'avança dans la clairière, promena son regard tout autour de lui puis descendit de sa jument afin de la mener jusqu'au torrent. À six pas de la berge, elle se cabra brusquement et poussa un hennissement. D'un geste puissant et sûr, l'homme la contraignit à s'abaisser ; avant que ses sabots eussent touché terre, il avait déjà empoigné son fusil et restait penché en avant. Il paraissait sortir lentement de sa transe et être de plus en plus aux aguets.

Il perçut une plainte étouffée ; c'était celle d'un homme étendu sur le flanc dans l'ombre d'un rocher, les jambes repliées, les bras en croix, la face contre terre. Le cavalier s'approcha, gratta une allumette sur l'ongle de son pouce et distingua une tête qui, en roulant sur le côté, lui dévoila un visage blafard aux traits familiers.

— Martiniano ! fit doucement le cavalier. J'ai entendu ton appel. Je suis là maintenant.

Comme il s'agenouillait et glissait avec précaution sa main calleuse sous la nuque ensanglantée du blessé, ce dernier articula :

— Palemon ! Mon ami ! Oh ! Ma tête ! Mon sang coule comme de l'eau. Mes jambes sont comme du coton. Je n'ai pas pu ramper plus loin !

Sa voix était faible mais assurée, aussi calme que ses yeux d'un noir insondable qui luisaient dans la clarté diffuse.

Palemon construisit un petit feu. Avec l'eau du torrent, il nettoya le visage meurtri de son ami avant de le panser à l'aide d'un tampon de feuilles humides et d'un vieux foulard, puis les deux hommes fumèrent une cigarette dans un silence imprégné de mystère. Toute parole semblait inutile.

Palemon appela doucement sa monture.

— C'est une jument très robuste, tu le sais. On va te ramener, se contenta-t-il de dire.

— Et le cerf que j'ai tué ? Si tu le prenais d'abord ? demanda Martiniano. Il est peut-être à un kilomètre en haut, tu n'as qu'à suivre mes traces. Tu verras, il y a beaucoup de sang. Je l'ai caché dans les buissons. Les autres, ils ont fui.

Ils échangèrent un regard intense.

— Les Blancs, ajouta-t-il. Ils m'ont laissé pour mort.

Palemon ne répondit pas. Il prit sa jument par les rênes et se fondit dans l'obscurité.

Comme ils achevaient de descendre la piste, l'aube pointait déjà au-dessus des montagnes. Plus bas régnaient encore les ténèbres. Les parois comportaient des échelles permettant de se rendre d'un palier à l'autre. Devant les ouvertures, en direction de l'est, se tenaient des silhouettes enveloppées dans des couvertures et des châles. Sur les toits des habitations les plus élevées, deux autres de blanc vêtues veillaient du matin au soir.

Quand le premier rayon du soleil frappa les

bords du puits enténébré, les villageois délaissèrent leur collation de farine de maïs afin de rendre grâce à l'apparition de l'astre sacré, et des volutes bleutées jaillirent des cent cinquante cheminées du pueblo.

La plaza commençait à s'animer. De leur démarche chaloupée, des femmes s'acheminaient vers la rivière en portant des cruches et des seaux en ferblanc sur leur tête aux chevelures de jais. Nus et frissonnants, leurs enfants s'affairaient à ramasser des brindilles qu'ils assemblaient en petits fagots. Revenus des enclos, les hommes se réunissaient auprès des fours en attendant d'aller s'appuyer contre les murs bientôt réchauffés par le soleil. Sans jamais cesser de surveiller les environs, ils roulaient des cigarettes en silence, emmitouflés jusqu'aux yeux dans de minces couvertures de coton : tel était le rythme immuable de la vie indienne qui accompagnait continûment l'alternance tranquille des jours et des nuits.

Cette routine fut interrompue par l'arrivée de la jument baie chargée d'un fardeau insolite : l'un des hommes qu'elle transportait était effondré sur la selle, les pieds pendant de chaque côté, tandis que sa tête entourée d'un vieux foulard rouge dodelinait de manière incontrôlée ; le second cavalier, ses bottes bien calées dans les étriers, s'efforçait de stabiliser son compagnon tout en tenant les rênes. Sur la croupe de leur monture, attachée par des lacets de corde, on pouvait voir osciller la carcasse sanguinolente d'un cerf.

Un sentiment étrange flottait dans l'air. Cependant, aucun des hommes présents ne se départit de son impassibilité ni ne trahit son anxiété par la moindre question. Après avoir jeté un bref coup d'œil sur cette apparition, les femmes s'éloignèrent en détournant la tête, tandis que les enfants détalèrent sous les saules en bordure de la rivière comme des poussins apeurés qui viennent de repérer un aigle. Seule subsistait une légère tension, à peine perceptible.

La jument traversa à grand-peine la plaza et la rivière avant de s'immobiliser devant un bâtiment d'adobe[1] arborant, chose rare, des vitres ainsi qu'une poignée de porte en cuivre qui étincelait au soleil. C'était, un peu à l'écart du pueblo, le bureau du gouverneur de la réserve. Un jeune Indien aux cheveux coupés court en sortit, suivi d'un homme blanc à lunettes. Ils firent descendre Martiniano de cheval et le transportèrent à l'intérieur.

Palemon les salua avec respect puis il ramena son cheval sur la plaza. En chemin, il croisa son épouse qui descendait vers la rivière, une cruche sur la tête. C'était une femme courageuse et bonne. À son réveil, elle avait constaté l'absence de son mari ainsi que la disparition du fusil sur le mur. Le visage de Palemon était sombre. Pourquoi donc l'avait-il quittée cette nuit? Sûrement pas pour chasser le

1. Matériau composé de brique crue, de boue et de paille séchées.

cerf… Elle s'efforça de ne pas montrer son inquiétude, car il n'eût pas manqué d'interpréter cette attitude comme une marque de méfiance à son égard. Elle leva les yeux vers lui un court instant. Il lui adressa un signe puis la laissa vaquer à ses tâches quotidiennes.

Palemon s'éloigna du pueblo en chevauchant sur un mauvais sentier bordé de champs de maïs et de pruniers sauvages. Parvenu devant une cahute en adobe, il attacha sa monture dans l'enclos où stationnait un vieux chariot déglingué. Tout ici respirait l'abandon et le dénuement, et seule la présence de guirlandes de piments écarlates et d'un gigantesque monceau de maïs indien venait atténuer cette impression d'indigence.

Assise au soleil, une femme décortiquait le maïs en le triant en deux tas bien distincts : l'un constitué de spathes encore humides de rosée, l'autre chatoyait d'épis noirs, bleus, rouges, jaunes, blancs et tachetés.

Elle se leva en apercevant Palemon. C'était une toute jeune femme dont la silhouette élancée n'avait pas encore été déformée par les travaux de la terre et les grossesses répétées. Elle portait un châle élimé, une vieille robe de cotonnade défraîchie, des chaussures éreintées lacées par des bouts de ficelle, et sa chevelure noire était jonchée de parcelles de maïs. Une parure de cérémonie lui eût sans doute été à ravir, et les traits expressifs et mobiles de son visage hâlé s'accordaient à merveille avec son nom indien :

Celle-qui-Joue-avec-les-Fleurs. Quand Palemon s'arrêta devant elle, ses lèvres furent parcourues d'un léger tremblement et ses grands yeux noirs émirent une lueur farouche. Cependant, elle sut attendre patiemment qu'il lui adressât la parole.

— Martiniano est sain et sauf, déclara Palemon. Sa blessure n'est pas trop grave. Il t'envoie cette pièce de viande. Elle a déjà été étripée, il n'en manque donc qu'un morceau. Je vais te la suspendre à une poutre et ainsi tu pourras l'écorcher comme il se doit. Seulement, n'oublie pas de cacher la peau et les bois si tu veux éviter des questions embarrassantes.

Palemon fit ainsi qu'il l'avait dit puis se remit en selle. La femme le suivit, s'agrippa à l'encolure de la jument et s'écria :

— Puis-je aller le voir tout de suite ?

Palemon ébaucha un sourire chaleureux :

— Et pourquoi pas ? Mais ne serait-il pas plutôt préférable d'attendre que sa blessure ait été bien lavée et pansée ? Alors, il pourra revenir. Enfin, fais comme bon te semble. Le principal, c'est que tu ne te fasses pas de souci. Surtout, ne pose pas de questions, sinon il y aura des problèmes. Pas beaucoup, mais des problèmes quand même. Maintenant il me faut faire mon rapport et, jusque-là, tenir ma langue. Adios !

Puis il fit rebrousser chemin à sa monture et s'éloigna en direction de la plaza.

Là-bas, un vieil homme était accroupi contre un

mur inondé de soleil. De ses mains osseuses et crochues comme les serres d'un faucon, il sculptait une baguette de cèdre. Son costume usé jusqu'à la corde, serré à la taille par une couverture, dissimulait mal son corps émacié. Peut-être était-il l'homme qui avait inspiré cette vieille plaisanterie : « Les Indiens ne meurent jamais. Ils sèchent sur pied[1] ! »

Il leva les yeux. Son visage était de ceux que l'on rencontre très rarement, sombre, ridé, indomptable et magnanime à la fois, le visage d'un homme qui a enduré tous les climats et connu toutes les passions, qui a tout vu, tout observé, maintenant tranquillement réfugié dans l'oasis de calme au cœur de l'ouragan. C'était le gouverneur du pueblo.

Palemon se présenta devant lui sans dire un mot. Tout dans son attitude attestait la gravité, la solennité et le respect.

Le gouverneur riva son regard au sien. Il rangea son couteau et posa sa baguette, puis, méthodique, rassembla les copeaux et les fit disparaître dans un pli de sa couverture.

— Entre donc, fils.

Palemon confia les rênes de la jument à un garçonnet qui jouait aux billes sur le perron et suivit l'homme à l'intérieur de la bâtisse. La porte une fois fermée, il faisait sombre et frais. Une vieille

1. Paraphrase drolatique d'un dicton papago selon lequel les Indiens sont comme les cactus : si on les pique, ils se dessèchent et meurent.

femme balayait le sol avec une poignée de brindilles ; le gouverneur la chassa d'un flot de paroles dialectales et prit place sur un petit tabouret placé devant le feu avant de prier son hôte d'en faire autant.

Il y eut un instant de silence comparable à celui qui précède le lever de rideau. Chacun tenait son rôle, loin cependant d'être des acteurs. Les deux hommes représentaient bel et bien les vivants symboles d'une existence qui jamais encore ne s'était trouvée dépouillée de sa dimension dramatique ni de son mystère originel.

Le gouverneur prit une feuille de papier à cigarette et la lissa entre ses doigts. Palemon s'empressa d'offrir du tabac et fut invité à fumer lui aussi. Au fur et à mesure que les deux hommes tiraient des bouffées, leurs yeux s'habituaient à la pénombre, et les objets dans la pièce leur apparaissaient plus clairement ; ils distinguaient mieux les motifs des couvertures bon marché et des châles anciens qui recouvraient la banquette, les arcs et les flèches vénérables, les images pieuses affichées au mur, les bouquets d'herbes suspendus aux solives et, tout au fond d'une niche, la statuette du Saint qui veillait.

— C'est bien de Martiniano que tu veux me parler ? Alors, cela regarde les autorités extérieures. Tu devras aussi faire un rapport au capitaine de guerre. Cependant, je vais d'abord t'écouter. Après tout, il se peut que cela nous concerne tous.

Au moment où le crépuscule obscurcissait les deux pâles silhouettes juchées sur les toits les plus hauts, un troisième personnage apparut. Pendant quelques instants, le nouveau venu fit retentir sa voix distincte et grave en un chant solennel que chacun pouvait entendre, comme si c'était un sermon, ou l'appel du muezzin pour la prière du soir. Tous s'arrêtèrent afin d'écouter, puis ils reprirent leur tâche.

On apportait du bois et de l'eau. Les chevaux étaient enfermés dans leurs enclos, et les ânes conduits jusqu'au pré communal. Les habitants du pueblo se cloîtraient chez eux, tout comme autrefois le peuple égyptien allait s'enfermer dans les pyramides.

Des carcasses suspendues aux poutres les villageois découpaient des tranches de viande puis les faisaient cuire pour les manger accompagnées de tortillas et de piments ; du café frais était ajouté à celui du matin puis, après avoir roulé des cigarettes dans du papier maïs, ils demeuraient au chaud dans leurs logis enfumés, assis immobiles à la lueur des flammes.

Enveloppés dans des châles, les enfants dormaient déjà sur les banquettes, tandis que les femmes préparaient les lits et les nattes. Les Anciens, quant à eux, restaient à hocher la tête devant les braises.

Quelle heure pouvait-il bien être ? Il n'y avait ni réveils à piles ni montres Ingersoll à un dollar, et de toute façon, ces gens n'auraient probablement pas su les déchiffrer puisqu'ils n'avaient pas la notion du temps. Pour eux, le temps ne représentait pas une quantité mesurable scandée par des divisions arbitraires, c'était bien plutôt un concept entier, immanent et indivisible, au sein duquel ils pouvaient se mouvoir dans l'attente du moment propice ; personne n'était à même de prévoir la venue d'un tel instant, mais, quand le moment était venu, ils se trouvaient alors dans l'obligation d'agir.

Soudain, toutes les portes s'ouvrirent en même temps. Après avoir jeté une couverture sur leurs épaules, les Anciens s'avancèrent dans les ténèbres d'un pas lent, solitaire et silencieux. Ils traversèrent la rivière et se dirigèrent vers l'extrémité du pueblo, là où une porte était restée entrebâillée ; un rai de lumière permettait de distinguer deux hommes, drapés eux aussi dans des couvertures, debout contre le mur : toute la nuit, ils allaient veiller là, dans le froid et l'obscurité.

On avait convoqué la réunion du Conseil des Chefs de clans.

Les Anciens entrèrent lentement et prirent place en silence sur la banquette qui courait le long des murs. Palemon arborait une couverture rouge, visiblement neuve, son visage était fier et sombre. Martiniano, lui, avait le teint cireux, un bandage blanc lui entourait la tête. Tous deux allèrent rejoindre les places près de la porte réservées à ceux qui n'étaient pas encore assez âgés pour être membres du Conseil. Deux jeunes gens étaient déjà assis.

La salle était spacieuse. On avait disposé sur le plancher des caissettes emplies de sable frais. Sur les murs blanchis à la chaux étaient accrochées les cannes à pommeau d'argent qui symbolisaient l'autorité du gouverneur et de son lieutenant ; elles étaient placées sous le portrait de leur donateur, Abraham Lincoln. Au plafond, la teinte jaune foncé des solives évoquait celle du miel. Un homme alluma une branche de cèdre au feu de la cheminée, puis il traversa la salle en la brandissant jusqu'à ce que l'air fût empli de son parfum subtil, entêtant et purificateur.

Au milieu de la salle trônait une table de conférence sur laquelle on avait posé une bougie fichée dans une pierre de Santa Clara[1] noire et luisante. Il n'y avait que deux chaises. Sur l'une était assis un homme d'âge moyen, à l'air intelligent, vêtu « à l'américaine », si ce n'était que les talons de ses bottes avaient été ôtés et qu'une couverture roulée ceignait sa taille. Probablement, il allait devoir rester muet pendant toute la réunion car, si d'ordinaire la plupart des hommes présents parlaient l'espagnol et comprenaient l'anglais, tous allaient ce soir s'exprimer uniquement dans leur propre langue. Mais l'homme était habitué à ce genre de situation.

L'occupant de la seconde chaise se recula afin d'être plus près du feu. C'était un vieillard encore

1. L'un des villages pueblos.

vert qui avait su rester indemne en traversant les remous de l'existence. Sa chevelure était blanche comme la neige et son visage patiné par les ans. Ses yeux captaient l'attention de toute l'assistance ; on eût dit ceux d'un faucon diurne, d'un mystique, ou d'un très vieil homme qui, accoutumé aux horizons lointains, ne peut plus accommoder sa vision aux objets proches. Car si le regard du gouverneur, qui se tenait derrière lui, semblait avoir dépassé les intempéries et les vicissitudes humaines pour venir enfin se reposer dans le cœur paisible des tempêtes, celui de l'autre vieillard paraissait voir plus loin encore, jusque dans l'âme impétueuse de la création. C'était le regard de celui qui, depuis le toit des plus hautes maisons, observe le coucher du soleil, quand l'astre regagne sa demeure entre les deux pics-gardiens de l'horizon, le regard de celui qui, après avoir délimité les périodes de solstice, décrète que son peuple doit alors se livrer aux danses cérémonielles, le regard de celui que sa lignée a destiné à être jusqu'à sa mort le Chef des clans, le Cacique.

Sur les banquettes, de chaque côté du gouverneur, se tenaient son lieutenant, le capitaine de guerre, le trésorier et ses assistants, ainsi que les chefs de chaque kiva ; tout autour étaient assis les Anciens, aux profils acérés, enveloppés dans leur couverture. On eût dit des faucons sculptés dans du cèdre. Ils étaient une quarantaine, tous d'un âge vénérable, et l'on disait d'eux avec respect : « Les conseillers[1] chantent, mais jamais ne dansent. »

On avait refermé la porte. Ils restaient là sans mot dire, toujours emmitouflés dans leurs couvertures. Ce silence de mort faisait régner une tension palpable dans la salle que seule éclairait la faible lueur du feu mourant. Les yeux des hommes luisaient comme des escarboucles dans la pénombre. Ils s'étaient réunis afin de déchiffrer les symboles d'une vie qu'ils sentaient mais ne pouvaient voir, qu'ils appréhendaient mais ne pouvaient étreindre, comme lorsque l'on touche une poignée de porte sans pour autant parvenir à ouvrir celle-ci.

Le gouverneur sourit, découvrant sa bouche édentée. Il se baissa pour ramasser un sac de papier brun et le déposa sur la table. L'interprète s'en saisit puis fit le tour de la salle en le tendant à chaque participant ; à l'intérieur se trouvait un énorme rouleau de tabac brun que l'on avait fait sécher jusqu'à ce qu'il fût presque solidifié ; c'était du *punche* des montagnes du Mexique, aussi fort que le coup de sabot d'un cheval en colère, un cadeau de cet étrange Visage pâle, Rodolfo Byers, qui, depuis trente ans maintenant, était le principal fournisseur de la tribu. Tout en plaisantant, chacun se servit une pincée de tabac avant de l'émietter dans ses mains calleuses et de se rouler une cigarette, et tous

1. Membres du Conseil des Chefs de clans.

fumèrent, non sans parfois cracher un jet de salive dans les caissettes emplies de sable.

Le silence parut s'accroître au fur et à mesure que les volutes de fumée envahissaient la salle. La tension était à son comble. Après avoir jeté leur mégot, les hommes s'adossèrent au mur, le visage enfoui sous leur couverture, comme s'ils se préparaient à dormir. D'un signe, le Gouverneur indiqua que la conférence allait commencer. Il s'exprima d'un ton lent, poli, mesuré et pondéré :

— Martiniano est parmi nous, ainsi que ces deux jeunes gens. Tous trois se sont attirés des ennuis. Tous trois ont provoqué des problèmes. Il y a beaucoup à dire, n'est-ce pas ? Ou bien ma langue serait-elle en train de me trahir ?

Aï, aï, aï.

— Bien ! Restons calmes et considérons le problème dans sa totalité. Sachons agir de concert, de manière virile, et non pas comme des vieilles femmes ou comme des pies jacassantes ! Martiniano est là, ainsi que les deux autres. Tous trois se sont aventurés dans la montagne. Un cerf a été tué, et ils ont été arrêtés. À présent, qu'ils s'expliquent. Filadelphio, veux-tu nous ouvrir ton cœur ? Dieu, qui sait tout, saura aussi répondre à nos questions.

Filadelphio parla. C'était un garçon de vingt ans, ses cheveux étaient coupés court, et on ne l'appelait que par son nom espagnol.

— Maintenant, je dis. Il y a deux jours, Jésus, Martiniano et moi, nous sommes allés dans la montagne. Nous avons pris la piste qui monte. Nous avons traversé la rivière avant de pénétrer dans un canyon. Celui-là qui est long et étroit. Passé Saltillo, nous avons vu la digue des castors avant d'arriver à la petite prairie qui est sur la montagne. Là, nous avons fait cuire la viande et les tortillas. Puis, quand la nuit est venue, nous avons dormi.

Le débit de sa voix était monocorde.

— Ensuite, nous nous sommes levés. Il faisait jour, le temps était gris et froid. Nous n'avions plus rien à manger et nous avons pensé retourner au village, là où les marmites sont pleines, là où les femmes cuisent le pain. Mais à cet instant, Martiniano a vu l'empreinte d'un cerf. C'était récent. Il a dit : « Je vais charger mon fusil et tuer ce cerf. Ma femme aime la viande fraîche. » Nous avons suivi la crête de la montagne au-dessus du canyon. J'étais d'un côté, Jésus de l'autre, et Martiniano était devant nous.

Qui ne sait ce que fait le cerf aux abois ? Aussi, nous l'avons traqué, nous l'avons débusqué, et Martiniano a tiré. Pour l'abattre. Le cerf était mort et nous l'avons transporté jusqu'au campement. Le soleil était haut dans le ciel. C'était l'heure de manger. Puis nous avons vu deux hommes à cheval qui s'approchaient. Des hommes blancs du gouvernement. Ils étaient en colère. Les voilà qui parlent. Ils disent : « Le temps de chasser le cerf sur les terres du gouvernement est passé. Vous êtes en état d'arrestation. Suivez-nous et apprêtez-vous à payer une lourde amende. » Puis l'un des hommes blancs nous a devancés avec son cheval. Nous avons marché derrière lui.

Mais Martiniano n'a même pas relevé la tête, car il était occupé à dépecer la bête. Il a dit : « Je suis un Indien. J'ai faim. Pourquoi me presser, pourquoi obéir aux hommes du gouvernement ? » Puis nous n'avons plus rien entendu ni plus rien vu. Nous sommes allés en prison. Le Jéfé[1] a demandé nos noms et nous a regardés droit dans les yeux. Il a dit : « Peut-être devrez-vous payer une lourde amende, ou peut-être pas. Cela dépend. Il va falloir que vos pères viennent ici pour me voir. » Alors, nous sommes rentrés. Maintenant, mon cœur est vidé. J'ai dit !

Le discours de Filadelphio avait duré presque une demi-heure. Ensuite, Jésus confirma ses dires, et cela prit à peu près le même temps. Dans leur récit, les jeunes gens s'étaient bornés à raconter les détails de ce qui leur était arrivé, mais en fait que s'était-il vraiment produit ? Pourquoi donc ces deux jeunes gens étaient-ils partis avec Martiniano dans la montagne sans emporter de nourriture, sans paraître se soucier de passer la nuit loin de leur lit ? Ne sommes-nous pas tous pareils ? Ne sommes-nous pas tous les œufs d'un même nid ?

Jésus tenta de paraître imperturbable. Il haussa les épaules. Et pourquoi n'irait-on pas dans la montagne ? Et pourquoi, une fois là-haut, ne passe-

1. « Chef » en espagnol.

rait-on pas une nuit tranquillement installés devant un feu de camp, à la belle étoile, avec la lune et les feuilles brillantes des arbres qui murmurent au vent ? Bien sûr, il y avait aussi ces herbes odorantes dont les jeunes filles raffolent, paraît-il. Et puis, ils avaient vu cette trace de cerf. Elle était si fraîche. N'a-t-on jamais vu un homme changer d'idée ? N'a-t-on jamais vu son esprit être envahi par un caprice soudain ? N'en a-t-il pas toujours été ainsi chez nous ?

Le ton de Jésus dénotait tant de modestie et de douceur que personne ne lui adressa le moindre regard de reproche. Néanmoins, son cœur était serré car il craignait de s'être montré à la fois trop explicite et trop naïf. Il reprit donc sa place en s'efforçant d'adopter une attitude hautaine afin de masquer sa honte ; surtout, il se demandait quelle allait être la réaction de son père le lendemain.

Puis ce fut au tour de Palemon de s'exprimer. Lui aussi faisait partie des jeunes gens et serait sans doute considéré comme tel jusqu'à ce qu'il eût dépassé la cinquantaine. Cependant, il avait femme et enfants, il travaillait sa terre et ne manquait jamais d'observer strictement les coutumes et de participer à toutes les cérémonies. Aussi estimait-on qu'il avait suffisamment vécu pour être à même d'ouvrir son cœur en toute fierté et en toute humilité.

— Ma femme et mes enfants étaient au lit, moi aussi. Eux dormaient tandis que, moi, je ne pouvais pas trouver le sommeil. J'étais étendu sur ma natte, éveillé, et je me demandais bien pourquoi. Mon regard se portait à droite, à gauche, il allait même jusqu'à l'intérieur de mon corps, de mon esprit, de mon cœur. J'ai attendu. J'ai écouté. J'ai entendu mon cœur qui battait et puis j'ai entendu le cœur de la montagne qui me répondait. Vous savez comme c'est, quand quelque chose est en train d'arriver : on ne peut pas le toucher, on ne peut pas y penser, on a du mal à se le représenter, et pourtant c'est là, à rôder autour de vous !

J'ai entendu mon cœur qui battait, j'ai entendu le cœur de la montagne qui battait, et j'ai su que quelque chose n'allait pas. Alors, j'ai attendu.

Tout à coup, j'ai entendu le cri de Grand-Père-le-Coyote. Il a retenti quatre fois et, à chaque fois, sa colère est montée, comme s'il m'en voulait de ne pas l'écouter, de ne pas vouloir comprendre le message exprimé par son hurlement. Finalement, je suis sorti et j'ai sellé ma jument. Et comme j'entendais toujours battre mon cœur, et comme j'entendais toujours battre le cœur de la montagne, alors, j'ai su que j'agissais comme il le fallait.

Grand-Père-le-Coyote a cessé de hurler, car il n'était plus en colère. Mais ce fut aussitôt le tour de Grand-Père-le-Corbeau et de ses Frères. Eux aussi m'appelaient : « Pa-le-mon ! Pa-le-mon ! » Alors, je me suis dirigé vers la montagne, et ils ont cessé de m'appeler. Ils comprenaient que j'allais à leur rencontre !

J'ai remonté le canyon, j'ai vu la digue des castors

et les grands peupliers blancs. Au-dessus de ma tête brillait encore le Peuple-de-la-Nuit. Vieux-Frère-Étoile-du-Matin éclairait mon chemin de la piste jusqu'à la crête, et même au-delà, quand la paroi replonge vers Petit-Œil-Bleu-de-la-Foi et Turquoise-Profonde-de-la-Vie ! De là, j'ai pu entendre mon cœur qui battait à l'unisson du cœur de la montagne. Alors, je n'ai plus bougé et je l'ai vu. Martiniano. La tête cassée. Et je l'ai ramené.

J'ai dit. Vous tous ici savez le reste. Ce sont les choses dont on ne parle pas, mais qui vivent en nos cœurs. Et maintenant, j'ai vidé le mien devant vous.

Personne ne parut approuver Palemon, que ce fût du geste ou du regard. Ils restaient tous assis, silencieux et drapés dans leur couverture. Cependant, derrière ce calme apparent, se tenait quelque chose d'éternel que les Anciens voulaient à toute force comprendre. Les tentacules de leur esprit s'efforçaient d'épouser les contours et les formes de ce mystère. Et bientôt, Palemon sut qu'il avait bien parlé. Avec humilité, il reprit sa place sur le banc. Sa couverture rouge ne lui paraissait plus aussi neuve.

Chose étrange que le Conseil des Chefs de clans ! Le feu crépite, la bougie coule, et les Anciens demeurent impassibles, assis sur la banquette qui court le long de la salle. Si un homme est en train de parler, ils se gardent bien de l'interrompre et se contentent de hocher la tête ou de cligner de l'œil en signe d'encouragement ou de désapprobation.

Quand la dernière parole gutturale a retenti, un long mutisme s'instaure, si profond qu'il semble lentement s'imprégner de vérité après que toutes les paroles empreintes d'absurdité ont été écartées. Pendant que chacun attend que son voisin s'exprime, le silence envahit la salle, il passe d'un mur à l'autre, jusqu'à ce qu'enfin tout soit dit. Les entités individuelles disparaissent alors, elles vont se fondre dans le battement d'un cœur unique, et l'assemblée devient une seule âme, reliée à celles des différents Conseils tribaux qui se sont tenus ici depuis un temps immémorial.

Un Conseil des Chefs de clans se divise en deux périodes sensiblement égales, celle de la parole et celle du silence. Le silence est plus présent, plus pesant, plus lourd de signification que la parole ; il possède une intonation très particulière que la parole ignore. Ce silence peut exprimer la colère, l'impatience ou la joie, mais il est toujours empreint de sérénité, de patience et de dignité. C'est ce qui permet aux membres du Conseil des Chefs de clans de si bien se comprendre. Soudain, dans la salle, le silence s'intensifia, comme si les paroles depuis si longtemps contenues étaient parvenues à ébullition. C'était l'instant suspendu qui précède immédiatement l'assaut du chasseur à l'affût.

Car ce qui était advenu était bel et bien réel. Les Anciens avaient considéré la question sous tous ses angles et, maintenant, il leur fallait pénétrer jusqu'au cœur du problème.

Aï. Et maintenant que Martiniano nous ouvre son cœur, nous dévoile son visage et nous découvre ses entrailles. Dieu, qui sait tout, saura aussi répondre à nos questions.

C'était donc au tour de Martiniano de s'expliquer. Son visage cireux, marqué par la souffrance, était toujours surmonté d'un bandage ensanglanté. Il était plus âgé que Filadelphio et Jésus et plus jeune que Palemon. Il portait les mêmes vieux habits manufacturés que les premiers, mais il portait une couverture indienne par-dessus et ses cheveux étaient nattés à l'ancienne comme ceux de Palemon. Il avait passé une partie de sa jeunesse à l'école des Blancs, et son allure générale témoignait du malaise induit par cette double appartenance. Il commença son discours d'une voix morne et respectueuse :

— Je suis parti dans la montagne. J'avais pris mon fusil. Je voulais tuer un cerf.

Il parlait la tête baissée comme s'il se méfiait.

— Le Conseil ne m'accorde pas les privilèges des autres membres de la tribu parce que j'ai été à l'école des Blancs. Comme je n'ai pas le droit de me servir du moulin pour battre mon avoine et mon blé, j'ai dû piler le tout à l'ancienne, en me servant des sabots de mes bêtes. De sorte que ce qui aurait dû me prendre une seule journée s'est trouvé durer bien plus longtemps. C'est alors que mon bon ami le Visage pâle m'a prêté sa machine, et ce contre un sac de grains sur dix que je produirais.

Malgré cela, je n'ai pu finir ce travail que deux jours après la fermeture de la chasse. Était-ce une raison suffisante pour priver ma femme du cuir dont elle a besoin pour fabriquer ses mocassins ? Devais-je me soumettre à la loi de l'homme blanc pour seulement deux jours de retard ? Cette même loi à cause de laquelle vous m'avez privé de mes droits ! Celle du gouvernement blanc qui m'a envoyé à l'école ! Quelle différence cela fait-il de tuer un cerf le mardi ou le mercredi ? Ne l'aurais-je pas tué de toute façon ?

Martiniano observa une pause. Il darda sur les membres du Conseil un regard acéré par le ressentiment. Mais il rata sa cible, et son regard ricocha sur ce bouclier formé par la multitude des visages impénétrables qui lui faisaient face, tout comme une flèche lancée vers le ciel retombe sur son archer.

Il dut néanmoins poursuivre :

— Tout cela, je l'ai dit à l'homme du gouvernement qui était resté avec moi pour me surveiller. Je n'avais pas besoin de lever les yeux vers son visage pour entendre sa voix venimeuse, pour sentir la haine qui suintait de tous les pores de sa peau. « Toi, sale Indien, qui tues les cerfs dans la forêt du gouvernement quand c'est formellement interdit ! » Et il a continué à hurler : « Je m'en vais chercher de la corde à la vieille mine pour te ligoter. Essaie un peu de t'enfuir et je te descends comme un chien que tu es ! »

Comme il s'éloignait, j'ai soulevé la peau de l'animal et j'ai découpé un bout de viande. J'avais plus faim que peur, car je n'avais rien mangé depuis la veille. Pendant que le morceau cuisait, j'ai caché le cerf dans les buissons. Mais avant que j'aie pu avaler une bouchée, l'homme blanc était déjà revenu. Sa corde était enroulée autour du pommeau de sa selle et son fusil était braqué sur moi. Quand il a reniflé la viande, son visage n'était plus blanc mais rouge de colère.

J'ai retourné la viande. Quel est l'Indien qui peut se permettre de faire un mouvement quand un homme blanc le tient en joue ? C'est alors que j'ai essuyé mes mains dans mes cheveux.

Il m'a frappé la tête avec le canon de son fusil. Quand je me suis réveillé, il y avait du sang qui coulait sur mon visage, et ma tête était cassée. J'avais les mains attachées derrière le dos. Il avait pris mon couteau. Il m'a envoyé un coup de pied alors que j'essayais de me relever et il m'a jeté en travers sur la croupe de son cheval comme si j'étais un paquet de viande. Nous sommes partis. Je n'arrivais pas à me redresser, je retombais tout le temps contre son dos. Il y a eu du sang sur sa chemise et il s'est mis en colère. Il m'a porté sur l'encolure du cheval. J'ai continué à saigner et il était obligé de me tenir pour que je ne tombe pas tout le temps.

Au bout d'un moment, j'ai repris mes esprits et je lui ai dit : « Je dois satisfaire mes besoins naturels, laissez-moi m'isoler quelques instants ! »

Il a stoppé sa monture et m'a lâché. Je suis tombé par terre et je me suis relevé.

— Pardon, mais il m'est nécessaire d'avoir les mains libres.

— Ah non !

Il a refusé de libérer mes mains et il a fait sauter les boutons de mon pantalon avec la crosse de son fusil. Vous voyez ? Il ne m'en reste pas un seul.

Le regard de Martiniano s'était brusquement durci au point de ressembler à une roche d'obsidienne noire. Il montra à l'assistance son pantalon, mais personne ne prit la peine d'examiner les déchirures et les taches de sang. Les mots suffisaient.

— Si l'homme blanc avait continué ainsi à me maltraiter, vous tous auriez eu plus à débattre aujourd'hui car, sans nul doute, je l'aurais tué.

Qu'ai-je fait ensuite ? se reprit-il afin d'atténuer son emportement soudain. Eh bien, j'ai plongé dans les taillis et j'ai rampé jusqu'à la chute d'eau, je me suis couché dans le lit du torrent et je me suis caché entre les rondins qui forment la digue des castors. J'ai entendu quelqu'un qui m'appelait. C'était l'homme blanc qui me cherchait. Il fouillait les fourrés afin de me trouver. Et puis, il est parti très vite, au galop. Il avait pris peur et nous avait oubliés, moi, mon fusil et mon cerf.

Longtemps, j'ai tenté de trancher mes liens en les frottant aux arêtes rocheuses les plus aiguisées, mais, quand j'y suis enfin parvenu, je me suis trouvé trop faible pour marcher. Alors, j'ai rampé. Tout le long de la piste. J'étais si faible que de seulement penser à la viande du cerf me donnait envie de vomir. J'étais trop malade pour allumer un feu. Alors, je me suis couché au bord de l'eau.

J'ai dormi mais mon sommeil a été très mauvais. J'ai rêvé mais je n'ai vu que des cauchemars. Et puis Vieux-Frère-Étoile-du-Matin est arrivé, je me suis senti mieux. J'étais toujours glacé et fatigué, mais je savais que l'aide allait venir, et elle est venue en effet. C'était Palemon.

J'ai dit. Et cela est aussi vrai que j'ai du cœur au ventre. Maintenant, mon cœur est vidé.

Mais ne s'étaient-ils pas assoupis, tous ces hommes assis le long du mur, avec leurs couvertures blanchies par la chaux, la tête baissée ou la main levée afin de protéger leurs yeux du dernier éclat de la bougie ? Non, car en fait ils ne faisaient que somnoler, et seul le Cacique se tenait droit sur son siège, tel un rocher dressé au mitan des flots du sommeil. Quelqu'un jeta une autre bûchette de pin dans l'âtre, un autre cracha bruyamment dans l'une des caissettes. Une sentinelle entra un court instant afin de se réchauffer un peu puis elle ressortit, suivie par Filadelphio et Jésus.

Ainsi furent exposés les faits sous la chape de silence qui enveloppait le Conseil. Chacun semblait ruminer ce qui venait d'être dit. Ce genre d'affaire relevait de la juridiction du gouverneur, de son lieutenant, des « autorités extérieures », du capitaine de guerre, des chefs des kivas, des officiers, et du Conseil en sa totalité ; les discours des uns et des autres se firent bientôt entendre, émaillés de pauses rituelles, et tous exprimés d'une même voix gutturale.

— Frères, il nous faut agir comme un seul homme.

Un jeune homme part dans la montagne. Il tue un cerf alors que ce n'est pas la saison. On l'arrête, on le frappe à la tête. Il doit payer une amende pour avoir enfreint les lois gouvernementales que nous avons juré d'observer, serment prononcé devant les bâtons de commandement garants de notre autorité. L'affaire est simple.

Cependant, prenons garde ! Est-elle vraiment aussi simple qu'il le paraît ?

Ce jeune homme est un Indien. Il est né dans l'enceinte de notre pueblo et il appartient à notre tribu. Est-ce bien la stricte vérité ? La définition de ce qu'est un Indien, telle que le gouvernement la conçoit, se rapporte principalement à la naissance. La personne en question a-t-elle du sang indien dans les veines, possède-t-elle des terres, etc. ? Par ailleurs, le Conseil des Chefs de clans détermine d'une toute autre façon l'appartenance d'un homme à la tribu : il tient compte de l'attitude de l'individu à l'égard des coutumes, des traditions et des diverses cérémonies. Le jeune homme qui se trouve aujourd'hui sur la sellette a souvent manifesté un comportement des plus relâchés, au point que le Conseil l'a plus d'une fois mis en garde contre de semblables agissements. À chaque fois qu'il nous a désobéi, nous l'avons puni. Mais à présent, c'est aux lois extérieures, celles du gouvernement, qu'il vient de contrevenir. Que devons-nous faire dans ce cas précis ? Devons-nous même nous en mêler ?

Et puis, considérons ceci : parmi nous, il est de bons Indiens, mais aussi il y a ceux qui regardent par en dessous. Nous sommes pourtant tous issus d'un même nid, et nul d'entre nous ne saurait être considéré comme une pure individualité. Au contraire, chaque Indien constitue une partie intégrante du pueblo, puis de la tribu. Alors, est-il juste de considérer que nous avons failli aux lois, que nous avons trahi notre Père Blanc, le gouvernement, et ce au mépris de la parole donnée sur nos bâtons de commandement ?

Ce n'est pas tout : les terres qui nous environnent nous appartiennent — cela, toutes les montagnes, toutes les vallées s'en font l'écho —, tout ceci est territoire indien. Pour preuves, nous détenons les titres de propriété que nous délivra le Roi d'Espagne. Puis vinrent les Mexicains, les Blancs, les gringos. Sur nos terres, ils ont bâti leurs cités. En échange, nous n'avons rien reçu. Et lorsque le Roi d'Espagne ouvrit sa main devant notre Père Blanc, le président à Washington, celui-ci eut tôt fait de refermer la sienne sur nos terres. Il nous fut dit alors : « Vous serez dédommagé pour tout ceci. Viendra le jour où vous obtiendrez réparation. » Mais qu'avions-nous à faire de cet argent ? Nous voulions seulement la terre qui est notre terre, la terre indienne. La montagne aussi. Notre montagne nourricière avec ses seins entre lesquels se trouve niché Petit-Œil-Bleu-de-la-Foi. Turquoise-Profonde-de-la-Vie ! Notre lac, notre église où nous accomplissons nos pèlerinages, où se tiennent nos cérémonies… Qu'en est-il à présent ? Nous avons attendu, et le jour de réparation n'est jamais venu. Les montagnes et les forêts appartiennent maintenant au gouvernement. Elles ne sont plus à nous. Et nos prairies ! Les Mexicains y font paître leurs moutons et leurs chèvres tandis que les touristes y éparpillent papiers gras et autres ordures. Ils souillent notre lac sacré avec leurs parties de pêche. Quant aux gardes-chasses délégués par les autorités, ils arpentent notre territoire comme bon leur semble. Nos hommes sont-ils en sûreté ? Regardez seulement celui-ci dont la tête est meurtrie ! Le temps est proche où nous verrons des regards impies violer nos cérémonies. Est-ce donc à nous, qui sommes agressés, d'exiger une juste réparation, de demander que nos montagnes nous soient restituées, que nos droits soient enfin respectés ? J'ai dit. Dieu qui sait tout, qui voit tout, nous donnera la force nécessaire.

Ainsi s'exprimaient les hommes du Conseil…

— À quatre cents kilomètres d'ici, dans le bureau du gouvernement, il y a un avocat indien qui nous représente et qui, dans bien des cas, sait donner une voix à nos pensées. Ici, en ville, il y a le juge. Devons-nous abandonner ce jeune homme aux mains du juge ? Ou devons-nous faire appel à cet avocat indien ? Et que sommes-nous censés lui dire ? En tout cas, il nous faut agir comme un seul homme, un seul corps, un seul cœur, un seul esprit.

Puis le silence parla, qui parlait plus haut que tous :

Rien de mieux qu'une chose simple. Quelqu'un lance un caillou dans un étang, et les rides se propageront très loin à la surface des eaux. Quelqu'un ramasse une petite pierre dans la montagne, l'une de ces petites pierres appelées Larmes-du-Christ, et regardez ! — on dirait une étoile. Les pentes de la montagne sont parsemées de telles étoiles, aussi nombreuses que celles de la Voie lactée. Prenez un grain de mars et, à la sueur de votre front, en ayant soin d'observer le rythme des saisons et de réciter les prières appropriées, plantez-le dans le ventre de Notre-Mère-la-Terre. Eh bien, si un homme digne de ce nom accomplit ce geste, Notre-Père-le-Soleil va aussitôt multiplier ce grain et vous le rendre au centuple, dans votre chair même. Alors, qu'est-ce donc qu'un simple grain de maïs ? Certainement pas quelque chose de simple.

Car rien n'est simple, et rien n'est isolé. Nous-mêmes faisons partie intégrante de ce Grand Tout composé par les montagnes qui respirent, les pierres vives, les brins d'herbe, les nuages, la pluie, les étoiles, les animaux, les oiseaux et les esprits invisibles qui habitent dans les airs, tout autour de nous. Toutes ces choses viennent se rejoindre harmonieusement dans ce Grand Tout dont nous faisons partie. Chacun de nos actes exerce une influence sur chaque composante de cette harmonie. Aussi, j'aimerais que vous considériez l'affaire qui nous occupe non comme une chose isolée, mais bien plutôt sous les espèces de la pierre, de l'étoile au firmament, de l'onde qui va ridant la surface de l'étang, du grain de maïs, de tous ces petits riens qui façonnent mystérieusement le Grand Tout.

Même si cette affaire nous paraît insignifiante, il nous faut pourtant parvenir à deviner l'influence qu'elle peut finir par exercer sur nos existences, ainsi que les changements éventuels qui pourraient en découler ultérieurement...

N'oublions donc pas d'évoquer un autre aspect du problème : le cerf. Il est mort. Jadis, l'acte de chasser était envisagé avec gravité. Au cerf que nous allions abattre, nous disions : « Ta vie est aussi précieuse que la nôtre. Comme nous, tu es le fils des Grands Anciens. Comme nous, tu as été enfanté par Notre-Mère-la-Terre, sous le même ciel. Mais puisque nous savons aussi que, parfois, une vie doit céder sa place à une autre vie, de façon à maintenir la pérennité de la vie, alors, nous devons te demander la permission de te chasser, nous devons obtenir ton consentement avant de te tuer. »

Tel était notre discours rituel avant de disperser aux quatre points cardinaux la farine de maïs en hommage à Notre-Père-le-Soleil. Puis, quand nous avions tué le cerf, nous le disposions sur le sol, sa tête dirigée vers le levant, et nous recouvrions sa dépouille de grains de maïs. Ensuite, à Notre-Mère-la-Terre, nous faisions l'offrande d'une partie du sang de l'ani-

mal et de plusieurs morceaux de viande. Ainsi le fallait-il. Puis, après avoir renouvelé nos forces en mangeant sa chair, après avoir fabriqué nos mocassins grâce à son cuir, après avoir dansé avec sa robe et utilisé ses bois pour façonner un masque sacré, après tout cela, nous savions avec certitude que la vie du cerf se continuait dans la nôtre, tout comme, autour de nous, chaque chose s'imbrique dans une autre.

Nous étions certains d'avoir acquis son approbation.

Mais, pour le cerf qui nous occupe aujourd'hui, rien de tout cela ne s'est accompli selon les formes requises. Au contraire, que lui avons-nous donc infligé à ce cerf, à lui qui est notre frère ? Que nous sommes-nous infligés du même coup ? Car des liens nous unissent indissolublement à notre environnement, de sorte que tout ce que nous touchons reviendra un jour nous toucher à notre tour. Mes frères, je vous le dis, ce cerf, nous ne devrons jamais l'oublier.

Puis ce fut au tour du vieux Cacique de parler. Lui respectait cette tradition qui, de nos jours, est devenue étrangère aux jeunes gens de la tribu. Ces derniers oublient les valeurs essentielles qui devraient régir leur existence. Un jour, l'eau viendra à manquer, l'air sera irrespirable, et la substance même de la vie les quittera.

— J'aimerais en cet instant parvenir à vous convaincre qu'il est temps de réagir, avant que nos jeunes gens ne soient totalement corrompus par ces diaboliques habitudes modernes. Celles-ci ne cessent de préparer le lit de notre disparition prochaine. J'ai dit. Dieu qui sait tout, qui voit tout, nous donnera la force nécessaire.

Après cette brève harangue, toutes les choses graves qui venaient d'être évoquées parurent flotter dans les airs comme un essaim d'ombres voletant dans le silence. Elles ne se dispersaient pas, elles étaient resserrées comme les liens de l'existence qui unissent les hommes à ceux qui les ont précédés, à ceux qui leur succéderont dans l'infinie chaîne solidaire du Grand Tout.

Puis la nuit vint envelopper l'assemblée de son voile obscur. Des volutes de fumée s'élevaient au-dessus des cendres grises. Les cendriers étaient pleins de mégots. Une dernière fois, les sentinelles entrèrent afin de se réchauffer. Dans l'embrasure de la porte apparurent les premiers rayons de l'aurore. Les Anciens se levèrent et ils étirèrent leurs membres engourdis par la longue station assise. Après avoir jeté leur couverture sur leurs épaules, afin de se garantir du froid, ils sortirent sur la plaza dans la lueur indécise du jour naissant.

La réunion du Conseil des Chefs de clans était finie, mais ils se sentaient toujours unis de corps, de cœur et d'esprit. Comme un seul homme.

2

Deux jours plus tard, le soleil était déjà haut dans le ciel et quelques Indiens sortaient en ordre dispersé du pueblo. Un vieil homme, une couverture autour des reins, se frayait un chemin à l'aide de sa canne à travers les taillis de pruniers sauvages. Des enfants s'amusaient à faire trotter leurs petits ânes nerveux, un chariot bringuebalait, conduit par un homme dont la longue chevelure était attachée par un foulard rose ; auprès de lui, une femme enveloppée dans un châle turquoise semblait dormir sur le siège de bois, et son corps inerte tressautait à chaque cahot ; plus loin, un cavalier solitaire dépassait un groupe de femmes qui marchaient d'un bon pas, toutes parées de châles à fleurs et chaussées de bottes d'une blancheur éclatante. Ces touches de couleur se détachaient sur le bleu du ciel et sur le ruban gris des montagnes lointaines, rompant ainsi la monotonie du nuage de poussière qui s'élevait de la piste reliant la réserve indienne au village mexicain de La Oreja[1].

1. Bien entendu, l'Oreille, en espagnol.

La bourgade apparut : des maisons d'adobe étaient bâties le long de la rivière et, sur leurs murs épais et leurs toits plats, des traînées transparentes de mica mêlées à la paille jaunie se reflétaient au soleil.

Parfois, comme sous l'emprise d'un mystérieux cataclysme, les maisons paraissaient vibrer de chaleur, le paysage vacillait, et puis c'était toute la montagne qui commençait à palpiter en silence ; on retrouvait cette trémulation jusque dans les yeux noirs et fiévreux des villageois.

Vêtues de *rebozos*[1] noirs et élimés qui dérobaient leur corps émacié, des femmes de petite taille s'affairaient à couper du bois, tandis que d'autres, pieds nus, s'employaient à réparer les dégâts causés par les intempéries : inlassables, elles colmataient les brèches des toitures et bouchaient les fissures des murs avec de la boue humide qu'elles jetaient à pleine main sur les parois détrempées par les pluies et les crues fréquentes ; des groupes d'hommes trapus et robustes, tous habillés de toile bleue, s'en allaient promener leur ennui sur la plaza ; maussades, nonchalants, ils musardaient sans but et semblaient subir avec une morne résignation la canicule qui empreignait l'atmosphère d'un tremblement illusoire.

Qu'était-ce que La Oreja sinon cette petite plaza carrée avec ses boutiques indiennes, ses bazars mexicains et ses magasins « américains » devant les-

1. Châles noirs de très grande taille.

quels stationnaient des chariots déglingués et des vieilles Ford poussiéreuses ? Située à mi-chemin de la montagne et du désert, la bourgade se trouvait comprise dans une sorte de triangle, dont les trois pointes étaient constituées l'une par le pueblo, l'autre par la vallée encaissée où coulait la rivière, et la troisième par le col escarpé où passait la voie ferrée. Quant à la forme auriculaire censée avoir donné son nom au village, nul n'avait jamais été capable de la localiser avec exactitude.

En tout cas, les habitants pouvaient entendre chaque jour le sifflet lointain du train et, plus proche, le grondement du Rio Bravo, mais, s'ils ne prêtaient qu'une attention distraite à ces bruits anodins, ils semblaient en revanche perpétuellement à l'écoute d'une autre rumeur provenant de la montagne qui surplombait la réserve. Le tremblement de l'air surchauffé, le flou du paysage, la tension contagieuse, palpable, presque épileptique qui hantait les regards, le rythme lancinant qui émanait de la montagne, tout cela paraissait n'exprimer qu'un seul et singulier message : « Attention. Ici commence le territoire indien. »

Ce matin-là, on rendait la justice. Comme dix heures sonnaient au clocher, les portes du tribunal s'ouvrirent toutes grandes sur le panneau de l'entrée qui n'affichait rien que de très banal : un Indien allait être jugé pour braconnage. Cependant, le prétoire s'emplissait lentement d'un public hétéroclite : quelques commerçants blancs, des propriétaires terriens, un artiste peintre habité par l'illusion qu'il lui serait possible de transposer sur sa toile la qualité vibratoire de l'atmosphère, plusieurs hommes d'allure patibulaire qui s'installèrent sur les côtés, ne cessant de chiquer que pour cracher des jets de salive, et des groupes de Mexicains un peu éméchés qui se disputaient leur place. Au premier rang, dignement drapés dans leurs couvertures, étaient assis des Indiens.

On entendit un coup de marteau. Messieurs, la Cour !

Martiniano se tenait assis face à ses juges, le front entouré d'un linge blanc. Accusé d'avoir tué un cerf en dehors de la période de chasse, il avait opposé une résistance opiniâtre aux forces de l'ordre. Trois gardes-chasses vinrent témoigner, puis, afin de résumer les charges pesant sur l'Indien, leur supérieur fut appelé à la barre : Téodor Sanchez, citoyen mexicain, chef des gardes forestiers. Il portait des bottes à talons parfaitement cirées, un pantalon de toile sans un pli et une chemise d'uniforme en flanelle. Descendant d'une vieille famille de l'aristocratie espagnole, c'était un politicien roué, doublé d'un fonctionnaire servile, apparemment fort imbu de sa position sociale si l'on en jugeait par l'expression d'arrogance qu'il arborait face au jury. Il choisissait ses mots avec le soin de l'homme sachant le poids décisif que son discours va exercer sur la balance de la justice.

— Hispano-Américains, Anglo-Américains, Indiens, pour moi ainsi que pour mes garçons, tous les hommes se valent dès qu'ils enfreignent la loi. Notre devoir consiste à préserver le Parc National forestier, ce pour le bien de tous. Nous détectons les incendies de forêt, nous surveillons le niveau des rivières, nous assurons la protection du gibier d'eau, nous réglementons la pêche et, en tant que gardes-chasses assermentés, nous avons pour mission prioritaire d'empêcher tout braconnage. Bien sûr, nous ne pouvons que déplorer cette vilaine blessure infligée au contrevenant, mais celui-ci semblait vouloir jouer du couteau, alors…

On évoqua ensuite sommairement la façon dont Martiniano avait attaqué le garde avant de s'enfuir. L'Indien se redressa sous le feu de l'interrogatoire, il s'efforça de réfuter les charges qui s'accumulaient contre lui, mais ce faisant il adopta une défense maladroite en se lançant dans de longues phrases débitées d'une voix atone. Au premier rang, les Indiens restaient silencieux et ne semblaient pas le moins du monde concernés par les débats. La défense ne produisit aucun témoin à décharge. À son tour, le surintendant du Bureau des Affaires indiennes vint à la barre, mais son discours fut nébuleux, poussif, émaillé de lieux communs tels que « ces enfants de la nature dont j'ai charge d'âme » ou de locutions barbares comme « les droits du Gouvernement à se garder de lui-même ». Lorsqu'il eut fini sa tirade, un petit homme blême et nerveux prit sa place :

— Nous plaidons coupable, Votre Honneur, et implorons la clémence de la Cour.

Le juge opina poliment. Le monsieur qui venait de s'exprimer ainsi s'appelait Émile Strophy. Il était conseiller juridique, attaché aux Affaires indiennes.

Un bref regard sur l'assistance acheva de convaincre le juge que l'accusé ne devait attendre nul secours des siens puisque ceux-ci l'avaient quasiment renié en le livrant ainsi à la justice, avec le plein accord de leur conseiller juridique. Cependant, il n'était pas tout à fait avéré que l'accusé eût attaqué le garde-chasse dans une intention homicide. M. Sanchez avait-il l'intention d'abandonner cette accusation de tentative de meurtre ?

Sanchez toussa comme s'il voulait à la fois s'éclaircir la voix et exprimer sa désapprobation. Derrière lui, tous ses subalternes faisaient corps.

Le fait que l'accusé ait opposé une résistance obstinée à son interpellation, alors que celle-ci était dûment effectuée par des agents gouvernementaux, cela, expliqua-t-il, constituait bel et bien un précédent caractérisé des plus fâcheux, des plus préjudiciables et des plus flagrants, que lui-même, en sa qualité de représentant du gouvernement des États-Unis, ne devait en aucune façon tolérer. Cependant, il était parfaitement conscient que le surintendant du Bureau des Affaires indiennes représentait lui aussi le gouvernement. De fait, laissait-il à la Cour le soin de trancher en cette délicate affaire...

Enfin, le juge abattit son marteau, marquant

ainsi la fin de ces divers atermoiements, et le verdict fut rendu : l'Indien nommé Martiniano était reconnu coupable d'avoir tué un cerf dans la forêt de la réserve en dehors de la saison de chasse, d'avoir refusé d'obtempérer aux sommations réitérées des gardes, et enfin d'avoir également opposé une résistance opiniâtre au cours de son arrestation. En conséquence, la Cour le condamnait à trois mois d'emprisonnement, avec cependant la possibilité de rester en liberté s'il acquittait immédiatement une amende d'un montant de cent cinquante dollars.

L'audience était levée. Il ne s'y était rien passé de très passionnant, et le public déçu sortit du tribunal, d'abord les Blancs, chacun regagnant sa boutique ou son bar, et ensuite les Mexicains qui rejoignirent à pas lents la plaza afin de retrouver leur place au pied des murs ensoleillés. Misérablement enveloppé dans sa couverture, le condamné restait stoïque sur son banc à fixer le mur en face de lui. Soudain, son nom retentit dans la salle. Il tourna la tête afin d'apercevoir celui qui l'appelait ainsi.

Dans un coin du prétoire, le juge s'entretenait avec son greffier et un homme à la silhouette râblée, vêtu d'une vieille veste de daim blanc, d'un pantalon de velours informe et d'un vieux *stetson* bosselé. C'était Rodolfo Byers, cet étrange Visage pâle qui tenait une boutique indienne. Il s'exprimait avec force gesticulations et sa figure était empourprée de colère.

Comme une fois encore le juge l'appelait, Martiniano se leva et se dirigea vers eux. Quand il eut atteint la table, Rodolfo Byers se tut subitement et quitta la salle sans lui adresser le moindre regard.

Martiniano resta debout sans rien dire. Les policiers allaient-ils l'emmener tout de suite en prison, avant qu'il n'ait eu le temps de voir sa femme? Cependant, et contre toute attente, le juge lui adressa la parole d'un ton amène :

— Byers a réglé ton amende, Martiniano. Il a dit que tu lui devais déjà trois mois d'approvisionnement dans sa boutique et qu'il ne regardait pas à cent cinquante dollars de plus. Maintenant, il te reste deux choses à accomplir : honorer ta dette au plus tôt, et me promettre qu'à l'avenir tu feras tout ton possible pour éviter les ennuis. Tu rembourseras Byers, n'est-ce pas?

Martiniano hocha gravement la tête puis quitta la salle à pas mesurés. Dehors, il faisait un splendide temps d'automne. Loin derrière la plaza, les peupliers formaient un cortège immobile de nuages opalescents, et les rares peupliers perdus dans la forêt de pins constellaient d'or pâle la chaîne des montagnes. Martiniano se sentait libre comme l'air, libre comme l'aigle qui plane dans l'azur. Ravi de la tournure des événements, il rajusta son bandage et songea avec gratitude à son ami Rodolfo Byers, cet étrange Visage pâle...

Martiniano avait dix cents en poche. Il allait en profiter pour rapporter à la maison de ces petits gâteaux au gingembre qui craquaient délicieusement sous la dent et dont sa femme était si friande...

Les badauds avaient quitté la salle d'audience. Même le juge et son greffier venaient de se retirer. Cependant, trois hommes discutaient encore autour d'une petite table près de l'entrée.

— Eh bien, je crois que nous voilà tous satisfaits! s'exclama Sanchez tout en époussetant ses bottes d'un geste méticuleux. Laissez-moi vous dire, monsieur Strophy, que j'ai beaucoup apprécié la manière dont vous avez laissé le jury régler cette affaire de routine. Tout s'est passé à notre convenance réciproque et nous avons eu le plaisir de constater que la loi est la même pour tous, poursuivit-il en adressant un large sourire d'encouragement à ses deux compagnons.

Strophy fixa son interlocuteur, rajusta ses lunettes, baissa la tête et sortit une liasse de documents froissés de sa serviette qu'il entreprit d'ordonner. L'accomplissement de cette série de gestes révélait une longue pratique.

Le troisième homme appartenait à une famille encore plus vénérable que celle de Sanchez; il était également plus familier à ce genre d'affaire que Strophy. Pourtant lui ne se souciait guère de son apparence vestimentaire, ni n'éprouvait le besoin de recourir sans cesse à des notes. Il se contentait de rester assis dans une attitude calme et détendue, lissant parfois d'une main ses longues nattes noires. Il portait une chemise d'un rose passé et un vieux pantalon serré à la taille par une couverture, selon la mode indienne.

— Maintenant, gouverneur, conclut Sanchez en se levant, je veux que vous sachiez que mes garçons n'éprouvent aucune hostilité envers quiconque. Ils n'ont fait que leur devoir, et j'espère que vos gens sauront s'en souvenir. L'important, c'est que vous compreniez bien que les montagnes et les forêts sont désormais la propriété du gouvernement. Vous n'avez donc plus le droit d'aller y tuer des cerfs quand bon vous semble.

Le visage sombre et ridé du vieil homme resta aussi noble et impassible que s'il avait été coulé dans du bronze. Sous ses sourcils broussailleux, ses yeux semblaient hermétiques.

Sanchez hésita. Il avait l'impression que le problème n'était pas réglé de manière définitive. D'un geste brusque, il salua et prit congé à contrecœur, comme un homme qui vient d'être tacitement évincé.

Les deux autres hommes n'avaient pas bougé. Le gouverneur restait assis sans mot dire, les mains posées sur ses genoux, tandis que Strophy rangeait ses papiers de façon fébrile. « Que le diable les emporte tous ! », pensait-il. « C'est toujours la même chose ! On croit que tout est résolu et voici que se ravivent les vieilles querelles ! »

— Bon, écoute-moi un peu ! lança-t-il soudain

d'un ton irrité. Pourquoi ne pas oublier tout cela? Ce jeune homme de ton pueblo s'est mal conduit, vous nous l'avez livré afin qu'il subisse les conséquences de son acte. C'est une bonne chose! Le surintendant du Bureau des Affaires indiennes et moi-même sommes fiers de vous. C'est également une bonne chose que Byers ait payé l'amende de Martiniano, puisque ainsi ce jeune homme pourra le rembourser quand il le voudra. Cette question est donc réglée. Alors, pourquoi continuer à créer des problèmes au gouvernement? Est-ce qu'il n'a pas fait construire pour vous un hôpital et une école? Est-ce qu'il n'a pas fait creuser un nouveau canal d'écoulement des eaux usées, afin de favoriser l'irrigation de vos terres? Est-ce qu'il n'a pas mis à votre disposition une batteuse?

Le vieil homme répondit avec patience :

— Oui, il y a école, mais peut-être bientôt enfants partis. Oui, il y a hôpital, mais bientôt, gens plus malades, gens morts. Oui, il y a canal et il y a machine, mais terre quand même mourir. Là-haut, nous avoir Lac-de-l'Aube. C'est comme église à nous, raison pour vivre. Montagne aussi à nous, Indiens. Le gouvernement a promis. Nous pas oublier. J'ai dit.

Il s'était exprimé d'une voix douce sous laquelle perçait néanmoins une fermeté inébranlable, et son interlocuteur comprit le caractère définitif des propos tenus. Tout comme Sanchez auparavant, Strophy éprouva la nette impression d'être congédié.

— Eh bien, je vais envoyer du courrier à Washington, fit-il en refermant sa mallette. C'est tout ce que je peux vous promettre pour l'instant.

Le gouverneur observa Strophy qui traversait la plaza à grandes enjambées, afin de ne pas rater le coche. Il décelait là une coïncidence étrange : un jour, les Espagnols étaient venus, ils avaient conquis le pays et puis s'en étaient retournés chez eux. À leur tour, les Blancs étaient venus conquérir le pays. Et maintenant c'était Strophy qui s'en allait, tandis que lui, le vieil Indien, demeurait là, figé devant le portail du prétoire désert, à frotter ses paumes contre l'étoffe de sa vieille chemise.

Il n'était pas pressé. À quoi bon se dépêcher ? Ce qui nous paraît urgent ne devrait-il pas du même coup nous paraître futile ? Les passions humaines sont bien toujours les mêmes, surtout quand elles sont éphémères...

Sur la piste, dans l'après-midi finissant, un homme rentrait lentement chez lui à pied ; chemin faisant, il ne cessait de maugréer. C'était cet étrange Visage pâle qui tenait une boutique indienne.

— Quelle histoire ! répétait-il. J'aime mieux marcher que rentrer en voiture ! Et si je n'ai pas de cheval, eh bien, je peux toujours trotter tout seul !

Il y avait bien une route qui longeait la réserve indienne, qui serpentait à travers les touffes d'armoise, qui épousait les méandres de la rivière. Mais non ! Il préférait emprunter l'ancienne piste, placer ses pas dans le tracé sinueux des chariots qui venaient de quitter le village. Ainsi guidé par son humeur vagabonde, il suivait de loin les Indiens qui, eux aussi, regagnaient leurs pénates.

Trois femmes corpulentes, parées de châles couleur cerise, jaune et turquoise, chaussées de bottines en daim, blanches comme neige. Plus loin, deux cavaliers, enveloppés dans de minces couvertures de coton. Il y avait aussi Chapeau-Indien, le vieux grand-père qui, à plus de quatre-vingt-dix ans, quand les rhumatismes de ses jambes lui laissaient quelque répit, accomplissait quotidiennement à l'aide de sa canne les six kilomètres qui séparaient la réserve du village ; en tête, deux jeunes garçons donnaient des coups de baguette à un âne bâté et chargé de fagots.

Ah ! Sentir la terre ferme sous ses pieds ! Voir l'horizon qui s'ouvre ! Contempler le ciel immense au-dessus de sa tête, bleu comme la fumée d'un feu de bois de cèdre ! Admirer les couleurs toujours changeantes ! Humer le vent au parfum d'armoise ! Observer la lente progression de ces personnages aux sombres visages... C'était ça la vie pour lui !

Arrivé au détour d'un ruisseau, il prit un raccourci. Les fourrés de pruniers sauvages firent place aux *vegas*, ces prairies opulentes et ces champs d'herbe grasse qui ondoyaient dans la brise. Dans le crépuscule du soir, le paysage se parait de reflets fauves teintés de rose. Coupant à travers les maïs, l'homme eut tôt fait de rejoindre la route qui menait jusqu'à chez lui, en lisière du territoire indien.

C'était une maison basse en adobe, avec un long portail devant lequel un groupe d'Indiennes étaient assises. Sur des cordes tendues entre des piliers patinés par le temps, étaient suspendus de longs épis de maïs indien coloré à demi dévorés par les oiseaux. Les fenêtres étaient garnies de barreaux de fer, ce qui offrait une protection très efficace en cas de crue subite, quand troncs d'arbres et débris divers roulaient le long des pentes. Byers ouvrit la porte et jeta un coup d'œil à l'intérieur.

La pièce était sombre et spacieuse, avec de vastes vitrines emplies de bijoux d'argent parés de turquoises et de coraux. Des poteries s'amoncelaient sur les étagères. Des tapis, des fourrures, des châles magnifiques couvraient le sol et les murs. Il y avait surtout des vêtements entassés dans tous les coins, assez pour parer une douzaine de tribus : des peaux de chèvre, de bison, de renard, des écharpes cérémonielles, des mocassins perlés, des bottes brodées, des coiffures guerrières, des vestes de cuir décorées de piquants de porc-épic, des jambières frangées, des vieux éperons mexicains en argent ouvragé. On voyait aussi dans ce bric-à-brac de vieilles statuettes mexicaines de *Santos* et de *Bultos*[1], des pommeaux de selle, des tableaux, des peintures à l'huile, des

1. Noms espagnols des statues de saint sculptées dans le bois.

aquarelles et de simples dessins ayant tous pour sujet les Indiens. Un assemblage hétéroclite symbolisant une Amérique sur le point de disparaître constituait pour le maître des lieux le résumé de quelque quarante années d'existence.

Par petits groupes, des Indiennes admiratives s'attardaient devant chaque vitrine et ne pouvaient s'empêcher d'y appliquer leurs doigts graisseux ; ce manège retardait l'heure du dîner, car l'épouse de Byers se trouvait dans la nécessité de surveiller ces clientes turbulentes jusqu'à ce qu'elles fussent sorties.

— Angélina ! s'écria-t-il avec impatience. Dis-leur donc de revenir demain matin ! Nous n'allons pas rester ouverts toute la nuit !

Il claqua la porte et alla s'adosser à l'un des piliers de l'entrée, le regard fixé en direction du couchant. Un nuage pourpre illuminait de son lent passage le pourtour des montagnes lointaines.

À l'âge de dix ans, il lui était arrivé quelque chose. Quelque chose qui ressemblait à un rêve.

Il se trouvait étendu sur son lit, sous la couverture de laine, libre de ses mouvements. Puis le rêve s'était refermé sur lui, et il s'était vu en train de quitter une barque à fond plat et de gravir un sentier escarpé qui menait au sommet d'une grande dune de sable. Aux quatre points cardinaux s'étendaient des plaines désolées. Seuls les méandres capricieux d'un fleuve rouge et argileux qui allait se perdre dans le lointain avivait ce morne paysage ; le long des berges, des petites taches noires bougeaient insensiblement, semblables à des cèdres rabougris agités par une brise inexistante : c'était une bande de bisons en train de paître. Le jeune garçon leva la tête et aperçut une maison isolée au sommet de la colline. Parvenu devant le seuil, il distingua derrière un comptoir en bois une silhouette solitaire, celle d'un homme de carrure impressionnante, de taille plutôt petite, avec de longs bras musculeux.

Le jeune garçon n'avait jamais vu d'être semblable à celui-ci ; en effet, l'homme semblait constituer un condensé de toutes les nationalités : il avait le regard bleu d'un Allemand, il portait une petite casquette en fourrure comme les Français[1], il arborait un ceinturon espagnol et une veste de daim blanc américaine. Toutes ces particularités coexistaient en cet homme solitaire, farouche et sauvage à l'image du décor qui l'entourait. Le jeune garçon le vit saisir un vieux registre sur lequel il commença d'écrire nonchalamment des phrases indéchiffrables.

Les deux hommes n'avaient pas besoin de langage pour se communiquer leurs pensées les plus secrètes, car ils savaient déjà tout l'un de l'autre. Le jeune garçon comprit qu'il était venu en ce lieu

1. *Voyageur's fur cap :* casquette que portaient les trappeurs d'origine française employés par les compagnies de transport de fourrures dans le Nord-Ouest canadien.

désert afin d'honorer un rendez-vous fatidique dont le but n'était connu que d'eux seuls.

Bien que la signification exacte de cette rencontre lui échappât encore, le jeune garçon éprouvait un sentiment d'étrange familiarité à se trouver dans cette maison perdue aux confins d'un immense continent. Tout à coup, l'homme lui tendit un bout de papier sur lequel un seul mot était écrit, et aussitôt se fit jour dans l'esprit du jeune rêveur une singulière certitude : « Un mot semblable, jamais je n'en ai lu, mais à présent je ne peux l'oublier, car il est devenu le symbole de ma vie, le talisman que ma mémoire doit emporter. »

Il adressa à son hôte un sourire de gratitude.

Soudain la vision disparut, emportant le précieux mot dans sa fuite, et le jeune garçon se retrouva étendu sur son lit, sous la couverture de laine.

Mais le fleuve rouge qui lentement coulait sous les rayons du soleil couchant, les plaines opulentes à l'infini, la petite maison d'adobe perdue sur la colline, la physionomie singulière de l'homme, toutes ces choses devaient rester à jamais scellées en sa mémoire…

Depuis combien d'années n'avait-il plus songé à tout cela ? Il l'ignorait, mais, comme il se tenait adossé au pilier de sa maison un demi-siècle plus tard, il ne lui vint pas un seul instant à l'esprit que son allure actuelle, si excentrique fût-elle, se superposait exactement à celle de l'homme étrange dont il avait rêvé autrefois…

Tel était Rodolfo Byers, cet étrange Visage pâle qui tenait une boutique indienne.

Un jour, il avait trouvé quelque part une veste de daim blanc semblable à celle de l'homme du rêve. La douceur de ce vêtement lui plaisait. Il portait aussi une chemise que nulle cravate ne parviendrait jamais à rendre convenable, un pantalon de velours informe, vaguement kaki, et une vieille toque en castor. Parfois, il sortait de son coffre en cuir de vache sa casquette de fourrure qu'il devait d'abord secouer afin d'en chasser les mites. L'hiver, il aimait aller voir les Indiens qui dansaient dans le pueblo enneigé et, à cette occasion, il exhibait son unique manteau, dont personne ne pouvait dire s'il lui allait bien ou non, car il se contentait de l'enrouler sommairement autour de sa taille comme il l'eût fait d'une simple couverture.

Il lui manquait quelques dents, mais cela ne déparait pas son sourire; son regard bleu, froid et vif, allait parfois se perdre dans le vague, dans les profondeurs de son inconscient, comme s'il était toujours à la recherche du talisman de son existence, de ce symbole oublié, de ce mot unique, de ce vocable singulier depuis si longtemps maintenant égaré dans son rêve.

Nul ne le surprenait jamais en ces rares instants d'absence. Il n'était guère aimé dans le village, car on ne comprenait pas sa façon de vivre. Il côtoyait depuis si longtemps les Indiens qu'il avait fini par adopter naturellement leurs manières allusives, subtiles, parfois même un peu fuyantes à l'égard des Blancs, ce qui ne l'empêchait pas de se servir aussi de l'esprit critique propre à ces derniers pour analyser le comportement des Indiens. Si les Mexicains redoutaient son mercantilisme effréné quand il allait se fournir chez eux, les Blancs, pour leur part, se méfiaient de ses façons évasives et retorses lorsqu'ils venaient lui acheter quelque objet, tandis que les Indiens manifestaient un respect distant à l'égard de ces deux attitudes apparemment contradictoires chez un seul homme.

En bref, Rodolfo Byers était ce que l'on appelle un personnage, et les trois races d'hommes qui cohabitaient dans la région ne cessaient de colporter toutes sortes d'histoires à son sujet.

Un jour, quelqu'un lui avait proposé d'acheter sa boutique. Quel prix en demandait-il ?

— Eh bien, je dirais... Voyons... Cinq mille dollars en or, avait-il répondu distraitement.

Le candidat à l'achat était bientôt revenu avec l'argent et les papiers nécessaires. Byers avait pris le temps de les examiner avec soin puis il avait rendu le tout en refusant d'apposer son paraphe.

— Que se passe-t-il ? Tout à l'heure, vous étiez d'accord pour vendre à cinq mille dollars !

— Je le suis toujours, répliqua-t-il sèchement. Mais il vous faudra encore allonger cinquante mille dollars pour la vue. Cela, vous ne l'aviez pas demandé !

La boutique se trouvait à deux kilomètres de la

ville, entre la route et le désert. Derrière la maison, un potager où poussaient des courges ainsi qu'un peu de maïs; tout au fond du jardin, Byers avait laissé croître un impénétrable buisson de pruniers sauvages. Au-delà s'étendait à perte de vue le territoire indien, avec ses touffes d'armoise, ses cèdres et ses pins qui peuplaient les flancs escarpés de la montagne. À l'image de son propriétaire, le lieu était hybride : c'était un pont reliant deux mondes, une jonction entre deux natures, un point de rencontre entre deux façons de vivre. Byers aimait à porter alternativement son regard dans les deux directions opposées.

Quelques années auparavant, il s'était marié avec Angélina, une gente Hispano-Américaine, si jeune qu'il aurait pu passer pour son père, et ils avaient eu ensemble une petite fille prénommée Chipeta comme l'épouse d'un chef Ute qui était son héros favori; Byers habillait le bébé comme une poupée, avec des petits mocassins et des vêtements de daim.

Depuis peu, Angélina avait sensiblement forci et son teint avait bruni. Elle aussi portait des tuniques aux couleurs lie-de-vin, bleues et vertes, avec du velours, des boutons d'argent, des ceintures *concho*[1] à la mode navajo, des jupes longues et des mocassins pawnees brodés de perles.

Au fil des ans, la petite boutique, avec une seule

1. Ceintures argentées portant des motifs en forme de coquillage.

chambre attenante, s'était métamorphosée en un véritable corps d'habitation distribué en un appartement principal composé d'une enfilade de plusieurs pièces agréables et en multiples dépendances : un entrepôt pour les tapis, un autre pour les marchandises plus précieuses, un atelier, une grange, et plusieurs enclos. Byers avait lui-même fabriqué le lit conjugal et le berceau de Chipeta avant d'entreprendre la décoration intérieure; dans chaque pièce, il avait sculpté les poutres et les portes, il avait ravivé les teintes des murs en mélangeant habilement l'adobe avec de la *tierra-blanca* et des argiles rouges et bleues. Quand la meilleure artisane mexicaine de la vallée lui avait proposé de l'aider à construire les cheminées, dont chaque pièce de la maison devait être pourvue, il avait opposé le refus le plus catégorique.

Au fond de sa galerie de tableaux, derrière une couverture suspendue en guise de rideau, se trouvait l'atelier personnel de Byers, avec son chevalet et ses propres compositions. D'ordinaire, il était beaucoup trop occupé pour consacrer à la peinture plus que quelques rares instants, mais cela lui suffisait amplement pour exercer son regard critique; du reste, il était assez fin et assez exigeant pour se montrer capable d'apprécier à leur juste valeur les œuvres que les autres habitants venaient lui soumettre.

Byers possédait une importante bibliothèque composée en majeure partie d'ouvrages d'ethnologie, d'anthropologie et d'histoire indienne, tous lus, relus et soigneusement annotés. De fait, il n'éprouvait que mépris pour le contenu de ces forts volumes, et parfois se divertissait à y cocher les maintes erreurs commises par les pseudo-spécialistes. Telle était l'aune à laquelle il mesurait l'étendue de ses propres connaissances.

Cependant, là ne résidait pas son principal centre d'intérêt : ce qui le passionnait réellement, c'était la substance même de sa propre vie, et non les formes temporaires que celle-ci adoptait au gré des circonstances. Et ce mystère indéfinissable, fugace, fuyant même, mais toujours résurgent, ne cessait de le ravir chaque jour un peu plus.

Cette façon d'envisager l'existence l'avait conduit à confier à Angélina les rênes du commerce et bientôt la gestion de la vie quotidienne en sa totalité. La servante s'appelait Concha, c'était une Mexicaine au corps noueux qui s'occupait du ménage et de la cuisine. Quant à la culture des quelques arpents du potager, le premier Indien venu faisait l'affaire.

— Il ne fait jamais rien de ses dix doigts ! L'avez-vous jamais vu travailler ? se plaignaient les villageois auxquels il ne daignait jamais accorder un instant quand ils demandaient à s'entretenir avec lui.

C'était la stricte vérité, et l'on pouvait affirmer sans exagération que Byers était une personne un tant soit peu indolente. Cependant, au fur et à mesure que ses affaires prenaient de l'ampleur, il devenait de plus en plus irascible et sarcastique envers ses amis, opposait un visage impassible aux visiteurs et encourageait les touristes à aller se fournir ailleurs en babioles. En dépit de cette attitude déroutante, ou peut-être grâce à elle, sa réputation ne cessait de croître, même si la plupart le considéraient comme un original endurci.

Parfois, Angélina elle-même se prenait à l'observer avec une lueur perplexe dans le regard. Tel était justement le cas ce jour-là, tandis qu'adossé à son pilier favori il s'attardait dans les rayons du soleil couchant — cet étrange Visage pâle qui tenait une boutique indienne !

Timidement, Angélina tapota contre la vitre afin de lui rappeler qu'il était temps de passer à table.

Comme à regret, Byers quitta son pilier et contourna la maison, laissant à Angélina le soin de fermer la porte d'entrée à l'aide d'une grosse clé en fer d'une longueur de trente centimètres. Il adorait ces vieilles serrures espagnoles !

Après avoir donné à Chipeta son dîner de lait et de purée, Concha l'avait emmenée se coucher. Elle était mécontente car on avait fait appel à Vieille-Femme-le-Bison pour l'aider à préparer les confitures de prunes sauvages et de cerises acides, et ladite Indienne avait donc passé toute la journée ici. Le résultat était déplorable : les casseroles, les poêles à frire étaient toutes sales et la cuisine surchauffée n'était plus qu'un immense capharnaüm. Quand Byers entra, cette grosse matrone était encore là, penchée sur une énorme marmite qui vrombissait sur le four à bois, tandis que Concha se tenait debout au milieu de la pièce, les poings sur les hanches, dans une attitude d'impuissance et d'accablement devant l'étendue des dégâts. La première chose que fit le maître des lieux fut de claquer le volet du fourneau. Puis il explosa :

— Visiblement, tout ce qui vous intéresse, c'est de savoir quelle quantité de bois il est possible de brûler en un jour ! tempêta-t-il à l'adresse de l'Indienne. De si belles petites bûches, si bien débitées, si bien empilées dehors, il y en avait aussi haut qu'une montagne ! Et allez-y donc ! Et que je te brûle tout ça, nom de Dieu ! Mais quand il s'agit de couper votre propre bois et de le porter pendant deux kilomètres, alors là, deux simples fagots font l'affaire !

Un sourire contrit s'afficha fugitivement sur le visage de Concha, mais elle se renfrogna aussitôt en voyant la masse énorme de Vieille-Femme-le-Bison ballottée par un fou rire silencieux. Angélina tira Byers par un pan de sa veste, elle le força à prendre place à table, puis, d'un geste, enjoignit aux deux femmes de venir les rejoindre.

Le repas était délicieux et abondant. Concha se tenait coite tandis qu'un large sourire illuminait la face lunaire de Vieille-Femme-le-Bison. Angélina faisait montre du plus grand tact envers son mari qui, enfin détendu, dévorait chaque plat de bon cœur. Bien qu'il fût large d'épaules, avec un visage hâlé par le soleil et perpétuellement ombré d'une barbe de trois jours, Byers témoignait cependant d'une sensibilité d'écorché vif. Par exemple, il considérait le fait d'avoir apporté une aide spontanée à Martiniano comme une preuve de faiblesse insigne ; il s'était donc empressé de vitupérer une vieille amie fidèle et obligeante, afin de compenser son bon geste par une acrimonie proportionnelle. Ainsi, pensait-il avoir préservé son équilibre.

Le repas terminé, Byers alluma une cigarette, puis, en compagnie d'Angélina, il s'échappa dans le salon, laissant Concha et Vieille-Femme-le-Bison vaquer à leurs occupations, desservir la table et ranger la cuisine. Après s'être étendu sur un tapis disposé devant l'âtre, il adressa un regard éloquent à sa femme qui avait relevé ses jupes afin de réchauffer ses jambes nues au feu de la cheminée.

— Bon Dieu ! s'exclama-t-il soudain d'un ton amusé, si jamais cette bonne femme prend encore un kilo, elle ne pourra plus rentrer dans la cuisine !

Angélina pouffa comme une petite fille. Puis, reprenant son sérieux, elle annonça :

— Oh oui ! Il y a déjà deux mois, j'ai pensé que...

— Bien sûr ! Bien sûr !

— Bon d'accord, il y a seulement un mois ! En tout cas, je lui ai demandé pourquoi elle grossissait aussi vite. Tu sais comment elle fait quand elle veut paraître surprise, elle fait cette grimace qui lui tient lieu de sourire et puis elle pousse un profond soupir. Eh bien non ! Elle ne s'était même pas rendu compte qu'elle avait grossi ! Elle n'avait rien remarqué de bizarre ! Et jusqu'à aujourd'hui, elle ne s'est pas posé de questions. On aurait vraiment pu croire qu'elle n'avait jamais eu de bébé avant ! N'est-ce pas comique ? Mais je suppose que c'est leur façon de se protéger des indiscrets, de garder leur secret.

— Que le diable l'emporte ! Tu sais aussi bien que moi ce qui va se produire. Un de ces jours — peut-être même demain à voir son tour de taille — elle aura des crampes et elle devra filer au lit. Et dix minutes plus tard, elle viendra nous voir en grimaçant : « Regardez un peu ce qui vient de m'arriver ! Un bébé ! Ça alors ! Encore un ! » Non, vraiment ! Ces gens sont comme les pommiers : ils ne savent pas qu'ils fleurissent au printemps et qu'ils font des fruits en été !

Angélina rabattit ses jupes et retourna dans la cuisine. Byers se replongea dans ses pensées. Ce qui venait d'être dit pouvait sembler extravagant, mais n'en était pas moins vrai. En règle générale, les Indiens, et surtout les plus âgés d'entre eux, n'établissent aucun lien de cause à effet entre la copulation et la naissance des enfants. Les choses arrivent, voilà tout. Un jugement hâtif pourrait conduire à penser que les Indiens possèdent une vision effroyablement rétrograde de l'existence, impliquant une complète reddition au destin ou un fatalisme exacerbé, mais il est également possible de considérer que, par cette soumission apparente à l'ordre naturel des choses, ils affirment en fait une belle confiance en une vie purement instinctuelle.

Bien souvent, au cours de sa vie solitaire, Byers avait maudit le hasard qui l'avait conduit à tenir une boutique indienne. Nul mieux que lui ne connaissait ce peuple qui avait marqué sa jeunesse, qui avait donné un sens à sa vie, qui avait pour toujours imprimé dans son être certaines particularités raciales. Il ne connaissait que trop leur indolence trompeuse, leurs ruses naïves, leur saleté, leur pouillerie ostensible, leur goût maladif du secret, leur barbarie, leur ignorance crasse, leurs réticences et leur conservatisme invétéré, mais, par ailleurs, nul autre que lui ne se trouvait mieux à même d'exécrer le sentimentalisme nauséabond des dames venues en touristes, l'enthousiasme paternaliste des directeurs de musée et autres collectionneurs, la candeur frelatée des idéalistes en mal d'évasion, la gravité bouffonne des anthropologues et ethnologues, avec la clique de parasites rongeurs de mythes qui gravitaient autour d'eux, toutes ces voix discordantes et plaintives des bonnes âmes pour qui l'Indien incarnait bien évidemment l'enfant chéri de la nature, le favori des dieux, en bref l'authentique Américain garanti d'origine! Parfois, il avait envie de les vouer tous tant qu'ils étaient aux flammes de l'enfer, il se jurait de fermer boutique, de porter un col blanc, d'arborer des chaussures bien cirées, et de partir au loin mener l'existence d'un « Blanc respectable ».

Seule une chose le retenait : laquelle, il l'ignorait, mais il y avait sûrement quelque chose. Quelque chose qui passait dans un regard, dans une phrase saugrenue, dans le rythme d'un tambour, dans ces mille petits incidents insignifiants qui avaient dessiné peu à peu la trame de son existence et qui formaient désormais un réseau aussi réel qu'invisible.

C'était un éveil permanent à une vie magnifiée, une sensation venue des profondeurs des êtres, qui transcendait la simple enveloppe de leur existence et que l'on pouvait voir, sans pourtant parvenir à la décrire. Mais jamais cette impression ne serait clairement « mise en mots », pas même par un Indien : le secret de ce remède resterait à jamais inaccessible à toute connaissance rationnelle.

Byers se rapprocha du feu. Il songeait encore aux Indiens, il entrevoyait enfin la pierre d'achoppement, l'infime grain de sable qui toujours empêcherait les hommes de tirer une conclusion satisfaisante à leur sujet. La seule solution consistait à éviter d'y penser, ou alors il fallait penser comme eux, appréhender l'existence d'une façon purement instinctive et intuitive, sans avoir recours au raisonnement ou à une quelconque méthode d'évaluation. Les événements se produisaient ou ne se produisaient pas, voilà tout. Il n'était nul lien logique, nul passage prévisible d'un point à un autre. Des faits et non des théories. À prendre ou à laisser.

Byers se rembrunit soudain. Il roula une cigarette. Toutes ses pensées le ramenaient à l'incident de l'après-midi, à ce pauvre diable de Martiniano qui s'était fait surprendre en train de tuer un cerf et qui, de ce fait, s'était une fois de plus mis en délicatesse avec le Conseil des Chefs de clans. Selon les apparences, le problème paraissait simple, voire simpliste. Seulement voilà, chez les Indiens, rien n'était aussi simple qu'une approche superficielle des choses pouvait le laisser croire.

Byers avait eu vent de cette affaire par hasard, en bavardant avec un Ancien rencontré sur la plaza. Par hasard également, il avait ensuite rencontré Palemon, avec qui il traitait depuis bien longtemps.

C'était cette façon qu'avait eue l'homme d'avouer sa faute, sans aucun commentaire ni explication, qui obnubilait toujours Byers…

Sans même évoquer ce simple fait passé totalement inaperçu que Palemon ait su avec certitude qu'il se passait quelque chose, et que, mû par son seul instinct et sans marquer la moindre hésitation, il se soit aussitôt porté au secours de Martiniano…

Byers sentit que le mystère était revenu, toujours renaissant et toujours inchangé, ce mystère immémorial qui recelait en son cœur le merveilleux secret de la vie.

3

Des silhouettes féminines, imprécises et spectrales, se glissaient dans le crépuscule du soir ; elles avançaient d'une démarche pesante, comme bourrelées des secrets qu'elles tenaient dissimulés sous leurs châles, elles se courbaient dans l'embrasure des portes et passaient devant l'église, la plaza, les enclos, les murailles en ruine, jusqu'au *Campo de Santo* ; elles progressaient en silence, furtives comme des êtres aquatiques, se faufilant entre les tombes englouties, passant du mystère de la vie au mystère de l'éternité, au cœur du territoire indien, là où le flot de la vie s'écoule lentement, comme par d'innombrables et profondes cavernes.

Des miasmes brumeux descendaient des flancs de la montagne et remontaient entre les murs du pueblo qui prenait l'aspect sombre et bleuté d'une antique cité lacustre : de fines volutes de fumée de bois de cèdre ondulaient telles des algues au-dessus des cheminées, tandis que les portes s'ouvraient et se refermaient au gré des brises sous-marines. Un grand poisson pâle nageait la bouche ouverte — c'était une mule blanche qui montrait sa tête par-dessus le mur. Plus loin se devinait un jardin de varech piqueté de points phosphorescents : c'était le vieux cimetière à l'abandon.

Après s'être agenouillées, les femmes allumaient des bougies et sortaient de sous leurs châles des gaufres, du pain long, du maïs cuit dans les feuilles, de la panocha[1], parfois même un méchant gâteau spongieux acheté au village, puis elles déposaient le tout sur les tombes.

C'était *el Dia de los Muertos* et elles venaient présenter leurs offrandes aux défunts.

Ceux qui reposent ici furent autrefois aussi vivants que nous, nous qui n'avons pas oublié. Un jour, nous aussi reposerons ici et nous non plus ne serons pas oubliés. Sommes-nous tous vivants ou tous morts, parmi cette file ininterrompue qui marche de mystère en mystère, au travers des brumes bleutées de novembre ? Nul ne peut le dire. La seule chose qui se puisse exprimer, c'est ceci : je suis la graine de la feuille de maïs qui repose ici, Ma-Mère-le-Maïs, et je suis aussi la graine de la feuille de maïs de ceux qui me succéderont. Ce repas, qu'ici je dépose, représente le lien qui nous unit tous. Puissent Notre-Mère-la-Terre et Notre-Mère-le-Maïs attester que je n'ai pas oublié…

1. Gâteau, dessert de blé germé.

Après avoir planté ses dernières plumes votives et refermé son châle, l'une des jeunes femmes regagna sa petite maison d'adobe située hors de l'enceinte du pueblo. Martiniano attendait son souper.

— En as-tu fait ainsi que l'exige la coutume? demanda-t-il gentiment.

— Ainsi que l'exige la coutume, comme tu me l'as dit, répondit Celle-qui-Joue-avec-les-Fleurs. Nous étions nombreux là-bas.

— Tiens, regarde! J'ai commencé à découper notre cerf. Le maïs est déjà en train de rôtir sur les braises. Cela ne sera plus très long maintenant.

Un sourire éclaira le visage de la jeune femme.

— Et moi, j'ai rapporté un peu de pain, puisque les autres l'ont fait aussi. C'est la Fiesta! Nous allons faire la fête!

Il y avait deux chambres dans la petite maison, une minuscule cuisine aux murs noircis, un fourneau en métal, ainsi qu'une salle de séjour où ils avaient l'habitude de prendre leurs repas, assis sur l'épais tapis navajo qui recouvrait le sol de terre battue devant la cheminée.

Martiniano regardait sa femme qui dévorait son maïs. Comme ses doigts effilés étaient habiles à décortiquer l'épi brûlant! Comme elle était belle, même dans sa simple robe de cotonnade défraîchie!

— Tiens! s'écria-t-elle en lui montrant une tranche de venaison. Enduis ton épi avec la graisse! Rien n'est meilleur que ce goût de la montagne!

Elle lui tendit le morceau de gibier.

— Nous devrions essayer d'en garder un peu, ajouta-t-elle en baissant la voix. Il ne reste plus grand-chose de notre cerf…

En effet : d'abord, il y avait eu la pièce de viande réservée à Palemon, et puis les parents et amis qui tous étaient venus réclamer leur part. Chacun avait découpé un peu du cerf et était reparti après avoir dit « Merci bien ! ». Quelques vieillards avaient même demandé du sang chaud afin de soigner leur angine de poitrine.

— C'est drôle que personne n'ait parlé du cerf, ni au procès, ni à la réunion du Conseil, fit Martiniano. Bon, d'accord, le juge a peut-être oublié — n'empêche qu'il m'a condamné à cent cinquante dollars d'amende ! —, mais que les conseillers, eux, ne m'aient rien demandé, voilà qui est plutôt étrange… En vérité, tout cela me tracasse…

En femme avisée, Celle-qui-Joue-avec-les-Fleurs jugea bon de garder le silence.

— J'aurais mieux fait de conserver les entrailles, poursuivit-il. Nettoyées et séchées, elles auraient fait de solides tendons et de bons lacets pour tes mocassins… En tout cas, n'oublie pas d'enterrer les os et les poils sous le tas de cendres, puisque la coutume le veut ainsi… Tu te doutes bien que j'aurais préféré le ramener entier sur mon dos, mais le chemin était vraiment très long jusqu'ici, et puis tu sais ce qui est arrivé…

Martiniano s'interrompit, tant il était plongé dans ses pensées.

— En tout cas, si les choses s'étaient passées ainsi, reprit-il, j'aurais pu le laisser ici par terre toute la nuit, avec la tête en direction du levant, et les plumes de prière, comme l'exige la coutume…

— Tu ne te fais pas trop de souci, j'espère ? Palemon est un brave homme qui se plie aux vieilles traditions, voilà tout. Il sûrement été très content de recevoir sa part.

— Certes ! Ce qui est fait est fait, et tout cela n'appartient plus qu'au passé… Mais, le sais-tu, il m'arrive souvent de repenser à ce cerf. D'abord, il divague dans mes rêves, on dirait une gentille biche perdue dans un rayon de lune, et puis tout à coup le voilà qui bondit dans mes pensées, tel un bouc en rut surgi des buissons… Sans doute est-ce à cause du jour des Morts que je pense ainsi aux morts, à tous ces morts, à l'esprit de mon père, aux esprits des ancêtres…

Martiniano finissait sa cigarette, le regard perdu dans le rougeoiement des braises, tandis que Celle-qui-Joue-avec-les-Fleurs allait dans la cuisine pour jeter le marc de café et ranger la vaisselle ; le cliquetis des assiettes le ramena à la réalité. Il l'écouta se déshabiller et arranger les couvertures sur le lit.

Vêtue d'une chemise de nuit légère, qui laissait deviner son corps élancé et plantureux, elle vint se rasseoir auprès de lui. Il l'attira, écarta avec délicatesse le tissu bâillant et caressa tendrement sa nudité ; à la lueur des flammes, sa peau douce et tiède devenait de la même couleur dorée que les feuilles du chêne sous le soleil d'un après-midi d'octobre.

— Dis-moi, demanda-t-il soudain, la racine de cette plante qui porte des baies jaunes, que l'on fait bouillir et que l'on boit à des fins contraceptives pendant la période menstruelle — est-ce que par hasard l'une de ces femmes ne t'aurait pas sournoisement encouragée à en faire usage ?

Elle rejeta sa tête en arrière, l'embrassa et plongea ses grands yeux noirs dans les siens.

— Tu sais bien que jamais je ne pourrais trahir la confiance qui règne entre nous, répondit-elle tout bas. Il y a longtemps que nous attendons, c'est vrai, mais ne crains rien, le jour viendra bientôt. Ne sommes-nous pas une seule et même personne ?

Sa voix n'était plus qu'un murmure :

— J'ai entendu parler de cette Herbe-aux-Enfants. On dit qu'elle ressemble à une asperge et possède une petite fleur rouge. Si une femme en mâche, elle peut devenir fertile. Du moins, c'est ce que l'on raconte.

— Mais cette plante ne pousse qu'après les pluies. Maintenant, il est trop tard.

— Ne crains rien, elle reviendra, répondit-elle d'un ton confiant.

Sa voix exprimait l'assurance d'une femme qui aime et se sait aimée en retour.

— Aurais-tu peur que, dans un an, mon désir soit mort, que ma passion soit éteinte, que mon corps ait perdu sa vigueur ? poursuivit-elle en riant.

Après un instant, elle se releva, lissa son vêtement et alla se coucher sous les couvertures.

— Je vais rester un peu ici afin de réparer mon vieux harnais, fit Martiniano. Comme ça, il sera prêt demain.

Martiniano avait du sang apache dans les veines — ces hommes de haute stature, larges d'épaules, coiffés de grands *stetson* noirs, qui descendaient de leurs montagnes pendant les périodes de cérémonie, afin de se gaver de mouton ; seule une lueur farouche qui parfois venait hanter son regard pouvait laisser deviner le fond d'insoumission de son caractère.

Ce mélange de bravoure et de ténacité, allié à la gentillesse innée des Pueblos, avait fait de Martiniano un garçon des plus subtils. Cette expression d'intelligence singulièrement aiguisée n'avait pas échappé à un agent du gouvernement, et il avait été aussitôt choisi pour être envoyé en pension chez les Blancs.

Au pueblo, personne n'avait souhaité son départ, ni lui, ni son père, ni les Conseillers, ni surtout le chef de la kiva où le jeune garçon devait bientôt aller se reclure pour une longue période d'initiation.

Cependant, il y avait le « kota » à respecter, cette chose étrange dont le Grand-Père-de-Washington se servait quand il avait besoin de choisir un garçon intelligent parmi toute sa ribambelle de petits Peaux-Rouges dociles. De guerre lasse, le Conseil des Chefs de clans avait fini par accepter, ainsi que le père de Martiniano, mais pour celui-ci, ce fut sous la menace expresse d'une flagellation publique. Alors, le garçon était parti, avec pour tout bagage un petit sac en daim à franges, avec des clochettes et des perles.

Six ans plus tard, il était revenu, avec une valise cartonnée emplie de vêtements « américains », le brevet de charpentier en poche, et un pécule de quatre-vingts dollars. D'abord, il lui sembla avoir fait une bonne affaire, puis, au fil du temps, il se demanda s'il n'avait pas perdu plus qu'il n'avait gagné.

Sa mère était déjà décédée depuis longtemps et son père était mort en son absence. Il n'y avait pas vraiment de place pour lui chez ses nombreux « Oncles[1] » dont Martiniano se souciait fort peu de l'autorité ; quant à leur hospitalité éventuelle, il était inutile d'y songer, car à la seule évocation de leurs maisons surpeuplées, avec le sol de linoléum craquelé et les quelques tasses et soucoupes ébréchées dont ils étaient si fiers, Martiniano ressentait les atteintes du plus indicible cafard. En outre, il avait hérité la terre de son père, située hors du pueblo, et même si ses Oncles s'en étaient octroyé maintes

1. Filiation matrilinéaire chez les Pueblos. Tous les hommes appartenant à la famille de la mère sont indifféremment appelés « Oncles ». Cf. la préface de Claude Lévi-Strauss à *Soleil Hopi*.

parcelles en alléguant de pseudo-frais d'entretien, une superficie décente lui demeurait acquise. Martiniano s'y était donc établi après avoir bâti une petite maison en adobe et s'être procuré un cheval. Il subvenait à ses besoins en allant chaque jour à la ville faire le charpentier.

Hélas, La Oreja n'était qu'une bourgade somnolente où les offres d'emploi revêtaient un caractère sporadique aggravé par le prix modique de la main-d'œuvre mexicaine qui défiait toute concurrence. Bientôt, Martiniano ne trouva plus de travail, et les quelques liens amicaux qu'il avait noués avec des Blancs ne tardèrent pas à se relâcher complètement, car pour ces derniers les Indiens n'étaient considérés que sous l'angle du pittoresque : ils faisaient partie du décor et n'étaient bons à fréquenter qu'en peinture ou en photographie, dûment revêtus de leurs plumes d'apparat ; autrement, ils étaient traités comme des domestiques ou de pauvres chalands à qui l'on pouvait se permettre de revendre sans grand risque de la viande avariée et des denrées périmées.

Martiniano avait alors acheté quelques outils agricoles et il était retourné à sa terre. Sa subsistance fut vite assurée, car il avait la main verte, et les légumes poussaient dès qu'il les touchait. Cependant, il eut vite à subir les remarques déplaisantes et les regards hostiles des Anciens.

— Tu as gardé les cheveux assez longs pour les porter en nattes, ainsi que l'exige la coutume, lui dirent-ils. Mais ces chaussures américaines, peux-tu nous expliquer à quoi cela ressemble ? Tu devras t'en débarrasser au plus tôt.

— Ce sont de bons et solides souliers. Pourquoi devrais-je les abîmer en coupant les talons ? Est-ce que cela en ferait pour autant des chaussures indiennes ? Non. Aussi continuerai-je à les porter telles quelles.

— Te voilà pénalisé de deux dollars. Ainsi l'exige le gouverneur. Son lieutenant passera les prendre.

Après chaque messe catholique, les Anciens sermonnaient les fidèles quant à leurs habitudes vestimentaires. Un jour, ils entourèrent Martiniano et voici ce qu'ils lui dirent :

— Fils ! Ton père t'a sûrement appris ce que nous portions il y a longtemps : des jambières jusqu'aux cuisses, attachées autour de la taille par une cordelette à laquelle était suspendu un pagne descendant jusqu'aux genoux, devant et derrière. Et certainement pas ces pantalons américains ! Telle n'est pas la coutume. Soit tu en changes, soit tu les transformes comme les nôtres.

Martiniano leur répondit par un éclat de rire :

— Et pour quelle raison couperais-je le fond de mon pantalon pour en faire une imitation de jambières ? Qui va m'obliger à mettre une couverture autour de la taille afin de cacher la nudité de mes fesses ? Il ferait beau voir ! En tout cas, ne comptez pas sur moi pour esquinter mon beau pantalon !

— N'oublie pas ton amende, Martiniano ! répliquèrent-ils d'un ton sévère. Deux dollars. Le lieutenant passera les prendre sans faute.

Le printemps arriva, les tendres pousses de maïs firent leur apparition, il plut un peu mais pas suffisamment. Un soir, Martiniano s'entendit appeler à grands cris de l'un des toits du village. On lui demandait de participer à la Danse-du-Maïs-Vert qui devait se tenir le lendemain. Il passa outre à cette injonction et consacra le jour férié à l'entretien de sa fosse d'irrigation.

En fin d'après-midi, quatre hommes vinrent le voir.

— Hier, nous t'avons appelé pour que tu prennes part aux danses, mais personne ne t'y a vu, dit l'un d'entre eux.

— C'est comme ça, Grand-Père, répondit Martiniano d'un ton égal. Je suis pauvre et ne peux me permettre de louer les services de quelqu'un. Il a fallu que je nettoie ma fosse d'irrigation afin d'être fin prêt pour l'arrosage de mon maïs assoiffé.

— Te voilà pénalisé de cinq dollars. Nous viendrons les percevoir demain matin chez toi.

Et ils vinrent en effet, le gouverneur, son lieutenant et deux officiers. Martiniano les attendait de pied ferme.

— Je suis pauvre, je n'ai pas cinq dollars à vous donner, un point, c'est tout.

— Alors, tu recevras cinq coups de fouet. Ainsi l'exige la coutume. Tu seras disgracié. J'ai dit.

— Je suis prêt, repartit Martiniano dont le visage marquait la plus grande détermination.

Cependant, son regard s'était sensiblement assombri.

Ils l'emmenèrent sur la plaza, où les Anciens étaient réunis, ainsi que toute la population ; là, ils le tinrent immobilisé et lui administrèrent cinq coups de fouet que les Anciens décomptèrent à voix haute avant de le laisser à sa disgrâce.

Martiniano resta figé un long moment, apparemment stoïque comme seul un Apache peut l'être, et puis il détacha son ceinturon, baissa son pantalon, dévoilant ainsi la peau de mouton dont il avait enveloppé ses reins ; ensuite, il la mit sur son épaule, remonta son pantalon et s'éloigna à pas comptés, comme pour lancer un défi à l'assistance.

Mais, une fois rentré chez lui, sa carapace d'Apache stoïque se brisa, laissant apparaître son extrême sensibilité d'Indien pueblo. Ce jour-là, il n'alla pas retrouver ses champs assoiffés et resta étendu sur son lit, les mains derrière la nuque, les poings serrés.

Dès l'aube, il tressa ses cheveux avec ses rubans les plus bariolés, il mit une chemise, une cravate, et se rendit à pied à La Oreja. De là, un camionneur l'emmena une partie du trajet, puis il dut marcher le long de l'autoroute ; un peu plus loin, un car de tourisme le prit en stop, puis il marcha encore. Il n'arriva en ville qu'à la tombée de la nuit.

Le lendemain matin, après deux heures d'attente au Bureau des Affaires indiennes, il fut mis en présence du suave M. Strophy. Martiniano parla pendant une heure.

— N'ai-je pas été obéissant, travailleur, brillant même, dans cette école indienne, et ce pendant six années ? N'ai-je pas appris à m'exprimer dans un anglais correct ? N'ai-je pas appris un métier ? N'ai-je pas appris à me laver les oreilles ? À porter des vêtements américains ? Regardez donc ! Ma cravate est bien mieux nouée que la vôtre !

Strophy rajusta nerveusement son nœud de cravate avant de rassembler les documents épars sur son bureau.

— Et puis ? poursuivit Martiniano. Maintenant que vous m'avez fait apprendre tout cela et que je suis revenu chez moi, voilà qu'on me punit, qu'on me couvre de honte, alors que je ne fais qu'appliquer ce que l'on m'a appris. Et pourquoi ? Quand mon père, les Anciens, tout mon peuple voulait m'empêcher d'y aller ! C'est vous qui m'y avez forcé, vous qui représentez le Bureau des Affaires indiennes ! À présent, je vous dis ceci : en tant que fonctionnaire affecté à ce service, il est de votre devoir de vous rendre à mon pueblo, et de rencontrer mes coreligionnaires afin de leur infliger ce qu'eux-mêmes m'ont fait subir. Laissez-moi leur rendre ces cinq coups de fouet, et je serai quitte... Ou bien vous leur expliquerez que c'est vous qui m'avez enseigné à agir ainsi pendant six ans et que je ne fais qu'appliquer ce que l'on m'a appris !

Strophy continuait à froisser ses papiers plus qu'il ne les rangeait. Il remonta ses lunettes.

— Bon, écoute-moi bien, Martiniano. D'un point de vue logique, tu as raison. Mais du point de vue des faits, tu as tort. Je t'explique : le Bureau des Affaires indiennes n'a pas pour mission de dicter aux Indiens leur conduite. Il essaie simplement de les aider à se gouverner eux-mêmes. Les membres de votre Conseil dirigent leur pueblo exactement de la même manière que nous dirigeons cette ville. Le gouverneur et moi ne pouvons aller nous mêler de leurs affaires. Ils sont leurs seuls maîtres. Toi, tu vis là-bas avec eux. Alors, il te faut obéir à leurs lois. Tu piges, mon petit gars ?

— Fort bien, répondit Martiniano d'un ton irrité. Vous nous enlevez quand nous sommes encore des enfants, vous nous emmenez loin de nos foyers, vous nous apprenez toutes sortes de sottises, tous ces mensonges, comment devenir de bons citoyens, comment devenir des hommes blancs, et puis vous nous renvoyez chez nous en nous disant : « Maintenant, redevenez de bons Indiens ! Ne vous lavez plus les oreilles ! Portez une couverture ! Coupez les talons de vos chaussures ! Découpez vos fonds de pantalons ! Nous nous sommes bien amusés avec vous ! À présent, retournez chez vous et payez ! »

Strophy se sentait offensé ; il tenta de reprendre contenance en s'adossant à sa chaise et en croisant ses pouces sur son ventre replet.

— C'est ça que vous pensez, oui ou non ?

demanda Martiniano en pointant un doigt accusateur.

— Mais pas du tout, mon garçon, je...

Un coup de sifflet strident retentit soudain ; l'Indien se tourna et regarda par la fenêtre. C'était le train qui traversait la ville, brillant, fuselé, argenté.

Martiniano sourit. Son regard se fit encore plus méprisant.

— Le Chef[1] ! fit-il en désignant le train qui filait. Moderne ! Toujours à l'heure ! Le Chef indien ! Avec toutes ses plumes platinées ! Maintenant, Strophy, écoutez-moi bien ! Si vous pouviez prendre un train comme celui-ci, est-ce que vous en attendriez un autre, plus lent, plus vieux, plus sale, qui fonctionne au charbon ? Est-ce que vous monteriez dans un vieux wagon sans confort qui vous donnerait la nausée ?

Strophy sourit avant d'abattre son poing sur la table.

— Bon Dieu, non ! Sûrement pas !

— Eh bien, moi non plus ! rétorqua Martiniano. Et je ne couperai pas non plus les talons de mes bottes ! Ni ne découperai le fond de mon pantalon ! Voilà ce que je veux : je veux utiliser de la vaisselle propre, je veux irriguer ma terre au lieu d'implorer la pluie par des danses. Et si vous ne voulez pas m'aider, eh bien, je me débrouillerai tout seul !

1. Nom de l'un des trains de la *Santa Fe Railway Company* qui organisait des voyages touristiques non loin des réserves indiennes.

Il se leva. Dans son regard, il y avait toujours cette lueur singulière.

— Ne prends pas les choses ainsi, Martiniano, reprit Strophy en se levant à son tour. Souviens-toi qu'il existe un véritable fossé, que dis-je, un canyon entre les Indiens et nous... Non, je voulais dire entre les Anciens et toi, se hâta-t-il de corriger. Alors qu'il devrait plutôt y avoir une sorte de pont. Et ce pont, c'est à vous, les jeunes, de le construire. Seulement, souviens-toi que pour cela, il faut du temps et surtout de la patience... Bon allez, plus de problèmes, d'accord ? Fais au mieux, et si jamais je peux t'aider de quelque façon que ce soit...

Martiniano lui adressa un regard noir et tourna les talons.

Un pont. Un pont entre l'ancien et le nouveau, entre le rouge et le blanc, entre l'intuition aveugle et le rationalisme borné, et, au bout de ce pont, un autre pont, plus mystérieux encore, menant aux étendues incommensurables de l'identité humaine, le pont qui relie l'homme à lui-même.

Tel un paria, Martiniano revint dans son misérable logis situé hors de l'enceinte du pueblo. Seuls deux amis lui restaient dévoués, Palemon et Byers. Il vivotait, amer, taciturne, désillusionné, et, ce qui était le pire, en proie au plus cruel isolement.

Il ne fréquenta plus la petite église d'adobe si basse de plafond. La façade avait été repeinte en blanc, et l'on ne voyait plus la fresque représentant des chevaux pie rouge prune, ou noir et jaune; l'ancien autel sur lequel étaient autrefois placées des peintures naïves ornées de chaumes de maïs comportait maintenant l'attirail convenant à l'exercice du culte catholique : dorures bon marché et nappes de dentelle poussiéreuses. De plus, Martiniano n'appréciait guère le prêtre mexicain, gras et matois, qui exigeait la remise de ses aumônes longtemps à l'avance et qui s'enfuyait si rapidement, une fois la messe expédiée.

Au cours des après-midi caniculaires, il allait se promener au pueblo afin d'observer les Danses-d'Été-du-Maïs : douze hommes et douze femmes se faisant face et dansant accompagnés du tambour et du chœur des Anciens. Il aimait s'adosser à un mur, un peu en retrait de la cohue des badauds, et fumer une cigarette tout en admirant les plumes aux teintes vives, les riches soieries, les robes aux tons criards, les vieilles mantilles noires brodées de rouge et les tuniques multicolores qui dardaient parfois l'éclair d'une épaule nue; les garçons riaient sous cape en remarquant l'attitude embarrassée des filles devant les Blancs, les crécelles étaient agitées en cadence, les mains armées de rameaux de sapin s'élevaient et s'abaissaient comme pour chasser les mouches, on entendait les bois s'entrechoquer, et les danses se poursuivaient ainsi.

Les voix des Anciens se propageaient comme le vent à travers une forêt de pins; les yeux mi-clos, ils semblaient insensibles au nuage de poussière qui voletait autour d'eux, le harcèlement des insectes et la réverbération presque insoutenable de la lumière crue sur la blancheur des murs.

Tout à coup, le chef de la kiva fendit la foule ; il paraissait sourd à l'appel de tous ces rythmes, et son allure impassible était si éloquente que tous les rires, regards et clameurs s'arrêtèrent soudain ; les jeunes gens baissèrent les yeux, et même les danseurs adoptèrent une attitude plus réservée : à présent, ils se contentaient de tourner sur eux-mêmes en une ronde stylisée, tandis que le chœur des Anciens se faisait plus ample et plus grave. Cependant, tous ces mimes n'offraient rien de spontané, ils n'étaient accomplis qu'en signe de soumission à une autorité extérieure.

Pensif, Martiniano reprit le chemin de son champ...

Ce fut pendant le deuxième après-midi de septembre qu'il la rencontra. Il faisait encore très chaud, et un petit groupe d'Indiens des Plaines, qui s'en retournaient chez eux, s'étaient arrêtés en visite au pueblo, des Arapahœs, des Kiowas, deux ou trois Cheyennes et quelques Utes des montagnes. Ce jour-là, une Danse-des-Cadeaux était donnée en leur honneur sur les hauteurs du canyon ; Martiniano avait entendu le tambour et il était allé voir par curiosité.

Les Indiens étaient assis en cercle dans une clairière au milieu des bois. Non loin, un ruisseau chantonnait. Les invités étaient groupés au premier rang, entourés par la foule des Pueblos, à l'exception de quelques Anciens qui se tenaient adossés au tronc grisâtre d'un arbre vénérable. Devant eux s'étendait un immense bosquet de peupliers évidés, peint en jaune et turquoise, et parsemé de lanières de cuir ; ce massif était plus vieux que tous les hommes vivants, plus endurant même que l'arbre mourant puisqu'il avait traversé la vie et la mort avant d'acquérir ce caractère d'immortalité impersonnelle.

L'un des Anciens éleva lentement sa baguette, l'abattit d'un geste solennel sur la peau du tambour, et la clairière se transforma aussitôt en une immense caisse de résonance. C'était le battement du cœur de l'arbre vénérable, le rythme des danseurs, la rumeur des forêts primitives et la clameur des tribus disparues qui s'unissaient là en un fantastique écho du passé inchangé.

L'une après l'autre, trois femmes se levèrent et commencèrent à danser avant d'être rejointes par trois danseurs pueblos. Ces derniers avaient le visage peint de rouge, le corps nu à l'exception d'un pagne de velours vert et violet, de lanières auxquelles étaient attachés des cônes noués autour des jambes, et de mocassins perlés ; sur leur dos était fixée une grande couronne de plumes qui formait un halo autour de leur tête et rappelait le soleil.

Les trois hommes traçaient maintenant un cercle autour des trois femmes, ils tournoyaient la tête baissée, les genoux relevés, ils battaient le sol de leurs pieds, leurs clochettes tintaient ; tour à tour, leurs corps se ployaient et se détendaient comme des arcs, ils tendaient leurs visages extatiques vers les cieux, poussaient de petits cris et, sous leurs grandes plumes ensoleillées, dansaient tels de splendides oiseaux bariolés.

Quant aux femmes, toujours au centre du cercle, elles semblaient n'obéir qu'au rythme lancinant du tambour ; les yeux baissés modestement, les bras ballant le long du corps, elles ne bougeaient presque pas, sauf pour tourner lentement sur elles-mêmes, soulevant à peine leurs pieds de terre. Elles dansaient comme dansent les femmes, avec leurs muscles, leurs nerfs et leur sang.

Ces invitées étaient des Indiennes des Plaines. Toutes trois vêtues de la même manière : une simple robe longue en daim serrée à la taille par une ceinture, des mocassins brodés ; leurs longs cheveux, partagés au milieu et ramenés en arrière par un bandeau perlé, découvraient un visage sombre et pensif que venait parfois illuminer un sourire étrange — tel l'éclair de chaleur qui brusquement zèbre un ciel d'orage —, puis ils descendaient jusqu'à leur taille en deux longues nattes. Ainsi dansaient-elles sur place, bougeant à peine les hanches et les genoux, et laissant deviner sous la douceur de leur robe les infimes mouvements de leur corps affermi.

La différence entre les trois danseuses ne résidait pas tant dans leur allure que dans la qualité de leur danse. Par exemple, tout attestait une profonde expérience de la vie chez la première danseuse : c'était une femme d'âge mûr, à la taille épaissie par les maternités successives, qui avait sûrement dansé durant bien des années, car les mouvements de ses épaules robustes et de ses hanches plantureuses épousaient avec un art indéniable le rythme complexe du tambour ; la deuxième danseuse, une très jeune fille au visage un peu grêlé, était aussi vivace et fraîche qu'une pouliche encore indomptée ; la troisième, elle, semblait surgie d'un rêve devenu réalité, c'était une grande jeune femme élancée, avec de beaux yeux bruns de biche ; au prime abord, son maintien gracieux et timide paraissait démentir cette impression de force farouche parfaitement maîtrisée que l'on devinait pourtant et qui constituait bel et bien le trait dominant de sa personnalité.

Comme elle était belle ! Comme elle était vive et farouche ! Si belle que Martiniano ne la pouvait quitter des yeux...

Soudain, le tambour se tut, les danseurs s'arrêtèrent, les femmes pour discrètement retourner s'asseoir sur l'herbe, les hommes pour se jeter sur le sol en riant.

Il n'y eut ni commentaire ni applaudissement quand, du cercle des spectateurs, se détacha un personnage de haute taille, de belle prestance, qui portait de grandes bottes de cavalier parfaitement cirées et une couverture d'apparat doublée de pure *bayeta*[1], rouge vif d'un côté, bleu foncé de l'autre.

1. Étoffe d'excellente qualité fabriquée en Angleterre dont raffolent les Indiens.

Martiniano reconnut Manuel Rena. Il était riche, et c'était lui qui avait organisé la fête ; un homme le suivait, les bras chargés de cadeaux.

Rena fit le tour des danseurs et tendit à chacun un billet de un dollar, plié en longueur et entouré d'un fil de laine rouge. Aux danseuses, il fit simplement signe d'approcher, prit des pièces de calicot dans les bras de son assistant et en tendit une à chaque femme ; elles retournèrent à leur place et posèrent leur cadeau à terre en évitant avec soin d'y jeter le moindre regard. Le rythme du tambour reprit.

Cela dura ainsi tout l'après-midi. Les hommes s'agitaient et bondissaient sauvagement, comme de grands oiseaux extatiques ; les femmes, telles des poulettes craintives, évoluaient plus lentement mais dansaient corps et âme ; les herbes s'aplatissaient sous les pas cadencés, des tourbillons de poussière s'élevaient, et les rayons de soleil transperçaient les frondaisons des arbres pour aller chamarrer les plumes-soleils ; à chaque pause, d'autres cadeaux étaient présentés : aux hommes, billets de banque, tabac, cigarettes et mocassins ; pour les femmes, soieries, cotonnades, calicots, bracelets, mocassins également, couvertures, châles, colliers de maïs et graines séchées de courge ou de melon.

À présent, ce n'était plus seulement Rena qui faisait des cadeaux, mais tout le monde : une femme, qui se rappelait sa jeunesse, s'en allait mélancolique, une poterie toute neuve à la main, tandis qu'un homme hilare se ruait dans la clairière et désignait une jeune fille avant de lui remettre un dollar d'argent. Quelles belles femmes que ces danseuses! Comme elles adoptaient une attitude modeste pendant les pauses, à demi cachées derrière les monceaux de cadeaux qui grossissaient à vue d'œil, laissant les simples spectatrices tâter les étoffes et commenter à voix basse la générosité des donateurs!

Martiniano avait disparu. Une demi-heure plus tard, il était de retour. Auparavant, il était venu droit de son champ, tout crotté, avec une vieille couverture enturbannée autour de sa tête, tandis qu'à présent il portait une chemise repassée et une couverture immaculée autour de la taille. À la faveur d'une pause, il pénétra au centre de la clairière, désigna avec aplomb la troisième danseuse et, comme cette dernière venait à lui, il déposa sur ses avant-bras tendus une couverture de selle navajo; surprise par le poids inattendu du cadeau, la belle jeune femme considéra un court instant le donateur, le remercia d'un sourire puis, d'une démarche nonchalante, s'en fut ajouter l'objet à son tas de cadeaux déjà conséquent.

Une heure plus tard, il revint dans la clairière et lui remit un bracelet d'argent incrusté de turquoises. Elle sourit de nouveau et s'éloigna sans mot dire.

Le visage fermé, Martiniano partit se fondre dans la cohue des spectateurs, sans parvenir à détacher son regard de la jeune femme qui, infatigable, poursuivait sa danse silencieuse et magnifique; cependant, ils échangèrent par trois fois un regard dans la foule, et peu après, bien qu'elle ne le regardât plus, il remarqua qu'elle était allée subrepticement rechercher le bracelet sur le tas de cadeaux et qu'à présent elle le portait à son poignet, à demi dissimulé sous la manche de sa robe de daim.

Les danses prirent fin au coucher du soleil et l'assistance se dispersa à la hâte — cette nuit-là, on devait donner une fête en l'honneur des invités. Martiniano attendit que l'Ancien ait rangé son tambour puis, à la faveur de la presse, il fit en sorte que son cheval vînt frôler la jeune femme. Quand enfin elle se tourna vers lui, il lui tendit son bien le plus précieux : une vieille bride en argent ouvragé. Leurs yeux se rencontrèrent un long moment, puis, doucement, il poussa sa monture.

Il ne put fermer l'œil de la nuit tant il était heureux, fébrile et affamé. La fête dura au pueblo jusqu'à dix heures du soir, et, à la clarté de la demi-lune, apparurent sous les saules les pâles silhouettes des jeunes gens qui entonnèrent leurs chants de leurs voix distinctes et graves : « Hi-yah ! Ai ! Hi-yah ! »

Plus tard, provenant d'au-delà du ruisseau, se fit entendre un petit filet de voix solitaire qui vint résonner au-dessus du pueblo en un écho fantasque et charmant de la mélodie des jeunes gens : c'était Martiniano qui dédiait son cœur à la nuit.

Dès l'aube, il se rendit dans la petite clairière au milieu des peupliers, là où les herbes avaient été aplaties par les pas des danseurs.

Elle était déjà là.

Écoutez ! Avez-vous déjà vu une demoiselle arapahœ debout parmi les saules, au bord d'un ruisseau ? Ne trouvez-vous pas que les gouttes de rosée sur ses mocassins marron ressemblent à des grelots d'argent navajos ? N'entendez-vous pas leur frais tintement ? Discernez-vous bien l'approche des premiers feux du soleil dans la nuit bleutée de sa chevelure, et le flamboiement de l'aurore qui vient révéler le hâle discret de ses joues ? Ne dirait-on pas, à la voir dans sa robe vert foncé, un saule long et mince ployé au-dessus de l'eau ? Ou bien serait-ce cette image inoubliable qu'un homme ne peut contempler qu'une seule fois, au matin de son existence, et qui continue à grandir en lui jusqu'au midi de sa vie ?

Il resta debout dans les herbes, adossé à l'arbre puis, sans dire un mot, il ouvrit les pans de sa couverture.

Elle lut du désir dans son regard, du désir à son égard, et elle vint se blottir dans les plis de la couverture.

— Tu dois être un homme bien riche pour ainsi me couvrir de cadeaux.

— Je suis un homme pauvre. Je t'ai donné tout ce que j'avais, répondit-il simplement.

Puis, après un temps de silence, il ajouta :

— Je n'ai plus que deux choses à t'offrir.

— Lesquelles ?

— Ma petite maison dans les champs.
— Je la prends.
Ses yeux étaient deux lacs calmes et sombres. Elle ne souriait toujours pas et restait debout devant lui, telle une reine daignant recevoir les hommages qui lui sont dus.
— À présent, fit-il, je n'ai plus que ma vie à te donner.
— Je la prends aussi.
Martiniano se raidit intérieurement, comme s'il se trouvait au bord d'un précipice et qu'il était la proie d'un vertige irrésistible : ainsi se dévoilaient la tendresse, la sensibilité et la prévenance de l'Indien pueblo ; cependant, Martiniano s'efforça de n'en laisser rien paraître, il garda l'attitude d'un Apache, fière, arrogante, stoïque et impassible, et resta debout devant elle, un pouce glissé dans le passant de son ceinturon, sous la large boucle de bronze, tandis que son autre main tenait toujours ouvert le pan de sa couverture.
C'était à la femme d'exprimer son choix. Plus tard, tout au long de sa vie, d'autres hommes décèleraient chez elle cet orgueil farouche qui lui servait de protection, ils éprouveraient cette force qui constituait apparemment le trait dominant de son caractère, mais ce devait être à Martiniano qu'était réservée la primeur d'un charmant spectacle : comme dans un rêve, il vit s'abaisser les barrières de la fierté de Celle-qui-Joue-avec-les-Fleurs, lesquelles firent apparaître une pudeur délicieuse ; ses grands yeux

bruns s'adoucirent, et, sans se départir de sa timidité désarmante, elle s'avança vers lui.

— J'ai dit ce que j'ai dit, fit-elle doucement. Et quel est ton nom ?

Mais soudain, avant qu'il ait pu répondre, elle éclata d'un rire perlé, tourna sur elle-même et s'enfuit. Dépité, Martiniano regarda sa couverture toujours béante puis il s'élança à sa poursuite, à travers le bois de saules...

Maintenant, ils étaient étendus dans l'herbe, et le son de leurs paroles dominait le rire du ruisseau.

— Oui, dit-elle. Quand les peupliers changeront de couleur, je partirai. Puis, quand les saules changeront à leur tour, je reviendrai. Alors, nous serons ensemble.

Un long silence suivit. Le rêve les enveloppait. Quand elle reprit la parole, ce fut en usant de l'argot des pensionnats américains :

— Et que mes vieux Oncles et Tantes aillent tous se faire voir !

Elle éclata d'un rire moqueur qui cependant gardait à sa voix toute sa douceur, et Martiniano perçut dans cette façon de s'exprimer la même impétuosité farouche qu'il lui avait supposée en la voyant danser.

— Tu es une Arapahœ ? demanda-t-il. Et tu ne repars pas aujourd'hui avec ceux des Plaines ?

Celle-qui-Joue-avec-les-Fleurs expliqua rapidement qu'elle avait en effet du sang arapahœ dans les veines, depuis que sa grand-mère avait été enlevée par les Utes quand elle était jeune fille. En ces jours d'adversité où tous les Indiens étaient devenus frères, elle-même allait souvent leur rendre visite et elle connaissait bien leurs danses. Elle vivait au nord, dans les montagnes Rocheuses du Colorado, parmi le peuple de son père, les White River et les Utes uncompahgres. Elle aussi était allée à l'école des Blancs.

— Ils m'ont appris à frire le bacon sur le gaz et à utiliser des glaçons en été, mais nous sommes trop pauvres pour acheter du bacon et, depuis mon retour, je ne me suis jamais servie du gaz ! Comment l'aurais-je pu d'ailleurs ? Quant aux glaçons, quel est l'Indien qui possède un réfrigérateur dans sa baraque ? Je te demande un peu !

Les visiteurs, arapahœs, kiowas et cheyennes, étaient donc venus voir leur famille, et ils devaient en effet retourner chez eux dans les Plaines le jour même, tandis que Celle-qui-Joue-avec-les-Fleurs, elle, retournerait dans ses montagnes avec les Utes qui l'avaient accompagnée dès que la Grande Palabre serait terminée ; elle avait commencé la nuit dernière.

— Au fait, comment savais-tu que j'allais venir ici ce matin ? demanda-t-elle soudain, tout en reposant sa tête sur la poitrine de Martiniano.

Il lui caressa le visage avec douceur.

— Comment sait-on ces choses-là ? Je l'ignore. J'ai toujours senti en moi un pouvoir qui parfois me fait savoir ce que je ne sais pas. C'est étrange, mais c'est ainsi. Cependant, peut-être vaut-il mieux ne pas se poser trop de questions à ce sujet.

Ainsi naquit leur amour : une petite heure dans une petite clairière à l'ombre des saules, près d'un ruisseau, là où l'herbe avait été couchée par les pas des danseurs.

Le soleil était déjà haut dans le ciel, les hommes partaient en chariot dans les champs, et le ruisseau ne dansait plus sur les pierres en riant, non, maintenant il murmurait, solennel et triste, comme pour dire « au revoir », et puis, tout à coup, il recommençait à chanter joyeusement, comme pour promettre son prochain retour.

Martiniano et Celle-qui-Joue-avec-les-Fleurs se quittèrent sur la plaza. Il ne lui montra pas la petite maison dans les champs — qui était aussi la sienne à présent — puisqu'il n'avait pas de collation décente à lui proposer. La Grande Palabre était finie, et la porte de la maison de Rena était ouverte, laissant entrevoir une gigantesque tablée ; certainement, la jeune fille savourerait là un bien meilleur petit déjeuner que chez lui.

À midi, il grimpa au mur d'enceinte du pueblo afin de la regarder partir : elle était assise toute droite sur une pile de couvertures à l'arrière d'un vieux Ford, au milieu d'un chargement hétéroclite de poteries et de casseroles. Autour d'elle, les silhouettes d'Indiens utes, avec leurs grands sombreros, leurs tresses pendantes et leurs longs manteaux froissés…

Il aurait pu lui écrire pendant ce mois d'attente. Chaque semaine, il se rendait au petit bureau de poste pour constater avec déception l'absence de courrier. « Ce qui m'arrive est aussi simple qu'inévitable », pensait-il alors. « Des mots seraient inutiles. Quand les hauts peupliers changeront de couleur, elle partira. Quand les saules changeront à leur tour, elle reviendra. »

Il attendit donc.

Peut-être aurait-il dû en parler à tous ses Oncles, aux Anciens et au gouverneur. Selon la coutume, ils seraient tous allés présenter au Chef ute leur demande d'adoption d'un membre de sa tribu, et ensuite ils auraient demandé la main de Celle-qui-Joue-avec-les-Fleurs à sa famille. Alors, Martiniano serait allé voir sa promise, en emportant avec lui une vieille caisse de bois, ou bien même un beau coffre tout neuf ; elle aurait ouvert les cadeaux à la cérémonie des fiançailles, aidée par toutes ses amies qui auraient aussitôt commenté de façon volubile la valeur de chaque présent, tandis qu'elle se serait réfugiée dans un coin pendant que lui-même serait resté au-dehors en attendant anxieusement que l'on voulût bien reconnaître ses mérites… Mais qui pouvait savoir ? Peut-être que les Utes avaient des coutumes encore plus ridicules !

De toute façon, Martiniano ne disposait pas de la somme nécessaire à un tel voyage, il ne devait pas compter sur ses Oncles pour lui faire le moindre cadeau, et sa conduite était désapprouvée par le gouverneur et les Anciens. Aussi lui resta-t-il fort peu de personnes à qui se confier, et la plupart d'entre elles se bornèrent à l'écouter sans s'émouvoir avant de s'éloigner en silence. De l'avis général, Martiniano n'était évidemment qu'un jeune étourdi aux réactions imprévisibles. Quel empressement insensé ! Quel manque de retenue ! Et quelle idée de vouloir choisir ainsi une épouse, sans réflexion ni précaution, comme s'il s'agissait d'une simple couverture ! C'était bien digne d'un Américain !

— Croit-il vraiment qu'elle lui reviendra ? disait-on au village. Il ne l'a vue qu'une seule fois ! Un homme sans le sou, comme lui ! Sans position sociale ! Sans famille ! Un déclassé !

Martiniano restait de marbre. Une voix parlait en lui. La voix de la foi.

Ceci est vraiment étrange. Tout ce qu'ils disent est vrai, mais ce n'est pas cette vérité qui compte. Une autre vérité, bien plus grande, vit en moi. Qui peut la dire ? Je me vois dans ma maison, tout seul, je me vois dans mon champ, je me vois comme un enfant. Puis je la vois, elle, et me voici un homme. Un homme qui ne cesse de grandir. Une force nouvelle court dans mes veines. Mon esprit se clarifie, comme une mare boueuse qui reçoit un nouveau courant limpide. Mon esprit n'est plus retenu à la terre, il prend son envol tel un aigle, il plane au-dessus du vaste monde et il voit combien nous tous y sommes seuls.

Et Martiniano n'eut plus confiance qu'en Palemon.

Ce dernier hocha la tête quand il eut entendu l'histoire.

— Un vieux dicton affirme qu'il faut se marier pour devenir un homme.

Il jeta un coup d'œil à sa femme qui était en train de coudre, à ses deux enfants qui jouaient sagement par terre, puis il tourna son visage vers Martiniano en souriant.

— Sans doute vas-tu encore grandir, mon ami Va en paix.

Martiniano s'éloigna rasséréné. Bien qu'il fût un peu passéiste, Palemon était un homme de bon conseil qui accordait plus d'importance à la substance de la vie qu'à ses formes fugitives.

Comme son ami le lui avait prédit et conseillé, Martiniano s'efforça de grandir en paix ; sa foi subsistait inentamée, il ne manifestait ni anxiété ni impatience et gardait ses sentiments pour lui. La nuit, étendu sur son lit solitaire, il sentait venir à lui l'univers à travers le temps et l'espace. Il connaissait le prix de l'attente. N'avait-il pas entendu dire qu'autrefois les jeunes gens devaient jeûner et dormir seuls, à la belle étoile, afin de se préparer à l'âge adulte, tels des guerriers qui guettent la relève ou des prêtres qui attendent de prononcer leurs vœux ? Il devait en aller de même pour le mariage, pensait-il, puisque le mariage concernait à la fois le corps, l'esprit et l'âme.

« Avec elle, c'est l'univers qui vient à moi. Nous ne devons plus faire qu'un seul être. C'est étrange, je n'avais jamais pensé à tout cela avant de la rencontrer. Ce doit être bon signe. Je me moque bien de ce que les gens disent ou ne disent pas. »

Et puis il s'endormait paisiblement.

Perdues parmi la forêt de pins, les cimes des peupliers prirent une teinte orangée, puis la chute des dernières feuilles accompagna la venue des premières neiges sur les pics.

Ensuite, les montagnes reverdirent, le canyon resplendit de tous ses ocres, et les grands peupliers flamboyèrent de nouveau sous le bleu du ciel. Le long de la rivière et de la route, les chênes et les mûriers scintillèrent comme des charbons ardents et se changèrent en petites sculptures, d'abord de cuivre, puis de bel étain.

Quand elle fut de retour, les saules aussi changèrent de couleur, ils revêtirent une teinte languide et semblèrent se courber sous le givre, en signe de bienvenue. Elle était là. Une belle jeune femme élancée dans un manteau râpé, venue à pied du village avec pour tout bagage une vieille valise aux coins éraflés.

— Tu vois ? Il y a encore des feuilles sur les saules. Pas beaucoup, mais il y en a.

Elle semblait lasse, fatiguée, éteinte.

— Je n'étais pas anxieux mais impatient, dit-il doucement.

— J'ai laissé ma vieille malle en fer-blanc au carrefour. Quand nous aurons cinq dollars, nous pourrons la faire acheminer jusqu'ici.

— J'ai un chariot. Le jour où nous irons la chercher, nous emmènerons un peu de viande que nous ferons cuire dans la montagne, et nous en profiterons pour rapporter un bon chargement de bois.

Ainsi, dans le cœur de Martiniano, ce n'était pas l'automne mais le printemps ! Celle-qui-Joue-avec-les-Fleurs était là !

Ils ne célébrèrent pas leur mariage de façon ostensible, par un grand banquet réunissant tous leurs amis pueblos et utes. Ce fut le prêtre mexicain, gras et matois, qui vint à contrecœur de la ville et les maria dans la petite église — non sans avoir encaissé les frais de la cérémonie trois jours à l'avance. Quelques Oncles de Martiniano apportèrent quelques cadeaux, Byers, cet étrange Visage pâle qui tenait une boutique indienne, leur fit savoir qu'une caisse de denrées les attendait chez lui, tandis que Palemon arrangea une petite fête avec l'aide de son épouse.

Et comment en était-on arrivé là ? Une ravissante demoiselle arapahœ nommée Celle-qui-Joue-avec-les-Fleurs était venue danser à l'occasion d'une cérémonie, elle y avait été dûment honorée et couverte d'hommages avant d'être conviée à d'autres festivités, et à présent qu'elle était revenue vivre ici les gens du pays avec qui elle allait devoir partager son existence semblaient ne pas la porter dans leur cœur.

— Tu vois, parce que maintenant tu es ma femme, tu dois partager ma honte, dit Martiniano. Tout comme moi, tu n'es pas vraiment une Indienne, oh non, mais bien plutôt une bonne citoyenne américaine ! Aveuglé par mon égoïsme, je ne t'ai pas prévenue.

Celle-qui-Joue-avec-les-Fleurs éclata de rire :

— Tes oreilles sont vraiment bouchées, mon cher époux ! N'entends-tu pas caqueter les vieilles commères quand je les croise ? Ne connais-tu pas mon nouveau nom ? Écoute-moi. Puisque nous ne formons plus qu'un seul être, il faut que tu saches ce que je sais. Mon peuple, les Utes, appelle le tien par dérision les « Geais des Pins », car ces oiseaux qui font « a-a-a-a-a » ont le même langage que vos vieux hérauts quand ils crient du haut des toits ! C'est pourquoi les vieilles femmes se moquent ainsi de moi. Tu vois, parce que tu as épousé une Ute, tu as appelé la honte sur toi, tu as apporté la disgrâce à ton peuple. Aveuglée par mon égoïsme, je ne t'ai pas prévenu !

Ils se sourirent.

Leur première année de mariage fut une bonne année, car ils ne firent qu'un seul être dans la joie et dans le malheur.

Maintenant, la fin de cette première année approchait, et Martiniano songeait à tout cela, assis devant le feu en réparant son vieux harnais.

Celle-qui-Joue-avec-les-Fleurs s'était déjà endormie. Dès l'aube, elle serait debout. Martiniano reposa doucement ses outils et sortit, afin d'aller jeter un dernier coup d'œil à ses bêtes. La nuit était froide et claire, le pic de la montagne resplendissait de blancheur. Martiniano rentra dans la maison, se déshabilla et s'étendit auprès de son épouse.

Couché dans la pénombre, il regardait fixement les braises dans l'âtre, de l'autre côté de la chambre. En tournant la tête, il vit le Peuple-de-la-Nuit qui souriait à travers la petite ouverture d'aération perdue parmi les poutres du plafond. Vieille-Femme-le-Vent frôlait les murs de la maison de ses longues jupes. Finalement, la vie avait du bon. Surtout avec Celle-qui-Joue-avec-les-Fleurs à son côté…

Mais soudain, comme il allait la serrer contre lui, quelques feuilles givrées vinrent heurter le portail. On eût dit le trot furtif d'un cerf qui s'enfuyait, un cerf en colère, un Esprit-Cerf. Martiniano se contracta et s'écarta de son épouse. Il rassembla toutes ses forces mentales pour ne plus penser à ce bruit. En vain. Il ne put se rendormir.

4

Ainsi, une froideur vint s'immiscer dans leur foyer.

Celle-qui-Joue-avec-les-Fleurs ne venait plus s'étendre auprès de son mari, afin de passer une soirée câline au coin du feu. Comme si elle avait honte de ne plus éveiller son désir, elle allait se coucher avant lui, se tournait vers le mur et restait ainsi immobile dans l'obscurité, les jambes repliées, les yeux grands ouverts. Martiniano ne regagnait le lit à son tour qu'au milieu de la nuit ; jamais plus sa main ne s'égarait doucement le long des cuisses de sa femme, ou n'attirait ce corps contre lui en quête d'un peu de chaleur. Son souffle n'allait plus caresser sa joue et sa gorge. C'était comme s'il dormait seul, et entre eux persistait cette froideur étrange, contre laquelle ils n'avaient aucun remède.

Martiniano éprouvait un sentiment de trahison quand il se remémorait la vacuité, la stérilité et la désolation de son existence avant que l'apparition vivifiante de Celle-qui-Joue-avec-les-Fleurs n'y fût venue créer une véritable oasis... Hélas, cela n'avait donc été qu'un mirage dans le désert de son incroyance ! Et Martiniano se sentit redevenir la proie de l'amère solitude...

Les cerises sauvages avaient été cueillies, et la récolte de prunes était déjà en train de sécher sur les toits. Après avoir entassé le maïs, les femmes le triaient soigneusement comme des poules qui construisent un nid, en réservant les épis les plus colorés à des fins ornementales ou cérémonielles ; de grands colliers de piments des terres basses étaient accrochés le long des murs, et leur couleur virait du rouge sang au noir ; au plafond, tels des drapeaux et des fanions, étaient suspendus les boyaux et les peaux des moutons que l'on venait d'abattre ; les enclos avaient été entourés de branchages de sapin afin d'être protégés du vent ; sur les pentes, des centaines d'ânes bâtés zigzaguaient sous leur fardeau de bûches de pin et de rondins de cèdre.

Puis un jour, une brise tiède se propagea dans l'après-midi glacé, telle une tavelure sur un fruit gâté, et, du ciel bas et gris, on vit descendre lentement une tache blanchâtre qui ressemblait à une plume chue du jabot d'une oie sauvage et solitaire : elle tournoya entre les parois bleutées de la montagne, survola paresseusement les murs d'adobe brun, puis se posa en douceur sur le sol rougeâtre, bientôt suivie d'une multitude de ses semblables.

C'était le miracle de l'hiver, paré de la mystérieuse auréole des premières neiges.

Le lendemain matin, le soleil brillait, l'air était chaud, et la neige s'était déjà évanouie, mais, si le miracle avait pris fin, une promesse de nouveauté subsistait dans l'atmosphère, comme ne se lassait pas de l'annoncer la voix claironnante du crieur juché sur le toit le plus haut du village : il proclamait que pour chacun le temps était venu de quitter ses quartiers d'été, qui sa grande maison, qui sa simple cahute, et de regagner sans tarder le nid commun, le pueblo.

Martiniano alla demander au gouverneur qu'on lui allouât un logement pour l'hiver, mais le tarif en était trop élevé, même dans le cas d'une simple chambre. Aussi regagna-t-il son logis situé hors de l'enceinte du pueblo, avec le sentiment d'avoir mésusé de son orgueil.

Celle-qui-Joue-avec-les-Fleurs tenta de le réconforter :

— Après tout, nous sommes ici chez nous ! Regarde ce que j'ai retrouvé dans ma vieille malle ! Ce tissu fera de merveilleux rideaux pour les fenêtres, n'est-ce pas ? Et si les flocons reviennent, nous n'aurons qu'à étendre la main pour cueillir toutes ces belles framboises rouges ! Qu'en dis-tu ?

Le visage de Martiniano se ferma dès qu'il comprit que ce tissu imprimé de motifs fruitiers provenait d'une robe d'écolière de son épouse. Il ne répondit pas aux efforts désespérés que celle-ci déployait pour lui dissimuler la triste vérité de leur situation, et partit s'asseoir devant la cheminée.

Une lueur d'effroi passa dans le regard de Celle-qui-Joue-avec-les-Fleurs, ses lèvres tremblèrent, et elle retourna vaquer à ses tâches domestiques.

Ainsi, la froideur s'était-elle immiscée dans leur foyer.

Désormais, Martiniano délaissa Celle-qui-Joue-avec-les-Fleurs, laquelle après tout n'était jamais qu'une femme, qu'une épouse. Il partit chercher réconfort auprès de Palemon.

À les voir assis en train de discuter, les deux hommes se ressemblaient autant par leur allure qu'ils différaient par leur attitude : l'un se montrait vif et spirituel, quand l'autre demeurait la tête baissée, taciturne, presque inexpressif à force d'inertie. Bien qu'étant douloureusement conscient du gouffre qui les séparait, Martiniano se rendit compte de la compassion de Palemon à son égard, ce qui lui permit d'épancher sa souffrance et de donner libre cours à son amertume refoulée jusqu'alors.

— Ils m'ont mis à l'amende parce que je n'ai pas enlevé les talons de mes bottes, parce que j'ai refusé de découper mes pantalons, ils m'ont fouetté parce que je n'ai pas participé à leurs danses, ils m'ont interdit l'usage de la batteuse municipale, ils nous ignorent, ma femme et moi, au point que nous voilà devenus de véritables parias. On ne veut même plus nous laisser accéder au pueblo. Eh non ! Alors, nous allons devoir passer tout l'hiver à déblayer le chemin de notre petite maison, pour que notre chariot puisse passer… Et qu'avons-nous donc fait pour mériter tout cela ? Rien ! Qu'y a-t-il donc de si bon dans ces vieilles coutumes pour que tu t'en prévales à ce point ? Pourquoi tant de cruauté, tant d'injustice envers un frère de sang ?

L'aîné des deux hommes tirait de lentes bouffées de sa cigarette. Il n'était certes pas insensible aux injustices flagrantes que subissait son jeune ami, mais, par ailleurs, il déplorait de constater chez ce dernier la persistance de ce farouche individualisme qui l'empêchait de discerner les vrais problèmes ; semblable aveuglement provenait sans doute de ce long séjour en pensionnat où Martiniano avait oublié la précieuse instruction donnée par les siens… Palemon sentit qu'il devait redoubler d'éloquence :

— Mon ami, comment pourrais-je bien t'exprimer mes sentiments ? Le cœur, l'esprit, le corps, tous vont ensemble, tous ne font qu'un. Mais le problème, c'est que toi, tu vas tout seul. Toujours tout seul. Et il ne doit pas en aller ainsi, mon ami. *Vois-tu, c'est ainsi : je suis un corps mortel et je suis un esprit immortel. Tous deux ne font qu'un. Et, sur cette terre, il se trouve que je suis emprisonné pour un court instant dans ce corps mortel, mais cela ne me gêne en aucune façon car j'ai appris à connaître ses limites, ses besoins, et je sais y obvier.*

Maintenant, moi, dans ce corps mortel, suis emprisonné dans une forme d'existence — celle de ma tribu, de mon pueblo, de mon peuple. Cela ne me gêne pas non plus car j'ai appris à connaître leurs limites, leurs besoins, et je sais y obvier, car mon corps va se fondre dans le monde extérieur, dans la terre, le ciel, le soleil, la lune, les étoiles et les esprits...

J'ai foi en mon corps. J'ai foi également en cette forme d'existence, laquelle n'est après tout que mon corps agrandi. Aussi, comment pourrais-je m'opposer à ses exigences ? Je sustente donc ce corps agrandi par une foi sans cesse renouvelée, je satisfais ses désirs les plus triviaux et j'allège son fardeau au moyen des danses, des prières et des cérémonies.

Maintenant, si je me querellais avec mon corps, mon esprit ne serait plus libre. Et si je me querellais avec mon corps agrandi, mon esprit ne serait plus libre. Mais si je parviens à les faire coexister en moi, je peux alors m'en délivrer et devenir un être unique, indéfini, inséparable du grand flot de la vie.

Palemon entreprit de rouler une autre cigarette.

Toi aussi, mon ami, tu as un corps mortel et tu es en paix avec lui. Toi aussi, tu possèdes un corps agrandi : ta forme d'existence, ta façon de vivre. Ce n'est pas la même que la mienne, puisque tu rejettes nos vieilles coutumes. Ce n'est pas non plus la façon de vivre des Blancs, puisque tu la rejettes également, mais, en tout cas, tu as sûrement une forme d'existence, une façon de vivre. Qui sait quelle est la meilleure ? Elles ne sont que des coquilles interchangeables qui toutes enveloppent la vie. Mais, si l'on veut être libre, on se doit de vivre en harmonie avec elles. Car ce n'est que lorsque l'on n'éprouve plus le sentiment d'être emprisonné dans une quelconque forme d'existence que l'on a atteint la substance spirituelle qui permet de se surpasser et d'ainsi ne faire plus qu'un avec le grand flot inépuisable de la vie éternelle et infinie.

Pardonne-moi, mon ami, mais vois-tu maintenant ce qui te fait défaut ? Non pas une forme d'existence, puisqu'il en est trois à ta disposition : l'ancienne façon de vivre conforme à la tradition indienne, la façon de vivre moderne de l'homme blanc, ou bien la tienne, qu'elle soit un mélange des deux précédentes ou bien tout autre chose. Non, ce dont tu as vraiment besoin, c'est d'avoir foi en une forme d'existence, peu importe laquelle. C'est cette foi qui te débarrassera de l'amertume, de l'envie et du souci, elle qui délivrera ton esprit et te fera prendre goût à cette vie féconde, indéfinie et infinie.

Les sentiments de Palemon continuèrent ainsi à émaner de lui comme les vagues silencieuses d'une compassion intarissable, et, au fur et à mesure qu'il les égrenait de cette voix sereine, ils devenaient de plus en plus compréhensibles pour Martiniano, au point que ce dernier ressentit le besoin d'interrompre son ami :

— La foi, dis-tu ! Mais en quoi, en qui un homme peut-il avoir foi de nos jours ? Le gouvernement m'a trahi. Mon peuple me rejette. Tu te rappelles combien mon existence était vide avant mon mariage. Et puis, en me mariant, je suis devenu un autre homme, car j'avais foi en quelqu'un, mon épouse. Mais maintenant ? Cela aussi, c'est fini ! Peut-être que je n'aurais pas dû me marier avec elle — à ce moment-là, je veux dire, puisque à présent la voici devenue aussi misérable que moi. Et pourquoi tout cela ? Oui, pourquoi ?

Martiniano se prit la tête dans les mains.

— Hein, pourquoi ? s'écria-t-il brusquement. Mais à cause de ce cerf, bien sûr ! C'est ce qu'ils me reprochent tous ! Ce maudit cerf que j'ai tué ! Qui a détruit mon foyer ! Qui a éloigné de moi ma femme fidèle et affectueuse !

— Peut-être en est-il ainsi, concéda Palemon. Mais peut-être s'agit-il d'une autre chose que tu aurais oubliée, à propos de ce cerf, justement. *Je me souviens très clairement comment ton esprit m'a appelé. C'était comme s'il avait quitté ton corps mortel, ton corps blessé, ton corps mortifié, et qu'il avait rompu les liens qui le retenaient encore à ta forme d'existence. On aurait dit que ton esprit se tenait à mes côtés, qu'il chuchotait à mon oreille et qu'il devait parler à mon cœur jusqu'à ce que je lui réponde. Du moins, c'est ce qu'il m'a semblé. Je ne t'en ai pas parlé. Je ne sais pas comment tu as pu réveiller ce pouvoir endormi, et je ne tiens pas non plus à le savoir. Il y a là quelque chose qui se situe au-delà des mots, et je ne pense pas que nous devrions chercher à en savoir plus.* En tout cas, si je devais m'intéresser à ces questions de foi, poursuivit Palemon, je réfléchirais certainement à cette affaire de cerf. Quant à toi, n'écoute pas seulement ton corps et ton esprit, écoute aussi ton cœur qui contient tous les sentiments.

Martiniano s'en fut, réconforté. Il se sentait toujours ainsi après avoir vu Palemon, après s'être enrichi de l'éloquence de son silence, bien qu'en sa présence ce mutisme l'oppressât, comme si lui-même n'était en définitive qu'un Blanc incurablement bavard...

Il décida de rendre visite à cet étrange Visage pâle qui tenait une boutique indienne afin de le remercier d'avoir acquitté son amende, mais dès qu'il fut devant lui il éprouva la sensation qu'un obstacle les séparait et que son flegme indien reprenait le dessus.

Byers le dévisagea attentivement. C'était la première fois qu'ils se revoyaient depuis le procès.

Martiniano s'entendit prononcer ces mots d'une voix atone :

— Je viens pour l'amende. Les cent cinquante dollars. Je ne sais pas quand je pourrai les rembourser.

— Je ne te demande rien, grommela Byers. De toute façon, c'est inscrit sur le registre. Tu sais que ma femme adore la paperasse !

Martiniano lui adressa un regard sombre avant de s'éloigner. Byers le regarda partir tout en grattant nerveusement une allumette sur le comptoir. « Même pas merci ! » pensa-t-il. « Mais qu'est-ce qu'il croyait, aussi ? Que j'allais lui faire un discours, peut-être ? »

En se rendant chez Byers, Martiniano était passé devant la petite église catholique du pueblo, là où les Indiens allaient entendre la messe les jours saints — ils attendaient à peine qu'elle eût pris fin pour commencer leurs propres danses. Pendant ce temps, le prêtre mexicain, gras et matois, si avide d'aumônes, s'empressait de fermer les portes et de retourner au village ; n'ayant pas le droit d'abriter des rites païens dans l'enceinte sacrée, il affectait d'ignorer leur existence et s'épargnait ainsi bien des tracas. Aussi, la présence de l'église était-elle dénuée de toute signification ; ce n'était qu'une forme vide où les Indiens allaient se faire administrer le baptême et l'extrême-onction, rien d'autre qu'un haut clocher surmonté d'une croix, l'emblème phallique du mâle avide de conquêtes : telle était la forme qu'en tout lieu revêtait la foi de l'homme blanc.

En revanche, quand il se rendait chez Palemon, Martiniano passait toujours devant une kiva, avec son mur d'adobe, doux et rond comme le ventre d'une femme enceinte ; ses fondations s'enfonçaient tendrement dans la terre obscure qui n'opposait aucune résistance, et il y avait aussi l'échelle qui, une fois sortie du toit, permettait aux hommes d'accéder à l'intérieur. C'était la kiva, l'église indienne, symbole de fertilité féminine enchâssé dans Notre-Mère-la-Terre, et tout y dénotait une façon de vivre réceptive, un appel à l'apaisement, une croyance aux suppliques : ainsi, quand on avait besoin d'eau, on dansait pour implorer la pluie au lieu de creuser encore d'autres fossés d'irrigation.

Mais désormais, qu'il se rendît chez Byers ou chez Palemon, Martiniano n'accordait plus la moindre attention à ces deux lieux de culte qui représentaient les pôles de son existence, et dont l'attraction mutuelle trouvait son point d'annulation en sa propre personne. Il se sentait si misérable, écartelé par ces deux instances.

Avec les mots, il se produit souvent ceci : exprimez vos sentiments au moyen de mots, et ce sont vos sentiments qui disparaîtront, éparpillés tels de simples fétus de paille au vent.

Mais parfois, il arrive autre chose : certains mots sont parfois l'objet d'un choix minutieux, comme lorsque l'on sélectionne des grains parmi la récolte, et ils finissent par donner lieu à l'éclosion de nouveaux sentiments. Ainsi en allait-il des rares paroles de Palemon qui mûrissaient lentement dans l'esprit de Martiniano.

En son for intérieur, il avait toujours pressenti la présence d'une force étrangement calme, presque tranquille, s'apparentant au roulement d'un tambour lointain, souvent presque inaudible, qui parfois venait remplacer les battements de son propre cœur, qui s'éloignait à nouveau, et qui jamais ne disparaissait vraiment...

Mais sans la foi, à quoi bon une telle force ?

Or, Martiniano savait maintenant que c'était précisément la foi qui lui faisait défaut.

Et rare est la foi qui naît et survit sans revêtir une forme ecclésiale...

L'esprit du cerf qu'il avait tué ne cessait plus de le tourmenter, mais l'accès des kivas lui demeurait interdit, et les quelques Anciens férus en ces matières ne les évoquaient jamais au-dehors ; ses problèmes conjugaux le tracassaient également, mais quel réconfort lui eût apporté une messe lugubre ? Aussi, Martiniano se mit en quête d'une foi, peu lui importait laquelle, du moment qu'il pût y prêter durable allégeance.

La Lune-de-la-Consécration-du-Maïs parvenait à son décours, elle qui avait illuminé le ciel pendant les offrandes faites aux morts. Martiniano fut étonné de voir Celle-qui-Joue-avec-les-Fleurs en grande conversation avec Manuel Rena sur la plaza. Aperçu d'eux, il alla les rejoindre.

— C'est une femme de qualité que la tienne, dit Rena. Je l'ai vue danser, et d'ailleurs je reviens tout juste des Plaines où vit son peuple, les Arapahœs. Je suis aussi allé rendre visite aux Cheyennes, aux Kiowas, aux Osages, aux Pawnees et aux Cherokees. Ce sont tous des braves, et ils m'ont beaucoup appris. À présent, j'aimerais vous raccompagner chez vous, car j'ai à vous parler. Ta femme voudrait savoir certaines choses, et toi, d'autres.

Martiniano approuva avec gravité. Il avait entendu raconter bien des choses sur cet homme riche, qui portait une couverture d'apparat de pure *bayeta* aux couleurs rouge vif et bleu foncé rapportée du Mexique, la plus belle de tout le pueblo. On prétendait que son pouvoir ne provenait pas seulement de ses terres fertiles, de ses bons chevaux, ou de ses troupeaux de moutons, et Martiniano se souvint que, de chez lui, s'élevait souvent la rumeur nocturne d'un petit tambour d'eau. Quand ils arrivèrent chez eux, il put constater que les talons des bottes de Rena n'étaient pas coupés et que le fond de son pantalon était en cuir.

Manuel parla longtemps du peuple de Celle-qui-Joue-avec-les-Fleurs, des Arapahœs, des Indiens des Plaines, des Cheyennes, des Osages, des Pawnees et des Cherokees.

— Il n'y a plus de bisons, expliqua-t-il d'une voix sourde, or, ces tribus des Plaines sont plutôt des mangeurs de viande. Alors, elles dépérissent. Elles ont presque disparu, mais pas encore tout à fait. Quelque chose leur est arrivé, qui a renouvelé leurs forces.

Il restait assis, ses grands yeux noirs perdus dans le vague, puis finit par dire :

— Et c'est de cela que je voulais te parler.

Celle-qui-Joue-avec-les-Fleurs se leva discrètement et partit dans la cuisine vaquer à ces continuelles tâches domestiques qui incombent à la femme et dont les limites sont difficilement assignables.

— La première fois que je suis allé dans les Plaines, en Oklahoma, poursuivit Manuel, c'était il y a plus d'une vingtaine d'années. J'étais avec des garçons de notre pueblo. Il y avait aussi cet étrange Visage pâle qui tient une boutique indienne, qui est si bon, qui sait si bien garder son cœur et ses yeux ouverts, qui sait si bien tenir sa langue. Ce fut un étrange voyage qui certainement a exercé une mystérieuse influence sur nous. Quand je suis parti là-bas, j'étais encore un enfant, et, quand je suis rentré, j'étais devenu un homme. Bon, assez là-dessus, passons aux choses sérieuses ! Écoute-moi !

Dès notre arrivée, nous avons rendu visite aux Cheyennes et aux Arapahœs. Ils avaient déployé leurs plus belles robes[1] pour nous. Nous leur fîmes des présents et nous en reçûmes en retour. Nous avons mangé, nous avons fumé. Nous ne faisions plus qu'un.

Et puis voici ce qui s'est passé : une nuit, ils m'ont emmené dans un tipi, ils m'ont fait asseoir sur une robe, et nous avons mangé d'une certaine plante, une herbe étrange au pouvoir mystérieux. Ils ont joué du tambour, chanté leurs chansons et fait leurs prières. Puis nous avons encore mangé de cette plante, de cette herbe étrange au pouvoir mystérieux, et la nuit entière s'est passée ainsi.

Je les voyais assis en cercle dans le tipi, le tambour passait de main en main, chacun chantait à

1. *Robes* dans le texte. La « robe » du bison, c'est-à-dire sa peau qui, toujours revêtue de la toison, servait de tapis cérémoniel.

son tour et, soudain, je me vis parmi eux. Je *me* vis, en effet, car mon esprit n'était plus emprisonné dans mon corps, il l'avait quitté pour aller vagabonder au-dehors. Et là, mon esprit a vu les bandes de bisons, si nombreux qu'ils recouvraient la plaine, et des cavaliers à la tête rasée, vêtus comme autrefois. Il a vu la guerre, la longue famine, la paix, la satiété, la viande à foison, et, derrière tout cela, il a vu cette chose qui fait que tous les hommes sont frères. Il a vu l'argent. Tout cela se passait comme dans un rêve, mais ce n'était pas un rêve, c'était cette plante qui m'avait donné ce mystère, cette herbe étrange que nous avions mangée.

Cette plante m'avait également donné son pouvoir. Quand le soleil s'est levé, nous sommes tous sortis du tipi. As-tu déjà bu du whisky toute la nuit, senti ce goût saumâtre sur ta langue, ce feu qui dévore tes entrailles ? Eh bien, cette herbe, elle, m'a laissé sain de corps et d'esprit. Veux-tu savoir quel était mon état d'esprit ? Alors, regarde cette petite broche argentée...

Il écarta sa couverture. Épinglée à sa chemise, il y avait une petite oie argentée, le cou tendu vers le haut, une petite oie sauvage et extatique qui prenait son envol pour les cieux. Martiniano hocha la tête.

— Ensuite, nous nous sommes reposés et nous avons fait une grande fête, continua Manuel. Je me sentais heureux et fier, pas fatigué le moins du monde. Au contraire, j'étais ragaillardi. Je ne leur ai rien demandé mais, avant notre départ, ils m'ont raconté l'histoire de cette plante, de cette herbe au pouvoir mystérieux.

Tout cela remonte à loin : il y avait une troupe sur le sentier de la guerre, les hommes étaient équipés légèrement. À un moment, ils durent laisser derrière eux un guerrier mal en point. Tu sais comment cela se passe : on lui laisse un poney affaibli et de la viande pour trois jours. Si le destin le permet, l'homme parvient à reprendre les forces nécessaires pour regagner son camp. Sinon... Eh bien, ma foi, c'est la guerre ! Qu'importe la perte d'un simple poney ? Donc, le guerrier malade reste où il est tombé, épuisé au point de ne plus distinguer le jour de la nuit. Soudain, un chant se fait entendre, et pourtant il n'y a personne autour de lui. Puis le chant s'arrête, et une voix lui dit : « Viens ! » Cette voix est celle d'une plante qui pousse là, tout à côté de lui. Elle se met à fleurir, à s'épanouir. Il parvient à ramper jusqu'à la toucher.

Il se retrouve dans une grande salle, située dans la racine de la plante. En fait, c'est une kiva. Il est entouré d'hommes tous vêtus de daim. Ils commencent à maudire sa tribu, à l'accuser d'être sans cesse par monts et par vaux, toujours sur le sentier de la guerre. Ils reprochent à son peuple de vivre de manière bestiale, sans aucun souci de leur destinée spirituelle, puis ils lui font manger de cette plante revigorante. Ils lui disent d'en rapporter à sa tribu, et de leur adresser les mêmes malédictions et les mêmes reproches qu'il vient de subir. Ils lui apprennent à utiliser cette plante afin qu'il puisse transmettre son savoir à sa tribu. « Crois en elle comme en Dieu ! », lui disent-ils. « Elle les sauvera comme elle t'a sauvé ! »

Il rentre chez lui. Sa troupe est déjà revenue au village et a annoncé sa mort à tous ses parents avant de les scalper et de tuer ses chevaux. Dès son retour, il fait comme on le lui a ordonné, il les réunit tous, leur lance des malédictions et des reproches et leur enseigne l'usage de la plante.

Ce sont les Cheyennes et les Arapahœs qui m'ont raconté cette histoire, poursuivit Manuel, et eux-mêmes la tiennent des Kiowas. J'avais rapporté chez moi quelques graines de cette plante au pouvoir mystérieux, afin d'apprendre son usage à ma tribu. Bientôt viendra le jour où les Apaches du désert, les Navajos et les Utes des montagnes l'utiliseront aussi. Nous tous l'utiliserons à l'exemple des tribus des Plaines. Alors, nous ne formerons plus qu'un seul peuple, avec pour seul souci notre vie spirituelle. Peyotl sera notre Chef et notre Dieu. Peyotl nous sauvera tous.

Martiniano se fit une cigarette dans du papier maïs et proposa d'en rouler une pour Manuel qui refusa poliment.

— Voilà ce que je voulais te dire, fit-il. Désormais, tu sais qui est Notre-Père-le-Peyotl. Je reviens de chez les Cheyennes et les Arapahœs d'où j'ai rapporté une grande quantité de cette plante, le peyotl.

Nous allons tenir plusieurs réunions dans notre église. La Route du Peyotl t'est ouverte, Martiniano. Dans mon tipi, il y aura toujours une place pour que tu déploies ta couverture.

Manuel se leva et serra la main de Martiniano avant de prendre congé.

Ce dernier en sut bientôt plus au sujet de ce mystérieux cactus ; c'était une drogue dont l'usage était prohibé par les lois fédérales, tout comme la marihuana, et les Indiens des Plaines l'utilisaient en remplacement du whisky. D'après ce que l'on chuchotait en ville, cela leur procurait des visions et les rendait presque fous.

Quand Martiniano aborda ce sujet avec Celle-qui-Joue-avec-les-Fleurs, celle-ci se souvint en avoir eu déjà connaissance :

— Rena t'a dit vrai, ce sont bien les Kiowas qui ont transmis l'usage de cette plante aux Cheyennes et aux Arapahœs. Mais les Kiowas tenaient déjà ce savoir d'une tribu mexicaine, les Yaquis peut-être, et ces derniers eux-mêmes le tenaient des Tarahumaras et des Coras. Les Huichols de la Sierra Madre l'utilisent aussi. Mais voici ce que moi j'ai entendu dire : ce serait une vieille femme à qui Peyotl aurait fait sa première révélation. Ne trouve-t-on pas toujours une femme à l'origine de chaque mystère ? Et le pouvoir, lui, n'est-il pas essentiellement masculin ? Aussi fut-il abandonné aux hommes. Voici tout ce que je sais, mon cher époux... Une chose est sûre, cette coutume est fort ancienne. Certains l'approuvent, tandis que d'autres la désapprouvent. C'est tout ce dont je me souviens…

Et désormais, chaque samedi soir, Martiniano épia le battement du petit tambour d'eau qui résonnait à travers champs dans le silence profond et glacé. Pendant deux semaines, il pesa le pour et le contre. Mais n'avait-il pas besoin d'une foi nouvelle, d'un pouvoir nouveau ? Aussi, un samedi, à la faveur du crépuscule, Martiniano prit la Route du Peyotl.

Il longea l'enceinte du village, les buissons de prunes sauvages, coupa à travers les champs de maïs enneigés, atteignit la prairie qui entourait la maison de Rena, et là, juste derrière une haie d'arbres, il distingua malgré la pénombre une forme conique de couleur gris pâle, recouverte de peaux de bêtes, surmontée de poteaux sombres qui se détachaient sur le ciel violet, et dont l'ouverture, selon la coutume arapahœ, donnait vers l'est : c'était le tipi. À son arrivée, le carré de peau se souleva comme pour une invitation. Il se courba et entra.

Une trentaine d'hommes étaient assis en cercle. Au centre, sur le sable, était dessiné un petit croissant de lune sur lequel était posé un bouton de peyotl de la taille d'un oignon. Entre le dessin et l'ouverture du tipi, un feu composé de sept branches se touchant à leurs extrémités diffusait sa lueur incertaine.

Martiniano prit place dans le cercle. Un silence total régnait dans le tipi, que rompait parfois l'entrée d'un homme qui venait entretenir le feu. De l'autre côté du croissant de lune, une main brune releva un court instant la couverture qui dissimulait un visage de la même teinte : c'était le Chef-Peyotl qui saluait Martiniano, c'était Manuel Rena.

Deux autres hommes entrèrent, rabattirent le carré de peau, longèrent le cercle dans le sens des aiguilles d'une montre et vinrent s'asseoir auprès du Chef-Peyotl. L'un d'eux tenait un tambour en forme de timbale, empli d'eau, et l'autre une brassée d'armoise et de cèdre. Après un moment, le Chef-Peyotl saisit du tabac et une feuille de maïs, il roula une cigarette et passa les ustensiles à son voisin de gauche. Le Gardien-du-Feu prit un brandon, alluma la cigarette du Chef et fit de même pour les autres participants, en se dirigeant vers la gauche. Lorsqu'ils eurent fini de fumer, le Chef-Peyotl fit une prière que tous reprirent.

Les incantations indiennes, gutturales, se joignirent comme des perles le long d'un fil :

— Notre-Père-le-Peyotl, Notre-Père-Dieu, ce garçon elle[1] demande prière cette nuit cette maison faite de cigarette puisse-t-elle m'aider à prier de bonne manière sans fatigue. Notre-Père-le-Peyotl, Notre-Père-Dieu, ce pauvre homme te demande aide pour bonne prière pour une vie agréable à lui à sa famille, car lui aussi a droit à la vie…

1. Tel quel. Cf. explication p. 296.

La prière achevée, on fit passer vers la gauche un sac empli de petits boutons de peyotl. Chaque homme en prit quatre et les disposa devant lui sur le sol. Martiniano imita ses voisins ; il gratta les boutons de la pointe de son canif, les réduisit en une fine pâte, cracha dans ses mains et en fit une boulette qu'il avala.

De sa main gauche, le Chef-Peyotl éleva une canne, en prenant soin de laisser l'une des extrémités en contact avec le sol pour y conserver la force tellurique. De l'autre main, il agita une petite crécelle puis, accompagné du Chef-Tambour qui, à sa droite, marquait le rythme, il chanta quatre chants. Ensuite, il confia la canne et la crécelle à l'Homme-Cèdre sur sa gauche, tandis que le Chef-Tambour en faisait autant avec son instrument. Ainsi de suite, tous chantèrent les quatre chants.

Martiniano ramena sa couverture sur ses épaules. Il écouta les chants, et bientôt le rythme du tambour ne fit plus qu'un avec celui de son pouls, tandis que les voix, elles, exprimaient le chant du sang qui coulait dans ses veines ; il pouvait sentir la chaleur diffusée par le petit feu, l'onde puissante qui naissait dans son ventre, qui grandissait dans sa poitrine comme un arbre qui étend ses branches. Il fixa son regard sur Peyotl, sur le gros bouton posé sur le croissant de lune jaune clair. Tiens, il n'était plus rond ! Il avait pris la forme conique d'un tipi ! Martiniano y pénétra. Tiens, il n'y avait personne ! C'était une pièce immense comme le monde entier.

Des bandes de bisons passaient au loin dans les plaines dorées. Des troupes de chevaux sauvages aux naseaux fumants galopaient — des étalons rutilants aux crinières flamboyantes. Derrière eux, un splendide paysage de hautes montagnes bleutées aux pics déchiquetés et de vastes plaines dorées parcourues par les chevaux rouges. Martiniano aurait aimé rester en ce lieu, mais quelqu'un l'appelait au loin.

C'était l'Homme-Cèdre qui lui tendait de l'armoise et l'aidait à s'en frotter les mains et le visage.

— Pour conserver son odeur sur toi et t'empêcher de te sentir faible et fatigué.

Il s'accouda au sol, et le tipi se referma sur lui. Quel drôle de tipi ! En haut était suspendue une rangée de maïs blancs et jaunes. Cette guirlande s'allongea soudain, et les épis se mirent à grandir, les épis blancs se transformèrent en pièces d'argent, les épis jaunes en pièces d'or, et tous les grains sonnaient, trébuchaient, sonnaient, trébuchaient...

Ce n'était que le bruit de la crécelle. Martiniano vit passer devant lui la canne, le tambour et la gourde que recevait l'homme à sa gauche.

— Je reviens de l'endroit où j'étais, dit-il simplement. Là où les lointaines montagnes bleutées succèdent aux plaines dorées que parcourent les chevaux rouges. Là où les tipis sont bizarres, là où les épis blancs sont d'argent, où les épis jaunes sont d'or, où les grains sont comme des pesos... Mais puisque je suis revenu à temps, pourquoi ne chanterais-je pas, moi aussi ? Je vais chanter mes chansons !

On rendit le tambour à son voisin, puis la crécelle et la canne lui furent tendues. Il ne chantait pas très bien, mais les deux mélodies qu'il connaissait parurent s'élever dans les airs comme un couple d'oies sauvages qui survolent les marais. Après, il commença une petite berceuse de style arapahœ que Celle-qui-Joue-avec-les-Fleurs fredonnait souvent en faisant la cuisine. Sa mémoire eut tôt fait de le trahir, et il entama une chanson à boire mexicaine :

— *Borrachita, me voy*[1]…

À cet instant, quelqu'un lui reprit poliment la canne et la crécelle des mains ; le tambour aussi fut tendu à quelqu'un d'autre.

À minuit, de l'eau fut proposée à tout le monde, et il en profita pour sortir un instant du tipi. Le monde avait cessé de vibrer dans l'espace — c'était sûrement d'avoir chanté. Tout baignait dans un demi-jour. Martiniano se tenait droit sous le manteau céleste, éternel et bleu, brodé de fragments d'étoiles dont les poussières lumineuses retombaient éparses entre les arbres morts.

Il était arrivé au cœur du temps, ce cœur qui bat lentement mais sûrement.

Martiniano revint dans le tipi et réintégra le cercle ; l'Homme-Cèdre passa un brandon devant son visage, afin qu'il inhalât la fumée, on fit repasser le sac de peyotl, et les chants reprirent, toujours accompagnés du tambour et de la crécelle.

1. « Me voilà, petite soûlarde… »

L'un des jeunes gens avait eu un malaise, et le Gardien-du-Feu fit disparaître les vomissures à l'aide d'une petite pelle ; l'Homme-Cèdre alluma une branche de cèdre sacré au parfum âcre et entêtant puis, à l'aide d'un éventail de plumes de dindon, il entreprit d'enfumer le malade et le Gardien-du-Feu en prenant soin de diriger la fumée vers les hommes assis en tailleur ; bientôt, chacun des participants fit de même, et les éventails ne cessèrent plus de passer devant les visages assombris, aux paupières mi-closes, aux mâchoires crispées par la mastication, tandis que les volutes de fumée s'insinuaient jusque dans les replis de leurs couvertures.

À demi allongé, Martiniano se perdit dans la contemplation des éventails : certains, noirs et blancs, étaient fabriqués avec les longues plumes de la queue d'une pie, d'autres, mouchetés de brun, étaient confectionnés avec les plumes d'un faucon, ou celles, plus duveteuses, de Grand-Père-Dindon, celles d'un aigle aussi, ou encore avec celles, fines et légères, de tous les petits oiseaux de l'été et de la rivière. Les empennages de ces plumes étaient délicatement enveloppés et réunis par une poignée en peau de daim souple, ornée de duvet d'aigle, avec des pendentifs de plumes iridescentes de perroquet ou des magnifiques broderies de perles colorées ; tous s'agitaient doucement, pivotant en cadence dans les mains brunies de leurs propriétaires.

Les fidèles semblaient tous disparaître dans le nuage de fumée odorante qui emplissait le tipi ; les éventails multicolores continuaient à s'agiter en cadence, quand soudain, toutes les mains brunies parurent se fondre en une seule et unique main gigantesque qui se détachait à l'horizon d'une terre riche et noire. Tous ces éventails chatoyants n'en formèrent plus qu'un seul — l'immense arc-en-ciel de l'aube à l'horizon lointain. Et dans ce paysage, dans cette aurore de rêve, Martiniano suivit la Route du Peyotl.

Cette Route le conduisit dans les champs où poussait le maïs, dont les grains blancs étaient des pesos d'argent, dont les grains jaunes étaient des pièces d'or, et là, il vagabonda parmi les hauts plants de maïs, l'oreille aux aguets, caressant et écoutant les lourds épis bruissants qui s'entrechoquaient et tintinnabulaient dans le vent. Une pensée lui traversa l'esprit : « Je vais emplir mes poches avec ce maïs. Personne ne saura qu'il ne s'agit pas de vrais pesos, et je serai riche. »

Et puis, comme si quelqu'un venait de lui souffler cette objection : « Mais à quoi bon être riche ? La foi ne s'achète pas ! » Alors, il sut qu'il était de nouveau égaré et il poursuivit son errance.

Il arriva dans les grandes plaines dorées où galopaient les étalons flamboyants, Là, il s'arrêta afin d'observer les étincelles qui crépitaient sous leurs sabots, les éclairs qui parcouraient leurs crinières ondoyantes, le feu qui jaillissait de leurs naseaux. « C'est cela, le pouvoir », songea-t-il. « Et quel pouvoir ! Si ces chevaux étaient en ma possession, tous les Anciens qui me persécutent se plieraient à mon bon vouloir ! »

À cet instant, une nouvelle pensée traversa son esprit : « Le pouvoir, c'est la persécution. Toi-même, tu l'as dit. Jamais il ne conduit à la paix. Tu viens encore de t'égarer, tu as encore quitté la Route. »

Il continua sa pérégrination, et parvint devant de grandes montagnes bleues. Là se dressaient les vénérables sapins, la tête perdue dans le ciel, les pieds enfouis dans la terre, paisiblement enracinés dans une rêveuse solitude. Auprès d'eux coulait la rivière et poussait l'ancolie ; de grands oiseaux voletaient de branche en branche. Un animal détala dans les buissons. Martiniano s'arrêta. Les montagnes bleues de la paix lui ouvraient leurs bras, elles déployaient leurs couvertures en signe de bienvenue, mais il ne voulait surtout pas s'arrêter pour délibérer avec les vieux arbres de la signification de cette étrange quiétude qui empreignait l'endroit. Il ne parvenait pas à s'apaiser. Il voulait encore autre chose. Il voulait franchir l'horizon bleuté et plonger enfin son regard dans les couleurs innombrables de cet arc-en-ciel en forme d'éventail, où le jour prenait naissance.

Et tout à coup, comme il luttait pour se dresser toujours plus haut, les buissons s'ouvrirent devant lui en un craquement. Un cerf se tenait là, dans la clairière. Le cerf qu'il avait tué.

Martiniano voulut saisir son fusil, mais il s'aperçut qu'il l'avait oublié. Le cerf l'observait. Il était beau et fort, et dans ses grands yeux bruns brillait une lueur de tristesse. Il leva une patte antérieure, huma l'air et secoua ses bois.

Martiniano se sentit effrayé. Il regarda autour de lui, cherchant un bâton, et remarqua les grands pins qui semblaient tristement hocher la tête en signe de compassion. Mais ce signe concernait le cerf, et non lui, Martiniano. Il comprit alors qu'il n'était qu'un étranger, un intrus qui n'avait pas daigné s'arrêter pour comprendre cette paix mystérieuse, cette fraternité étrange et universelle qui unissait le cerf aux arbres et aux oiseaux. Il tourna les talons et s'enfuit.

Le cerf s'élança à sa poursuite. Martiniano sentait son haleine brûlante sur sa nuque, il entendait ses sabots marteler la terre derrière lui. Les grands oiseaux sifflaient, les beaux sapins gémissaient.

À bout de souffle, il atteignit la grande plaine dorée où galopaient les chevaux de feu, et pénétra dans le champ de maïs argenté. Quand il parvint enfin à regagner le tipi, il était en sueur, épuisé et tremblant sous l'effet d'une frayeur indicible. Le cerf continua sa course autour du tipi, et Martiniano pouvait entendre ses sabots qui piétinaient sauvagement la terre en faisant un bruit de tonnerre ; il plongea sa tête sous sa couverture et resta ainsi, paralysé de terreur.

Le vacarme s'estompa. Il sentit qu'on lui passait de l'armoise sur les mains et le visage, et puis il entendit le doux murmure des éventails qui brassaient vers lui la fumée de bois de cèdre. Il était calme. Le monde était calme. L'obscurité se dissipa, et, sur les parois du tipi enfumé, réapparurent les visages brunis, auréolés par les couleurs vives des couvertures. L'aube se levait. Le soleil pénétra dans le tipi, afin de voir si la lune s'y trouvait toujours. Les hommes avaient cessé de chanter et buvaient de l'eau fraîche. Tous s'en revenaient de la Route.

L'épouse de Rena et une autre femme apportèrent des fruits en compote, de la polenta et du ragoût de bœuf. Après s'être restauré et reposé, Martiniano se leva, sortit de la tente et retrouva l'air libre. Tout près, un cheval hennit. La brise portait des parfums d'armoise et de cèdre.

Comme il faisait bon vivre ! Martiniano se sentait un autre homme ; le sommeil n'alourdissait pas ses paupières, les rêves ne s'attardaient pas dans sa mémoire. D'un pas alerte, il partit se promener sur la piste du canyon.

À son retour, il trouva tous ses compagnons de la nuit allongés au soleil autour de la maison de Rena, en train de discuter, de rire, et de se montrer du doigt les femmes qui s'affairaient aux préparatifs d'une grande fête ; Martiniano reconnut plusieurs d'entre eux, dont les jeunes Jésus et Filadelphio, et bientôt tous se mirent à plaisanter avec lui ; ils se sentaient bien ensemble : n'avaient-ils pas tous parcouru une seule et même route, la Route du Peyotl ?

Rena s'approcha.

— Nous t'avions gardé une place, fit-il d'un ton amical. Tu es venu. C'est bien.

— C'est vrai que je me sens bien, répondit Martiniano. Tout s'est passé comme tu l'avais dit, mon cœur est léger, mon haleine est pure, et le sommeil n'a pas laissé de trace sur mes paupières.

Rena toucha sa broche en souriant.

— Tu as suivi la Route, n'est-ce pas ? demanda-t-il soudain plus grave.

— Oui, j'ai suivi la Route. J'ai l'impression d'avoir vu certaines choses…

— Des illusions ! l'interrompit Rena. Et tu n'as pas besoin d'en parler, ni à moi, ni à quiconque. Tous ici avons nos illusions, elles n'ont que le sens que nous leur attribuons, et elles n'ont aucune signification pour autrui. La Route du Peyotl est longue et difficile. Elle est jonchée des défauts et des démons qui se tiennent embusqués dans l'esprit de chaque voyageur. C'est pourquoi nous devons observer une discipline personnelle et approfondir la connaissance de soi. Qui peut se permettre de prendre la Route à la légère ? Tu t'es égaré dans le labyrinthe de tes faiblesses, de tes démons et de tes illusions, mais, dans son infinie compassion, Notre-Père-le-Peyotl t'a ramené sain et sauf. Il est toujours présent pour aider et guider le voyageur. La prochaine fois, tu iras plus loin.

— Ainsi, la Route…

— La Route est longue et pénible, mais grande est la récompense. La Route ramène l'homme à sa bonté native, à sa nature originelle, loin du vice et de l'égoïsme, lesquels doivent être abandonnés en chemin. La Route du Peyotl mène à une véritable connaissance du monde et à une meilleure compréhension de nos passions intérieures. La Route mène à une union spirituelle avec le Grand Père Peyotl, en qui toutes choses sont contenues.

N'en disons pas plus pour l'instant. Plus tard, tu comprendras mieux. Et puis, regarde là-bas ma femme qui me fait des signes ! Les grillades sont à point ! Sa sœur vient juste de sortir le dernier pain du four. Que la fête commence !

— Comme je me sens bien !

Telles furent les premières paroles que Martiniano adressa à Celle-qui-Joue-avec-les-Fleurs quand il revint chez lui au cours de l'après-midi.

— Je ne suis pas fatigué du tout, et pourtant, nous avons fait une grande fête. La prochaine fois, tu pourras venir manger, enfin, plutôt aider à servir... En tout cas, ce peyotl est vraiment une bonne chose !

Et pourtant, ce même jour, un peu avant minuit, Rodolfo Byers fut tiré de son sommeil par des coups frappés à sa porte et à sa fenêtre ; non sans étouffer un juron, il se leva, jeta une couverture sur sa chemise de nuit et alla à la fenêtre.

Un Indien était là, qui grelottait, uniquement vêtu d'une couverture traînant jusqu'à terre. Byers alluma une bougie et entrouvrit la porte ; à la lueur vacillante de la flamme, il put lire une frayeur inexprimable dans le regard de Martiniano.

— Nom de Dieu ! C'est pas une heure ! grommela-t-il. Qu'est-ce qu'il y a encore ?

— Le cerf ! Le cerf que j'ai tué ! La peau du cerf

que j'ai tué ! supplia Martiniano. Je te l'ai laissée en gage. Tu ne l'as pas vendue, au moins ? Tu ne l'as pas découpée ? Tu me la gardes, hein ? C'est sûr ? Je n'en dors plus ! Toutes les nuits, je ne pense qu'à ce cerf ! Je...

Byers renifla de contrariété et disparut à l'intérieur de sa maison tout en tenant sa bougie ; un instant plus tard, il était de retour et il lança quelque chose dans la neige avant de refermer brusquement sa porte d'un geste excédé.

Byers n'alla pas se recoucher directement ; il retourna à la fenêtre et vit Martiniano, la peau du cerf enroulée autour de son bras, qui partait pour une course folle à travers les champs enneigés.

5

La neige s'amoncelait sur le sein de la montagne et tapissait les sentiers du canyon de nappes laiteuses. Sous les grands peupliers, les étangs profonds et tranquilles étaient annelés par les glaces et, tous les matins, le gel venait recouvrir les potagers. Les routes durcies résonnaient sous les pas des hommes. Sous ce blanc manteau, le désert semblait se confondre avec le ciel, et l'on avait peine à distinguer la ligne d'horizon. Le temps était gris, la population maussade, et l'ambiance était silencieuse et glacée, jusqu'à la voix du crieur qui, enveloppé dans sa couverture sur le toit le plus élevé du village, semblait atteint d'un étrange mutisme.

« Voici venu le temps de la tranquillité ! », paraissait-il annoncer. « Il est maintenant interdit de creuser, de couper du bois et de gâcher du plâtre dans l'enceinte du pueblo. Chansons, danses et coupes de cheveux sont également prohibées. Les femmes n'ont le droit d'accomplir leurs tâches domestiques bruyantes qu'après le coucher du soleil. Après cette heure de la journée, il est particulièrement conseillé d'allumer un brasero près de sa porte. Pas de circulation automobile sur la plaza. Pas question de transporter du bois autrement qu'à dos d'âne. C'est le temps de la tranquillité. Notre-Mère-la-Terre est en train de dormir. La plaza est interdite aux sabots ferrés et aux roues des chariots. Marchez à pas de loup, mes frères ! »

À l'énoncé de cette semonce, Martiniano avait ressenti une vive contrariété, et, deux jours plus tard, quand les premières neiges furent arrivées pour de bon, il était d'une humeur aussi noire que le sol était blanc. Il attela tout de même son chariot déjà empli à ras bord et entreprit de le mener à travers les champs enneigés. Sa tentative échoua. Aussi se vit-il dans l'obligation de traverser la plaza déserte, afin de livrer son chargement de bois au village comme promis.

Ainsi qu'il s'y attendait, il fut arrêté sur le chemin du retour, et cette fois-ci l'amende correspondit à la totalité de la somme qu'il venait précisément de gagner en travaillant ce jour-là.

« Pourtant, ils savent bien que je ne dispose d'aucun autre moyen de transporter mon bois », pensa-t-il avec amertume, tandis qu'il ne ramenait chez lui qu'un peu de farine, du sel et du sucre. « Tout le monde me persécute, ma parole ! J'aurai du mal à en supporter davantage ! »

Mais il sut raidir sa volonté en perspective de nouvelles injustices…

C'était le temps de la tranquillité. Notre-Mère-la-Terre dormait sous sa couverture de neige, dans le grand sommeil d'avant la renaissance et la gestation ; puis le temps viendrait pour elle d'ôter son blanc manteau, de s'offrir aux pluies diluviennes, de s'ouvrir aux rayons de Notre-Père-le-Soleil avant de porter en son sein les fruits abondants de celui-ci — ô Notre-Mère-la-Terre, éternellement fertile et si stoïque !

Cependant, au pueblo, il y avait une autre mère, une simple mère parmi les autres femmes, qui, elle, ne porterait plus jamais d'enfants, puisque sa tâche était terminée. Le corps vide, le cœur lourd, l'épouse de Palemon contempla son fils une fois encore :

Napaita, mon adoré, viens voir encore Takono, ta maman, avant de la quitter. Ma petite Antilope-Rouge-des-Collines, viens revoir ta maman avant de la perdre, viens voir Antilope-de-toutes-les-Couleurs.

Puis elle redevint Estefana, l'épouse soumise de Palemon, et dit à son fils, connu à l'école sous le nom de Juan de Jesus :

— Mon enfant, joue un peu plus doucement avec ta sœur Batista ! Bientôt, tu seras un homme. Il faut te préparer !

Et, comme l'enfant aux cheveux noirs jouait tranquillement sur le sol de la cuisine, son cœur de mère s'épancha une fois de plus :

Je suis mère et je souffre ce que souffrent les mères qui ne comprendront jamais pourquoi elles doivent perdre leurs fils. Il m'a toujours appartenu, et ce depuis la première nuit qu'il a passée dans mon ventre. J'ai vu ses yeux s'ouvrir, je l'ai vu s'aguerrir pendant qu'il jouait. Toutes ces années, il m'a appartenu. Il est encore à moi ! Pourquoi devrait-on me le prendre ? Je suis mère, et quelle mère comprendra jamais pareille chose, que son fils lui soit retiré ?

Puis elle se tourna vers sa fille aînée, avec encore plus d'amour et de compassion, car cette dernière était maintenant en âge de comprendre :

Batista, ma fille, toutes deux sommes femmes. Aussi, mon cœur se porte vers toi avec une pitié renouvelée. Bientôt, tu auras tes premières règles, et alors cette longue tresse que tu portes dans ton dos se divisera en deux nattes. Tu te marieras. À ton tour, tu auras un fils, et toi aussi tu le perdras. Alors, nous serons mères toutes les deux ensemble, et nous pleurerons à cause de ce que nous n'arriverons jamais à comprendre.

Puis elle redevint Estefana, l'épouse soumise de Palemon, et se contenta d'admonester sa fille :

— Batista ! Cesse d'énerver ainsi ton petit frère ! Son heure approche. Tu dois l'aider à se préparer à devenir un homme.

C'était le temps de la tranquillité, quand le travail était fini, quand les Anciens se réunissaient autour du feu pour évoquer leur jeunesse et raconter aux enfants les légendes d'autrefois.

C'était pour entendre ce genre d'histoires que Martiniano et Celle-qui-Joue-avec-les-Fleurs bravaient souvent le mauvais temps afin d'aller passer les longues soirées d'hiver chez Palemon. Ils s'efforçaient de réduire la fréquence de ces visites, sans pourtant parvenir à dissimuler l'insupportable tension qui les poussait à déserter ainsi leur propre foyer nuit après nuit.

— Palemon affecte d'être un peu vieux jeu, dit Martiniano, bien qu'il possède maintenant un fourneau métallique, un sommier et de la vaisselle « blanche » — bref, tout ce qui est formellement interdit. Néanmoins, c'est un ami sûr que je respecte beaucoup !

— Et Estefana ! N'est-ce pas une épouse soumise et une mère attentionnée ? fit Celle-qui-Joue-avec-les-Fleurs. As-tu vu ses gestes tendres quand elle s'occupe de Juan de Jesus ? As-tu remarqué ces temps-ci comme elle est angoissée quand elle le regarde ?

— Rien d'étonnant, puisque le garçon est sur le point d'entrer dans la kiva ! répondit Martiniano d'un ton agressif. Encore une de leurs vieilles coutumes !

Celle-qui-Joue-avec-les-Fleurs lui adressa un regard perplexe. « Après tout, c'est mon mari, malgré cette froideur qui persiste entre nous. Mais c'est aussi un homme, et il ne peut comprendre ce que ressent une mère à perdre son fils », pensa-t-elle avant d'adresser un sourire contrit à Estefana qui le lui rendit. Ces sourires se ressemblaient, celui de la femme dont le fils n'était pas encore né, et celui de la femme à qui l'on allait retirer le sien — le sourire énigmatique et triste de la maternité contrariée.

Il y avait beaucoup de monde chez Palemon. Des bûches de pin pignon flambaient dans la cheminée, et la lueur rosée des flammes qui dansaient sur les murs permettait de distinguer les nombreuses silhouettes masculines assises sur la banquette, en train de fumer. Les femmes avaient pris place de l'autre côté de la pièce. Au milieu, les enfants.

Une femme était en train de raconter à mi-voix une histoire au sujet de ces fameuses sorcières, les Yiapanas, qui plongent les gens dans un profond sommeil, qui n'apparaissent qu'en janvier, qui sont toutes noires, qui vont la poitrine nue, et dont les longs cheveux pendent sur leur visage peint en blanc.

Les enfants firent des yeux tout ronds et frissonnèrent malgré la chaleur du feu.

— Oui, mais il existe une plante qui ne donne pas de fleur, grise comme l'armoise, et que l'on doit brûler dans la pièce quand on veut les tenir à distance.

— J'ai entendu dire qu'il valait mieux porter un caillou noir à la ceinture si l'on voulait les éloigner, répondit une autre femme. Je crois que cela s'appelle une pierre-de-nuit.

L'un des hommes éclata de rire :

— Et pourquoi ces sorcières noires, comme vous dites, avec leur poitrine toute froide à l'air, pourquoi iraient-elles poursuivre des femmes par les nuits d'hiver semblables à celle-ci ? Au contraire, je pense qu'elles n'apparaissent qu'aux hommes ! Et moi… Eh oui, moi… Eh bien, moi qui vous parle, je n'ai pas peur de ces Yiapanas, mais alors pas du tout !

Les femmes pouffèrent ; elles grignotaient bruyamment des pignons qu'elles faisaient craquer entre leurs dents avant d'en recracher la coquille. Un autre invité adopta un ton plus grave pour rappeler l'histoire de cet Homme-Médecine, dont le pouvoir était si grand qu'il pouvait voler comme un oiseau dans les airs jusqu'aux quatre coins du monde, et en revenir avant la fin du jour. Lui-même en avait été témoin — une fois.

Et d'ailleurs, qui pouvait avoir oublié les messages du Grand Manitou, les leçons transmises par les Grands Anciens ? Qui ne se rappelait l'illustre Bison-Blanc des Pawnees, les Quatre-Flèches-Médecine des Cheyennes, ou bien les ancêtres des Navajos et leur Radeau-aux-Rondins-qui-Tourbillonnent, ou encore l'Ours-Grizzli-qui-a-épousé-la-Fille-Façonnée-à-partir-d'une-Baguette-de-Peuplier, créant ainsi la lignée des Utes des montagnes ? Qui ne se souvenait de la Longue-Famine-Blanche, des frasques de Vieux-Coyote, ou bien même de l'Hiver-aux-Plusieurs-Neiges ?

Et en effet, tous se remémoraient ces légendes qui avaient traversé les années, qui avaient cheminé inchangées parmi les différentes tribus. Quand un invité avait fini de raconter une histoire, un autre s'employait à tirer la morale qui devait s'y rattacher.

— En vérité, l'Indien est un âne bâté. Il lui faut absolument porter son plumage s'il veut connaître l'esprit de la tribu, s'il veut ressentir en lui-même l'esprit de la vie.

— Un homme doit prendre les choses comme elles viennent, tout comme le ruisseau accueille l'eau qui coule dans son lit.

Et la fin de l'anecdote se trouvait souvent ponctuée d'un mouvement de main, ou d'un haussement de sourcil.

Ainsi rapportait-on ces légendes, lesquelles ne devaient être racontées qu'en hiver parce que, « si on les raconte pendant l'été, on est mordu par les serpents en punition », et qui ne devaient jamais non plus être dévoilées devant les étrangers, car sinon la vie du conteur se trouvait en danger. Les récits étaient rythmés de « oh ! » et de « ah ! », et à la fin de chaque conte le regard du narrateur se portait sur toute l'assistance, pour finir par se fixer sur l'un des invités, ce qui signifiait : « Maintenant, c'est à toi ! » Alors, la personne désignée devait commencer une autre histoire.

C'était à présent le tour de Madame-Louve-au-Ventre-Rouge.

Cette dernière s'éclaircit la gorge et cracha bruyamment dans le feu en visant l'âtre par-dessus les têtes de ses plus jeunes auditeurs. Elle ressemblait plus à une ombre qu'à un être humain, l'ombre même d'un squelette enveloppé d'un vieux *rebozo* noir, presque complètement édentée, avec de longs cheveux gris ; ses yeux étaient une paire de roches anthracite enchâssées dans deux poches de peau fripée. Quand elle commença son histoire, sa voix fit penser au son de deux bâtons noueux que l'on aurait frottés l'un contre l'autre dans une clairière isolée parmi les peupliers.

Natö'ai. Il était une fois un jeune homme, Garçon-Coquillage, et une jeune fille Maïs-Bleu. La nuit, Garçon-Coquillage chante pour Maïs-Bleu, quand celle-ci dort parmi les saules rouges. Pendant la journée, il va la voir sous les grands peupliers, là où l'herbe est verte et où l'eau est blanche d'écume sur les rochers de la rivière. Garçon-Coquillage et Maïs-Bleu sont mariés.

Maintenant, Garçon-Coquillage a une sœur très jolie, dont la noire chevelure semble chanter. Ses pieds scintillent comme des étoiles, son dos est droit comme un sapin, son cœur est pur, mais ses yeux sont tristes. Maintenant, la jolie sœur ne se marie pas, et elle meurt.

Deux lunes passent, et Garçon-Coquillage découvre que Maïs-Bleu le quitte pendant la nuit. Quand elle revient, il demande : « Pourquoi es-tu si fatiguée, si essoufflée ? »

Maïs-Bleu répond : « C'est le vent. Couvre-moi avec ta couverture. »

Une autre nuit, il lui demande : « Maïs-Bleu, pourquoi est-ce que tes pieds sont trempés par la rosée ? »

Maïs-Bleu dit : « C'est parce que je viens de sortir. Couvre-moi bien avec ta couverture. »

Une nuit, Garçon-Coquillage ferme les yeux. Il ronfle, fait semblant de dormir. Maïs-Bleu se penche vers lui et voit que ses yeux sont fermés, elle l'entend qui ronfle. Elle le croit endormi, elle se lève et sort.

Garçon-Coquillage suit Maïs-Bleu. Elle traverse le ruisseau où l'eau est si blanche sur les rochers, elle passe sous les grands peupliers où l'herbe est si verte. Garçon-Coquillage suit Maïs-Bleu jusqu'à la kiva du Sorcier.

Il y a beaucoup de monde à l'intérieur, mais personne ne le voit se faufiler dehors dans l'obscurité. À présent, le Chef-Sorcier se lève et dit « Faisons la fête ! », et chaque sorcier saute à travers le cerceau fait d'une branche de saule qu'il tient à la main. Et, à chaque fois qu'un sorcier saute à travers ce cerceau fait d'une branche de saule qu'il tient à la main, il devient un coyote, un corbeau, un animal ou un oiseau.

Alors, Garçon-Coquillage aperçoit sa jolie sœur morte, assise contre un mur comme si elle dormait. Et chaque sorcier se dirige vers elle et lui dit : « Maintenant, je lui reprends ce que je lui ai fait », et chacun retire de son corps la pierre, le bâton, ou le piquant de porc-épic qu'ils lui avaient lancé pour la tuer avec leur mauvaise médecine.

Alors, la jolie sœur morte ouvre les yeux :

— J'étais endormie, dit-elle.

— Non, c'est morte que tu étais, dit le Chef-Sorcier.

Et il la fait sauter elle aussi à travers le cerceau fait d'une branche de saule.

Et comme elle saute à travers ce cerceau fait d'une branche de saule, elle devient un cerf. Ses yeux sont toujours tristes, et ses pieds scintillent toujours comme des étoiles tandis qu'elle bondit et s'enfuit au-dehors. Mais tous les sorciers s'élancent à sa poursuite, ils s'abattent sur elle, ils la tuent. Ils la ramènent, la coupent en morceaux et la mettent dans une grande marmite noire. Mais elle refuse de cuire.

Le Chef-Sorcier se dresse alors. Il regarde autour de lui et s'écrie :

— Il y a ici quelqu'un qui n'est pas des nôtres !

Alors, juste avant le lever du jour, Garçon-Coquillage retourne chez lui en courant. Il se couche et fait comme s'il dormait.

Maïs-Bleu arrive et se couche près de lui. Elle lui demande :

— Pourquoi es-tu si fatigué, si essoufflé ?

— C'est le vent, répond-il. Couvre-moi avec ma couverture.

Maïs-Bleu attend un peu et dit :

— Pourquoi est-ce que tes pieds sont trempés par la rosée ?

— C'est parce que je viens de sortir, répond-il. Couvre-moi bien avec ma couverture.

— Mais ton corps est si froid, si tendu, dit-elle.

Cette fois, Garçon-Coquillage ne répond pas.

Maintenant, il fait jour. Maïs-Bleu se lève et fait

cuire pour lui de la panocha qu'elle prétend avoir reçue en cadeau.

— Non ! s'écrie-t-il soudain. C'est le sang séché de ma jolie sœur !

Et il jette tout au feu.

Maintenant, Maïs-Bleu a peur. Elle court et va tout raconter au Chef-Sorcier.

— Dis à ton mari qu'il y a une grande partie de chasse demain, et qu'il doit s'y rendre avec tous les autres hommes, lui ordonne-t-il. Quant à moi, je vais mijoter un petit remède à l'intention de Garçon-Coquillage.

Alors, Garçon-Coquillage se rend à la grande partie de chasse avec tous les autres hommes. C'est une longue partie, belle et fructueuse. Des hommes ici, des hommes là, des hommes partout, et le jeu au centre ! Garçon-Coquillage traverse la rivière, il est fatigué.

— Garçon-Coquillage, tu t'es montré bon chasseur, lui disent ses compagnons. Étends-toi sous cet arbre et repose-toi. Nous partons au-devant des autres.

Alors, Garçon-Coquillage s'étend sous l'arbre. Il ne se repose pas. Il dort.

Et quand Garçon-Coquillage se réveille, il est couché au sommet d'une paroi très haute. Au-dessus du désert, au-dessus des champs, au-dessus des grands pins. Il est dans les nuages. La paroi est vraiment très haute.

Très étroite, aussi. Garçon-Coquillage ne peut

remuer la tête, ni les pieds, ni même les mains. À peine s'il peut bouger les yeux. La paroi est vraiment très étroite.

Très abrupte, aussi. Il se rend compte que, s'il bouge, il va tomber dans les nuages, dans les grands pins, et qu'il va mourir écrasé. Mais il sait aussi que, s'il ne bouge pas du tout, il aura bientôt faim et soif, il gèlera. Il sait qu'il va mourir.

Alors, il reste couché et attend, et, quand le soleil se lève au-dessus de lui, il appelle :

— À l'aide, Père-Soleil !

Et il raconte à Notre-Père-le-Soleil l'histoire de sa jolie sœur morte, de Maïs-Bleu et du Chef-Sorcier qui lui a jeté le sort.

Alors, Notre-Père-le-Soleil prend Garçon-Coquillage en pitié, et il lui dit :

— Je ne peux pas arrêter ma course, ni pour toi, ni pour personne. C'est ainsi. Notre-Mère-la-Terre a besoin de moi, ainsi que tous ses enfants : le maïs, les arbres, les animaux, les oiseaux, tout ce qui respire et tout ce qui ne respire pas, tous ont besoin de moi, c'est ainsi. Mais je vais t'envoyer Étoile-du-Matin. Lui t'aidera.

Et bientôt Étoile-du-Matin survole Garçon-Coquillage.

— À l'aide, Étoile-du-Matin-Vieux-Frère ! s'écrie Garçon-Coquillage.

Et il raconte à Vieux-Frère-Étoile-du-Matin l'histoire de sa jolie sœur morte, de Maïs-Bleu et du Chef-Sorcier qui lui a jeté un sort.

Alors, Étoile-du-Matin-Vieux-Frère prend Garçon-Coquillage en pitié, et il lui répond :

— Je ne peux pas descendre, ni pour toi, ni pour personne. J'ai du travail. Je ne suis ni du jour, ni de la nuit. Je suis de ceux qui, étant plus grands que les autres, se trouvent pris entre les deux, et ma lumière est un guide pour tous, c'est ainsi. J'ai du travail. Mais je vais envoyer quelqu'un qui pourra t'aider.

Alors, arrive un tout petit oiseau bleu.

— J'ai volé jusqu'ici pour t'aider, dit le tout petit oiseau bleu à Garçon-Coquillage avant de lui donner toutes ses plumes.

Maintenant, Garçon-Coquillage peut faire bouger sa tête, ses bras, ses jambes. Il peut même se tourner un peu.

— C'est tout ce que je peux faire pour toi, dit le tout petit oiseau tout nu, mais je vais envoyer quelqu'un qui pourra t'aider.

Et bientôt survient un petit écureuil tout rayé qui va aider Garçon-Coquillage. Il plante une petite graine au pied de la haute paroi et puis il parcourt la haute paroi en tous sens.

Les plumes du tout petit oiseau bleu permettent à Garçon-Coquillage de bouger et de se tourner pendant que le petit écureuil parcourt la haute paroi. Notre-Père-le-Soleil lui donne les forces nécessaires, tandis qu'Étoile-du-Matin s'emploie à raccourcir les jours et les nuits.

Pendant ce temps, un grand pin se met à pousser

de la petite graine. Bientôt, il dépasse tous les autres pins et il atteint le sommet de la paroi, il la dépasse même, et va se perdre dans les nuages. Et quand il a suffisamment poussé, Garçon-Coquillage s'en sert pour descendre.

— Merci bien, Père-Soleil. Merci, Étoile-du-Matin, merci, tout petit oiseau bleu, merci, écureuil rayé, dit Garçon-Coquillage.

Et puis l'écureuil rayé lui donne un arc et cinq flèches et il lui montre comment s'en servir.

Maintenant, Garçon-Coquillage rentre chez lui. Maïs-Bleu l'attend. Elle lui donne à manger, l'emmène à la rivière et lui lave les cheveux avec de l'amole[1]. Tout cela, l'écureuil rayé l'avait dit. Et, tandis qu'elle lui lave les cheveux avec de l'amole, la vie et la force reviennent courir dans les veines de Garçon-Coquillage, et il fait comme l'écureuil le lui a dit.

Il envoie une flèche vers l'est, en disant à Maïs-Bleu :

— Regarde ! C'est comme ça que je tue un cerf à la chasse !

Et là-bas, dans la forêt de pins, le Chef-Sorcier tombe mort.

Et puis Garçon-Coquillage envoie une flèche vers le sud, vers l'ouest, vers le nord, et tous les sorciers de la kiva du Sorcier tombent morts.

1. Mot indien désignant une plante saponacée de la famille des liliacées.

Avec la cinquième flèche, il tue Maïs-Bleu.

Et puis Garçon-Coquillage rentre chez lui. Il y trouve sa jolie sœur morte, de nouveau vivante et heureuse. Ses longs cheveux noirs chantent. Ses pieds scintillent comme des étoiles. Son dos est haut et droit comme un sapin. Son cœur est pur et ses yeux ne sont plus tristes.

Après avoir écouté l'histoire, les visiteurs rentrèrent chez eux.

— Quel conte à dormir debout ! s'exclama Martiniano sur le chemin du retour. Un cerf qui se change en femme ! Et puis quoi encore ! Pourquoi pas en sorcière pendant qu'on y est !

— Le jour viendra où je raconterai cette histoire à notre fils, murmura Celle-qui-Joue-avec-les-Fleurs en lui adressant un regard triste et suppliant tandis qu'il s'éloignait sans répondre.

Pendant ce temps, Estefana regardait son fils qui dormait. De sombres pensées l'envahissaient : « Bientôt, tu n'entendras plus de telles histoires, Napaita, tu n'entendras plus que celles qui ont un sens pour les hommes. Bientôt tu me quitteras, mon fils. »

Après un fort coup de vent tiède, il avait neigé toute la nuit, et des gros flocons semblables à de blancs papillons venaient lentement se coller aux murs d'adobe rugueux.

Toute la matinée, la neige avait continué à tomber doucement — une véritable avalanche de plumes silencieuses, comme si le vaste ciel n'était plus que l'immense jabot d'une oie sauvage.

La neige était tombée encore pendant tout l'après-midi, portée par un vent plus froid — de fins grêlons qui giflaient le visage comme des grains de sable.

À présent, il était quatre heures et la tempête se calmait, laissant entrevoir un monde tout blanc et gelé. Les clôtures, les buissons et la plaza étaient recouverts d'un manteau neigeux ; les mains des femmes bleuissaient quand elles tentaient de briser la couche de glace du ruisseau afin d'y puiser de l'eau ; les hommes frissonnaient, encapuchonnés dans leurs couvertures comme des moines ; les chevaux se serraient les uns contre les autres dans les coins des enclos, et l'haleine de leurs naseaux fumait dans le froid.

Juché sur le toit le plus élevé du village, l'Ancien ne portait son regard ni vers le sein immaculé et arrondi de la montagne, ni vers le pueblo emmitouflé d'un blanc manteau. Il plongeait son regard droit devant lui, par-delà la rivière gelée, par-delà le désert, jusqu'à l'horizon lointain où le Soleil tient sa demeure.

À demi cachée sous une couverture aux motifs estompés, sa vieille carcasse fourbue semblait faite de branches entrecroisées et noueuses ; son visage n'était qu'un masque de cuir ridé et noirci par les canicules et les tempêtes alternées au cours d'un demi-siècle de veille incessante. Seuls ses yeux, sombres et sans âge, recelaient une fixité indomptable que rien ne venait jamais altérer. C'était le vieux Cacique qui chaque jour assistait au lever du soleil, qui effectuait ainsi pour son peuple les observations astronomiques nécessaires au bon déroulement des cérémonies.

Le soleil ressemblait à un cavalier écarlate chevauchant les crêtes des montagnes bleues à travers une brume laiteuse. Depuis six mois, le vieux Cacique observait le décours de l'astre du jour qui, chaque nuit, se couchait un peu plus loin au sud. Ce soir-là, le cavalier parvint à se dégager de l'épais brouillard, et il était sur le point de franchir les chaînes montagneuses. Il était las et allait au petit trot sur sa monture drapée dans une belle robe rouge, avec sa crinière flamboyante qui flottait dans les cieux. Il hésita un moment, puis finit par se faufiler dans un passage entre deux pics ; le Cacique se dressa sur la pointe des pieds, afin de mieux suivre sa trajectoire, jusqu'à ce que ses yeux ne fussent plus que deux fentes obliques dans les poches ridées de ses paupières. Le cavalier écarlate avait disparu. Sans doute venait-il de regagner sa demeure des montagnes. Désormais, chaque nuit, il se dirigerait un peu plus vers le nord.

Le Cacique poursuivit encore un peu sa veille dans la froide pénombre hivernale puis, traversant avec précaution le toit enneigé, il descendit l'échelle aux fins barreaux...

C'était le solstice d'hiver. La Lune-de-Feu ornait

le firmament depuis deux nuits, et, à présent, plus d'un millier de feux la reflétaient dans le petit village de La Oreja, des sacs de papier brun à demi remplis de sable auxquels on avait fixé des bougies allumées qui formaient autant de lampions alignés le long des murs et sur les toits. C'était ainsi que les villageois fêtaient cette soirée sacrée entre toutes, *el Nacimiento de Nuestro Señor Jesu Cristo.*

Cependant, le froid et le vent n'empêchaient pas la population du pueblo de célébrer elle aussi Celui qui était né par semblable nuit.

Dans la petite église bondée, le prêtre gras et matois célébrait la fin d'une messe lugubre. Des mauvais cierges éclairaient par intermittence les fidèles aux genoux raidis de froid. *El Bocal* ouvrit brusquement les portes. C'était le porte-parole du prêtre, et il avait accepté de servir la messe en échange d'un champ de maïs.

L'assistance s'écoula lentement au-dehors, retrouvant la plaza enneigée, et s'attardant sous les étoiles d'hiver.

— Écoute ! dit Celle-qui-Joue-avec-les-Fleurs à Estefana qui grelottait. Les cloches ! Les cloches de Noël !

Et elles sonnaient en effet, les cloches de Noël, ainsi que les grelots cousus aux lanières de cuir accrochées aux jambes des danseurs qui s'agitaient, produisant ainsi maintes sonorités auxquelles venaient répondre la grosse voix de la cloche de l'église et les premiers murmures des chanteurs, là-bas, sous les pins...

Une petite tache rose s'alluma sur la plaza sombre et tranquille. Les feux de pin pignon, de sapin et de cèdre furent allumés de part et d'autre du pueblo, et formèrent ainsi le tracé lumineux d'un grand fer à cheval.

— IL arrive ! IL arrive ! s'écrièrent les gens, tandis que de grands arceaux de bois et de feuilles s'embrasaient devant eux.

Et tous sortirent en dansant de la petite église, passèrent sous la grande arche enflammée avant de faire le tour de la plaza enneigée. Venait d'abord, portée sur une litière par quatre hommes, l'effigie chancelante du Saint, avec des flambeaux de bois rouge épineux plantés autour de lui, suivi d'enfants qui dansaient.

— *Viva el Señor ! Viva el Rey del mundo ! Viva Jesu Cristo !* clamèrent les Mexicains.

— Viva ! répondirent les fusils, les pistolets et les vieux mousquets. Le Fils arrive ! Le Fils arrive !

— Je ne le vois pas, chuchota Estefana repoussée par la foule contre un talus enneigé. Je l'ai si bien paré pourtant ! Des nouveaux mocassins pour qu'il n'ait pas froid aux pieds ! Des peintures superbes ! Avec plein de plumes !

— Ton fils n'est encore qu'un petit enfant, lui rappela Celle-qui-Joue-avec-les-Fleurs. Là, ce sont les plus grands qui défilent. Mais regarde ! Voilà Batista !

Les aînés passèrent en silence dans la neige, avec

leurs beaux costumes et leurs visages graves ; les cadets suivaient, garçons et filles aux yeux perdus dans le vague ; tous dansaient à la lueur des flammes et au rythme des coups de feu.

Et qui apercevait-on enfin au bout de la rangée ? Napaita ! qui tremblait de froid et glissait sur la glace, tout minuscule dans ses plumes multicolores, mais qui, comme un petit d'homme résolu, s'efforçait de garder la cadence.

La longue file dansante suivit le Saint sur sa litière, passa devant les feux crépitants, longea les murs de neige rosis par les flammes, fendit l'assistance emmitouflée dans ses couvertures au milieu de la plaza, et fit le tour du pueblo ; la grande arche enflammée s'écroula dans un grand fracas, les feux s'éteignirent peu à peu, le froid et la nuit revinrent, puis il n'y eut plus que les étoiles et le silence.

— Comme c'est beau ! murmura Celle-qui-Joue-avec-les-Fleurs, émue à la pensée qu'avant le prochain Noël elle aussi aurait peut-être un fils.

— C'est une charmante coutume, en effet, répondit Estefana d'un ton aimable.

Cependant, que pensait-elle en son for intérieur ? « La prochaine fois que je verrai la parade, cela ne me paraîtra pas aussi beau, puisque mon fils n'y sera pas. »

Ce Noël vit les performances de *El Abuelo, El Toro* et *Malinche* dans la danse des *Matachines*[1],

1. *Matachines* : littéralement « échineurs ». Cérémonie allégorique et sacrificielle d'origine espagnole représentée

apprise au peuple, disait-on, par le grand Montezuma lui-même, lequel était venu une seule fois jusqu'ici, quatre cents ans auparavant, lui aussi porté en litière, afin d'allumer ce feu qui brûlait maintenant encore...

Une douzaine de jours plus tard, ce fut le jour des Rois qui voyait l'élection du nouveau gouverneur ainsi que les promotions des nouveaux officiers. D'un geste solennel, le vieux Cacique tendit aux impétrants les cannes de commandement.

Mais qu'entendait-on dire dans le pueblo ? Était-ce vrai que ce Palemon s'était vu conférer un grade élevé ?

— Je ne suis que simple adjoint, apprit celui-ci à Martiniano. Je suis encore un peu jeune et ne mérite pas d'autres honneurs. Simplement, je suis appelé à servir. Au fait, il faudrait que tu viennes ce soir chez moi avec ta femme, sinon la présence d'un ami me manquerait cruellement.

Comme il fit sombre cette nuit-là ! Sur la plaza vide et glaciale s'élevaient les deux bâtiments communaux : deux parois de boue séchée, deux grandes

---

ici sous une forme parodique. Cette représentation rituelle se pratiquait surtout à Santa Clara. *El Abuelo* signifie « le grand-père », *Malinche* est le nom de la maîtresse de Cortez. Dans son texte intitulé « Le Rite des Rois de l'Atlantide » inclus dans *Les Tarahumaras*, Antonin Artaud décrit cette « danse populaire profane de sens hautement cosmogonique ».

pyramides renfermant un labyrinthe de corridors ; nul signe de vie ne s'y décelait, mais qui pouvait le savoir ? Qui avait jamais découvert le cœur dissimulé sous les pierres, qui avait jamais emprunté le passage secret à part ces mystérieux hommes qui y avaient trouvé refuge au cours d'un siège, paraissait-il, et qui s'étaient repliés avec armes et bagages (arcs, flèches, eau, maïs) jusqu'à la chambre centrale où brûlait la flamme sacrée ? L'endroit était hanté, disait-on, et il s'y trouvait un immense sarcophage en terre sèche contenant des momies qui dormaient à la lueur éternellement vacillante de petits flambeaux. Tout cela n'était que pure légende, mais ce rêve de pierre, cette rhapsodie minérale, cette fantaisie pétrifiée, avait bel et bien traversé les âges. Et d'ailleurs, ce soir-là, on put voir grâce au clair de lune des silhouettes nébuleuses qui traversaient la plaza gelée et entraient dans les pyramides, comme aspirées par le silence et l'obscurité.

Il y avait foule chez Palemon : une quinzaine d'hommes revêtus de leur plus belle couverture assis sur des tabourets et des petits bancs, parmi eux Palemon, Martiniano et Rodolfo Byers, tandis que les femmes étaient assises à même le sol et sur le lit, Celle-qui-Joue-avec-les-Fleurs, Angélina, Madame-Louve-au-Ventre-Rouge, Estefana, ainsi que toutes leurs amies. Le feu crépitait dans l'âtre, on brisait les pignons, on recrachait les coquilles, on riait, on plaisantait.

Le nouveau gouverneur et les officiers fraîchement promus étaient présents en compagnie de tous leurs amis et, tout au long de la nuit, vinrent se présenter devant eux une bande d'enfants qui, telles les ombres de la vie qui jamais ne meurt mais toujours renaît, venaient reproduire les danses des autres tribus ; ils les mimaient à ravir, et tout était juste à s'y méprendre, jusqu'aux costumes, aux gestes et aux chants.

Une porte qui s'ouvre, une invitation en bonne et due forme, le vieil homme qui joue du tambour, debout près de la porte, parfois un vieux chanteur qui l'accompagne, et puis, au centre de la pièce bien balayée, les danses des garçons et filles de quinze ans, tous joliment parés de plumes-soleils ; tout d'abord, la Ronde, empruntée aux Cheyennes et aux Arapahœs, puis la Danse-de-la-Queue-de-Cheval des Sioux, la Danse-de-la-Tortue des Isletas, la Danse-Artistique-du-Chef des Arapahœs ; surviennent alors les diablotins, des garçons d'une douzaine d'années qui portent les masques grotesques de la Danse-du-Démon des Apaches ; ils courent en tous sens, trépignent furieusement, émettent force grognements, et pourtant leurs petits genoux nus s'entrechoquent de peur et de froid. Sans laisser paraître leur amusement, les aînés, hommes et femmes, observent ces grimaces terrifiantes et écoutent ces grondements effrayants — de simples cris enfantins. Ensuite, le roulement du tambour se fait entendre, qui accompagne l'apparition de deux couples.

— La Danse-du-Soleil-des-Utes-de-la-Rivière-Blanche ! s'écria soudain Celle-qui-Joue-avec-les-Fleurs en tapant des mains. Comme c'est beau ! Superbe ! Magnifique !

Elle était si contente qu'à la fin de la danse, quand le vieil homme fit passer un panier pour la quête, elle y jeta ses quelques pesos pourtant durement gagnés.

Une heure plus tard, d'autres enfants arrivèrent, avec de grands yeux ronds, des masques animaliers en daim gris et noir, des tuniques rouge et noir, des queues de renard accrochées dans le dos, chacun tenant un rameau de sapin dans la main gauche, une crécelle dans la droite. L'un d'eux, démasqué, arborait une grande moustache charbonneuse. Sans cesser d'agiter leurs crécelles, ils se tournèrent vers l'est et commencèrent à chanter.

— Ho-ho-ho-HOH.

— He-he-he-HEE-YAH...

C'était le chant *Yei-bet-chai* des Navajos. Les Anciens souriaient, admiratifs.

— Eh ! Visez-moi un peu ces moustaches ! Et ce chant ! Écoutez ça !

À la fin de chaque danse, le vieil homme posté dans son coin saisissait son tambour. Un panier ou un simple sac en toile de jute était présenté à l'assistance, chacun donnait, qui du pain, qui des pesos, des cigarettes, des gâteaux, et les enfants sortaient poursuivre leur ronde...

Estefana restait assise dans une attitude d'attente.

Batista était venue et repartie. À présent, un dernier groupe entrait, deux couples : deux garçons, douze et cinq ans, accompagnés de deux petites filles, tous magnifiquement parés ; ils commencèrent une vieille danse des Pawnees ; les garçons portaient de longs rubans de couleur que les filles tenaient comme des rênes ; elles guidaient ainsi leur partenaire sans cesser de danser ; les corps enfantins se balançaient, se tordaient, les petits mocassins glissaient, sautaient et retombaient avec un ensemble parfait.

Un murmure d'approbation parcourut l'assistance, et tous se tournèrent avec un respect renouvelé vers Celle-qui-Joue-avec-les-Fleurs qui avait enseigné cette danse aux enfants ; tous parurent alors se souvenir que c'était elle la danseuse qu'ils avaient eu l'occasion d'admirer et de récompenser dans la clairière sous les peupliers. Elle rejeta ses cheveux en arrière, ses yeux brillèrent, son regard traversa la pièce et vint se fixer sur Martiniano. « Sait-il seulement ce que j'ai ressenti en apprenant cette danse aux enfants ? se demanda-t-elle, et se doute-t-il qu'un jour, j'apprendrai ces mêmes pas à notre fils ? »

— Le *Sariche*[1] des Utes ! grommela Byers. Cela faisait bien vingt ans que je n'avais pas vu ça !

Et il plongea sa main dans sa poche pour en ressortir une poignée de pesos et de cigarettes.

1. Figure de danse chez les Indiens utes.

Penchée en avant, les mains crispées, Estefana avait le regard fiévreux d'une mère qui regarde danser son fils. Quels ne furent pas les cadeaux déposés dans le panier tendu par le vieillard ! Quelle danse étrangement belle avaient présenté les enfants cette nuit-là ! Estefana se rua dans la cuisine et en rapporta de gros morceaux de pain, qu'elle plaça dans le sac en toile de jute.

— Dis donc, tu n'auras plus rien pour toi cet hiver ! se moqua gentiment l'une de ses amies réputée à juste titre exagérément économe, comme d'ailleurs la plupart des Pueblos.

— Et alors ? demanda Estefana indignée. Maintenant que Palemon a été appelé à servir la communauté, n'est-il pas juste que son épouse se montre généreuse avec ceux qui sont venus lui rendre hommage ?

Et elle courut après son fils, afin de lui ajuster sa couverture avant qu'il ne repartît dans la nuit.

Soudain, la fête prit fin, et Estefana se retrouva dans sa cuisine, seule et sans pain. « Du pain ! Du pain ! », pensa-t-elle à la fois triste et fière. « Ils me reprochent de donner du pain ! Quand je donnerais ma vie pour garder mon fils ! »

La période de tranquillité touchait à sa fin, et les jours devenaient de plus en plus longs et difficiles à supporter. Vint le temps où chacun se rendit à la rivière d'un pas furtif, afin de briser la glace et de prendre un rapide bain cérémoniel. Puis vint le jour où Estefana devait perdre son fils.

La Lune-de-l'Homme était en son plein. Napaita allait intégrer la kiva pour les dix-huit mois d'instruction qui précèdent l'initiation. Palemon l'y prépara :

— Vois-tu, mon fils, le temps est venu. Le temps où tu vas apprendre à être un homme comme ton père. Tu te sens sûrement très fier, et c'est bien qu'il en soit ainsi.

Estefana, elle aussi, vint lui parler :

— Le temps est venu, mon fils. Tu dois apprendre à devenir un homme, et non plus un enfant qui court se réfugier dans les jupes de sa mère. Cette époque est révolue, et c'est tant mieux. À présent, que cet événement nous réjouisse tous !

Mais quand elle dut lui révéler qu'il ne reviendrait plus à la maison, qu'il ne la verrait plus, ni elle, ni sa sœur, ni aucune autre femme, et quand elle vit sa petite figure enfantine se crisper de frayeur, elle sentit son cœur se serrer.

Le jour était venu — un jour comme tous les autres jours. Estefana ficela un petit paquetage rassemblant quelques affaires ; Palemon s'en empara comme si de rien n'était, le mit sous son bras et traversa la plaza d'un pas nonchalant.

Quelques touristes se promenaient. Deux femmes revenaient de la rivière, chacune portant sur la tête un seau d'eau. C'était une belle journée, le soleil brillait — on entendait un oiseau qui chantait et un âne qui brayait dans son enclos.

Estefana se tenait sur le seuil de sa maison. Elle

avait peine à croire que le jour fatidique était venu. Elle avait envie de se ruer dans sa cuisine, de recouvrir sa tête de cendres, de se lacérer la figure et la poitrine avec ses ongles, de courir en hurlant autour de la plaza. Mais à quoi bon ? Le père et son jeune fils marchaient déjà le long de la rivière comme ils l'avaient fait une centaine de fois auparavant ; aucun signe d'émotion ne put se lire sur le sombre visage lunaire d'Estefana quand elle les vit s'arrêter devant un mur circulaire en adobe de six pieds de haut qui s'érigeait au bout de la plaza, là où débutait le tracé de la course à pied cérémonielle. Une vieille échelle de cèdre usée par les intempéries était appuyée à la kiva. Elle vit le garçon se tourner vers son père, puis gravir stoïquement les échelons trop espacés pour ses petites jambes. Palemon le suivit. Un court instant, leurs silhouettes se détachèrent sur le ciel turquoise et les montagnes bleutées, puis ils disparurent.

Estefana détourna son regard et rentra chez elle.

— *Père, ô mon père, j'entends quelqu'un qui pleure. Est-ce ma mère que je laisse en peine ?*

— *Prends courage, mon fils. Tu ne fais que délaisser une mère humaine pour retrouver la Grande Mère.*

— *Père, ô mon père ! Où vais-je ? Comme ce trou paraît rond, noir et sans fond !*

— *N'aie crainte, mon fils ! C'est une matrice dans laquelle tu entres maintenant !*

— *Mais j'en viens, de la matrice ! Ses lèvres m'ont donné le jour. J'ai vu les champs de maïs et les forêts de pins. J'ai vu les oiseaux dans les airs, les bêtes sur la terre, les poissons dans les eaux. J'ai vu les gens, et, comme eux, j'ai reçu la vie. Pourquoi dois-je déjà retourner dans ce trou noir, dans cette matrice?*

— Tu pleures comme un enfant effrayé. Tu pleures, car tu ne sais rien, et c'est précisément pour cela qu'ici tu dois entrer. Descends par cette échelle, mon fils!

— Père, ô mon père! Cette pièce est profonde, ronde, et noire. Elle est vide et étouffante. Je ne peux pas respirer. Je n'y vois que des braises et ce petit trou dans le sol. Où suis-je? Vais-je devoir rester longtemps? Et pourquoi suis-je là, ô mon père?

— Silence, mon fils! Tu entres dans la matrice de Notre-Mère-la-Terre, et tu vas y rester de nombreux mois, très, très longtemps. Tu y entres encore enfant et, quand tu en ressortiras, tu seras un homme. Alors, et seulement alors, tu sauras pourquoi tu devais y aller. Plus de plaintes, plus de questions, mon fils... Tu es dans la matrice, et, ici, les yeux, les oreilles, le nez et la bouche bavarde ne sont d'aucune utilité. La connaissance que tu vas y recevoir te sera transmise par des sens dont tu ne t'es jamais servi auparavant. Ce sera la vérité intuitive de l'esprit, la paisible sagesse du sang qui viendront à toi. Le pouls de la Terre bat à travers ces murs qui t'entourent. Les braises que tu vois sont les reflets de son cœur radieux. Ce petit trou conduit au centre du monde, jusqu'au lac de la vie lui-même. Souviens-toi que tu es dans une matrice, mon enfant.

Écoute-moi, mon fils. Dans la matrice de ta mère,

tu as été conçu. D'une matrice individuelle, tu as reçu une vie humaine, individuelle. C'était nécessaire, c'était bien, c'était une bonne chose. Mais la vie individuelle ne se suffit pas à elle-même, car elle se trouve reliée à toutes les autres vies. Aussi, un autre cordon ombilical doit être coupé dès à présent — ce cordon qui te lie à cette vie humaine et individuelle que ta mère t'a transmise. Pendant une douzaine d'années, tu as appartenu à ta mère humaine. À présent, tu reviens à ta Grande Mère Primordiale, tu retournes dans sa matrice afin de renaître, de redevenir un homme délivré de l'emprise maternelle, et non plus un individu isolé, mais un homme qui, s'intégrant à sa tribu, se trouve ainsi faire partie intégrante de toutes les vies qui l'entourent.

Écoute-moi, mon fils, tu as reçu cette vie mi-animale, mi-humaine, faite de sens, de courage et de volonté. Mais il est nécessaire pour chaque homme de revenir à la conscience de la vie primordiale.

Au cours de cette existence mi-animale, mi-humaine, tu as appris ce qui était nécessaire à ton corps temporel et terrestre.

À présent, tu dois ressentir au plus profond de ton moi spirituel ce besoin instinctif d'auto-perfectionnement.

Tu dois apprendre les lois de la création du monde, de la survie du monde, et les lois de la vie, quelles qu'en soient les formes : les pierres vives, les montagnes qui respirent, la pluie qui avance à grands pas, les oiseaux, les poissons, les bêtes et les hommes.

Tu dois apprendre que chaque homme doit payer le prix de son origine, de son individualité et il doit s'acquitter de cette dette aussi tôt que possible, afin qu'il puisse, toi, moi, n'importe qui d'entre nous, qu'il puisse donc à son tour aider au plus vite les autres à se perfectionner — ceux tels que nous, aussi bien que ceux qui sont déjà parvenus à acquérir une auto-individualité.

C'est seulement ainsi que la vie peut progresser, que la vie peut exister.

Aussi, mon fils, quoi de plus approprié pour toi que de retourner au sein de la terre, laquelle est la nourricière de toute vie ? Car ce n'est qu'ainsi que tu connaîtras la grande spiritualité de la vie, tout comme, une fois, tu as connu cette existence inférieure puisque charnelle.

Paix, mon fils. Paix et en même temps connaissance. Cette période de gestation sera longue, deux fois plus longue que la première, car la vie qu'elle porte sera elle aussi deux fois plus longue. Les leçons seront aussi difficiles qu'incessantes. Il y aura des voix qui te parleront encore et encore jusqu'à ce que le contenu de leurs paroles coule de source pour toi. Mais souviens-toi bien que ces paroles ne devront jamais être répétées et qu'elles resteront inintelligibles à ceux qui n'auront pas à cœur de les comprendre.

Tu vas apprendre l'histoire entière de notre peuple et de notre tribu, comment ils ont émergé du profond lac turquoise de la vie situé au centre du monde, du lac bleu au fond duquel brille un petit astre, notre

Lac-de-l'Aube, comment ils sont sortis d'une immense grotte dont la bouche s'ouvrait sur le monde que nous voyons, et aussi comment, de la bouche de cette grotte, sourdait de l'eau qui se congelait en flocons d'une glace éternellement blanche comme le duvet de l'aigle. Tu sauras pourquoi on appelle notre peuple le Peuple-des-Eaux-Profondes, pourquoi cette kiva, notre kiva, s'appelle la Kiva-du-Duvet-de-l'Aigle. Tu comprendras la signification de nos masques, de nos danses et de nos chants. Tu verras la grotte et puis tu verras enfin le lac — notre Lac-de-l'Aube.

Tu apprendras aussi des choses plus anciennes, telles que les premières émergences, ou bien la signification des quatre éléments qui correspondent aux quatre mondes dont l'homme provient à l'origine : le feu rampant des forces primordiales, le monde de l'air, qui s'est séparé du feu, le troisième monde, celui de l'eau, qui est né de la vapeur de l'air, et, enfin, le monde actuel, la terre. Quand tu auras compris que le corps de l'homme est lui-même un monde issu de ces quatre mondes, et qu'il est donc composé des mêmes éléments et attributs, beaucoup de choses se clarifieront en ton esprit.

Tu seras à même de percevoir l'étincelle de parenté de chaque créature vivante avec l'un de ces quatre royaumes, le feu, l'air, l'eau, la terre. Non seulement son ascendant sur eux, mais également sa responsabilité envers eux. Alors, tu commenceras à comprendre qu'il est un monde ailleurs, un cinquième monde, auquel nous devons tous renaître, et c'est précisément ton initiation qui va constituer la voie d'accès à ce savoir.

Tu apprendras, comme l'ont appris les Grands Anciens, que la forêt de pins, que les épis de maïs sont des êtres aussi vivants que nous, mais que nous pouvons les sacrifier afin qu'ils nous aident à vivre, et qu'ils consentent à ce sacrifice parce qu'ils savent qu'ainsi ils participent à la préservation de la vie. Tu apprendras que l'aigle, la truite et le cerf vivent également une existence comparable à la nôtre, mais que nous pouvons les sacrifier, et qu'ils consentent à ce sacrifice parce qu'ils savent qu'ainsi ils permettent la continuation de la vie.

Et la vérité vraie transparaîtra au travers de toutes ces vérités subalternes : la transformation de toutes ces vies individuelles en une vie plus vraie, et la persistance de cette vie dans chacune des existences individuelles qui la composent.

Tu apprendras que cette progression infinie semble s'étirer indéfiniment dans le temps. Tu apprendras également que le temps lui-même est infini.

Et cela, c'est la vie même. Elle doit être vécue, et non apprise. C'est pourquoi la pleine connaissance est indispensable à l'exercice de la liberté. C'est pourquoi tu apprendras à être vigilant. Afin de vivre pleinement ta vie, afin d'être pleinement conscient de ta liberté, sans te trouver sous l'emprise d'une quelconque possessivité, que ce soit celle de ta mère ou la tienne à l'égard de ton propre fils.

Maintenant, je ne peux t'en dire plus. Tu moudras ton propre maïs : il paraît que cela aide à bien chan-

ter. Tu confectionneras tes propres mocassins : il paraît que des mains occupées libèrent l'esprit.

À présent, moi, le père, après avoir déposé ma semence, je vais me retirer de cette matrice.

À présent, moi, le père, je dis adieu à mon enfant.

Nous nous reverrons, mais en tant que frères, en tant qu'hommes, à parts égales dans une même vie. Nous ne serons plus séparés, et cette conscience de notre unicité ne nous rendra que plus libres.

6

Dans le champ de maïs en face de la boutique de Byers titubait un étrange personnage ; on aurait cru un épouvantail bourré de paille qu'un sortilège venait de rendre à la vie, chaussé de reliques de mocassins reprisés à l'aide de lambeaux de toile laissant apparaître deux gros orteils sales et ensanglantés ; son vieux pantalon déchiré n'était retenu à sa taille que par une ficelle, tandis qu'un reste de chemise aux boutons arrachés découvrait un ventre hâlé ; jetée négligemment par-dessus tout cela, une couverture en coton mince provenant sans doute après maints détours de chez Montgomery-Ward[1]. L'épouvantail fit irruption dans la boutique, s'accouda au comptoir avec une familiarité excessive et demanda un demi-dollar à la cantonade.

— Fiche-moi le camp d'ici ! lança Byers à l'intrus sans lui accorder le moindre regard.

1. Chaîne de magasins aux États-Unis. Un peu l'équivalent des Monoprix en France.

L'épouvantail lui adressa un clin d'œil malicieux, émit un gloussement facétieux et sortit d'une démarche voulue majestueuse. Il s'éloigna en titubant le long de la route et s'arrêta devant une vieille maison décrépie que jouxtait un potager en friche. Une servante mexicaine, aux manières obséquieuses, le conduisit jusqu'à un atelier d'artiste encombré d'objets hétéroclites ; les étagères supportaient des paniers, des poteries et des ouvrages à façon, tandis qu'à chaque clou et à chaque crochet disponible étaient suspendus des éventails destinés au culte du peyotl, des vieilles coiffures guerrières emplumées, des jambières en daim et des mocassins perlés ; sur les murs, des tableaux invendus et des croquis colorés représentaient tous le portrait du même Indien pueblo, grand et séduisant, lequel arborait d'ailleurs tous les articles exposés dans l'atelier.

Benson apparut — c'était un petit homme sec et nerveux, dont le visage se rembrunit dès qu'il aperçut l'épouvantail nonchalamment appuyé contre le grand poêle rond ; aussitôt, ce dernier fouilla les pans de sa chemise et sortit une botte de quatre vieux épis de maïs ternis qu'il tendit à Benson avec un sourire grimaçant ; l'artiste leur jeta un coup d'œil, les compara avec ceux, plus beaux, qui pendaient au plafond, puis il contempla longuement les portraits de l'Indien au visage séduisant, au profil de faucon, avec sa chevelure noire aux reflets bleutés, ses yeux brillants et clairs, sa peau d'un beau rose cuivré tendue sur ses hautes pommettes, sa bouche sensuelle à l'expression résolue, son cou musculeux et son torse puissant… Benson prisait particulièrement la pose si poétique de ce corps magnifique régulièrement reproduit sur les calendriers de tout le continent américain. Son regard revint enfin se poser sur l'être amoindri qui dodelinait près du poêle, avec son visage terreux et bouffi, sa bouche aux commissures tremblotantes et ses yeux injectés de sang. Avec un soupir, Benson tendit une pièce de vingt-cinq cents à l'épouvantail.

— Et maintenant, j'ai du travail ! lança-t-il, agacé, tout en expédiant d'un coup de pied les épis de maïs sous un chevalet.

L'épouvantail empocha l'argent et sortit. Panchilo-le-Poivrot avait commencé sa tournée.

Il clopina jusqu'à La Oreja et mendia une cigarette sur la plaza ; dans l'arrière-salle d'un petit bar, il se débrouilla pour soutirer un verre au barman, un Mexicain au visage grêlé, pendant que personne ne les regardait. Il se sentit mieux et se rendit alors dans l'unique hôtel du village ; après s'être laissé tomber sur une banquette du hall près de deux touristes, il sortit de la poche de son pantalon un caillou rougeâtre qu'il frotta contre ses joues et son ventre avant de le tendre à son voisin :

— Regarde ! Roche rouge ! Elle peinture indienne ! Pour Grande Danse ! Toi acheter ? Cinquante cents ? Et puis moi dire histoire roche rouge ! Grand Géant changé en pierre ! En roche rouge ! Ça, peinture indienne, pas vrai ?

Tandis que les touristes hésitaient, tiraillés entre le désir d'en entendre davantage et celui de se débarrasser de ce conteur grimaçant aux ongles douteux, le directeur de l'hôtel fit son apparition. Panchilo rempocha son caillou et sortit à toutes jambes.

Il fit une longue halte sur la plaza, adossé à un mur ensoleillé. Devant lui passèrent des chevaux, des chariots, des Indiens, des Mexicains et des Blancs, mais Panchilo ne releva pas même la tête ; il restait assis comme s'il était seul au sommet d'une montagne, à couver quelque démon caché sous ses hardes.

Ce démon intérieur ayant fini par reprendre des forces, Panchilo se releva et avisa un magasin de souvenirs qui venait d'ouvrir. Il entra sans marquer d'hésitation, assuré que ses dehors perspicaces et séducteurs lui conféraient une dignité suffisante, même si toute relative.

— Oh, les beaux mocassins ! s'exclama-t-il en désignant du doigt l'éventaire. Comme ils m'iraient bien pour la danse d'aujourd'hui ! Seulement voilà, je n'ai pas le sou… Bon, je les prends quand même, et si les gens me demandent : « D'où viennent ces splendides mocassins ? », voici ce que Panchilo leur répondra : « Vous trouverez les mêmes chez mes amis là-bas, au coin de la plaza ! C'est avec ça que dansent les Indiens. » En tout cas, moi, j'en ai besoin cet après-midi. Vous en vendrez beaucoup de paires, et, comme ça, nous aurons tous les deux fait une bonne affaire. Vous verrez, nous allons devenir bons amis !

La tenancière du magasin fut si impressionnée que Panchilo se vit remettre les mocassins. Il fit le tour de la plaza et parvint finalement à les échanger contre une flasque de whisky ordinaire ; l'affaire était bonne, et s'avéra encore meilleure lorsque, à peine sorti de La Oreja, il se réfugia dans des toilettes publiques et avala sa première vraie gorgée de la journée ; la gnôle réchauffa son corps, lui rendit le respect de lui-même et détendit ses cordes vocales ; tout en chantonnant, il prit la route du haut qui menait au pueblo.

Il coupa à travers la brousse d'armoise, longea la rivière, dépassa les pruniers sauvages : c'était là, une petite butte au bord de la route. Panchilo s'installa, étendit ses jambes, ralluma un vieux mégot, but une lampée de whisky, chanta, et, quand le mégot commença à brûler ses doigts, il le jeta au loin, puis fit subir le même sort à la bouteille quand il l'eut finie. Il égrenait sa chanson, le regard fixé sur le désert, là-bas, au-delà des champs…

Le crépuscule n'allait pas tarder, et Martiniano rentrait chez lui, quand tout à coup sa jument trébucha sur un tas de haillons qui gisait en travers de la route. Il descendit de cheval. L'épouvantail avait égaré sa couverture, son pantalon déchiré était encore un peu descendu sur ses hanches, le vent froid faisait battre ses pans de chemise, et l'un de ses pieds trempait, presque déchaussé, dans une mare dont l'eau n'allait pas tarder à geler. Panchilo-le-Poivrot avait une fois de plus mérité son surnom.

Martiniano plaça le corps pantelant en travers de la selle et s'achemina vers le pueblo ; arrivé devant l'église, il déposa sur le sol l'épouvantail ronflant et continua son chemin, laissant derrière lui le pauvre ivrogne à tout jamais seul, sans famille ni amis — sacré Panchilo ! Était-ce ainsi que se terminait cette belle route si engageante, la Route du Peyotl ?

Quelque chose commençait à tourmenter Martiniano, mais il n'aurait pas su dire quoi exactement. Il faisait de si beaux rêves à chaque fois qu'il allait au tipi, et ensuite se sentait si élevé, si fort ! Les fêtes qui suivaient les cérémonies étaient agréables également car Manuel Rena savait recevoir... En fin de compte, c'était une bonne église que celle du peyotl ! Cependant, quelque chose dans ce culte le laissait pourtant insatisfait. Quelque chose d'invisible et d'indéfinissable qui grattait comme un sabot à la porte de son esprit.

Martiniano fit comme si de rien n'était et continua de suivre la Route du Peyotl.

Un samedi soir, il se rendit d'un pas allègre à la réunion un peu plus tôt qu'à son habitude, car il devait participer aux préparatifs de la cérémonie. Le ciel était d'un vert turquoise, les montagnes d'un bleu profond, la neige fondait, et la terre détrempée dégageait une odeur riche et fraîche, tandis qu'une brise tiède attestait le repli de l'hiver. Un oiseau chantait dans les fourrés.

Tout à coup, des branches craquèrent, et une forme crépusculaire se campa devant lui — un cerf.

Martiniano s'arrêta net. D'un coup d'œil rapide et inquiet, il dénombra les andouillers, il y en avait cinq, détailla la robe qui lui était déjà si familière — puisqu'elle était suspendue au mur de sa maison — et reconnut infailliblement sa teinte cendrée si particulière, cette même marque noire, ainsi que la petite tache blanche sous l'épaule gauche, près de l'encolure.

C'était le cerf qu'il avait tué.

Martiniano fut par trop stupéfait pour s'interroger devant cette incroyable apparition ; il n'eut pas la force de s'enfuir, ni le courage d'avancer, et resta tout simplement cloué sur place, dans l'attitude d'acceptation de celui qui assiste à la réalisation d'un miracle.

Le cerf fit de même. Il avait une patte antérieure en l'air, mais ne semblait pas désireux de s'enfuir, les pétales de ses oreilles étaient dressés, son museau noir était levé, mais ses naseaux ne palpitaient pas. Dans ses grands yeux ronds, il n'y avait ni colère ni reproche.

On eût dit deux anciens amis qui se rencontrent par hasard après une longue séparation et qui consentent à se reconnaître.

Que dirai-je à ce cerf que j'ai tué ? se demanda *Martiniano. Je ne peux m'excuser, car ce qui est fait est fait. Et bizarrement, il savait que le cerf pouvait lire dans ses pensées.*

Tout n'est pas entièrement de ma faute, pensa-t-il encore. Ce cerf me fait passer des nuits difficiles. À chaque fois que je veux savourer une soirée paisible et réparatrice dans les bras de Celle-qui-Joue-avec-les-Fleurs, il court autour de la maison et piétine mon toit. Alors, j'ai suivi la Route du Peyotl afin de trouver la paix, et le voilà encore à me pourchasser. Et singulièrement, il savait ce que le cerf pensait à cet instant précis. Ce qui est fait est fait. Nous devons tous vivre pleinement conscients dans le moment présent, non dans celui d'avant, ni dans celui d'après.

Ainsi Martiniano et le cerf demeurèrent immobiles dans le crépuscule du soir.

Bien ! pensa Martiniano, il y a décidément quelque chose entre ce cerf et moi que je ne puis comprendre. Peut-être un jour. Déjà, nous n'avons plus peur l'un de l'autre, ni peur de nous blesser mutuellement. En tout cas, je dois me rendre immédiatement au tipi.

Le cerf reposa sa patte.

Martiniano regarda autour de lui ; de chaque côté de la piste étroite, les fourrés opposaient leur masse impénétrable. Pas moyen de passer.

Le cerf leva la tête. Ses bois oscillaient. Il était maintenant si proche que Martiniano pouvait voir tressaillir les muscles de ses flancs.

Qu'est-ce qui ne va pas avec ce cerf? se demanda-t-il avec irritation, son regard toujours plongé dans les yeux sombres de l'animal. Pourquoi ce cerf que j'ai tué ne va-t-il pas de son côté, et moi du mien ?

Et tout à coup, le cerf disparut. Pas la moindre brindille n'avait bougé.

Il n'y avait plus que la clarté diffuse du ciel vert au-dessus des montagnes bleutées, et le chant alerte d'un oiseau. Tout s'était passé en moins d'un instant.

Martiniano cligna des yeux. « Est-ce que je rêve tout éveillé ? », se demanda-t-il. « Suis-je ivre, ou bien est-ce vrai, ce que les gens racontent, que le peyotl rend fou ? »

Il s'empressa de retourner chez lui.

— Que se passe-t-il ? lui demanda Celle-qui-Joue-avec-les-Fleurs quand il ouvrit la porte. Tu vas être en retard.

— J'ai oublié quelque chose, répondit-il en passant à côté d'elle.

Elle était toujours là, suspendue au mur. Même teinte cendrée, même marque noire, même petite tache blanche sous l'épaule gauche, au-dessus du ventre. La peau du cerf qu'il avait tué — et qu'il venait pourtant de rencontrer.

Martiniano contempla longuement la dépouille en silence, puis il repartit sur la piste. Arrivé à l'endroit où il venait de rencontrer le cerf, il s'arrêta. Si le cerf n'était plus là, son souvenir demeurait, qui le dévisageait toujours. Impossible d'avancer d'un pas.

— Je suis un Indien fou ! marmonna-t-il.

Il tourna les talons et rentra lentement chez lui.

— Mais qu'est-ce qui t'arrive à la fin ? lui

demanda Celle-qui-Joue-avec-les-Fleurs. Cette fois, tu vas vraiment être en retard !

— Ce soir, je n'irai pas à la cérémonie du Peyotl. J'ai changé d'avis.

Il alla s'asseoir devant la cheminée et fuma une cigarette tout en contemplant la dépouille du cerf. Au bout d'un moment, il se déshabilla et se coucha. Celle-qui-Joue-avec-les-Fleurs continuait à s'affairer dans la cuisine ; elle pila du maïs et mit des haricots à tremper pour la nuit. Une fois sa tâche terminée, elle entra dans la chambre et ne put réprimer un mouvement de surprise.

— Déjà au lit ? Es-tu souffrant, Martiniano ? As-tu mal à la tête, au ventre, ou à tes doigts qui ont gelé ?

Martiniano ne répondit pas. Celle-qui-Joue-avec-les-Fleurs se dévêtit prestement et s'étendit à côté de lui.

— Mais qu'est-ce qui te tracasse ainsi, mon cher époux ? Pourquoi n'es-tu pas allé à la réunion de ce soir ? Pourquoi es-tu rentré chez nous ?

Martiniano sourit dans l'obscurité. Son cœur était plus léger maintenant.

— Et pourquoi un homme devrait-il suivre le plus long chemin vers la paix, alors qu'il peut trouver celle-ci dans son propre foyer ? Non, ce n'est pas ma tête, ni mon ventre, ni mes doigts qui ont gelé, c'est mon cœur qui est revenu à toi.

Puis, sans ajouter un mot, il pressa son visage contre sa poitrine opulente.

Celle-qui-Joue-avec-les-Fleurs l'étreignit, puis elle murmura :

— Il y avait longtemps, si longtemps ! Je savais bien que quelque chose n'allait pas, je sentais bien que quelque chose nous séparait, mais maintenant, cette chose est partie, et nous voici redevenus comme avant, deux êtres en un seul.

Martiniano souleva légèrement la tête et prêta l'oreille ; il n'entendit pas de bruit de sabots, ni sur le toit, ni autour de la maison ; aucun bruit, si ce n'était la respiration précipitée de Celle-qui-Joue-avec-les-Fleurs. Amoureusement, il la prit dans ses bras, puis ils s'endormirent, enfin en paix.

Tard le lendemain matin, Martiniano alla se promener sur la plaza. Il ne fut pas sans percevoir une agitation contenue chez les villageois ; néanmoins, il n'interrogea personne et attendit que l'une de ses connaissances l'entraînât dans un champ à l'abri des oreilles indiscrètes.

— On ne t'a pas vu au tipi hier soir, Martiniano. Plutôt bizarre, non ? Comme si tu avais su…

Martiniano demeurait calme et silencieux.

— Oui, exactement comme si Notre-Père-le-Peyotl t'avait prévenu que notre Route allait s'interrompre. C'était juste après minuit, la constellation du Cerf était visible. Je venais de mâcher mon douzième bouton, nous étions tous en train de chanter, de prier et de rêver…

— Ah oui, fit simplement Martiniano tout en roulant une cigarette avec soin.

Il attendit que l'homme en fît autant. Une bouffée. Une deuxième. Les nouvelles ne se firent pas attendre.

Il était un peu plus de minuit quand une foule d'hommes avaient interrompu la réunion, ils avaient envahi le tipi, perquisitionné, et fait main basse sur les couvertures, les châles, le tambour, les éventails et le peyotl ; ils avaient arrêté Rena, le Chef-Tambour, le Gardien-du-Feu, l'Homme-Cèdre et quelques autres encore, avant de déterrer les pieux et d'abattre le tipi.

Au fil de son récit, le visage de l'homme s'était durci jusqu'à devenir un masque sombre, où brillaient deux yeux semblables à des braises.

— Ce sont les nouveaux officiers qui montrent ainsi leur autorité ! Tous des ânes ! De chez nous, en plus ! cracha-t-il. Surtout ce nouveau gouverneur qui hait le peyotl alors qu'il n'y connaît rien. Ils étaient tous là, le lieutenant, le capitaine de guerre, les adjoints, y compris celui de l'agent du trésor ! J'oubliais Palemon ! C'est même lui qui a pris ta couverture.

— Ah bon, fit calmement Martiniano.

— Après une pareille histoire, les amendes vont pleuvoir, sans compter qu'il y aura fatalement un Conseil des Chefs de clans, et Dieu sait ce qui en résultera ! Enfin, ce qui est fait est fait. La seule chose que je ne m'explique pas, c'est comment tu as pu être si chanceux pour échapper à cette terrible rafle nocturne. Moi qui te parle, j'ai l'impression d'avoir été piétiné par une bande de bisons et, en plus, j'ai comme un goût de nid de pie dans la bouche. De quoi s'inquiéter, pour sûr! Non, décidément, je n'arrive pas à comprendre pourquoi tu as eu autant de chance...

Plus tard, le même jour, Martiniano rencontra Manuel Rena. Le Chef-Peyotl se montra amical.

— Dis-moi, mon ami, tu n'étais pas à la réunion hier soir. La première que tu manques depuis que tu as choisi de prendre la Route. Sans doute est-ce mieux ainsi. Nous avons eu un petit problème dont tu as sans doute entendu parler.

Martiniano opina.

— En effet, je ne suis pas venu. J'y allais, pourtant. Et puis, j'ai rebroussé chemin. Pourquoi, je ne saurais le dire.

— Chacun se doit d'écouter la voix de sa conscience, répondit simplement Rena. Cependant, écoute-moi aussi. Tu connais ces pénitents mexicains, nos voisins, qui se flagellent avec des piquants de cactus jusqu'à ce que leur échine soit ensanglantée, coutume stupide, entre nous soit dit, que celle qui mortifie l'esclave — le corps — pour la faute du maître — l'esprit. Eh bien, leur église condamne leurs pratiques, et ils sont persécutés et vilipendés par leur entourage. Et pourtant, ils ont la foi et ne flanchent jamais. Et cela est bon, car la rédemption repose dans la foi, et non dans l'objet qui sert cette foi.

Mais nous autres ne sommes pas mexicains, nous sommes des Indiens, nous mangeons du peyotl, et non de la panocha, ajouta-t-il en souriant. Cependant, tout comme eux, nous sommes ridiculisés et persécutés. Aux yeux du monde profane, nous passons pour aussi fous que ces pénitents, mais ce n'est pas grave puisque nous avons la foi, et comment des infidèles pourraient-ils comprendre quelque chose à la foi ?

Des problèmes vont apparaître, semble-t-il, mais nous saurons y faire face. Notre foi nous guidera. Notre-Père-le-Peyotl nous sauvera.

Plus tard encore, le même jour, Martiniano rencontra Palemon ; les deux hommes n'échangèrent pas un mot au sujet de la couverture confisquée, mais leur amitié était sauve.

Une fois rentré chez lui, Martiniano raconta tout à Celle-qui-Joue-avec-les-Fleurs :

— Des problèmes vont apparaître, mais je saurai y faire face. J'ignore qui je suis, ce que je veux, et où je vais. Mais une chose est sûre : je n'ai plus peur. Pourquoi, je ne saurais le dire.

Des problèmes, il y en eut. Le Conseil des Chefs de clans se déroula dans une atmosphère chargée d'électricité ; les débats durèrent toute la nuit ; les Conseillers s'exprimaient avec pondération, mais leurs paroles étaient autant de piques chauffées à blanc, et la tempête fit rage aux quatre coins de la salle.

Il y avait les hommes à la chevelure de neige et au visage patiné par les ans, les Anciens, ceux qui chantent mais jamais ne dansent.

Il y avait les jeunes gens habillés et coiffés « à l'américaine ».

Il y avait les chefs des différentes kivas et les fidèles, ceux qui croyaient aux cérémonies et aux danses. L'agent du trésor, le sacristain et le porte-parole du prêtre, *El Bocal*, qui tremblait pour Dieu et l'Église catholique devant la résurgence de cette nouvelle hérésie qu'était le Culte du Peyotl.

Il y avait le Chef-Peyotl, le Gardien-du-Feu, le Chef-Tambour, l'Homme-Cèdre, et tous ceux qui avaient suivi la Route.

Il y avait le nouveau gouverneur, qui haïssait le pouvoir grandissant de Peyotl, et l'opulent Manuel Rena, celui qui finançait ce culte. Était-ce vrai, ce que l'on disait de ces deux rivaux, qu'ils n'étaient que des ambitieux agissant en vue de leur seul intérêt ?

Il y avait aussi le doute et la foi, l'hérésie et l'orthodoxie, la folie et la sagesse, l'impétuosité et le conservatisme.

Il y avait surtout des problèmes.

— Bon, ce peyotl ! N'apprendrons-nous donc jamais ? Les Blancs sont venus, et, avec eux, beaucoup de whisky. Notre soif pour ce maudit breuvage nous a fait perdre nos terres, nos chevaux, nos femmes, jusqu'au respect de nos amis. Nous avons même roulé dans les fossés le long de la route qui mène au village. Et puis les lois sont arrivées. Nous, Indiens, n'avions plus le droit de vendre nos terres, ni d'acheter du whisky. Nous étions sauvés.

Alors, sont arrivés les Mexicains et la marihuana. Nos yeux ont roulé dans leurs orbites, et nos pensées se sont agitées dans notre crâne comme des graines dans une calebasse, comme des abeilles en furie. Nous avons sorti les couteaux et, comme des insensés, nous nous en sommes servis. Et puis les lois sont arrivées. Il fut interdit à quiconque de vendre ou d'acheter de cette horrible marihuana.

Et puis, mes frères ? Une fois délivrés du whisky des Blancs et de la marihuana des Mexicains, nous avons repris goût à la vie, nous sommes revenus à nos bonnes vieilles coutumes.

Nous étions sauvés, nous étions libres. Mais libres de quoi ? D'être détruits par notre mauvais génie, le peyotl ? Au nom de cette folie qu'ils appellent la religion indienne ?

Écoutez ! Quelle est donc cette religion insensée ? Réfléchissez bien avant de répondre. Écoutez les battements de votre cœur, ainsi que ceux de la montagne, puisque ce sont les mêmes, et que rien ne peut les séparer, surtout pas ces rêveries oiseuses et ces jacasseries continuelles. Ainsi, la différence vous apparaîtra clairement. J'ai dit.

Après un long silence, une tête se leva et une voix se fit entendre :

— Lequel d'entre nous a été détruit par cette épouvantable chose que serait le peyotl ?

— Panchilo ! Panchilo-le-Poivrot ! N'est-il pas connu de tous ? N'est-il pas ami avec chaque fossé du village ? Qu'est-ce que vous demandez exactement ? En tout cas, ce n'est pas le seul à avoir tourné ainsi, il n'est qu'un exemple parmi d'autres.

La même voix répondit d'un ton respectueux et sympathique :

— Panchilo-le-Poivrot, dites-vous ? Vos paroles vous trahissent. C'est vrai qu'il a pris la Route du Peyotl, mais seulement pour un temps, et dans le simple but d'obtenir des sensations physiques, tout comme il a bu du whisky et fumé de la marihuana. Il devait fatalement échouer, puisque le peyotl est avant tout un instrument de connaissance spirituelle, une route vers la paix et la concorde. J'ai dit.

C'était Manuel Rena qui s'exprimait ainsi, avec bienveillance et déférence. Il demanda à tous l'indulgence, mais il fallait cependant que certaines choses se rattachant au peyotl fussent connues ; comment, par exemple, son usage avait été transmis à des fins salutaires aux Cheyennes, aux Arapahœs et aux Kiowas ; comment tous les Indiens des Plaines en faisaient aussi usage, sans oublier les Indiens du Vieux Mexique. Est-ce que cela ne suffisait pas à en démontrer la puissance et la sagesse ? D'ailleurs, l'usage dudit peyotl ne cessait de se répandre, chez les Pueblos, d'abord, et bientôt, sans nul doute, chez les Navajos du désert, les Apaches et les Utes des montagnes.

— Ainsi, nous ne formerons plus qu'un seul peuple, conclut-il. Une force, une foi, une sagesse. Cela viendra, tout comme le peyotl est venu jusqu'à nous. Aussi, devons-nous l'accepter.

Puis d'autres hommes s'exprimèrent, qui parlaient au nom de Dieu et de l'Église catholique.

Puis ce fut au tour des chefs des kivas, qui parlèrent le plus longtemps.

Et enfin les Anciens qui tous tinrent le même discours.

À présent, parlons au nom de notre corps, de notre esprit, de notre cœur. Ne soyons plus qu'un seul homme. Bien. Il nous semble que ce peyotl ne convient pas à la tâche qui nous a été assignée.

C'est pire que la soif de whisky, que l'envie des volutes de marihuana, cette faim pour le peyotl. Car ces pratiques que je viens d'évoquer, après tout, ne constituent que des faiblesses physiques, et, en tant que telles, on peut à bon droit minimiser leur gravité, car les désirs charnels ressortent au domaine temporel. Mais le peyotl, quant à lui, se trouve associé à une certaine foi, à une certaine religiosité, à cette folie que l'on appelle la religion indienne.

Considérons donc cette foi en elle-même.

Il existe trois catégories de la connaissance. Celle du corps, celle de l'esprit et celle du cœur. Ce qui persiste doit être compris par tous. Ainsi, comprenons-nous Dieu le Père. Il est le Grand Esprit aux mille noms. Et qui serait assez sot pour se prendre de querelle avec des noms ? Nous comprenons également Son Fils, el Señor Jesu Cristo, *qui est mort et ressuscité, tout comme nous, tout comme la terre elle-même est continûment ressuscitée. C'est ainsi qu'existe cette Église pour nous, et nous l'avons acceptée en tant que telle.*

Quant à nos danses, nos courses, nos cérémonies et nos kivas, comment parler de ces choses qui tant font partie de nous-mêmes ? C'est là tout ce que nous pouvons dire. Les plants de maïs ondoient dans la brise d'été, ils tendent leurs bras vers la pluie qui se fait désirer. Alors, nous dansons. Les jeunes gens s'élancent sur la piste, et leur course ranime la course de Notre-Père-le-Soleil, et ainsi se conjuguent ces deux courses. Dans nos kivas, nous luttons afin de perpétuer la sagesse de Nos Grands Anciens qui, un jour eux aussi, sont venus. Le temps viendra-t-il quand, sur Notre-Mère-la-Terre, le maïs ne poussera plus, quand Notre-Père-le-Soleil n'aura plus la force nécessaire à l'accomplissement de son voyage céleste, quand les hommes auront oublié leur provenance ? Alors, nous n'aurons plus besoin de danser, de courir, d'accomplir nos cérémonies dans les kivas. Que dire de plus sur ce que nous sommes ?

Mais parlons de ce peyotl. Lui aussi suscite une foi, et tout ce qui suscite une foi est bon en soi. Mais en quoi consiste cette foi ? On nous dit que c'est une route qui mène à un monde meilleur. La Route du Peyotl. Devons-nous donc suivre cette route, vêtus à l'américaine ? Devons-nous pour cela renoncer à ce quadruple monde dont nous faisons partie ?

Du premier monde, celui du feu, nous tenons la chaleur animale. Le monde de l'air nous a donné le souffle de la vie. Celui de l'eau a produit le flot même de la vie, le sang. Et le monde de la terre nous a procuré la substance palpable correspondant à notre apparence physique. De chacun de ces quatre mondes, nous avons successivement tiré les éléments de notre existence, et ainsi, à présent, nous sommes la somme de tout ce que nous avons été.

Aussi, demandons-nous : quelle est donc cette religion qui réfute ce que nous sommes, qui subjugue fallacieusement le corps ? Quelle est cette religion qui échauffe notre intelligence par des rêves, qui éloigne de nous notre propre esprit ?

Maintenant, autre chose : en quoi consiste ce monde meilleur auquel nous mènerait la Route du Peyotl ?

De par nos précédentes progressions spirituelles, nous nous sommes lentement dégagés du monde informe, et sommes devenus des formes séparées. À présent, nous devons revenir à l'informe, à l'illimité, à l'indivisibilité, en repassant par la pluralité des mondes physiques, pour aboutir au monde spirituel qui les transcende tous, mais sans jamais oublier l'indivisibilité originelle… Telle est la prochaine émergence qui nous est assignée : devenir ce que nous sommes.

Mais cette Route du Peyotl qui conduirait à un monde meilleur et nouveau… Il ne s'agit pas là de progression, mais bien au contraire de régression, puisque cette route laisse derrière elle un monde, auquel le voyageur devra bien revenir tôt ou tard. Et comment est-ce possible ? Comment pourrions-nous donc laisser derrière nous une partie de nous-mêmes, qu'il faudrait aller rechercher ? Ce genre de voyage n'est qu'un rêve illusoire.

Il n'existe qu'un seul monde dont nous tous faisons

partie : celui de Notre-Père-le-Soleil, de Notre-Mère-la-Terre, avec les oiseaux dans les airs, les truites dans la rivière, les épis de maïs, les pierres vives, et nous-mêmes… Toutes ces vies informées, formées, puis séparées, retrouveront un jour le royaume de l'informe grâce à la substance spirituelle…

Nous sommes ce que nous avons été. Nous sommes ce que nous serons. Délaisserons-nous la réalité pour l'illusion ? Lutterons-nous pour obtenir ce que nous possédons déjà ?

Non, car nous avons déjà notre route, celle qui nous mènera à la rencontre de Notre-Père-le-Soleil.

Cessons donc de penser à ce peyotl, puisqu'il ne convient pas à la tâche qui nous a été assignée.

Ainsi parlèrent-ils. Comme un seul homme.

En sa double qualité de personne fortunée et de meneur, Manuel Rena se vit condamné à payer mille dollars d'amende ; trois mangeurs de peyotl furent excommuniés de leur kiva ; deux jeunes gens, Jésus et Filadelphio, reçurent chacun cinq coups de fouet pour complicité.

Aucun des hommes arrêtés, mis à l'amende et châtiés, ne divulgua le nom des autres participants, mais les couvertures trouvées dans le tipi furent confisquées ; il n'y avait que des modèles rares, confectionnés par ces différentes tribus : les Navajos (remarquablement tissées), les Deux Collines Grises, les Chin Lees (jaunes), les Chefs (à rayures), les Chimayos (très anciennes), et les Hopis (âprement recherchées pour leur célèbre douceur, délai de livraison assez long). Personne n'osa venir les réclamer, de peur d'être identifié et puni.

Cependant, Martiniano était obnubilé par ce problème — la Route du Peyotl. Il songeait aussi à ce cerf qu'il avait tué…

Il décida d'en parler à Manuel Rena :

— Mon ami, je te respecte car tu es un homme juste. Je respecte aussi la Route du Peyotl. Mais je suis parvenu à la conclusion que telle n'était pas ma route. Pourquoi, je ne saurais le dire, mais c'est ainsi. Ainsi, nos chemins se séparent.

Bien sûr, je me doute que vous allez me traiter de lâche parce que je choisis de vous quitter à un moment difficile. Cependant, il faut que vous sachiez que j'ai vu un signe avant que tous ces problèmes ne commencent. Et si je persistais à ignorer ce signe, alors, ce serait moi-même qui devrais me traiter de lâche, et cela, je ne le veux à aucun prix.

Il y a aussi cette couverture qui m'appartient. J'irai la réclamer quand il le faudra. Je n'ai pas honte d'avoir suivi la Route aussi loin que je le pouvais, mais il est temps que je m'arrête.

— Je te comprends, répondit Rena. Laisse-toi guider par ta voix intérieure. J'en fais autant de mon côté. Cependant, puisque les problèmes ne sont pas encore terminés, ne va pas tout de suite réclamer ta couverture.

Martiniano rentra chez lui, empli de respect pour le Chef-Peyotl, ainsi que pour les Anciens qui pourtant lui menaient la vie si dure ; tous envisageaient la vie d'une manière simple et directe : en lui faisant confiance. Néanmoins, Martiniano se sentait soulagé de ne plus avoir de rapports avec eux.

Mais il y avait toujours le cerf.

D'abord, il l'avait tué.

Et puis, il l'avait rencontré sur la piste.

Martiniano s'interrogea sur la signification qu'il convenait d'attribuer à ces deux événements. D'abord, cela ne lui avait apporté que du malheur, et puis le bonheur était survenu. Cependant, le bonheur véritable ne résulte-t-il pas toujours d'un malheur véritable stoïquement enduré ? Martiniano venait-il de comprendre que le bien naît du mal, tout comme le fruit naît de la fleur ?

« Ah ! Mais comment sait-on ce que l'on sait ? », se demanda-t-il. « Je ressens simplement, comme toujours, qu'il existe en moi un pouvoir qui sait ce que je ne sais pas. Mais à présent, pensa-t-il avec une amertume redoublée, à quoi suis-je censé croire ? Quelle peut être la foi d'un homme en période de transition ? »

Pendant ce temps, les problèmes continuèrent de s'aggraver au pueblo, au point que deux factions s'étaient formées : d'un côté, les mangeurs de peyotl, de l'autre, le nouveau gouverneur et les Anciens.

Jésus et Filadelphio firent la tournée de tous les jeunes gens, y compris ceux qui revenaient de l'école des Blancs, et ils les persuadèrent de ne plus ôter leurs talons de bottes, de ne plus découper le fond de leurs pantalons, de ne plus porter de couverture et de ne plus se laisser pousser les cheveux.

— Regardez ! disait Filadelphio. Nous le faisons bien, nous ! Les temps changent. Allons-nous redevenir des Indiens-à-couvrante ? Ou bien devons-nous mettre en pratique ce que nous avons appris là-bas ? Moi-même qui vous parle, eh bien, j'ai déjà pris le train. Eh oui ! Et un de ces jours, je compte bien m'acheter une Ford. En attendant, ce soir, je vais aller à pied jusqu'à La Oreja pour voir ces films avec les images qui bougent. J'y suis déjà allé. Je sais vivre, moi !

Ceux que l'on avait excommuniés de leur kiva s'élevèrent avec hargne contre le rigorisme des Anciens, avec leurs cérémonials d'un autre âge et leurs danses désuètes. Grâce à eux, le Culte du Peyotl attira de nombreux prosélytes.

— Nous sommes des citoyens américains, déclaraient-ils, et nous avons le droit de vivre à notre guise. Au nom de quoi nous empêcherait-on de célébrer nos rites indiens ?

Manuel Rena fit plus encore. Riche, il l'était, mais pas au point de pouvoir acquitter ses mille dollars d'amende, aussi lui avait-on confisqué une parcelle de terrain. Il se rendit à La Oreja, engagea un avocat et amena l'affaire devant la juridiction fédérale. La décision fut vite rendue : Manuel Rena était un Indien, et, en tant que tel, dépendait des autorités du pueblo ; cependant, il était aussi un citoyen américain, propriétaire foncier, et n'avait commis aucun crime ; en conséquence, la punition était par trop sévère, et la quasi-totalité des terres mises sous séquestre devait lui être restituée.

Cet épisode fit intervenir le surintendant des Affaires indiennes et Émile Strophy qui courait derrière lui avec son éternelle mallette.

— Nom de Dieu ! jura le surintendant. Au lieu de profiter tranquillement des libéralités du gouvernement ! Cette histoire de cerf ne vous a donc pas suffi ? Il faut aussi que vous fassiez des problèmes avec le peyotl ? Mais quelle mouche vous pique tous ? Vous, des gens si avisés, si pacifiques, qui habitez une contrée si riche ?

— Parlons-en de la contrée ! lui fut-il répondu. Et ces terres que vous nous avez promises ? Et ces montagnes ? Là où se trouve notre lac sacré, le Lac-de-l'Aube !

Strophy cligna des yeux. « Sacrés Indiens ! Cela leur arrive-t-il d'oublier ? » Il décida d'intervenir :

— Eh bien, nous y pensions, justement ! Ne vous ai-je pas promis d'examiner le problème ? N'ai-je pas écrit des lettres, envoyé de la paperasse à Washington ? Un peu de patience, que diable ! Et quel est le rapport avec le peyotl ? Ce maudit peyotl !

Ils tinrent une réunion le soir même, les Anciens assis le long de la salle, enroulés dans leur couverture, et les agents du gouvernement assis sur de petites chaises que l'on avait apportées exprès. Inlassablement, les flots brunâtres de sagesse ancestrale venaient battre les hautes et lisses parois de la rationalité.

— Je pense que nous devons prendre le problème à bras-le-corps, déclara le surintendant, avant de s'interrompre pour laisser à l'interprète le temps de traduire son discours. Votre ami le commissaire est fort mécontent de vos agissements. Lui-même, avec l'accord du gouvernement, a autorisé l'usage du peyotl pour tous les Indiens. Je dis bien « tous ». Le peyotisme a donc été organisé en une structure appelée « l'Église Indigène Américaine ». Dorénavant, la véritable église des Indiens sera ainsi nommée.

Un profond silence s'instaura, pareil à celui qui succède à une violente explosion. Le surintendant parcourut la salle du regard. Les Anciens baissaient la tête, et avaient remonté leur couverture sur le bas de leur visage. « Voilà qui va les remettre un peu à leur place », pensa-t-il.

— Nous disons que c'est là une bonne chose, poursuivit-il, car ainsi les Indiens pourront pratiquer leur religion dans leur propre église, l'Église Indigène Américaine. Vos coutumes et vos traditions sont tombées en désuétude, tout comme les façons primitives de cultiver la terre et de chasser sont devenues archaïques. Certes, les anciennes cérémonies ont du bon, mais elles prennent trop de temps et reviennent trop cher. De toute façon, ces formes rituelles ont beaucoup perdu de leur signification. Qui s'en souvient vraiment ? Est-il préférable de laisser votre peuple s'éteindre comme les anciennes traditions ? Ou ne vaut-il pas mieux le préserver grâce à cette nouvelle église ? L'Église Indigène Américaine représente la seule réponse à cette alternative. Nous désirons maintenir la pérennité de la culture et de la religion indiennes au moyen de cette Église Indigène Américaine. Si vous voulez vraiment préserver vos traditions, les traditions des Indiens, alors vous accepterez notre offre. N'est-ce pas ?

De nouveau, le silence emplit la salle, ce silence pesant, oppressant, si caractéristique du peuple indien. Le surintendant continua :

— Le peyotisme constitue peut-être une nouveauté pour vous, mais n'oubliez pas que les Indiens du Mexique le pratiquent depuis des temps très reculés, ainsi que les Coras, les Huichols, les Tarahumaras, sans oublier les Indiens des Plaines, les Kiowas, les Comanches, les Arapahœs et les Cheyennes. Et ce culte ne cesse de se propager. Bientôt, tous l'adopteront. C'est un culte purement indien, où les expériences religieuses indiennes rencontrent d'heureuse façon certaines facettes du christianisme. Ainsi, l'esprit de l'Indien deviendra plus moderne, plus universel, et de la réunion de ces deux religions naîtra quelque chose de neuf et d'original qui lui appartiendra en propre. De plus, le peyotisme ne peut être réduit à une religion, c'est aussi une manière de vivre qui s'accommode du présent et ouvre de belles perspectives pour l'avenir. Les Indiens forment un grand peuple qui ne doit pas mourir, et qui grandira encore quand il aura sa nouvelle église. Rendez-vous compte de ce que le gouvernement fait pour vous : il accueille le génie de votre race, et lui permet de s'exprimer librement dans la vie moderne. Il vous donne l'Église Indigène Américaine.

Une bûche éclata, mais personne ne l'entendit car le silence aspirait tous les bruits. Les Anciens avaient écouté le discours avec la plus grande attention et, cependant, quelque chose les gênait toujours. Une religion. Une culture. Qu'est-ce que cela signifiait au juste ? Tout leur fut expliqué à nouveau, plus lentement, mais les mots s'abîmaient tous dans la bouche du silence. Pendant ce temps, le silence criait. Il hurlait. Les deux fonctionnaires se tortillaient sur leur chaise.

Les Anciens émirent enfin leur avis. Ce fut pire encore. Une harangue proférée d'une voix monocorde, malaisément traduite et hâtivement résumée en une douzaine de phrases absurdes dont chacune nécessita une demi-heure de commentaire.

— Le peyotl, donc ! Voilà ce dont nous sommes censés parler. Et en plus il faut que nous en parlions comme d'une église ! Eh bien, parlons-en, et parlons-en comme d'une église. Est-ce une église ancienne ? Alors, en ce cas, il est étrange que nous n'en ayons jamais entendu parler par nos ancêtres. Est-ce une église indienne ? Alors, il est étrange qu'elle nous soit donnée par le gouvernement des Blancs. Eh oui ! Étrange église que celle-ci !

Mais soit ! Pensons-y comme à une église. Considérons cette église du peyotl et considérons notre Lac-Bleu-de-l'Aube, notre église. Ainsi, la différence nous apparaîtra clairement.

Le peyotl, donc ! Mais ce n'est qu'une ride passagère à la surface du lac bleu de la vie ! La vie, elle, persiste. Toutes les routes en proviennent et toutes y ramènent. Voilà la seule réalité. Le grand lac bleu de la vie. C'est cela, notre foi.

Rendez-nous notre Lac-de-l'Aube, puisque vous prétendez que le gouvernement entend nous donner une église selon nos vœux. Rendez-nous notre Lac-de-l'Aube. Vous l'avez promis. J'ai dit.

C'était précisément ce que devaient démêler le surintendant et Strophy.

Une autre voix s'éleva :

— Voyons ce qu'il en est des églises ! Pourquoi le gouvernement tient-il tant à nous donner une église indienne ? Pour préserver nos coutumes, nos bonnes vieilles traditions ? C'est bien gentil, mais nous avons déjà une église indienne ! Est-ce que cela ne serait pas plus facile pour le gouvernement de nous témoigner ses bonnes intentions en nous autorisant à conserver la nôtre, d'église, au lieu de nous en donner une nouvelle ? Cela fait des années que l'on nous la promet. Alors, pourquoi ne pas tenir cette promesse au lieu de nous en faire une autre ? Le gouvernement refuserait-il de nous donner notre Lac-de-l'Aube ? Nous voulons notre Lac-de-l'Aube !

Les deux fonctionnaires commençaient à se lasser, mais les discours se poursuivirent.

— Bon, parlons des églises comme il faut en parler. Là, il ne s'agit pas de maisons en adobe avec un clocher dessus, et il ne s'agit pas non plus de tipis. Non. Parlons-en en tant qu'édifices spirituels d'où proviennent tous les bienfaits de l'existence. Et que de tels bienfaits puissent provenir de l'église du peyotl, cela, nous n'en sommes pas sûrs. Mais, en revanche, nous savons que de notre Lac-de-l'Aube découlent tous les bienfaits de notre vie, toutes les bonnes choses que nous aimons — nos sources, l'eau qui irrigue nos champs de maïs, qui désaltère le cerf, qui guide la truite et reverdit les montagnes, l'eau de la vie qui sans cesse rafraîchit l'esprit de l'homme. Pouvons-nous rejeter cette église qui nous accorde tant de bienfaits et nous tourner vers une nouvelle église, laquelle ne nous en donnera jamais plus ? Notre Lac-de-l'Aube. Là est notre église. Donnez-nous notre Lac-de-l'Aube. J'ai dit.

D'autres parlèrent. Tous parlèrent. Et c'était comme si tous parlaient avec une même voix, un même esprit, un même cœur. Puis ils se levèrent comme un seul homme.

Le surintendant et Strophy regagnèrent La Oreja dans une vieille automobile de louage qui les conduisit à travers le défilé rocheux jusqu'à la gare où tous deux prirent le train, l'un pour rejoindre son bureau en ville, et l'autre pour se rendre à Washington, toujours portant sa mallette bourrée à craquer.

« Au diable ce type qui a tué le cerf ! », pensaient-ils. « Au diable ces histoires de peyotl ! À cause de ça, tous les problèmes vont resurgir. Et pas des petits problèmes, ça non ! Plutôt grands comme la mémoire d'un éléphant ! Ces Indiens ! Ils n'oublient donc jamais rien ? »

Cependant, au pueblo, les adeptes du peyotl paraissaient confiants, voire apaisés, car Manuel Rena s'était vu restituer la plus grande partie de ses terres confisquées, et le gouvernement semblait approuver leur nouvelle orientation, la Route du Peyotl. Maintenant qu'ils étaient tous affiliés à l'Église Indigène Américaine, ils se sentaient blancs comme neige ; cependant, ils s'aperçurent que cet apaisement se teintait graduellement d'une drôle de couleur. Une couleur rouge. Rouge comme la peau d'un Indien. Et quand ils remarquèrent que les gens commençaient à murmurer sur leur passage, ils furent convaincus de n'être que des ridules éphémères sur le grand lac bleu de la vie.

— Rendez-nous notre Lac-Bleu-de-l'Aube ! scandait le cœur de la montagne qui commandait au chœur de la population. Laissez les choses comme elles sont, laissez les enfants qui grimpent aux arbres en chantant, parés de fleurs, laissez les tipis, laissez les feux qui crépitent au bord du lac, et de grâce, de grâce, laissez l'étoile bleue qui scintille en son milieu !

7

Pâques était en retard cette année-là.

Les cieux se lamentaient, les gens se plaignaient. Et puis, grâce à l'appel des cloches, grâce aux murmures extatiques des hommes, Il s'éleva triomphalement d'entre les morts — *Nuestro Señor Jesu Cristo,* Notre Sauveur, le Fils Béni, Notre Seigneur

Mais Pâques était en retard cette année-là.

La terre, dont Il était le symbole, était déjà ressuscitée. Des avalanches de glace fondue emplissaient les canyons, les remous puissants de la rivière grondaient dans les défilés rocheux, des corbeaux croassants survolaient les champs de maïs. Aï. Notre-Mère-la-Terre s'étirait et implorait qu'on l'ensemençât, les petits étalons pie paraissaient enamourés et les hommes semblaient taraudés par d'étranges désirs.

Même l'étrange Visage pâle qui tenait une boutique indienne...

Martiniano était allé voir ce dernier. Il était en train d'arpenter son atelier au fond de la boutique, et se répandait en malédictions contre les rats qui avaient rongé l'une de ses plus belles peaux. Martiniano sortit son canif et s'accroupit afin de confectionner une souricière sommaire : deux bâtonnets entrecroisés au-dessus d'un baquet rempli d'eau, reliés par un nœud lâche recouvert d'un morceau de fromage.

Tout en bricolant son piège, Martiniano tenta de nouer conversation :

— Dis donc, cela fait des mois que nous n'avons pas reparlé de cet argent que je te dois, tu sais, l'amende que tu as payée quand j'ai tué le cerf. C'est pour ça que je suis venu.

— Laisse couler, tu veux bien ? répliqua Byers d'un ton bourru. Tu paieras quand tu pourras.

— Cela faisait cent cinquante dollars, poursuivit Martiniano, imperturbable. Avant, je t'en devais déjà quarante-deux, et après, seize, ce qui fait deux cent huit. Mais cet hiver, j'ai apporté du bois, en petites bûches pour le fourneau et en grosses pour la cheminée, il y en avait pour cinquante-six dollars. Donc, il reste encore cent cinquante-deux dollars. Cela représente une somme, et peut-être qu'avec mon petit champ je ne ramasserai pas autant, ce qui fait que je t'en devrai toujours. N'empêche que j'aimerais autant te rembourser le plus vite possible. Voilà où on en est.

— Tu commences à me courir avec tes histoires, le sais-tu ? Débrouille ça avec ma femme !

— Toutes ces choses m'ont trotté dans la tête pendant tout le printemps, et j'ai travaillé d'arrache-pied, comme jamais auparavant. Là-haut, dans les montagnes, le long de l'Acequia Madre, j'ai déterré les touffes d'armoise avec ses racines obstinées jusqu'à ce que mes mains soient en sang. J'ai tout dégagé, j'ai passé la charrue, j'ai hersé, si bien qu'on croirait une nouvelle terre. Maintenant, tout est prêt, tout, sauf moi, car je n'ai pas d'argent pour les graines et, sans graines, pas de récolte, et sans récolte, pas d'argent. Alors, je suis venu te voir au sujet de cette dette...

Que disais-je ? Ah, oui, j'ai donc dégagé cette bonne terre afin de te la montrer, sans même savoir si je pourrai y planter quoi que ce soit. Si tu m'achetais des graines, la première récolte te reviendrait, en paiement global de la dette et de l'achat des graines... L'endroit se trouve tout là-haut, au-dessus du canyon et de la colline, c'est vraiment un coin tranquille. Il y a même une vieille bergerie en adobe. Nous allons y passer l'été. Ma femme est une Ute, elle aime la montagne. De toute façon, nous ne sommes pas bien vus au pueblo. Et puis, j'ai toujours ma vieille rosse pour descendre à mon petit champ. Comme ça, je travaillerais en haut pour acquitter ma dette envers toi et, en bas, pour ma femme et moi. Qu'en dis-tu ?

— Tu n'es qu'un feignant d'Indien ! Sans compter que l'année va être mauvaise !

Martiniano se releva en rejetant ses nattes en arrière.

— Tiens, voilà, la souricière est finie. C'est mon père qui m'a appris à les faire.

— Une souricière ! On aura tout vu ! Par un jour comme celui-ci ! C'est une nouvelle chambre qu'il me faudrait, pas une souricière !

— Une nouvelle chambre ! Encore ! En as-tu vraiment besoin ?

— Putain, non ! Est-ce qu'un homme a besoin de quelque chose de plus que d'une pièce, d'un fourneau et d'un lit pour dormir ? J'ai déjà tout cela, et plus encore. Non, c'est le temps qu'il fait aujourd'hui qui me donne envie de voir s'élever de nouveaux murs ! De la bonne brique crue, bien fraîche ! De l'adobe, quoi !

Martiniano rajusta sa couverture.

— Tu réfléchiras pour les graines ? *El Dia de Santa Cruz* approche. Il paraît que c'est un jour propice pour les semailles.

Byers se tourna. Adossé à son pilier, il écoutait le chant lointain d'une alouette.

— Non ! s'exclama-t-il. En fait, ce dont j'ai besoin, c'est d'un peu de poussière sur mes bottes, tu comprends ? Un petit voyage d'affaires, vite fait ! Eh oui, je viens juste d'y penser ! Écoute un peu. Ma femme et moi allons descendre la rivière. J'ai deux ou trois emplettes à faire. D'abord, aller prendre de la glaise au pied de ces parois rouges, cela pour ma nouvelle chambre, ensuite acheter des graines, c'est moins cher là-bas. Trois, quatre jours, pas plus. Seulement, il me faudrait quelqu'un pour m'accompagner. Je te paierai pour le travail. Toi et ta femme, tenez-vous prêts demain dès l'aube. Et pensez à prendre vos couvertures !

Ainsi, au lever du soleil, en ce lendemain de Pâques, ils partirent dans une vieille automobile tachée de boue ; au volant, Byers, pas rasé ; assise à côté de lui, Angélina, toute de toile bleue vêtue ; installés à l'arrière, compressés entre les piles de bagages et de couvertures, Martiniano et Celle-qui-Joue-avec-les-Fleurs.

Sans oublier un cinquième voyageur, invisible celui-ci : le Printemps...

Il n'était pas encore midi en ce troisième jour de voyage, et le tambour avait résonné pendant toute la matinée — faible écho qui hantait les collines bourbeuses et mornes.

La voiture traversa un *arroyo* ensablé, et attaqua une pente abrupte.

— Nous y sommes ! fit Martiniano quand ils eurent atteint le sommet. On voit le pueblo d'ici !

Et c'était là en effet, au milieu de la plaine sablonneuse qui s'étendait à leurs pieds, nichée entre les collines nues et les boucles de la rivière brunâtre, une ville de boue qui semblait être une émanation directe du paysage fangeux : quelques champs de maïs, un petit bois de vieux peupliers et puis, au-delà du fleuve, le désert pâle et parsemé d'arbustes qui continuait jusqu'à la barrière bleutée de la chaîne des montagnes.

Ils l'entendaient mieux à présent, ce rythme profond et entêtant qui luttait avec le vent.

Ils se garèrent près de la petite église aux murs de torchis, pénétrèrent dans le pueblo, et furent aussitôt assaillis par une odeur âcre d'urine, de crasse et d'immondices qui empestait les venelles aux maisons basses ; de la poussière voletait dans les rues désertes ; un chien se roulait dans un rayon de soleil afin de se débarrasser de ses puces ; d'un portail bleu jaillit un cochon qui grognait ; seul le battement du tambour, de plus en plus perceptible, venait démentir cette impression de non-vie qui empreignait l'endroit.

Ils atteignirent la rue principale qui tenait lieu de plaza. Une bourrasque soudaine souleva un gros nuage de sable, et l'atmosphère s'éclaircit aussitôt, dévoilant non seulement le cœur de la bourgade désolée, mais aussi sa voix intérieure, son sang, ses ligaments, son anatomie, son corps entier jusque-là caché, ce corps qui allait danser la Danse-du-Maïs-de-Printemps.

De l'autre côté de la plaza, s'élevait une kiva d'adobe, lisse, haute et circulaire, dont le mur était percé d'une rangée d'échelons. Sur l'échelle se tenait une file d'Indiens dont le maquillage était déjà recouvert de poussière ; en face de la kiva, s'érigeait une petite guérite abritant un autel grossièrement bâti qui supportait une statuette en bois ; l'idole sacrée était habillée de couleurs vives et parée de bijoux d'argent.

Les quatre visiteurs s'accroupirent contre un mur, et leur regard se fixa sur l'autre kiva située à l'extrémité de la rue déserte, à l'instant précis où une longue file de danseurs en sortaient au son d'un tambour.

En face des visiteurs, de l'autre côté de la rue, s'avancèrent en ordre dispersé quatre rangées de vieillards revêtus de chemises colorées dont les pans sortis recouvraient de moitié de longs pyjamas à fleurs ; ils portaient tous à chaque main un rameau de sapin, sauf l'un d'eux qui jouait d'un petit tambour accroché à sa taille.

Au milieu de la rue, un homme les accompagnait tout en martelant une grosse caisse placée sur son ventre ; à son côté marchait le porte-drapeau qui s'efforçait de maintenir vertical un long poteau lisse au sommet duquel se balançaient une tunique tissée à la main, une peau de renard et des ornements de plumes de perroquet, de perles et de coquillages.

Ensuite venaient deux files de danseurs, à peu près cent cinquante hommes, femmes et enfants.

La progression de ce cortège bigarré rompait lentement mais sûrement la monotonie des murs grisâtres, l'uniformité du sable et du ciel.

Les hommes, nus jusqu'à la taille, étaient recouverts d'une couleur cuivrée et dorée. Leur chevelure, fraîchement lavée, déjà grise de poussière, mais avivée par quelques plumes de perruches, vertes et blanches, retombait majestueusement sur leurs larges épaules. Tous portaient une tunique cérémonielle blanche, brodée de rouge et de vert, serrée à la taille par une ceinture rouge et noir de laine dont la longue frange descendait droit du genou jusqu'à la cheville, succédant ainsi à l'omniprésente peau de renard qui battait dans leur dos. À leurs jambes, des lanières auxquelles étaient fixés des grelots, des coquillages et des sabots de cerf; leurs mocassins, couleur fauve, montaient jusqu'à la cheville et se trouvaient agrémentés d'une bande noir et blanc de fourrure de sconse ; à la main droite, une crécelle, à la gauche, un rameau de sapin.

Les femmes, qui alternaient avec les hommes, dansaient pieds nus dans la poussière, leurs silhouettes ramassées étaient drapées dans des vestes *Mother Hubbard*[1] de laine noire, ourlées d'un beau rouge, qui laissaient parfois entrevoir, au gré de leur danse, l'éclat d'une épaule dénudée ; leur taille était soulignée d'une ceinture hopi vert et écarlate, et leurs longues chevelures, noires comme celles des hommes, descendaient jusque dans leur dos et flottaient librement selon les caprices du vent. En guise de couronne, chacune de ces femmes au port de reine portait sur la tête une *tàblita* bleu turquoise retenue sous le menton par une ficelle; c'était une sorte de tiare en bois finement sculpté, d'à peu près trente centimètres de hauteur, une

1. Marque de vêtements portant le nom d'un personnage de comptine.

châsse miniature recouverte de peintures symboliques représentant des nuages et ornée en son sommet de plumes d'aigle. Elles tenaient à chaque main un rameau de sapin et arboraient de lourds bijoux d'argent, des bracelets, des bagues, des colliers en forme de fleur de courge, et des colifichets de corail et de turquoise.

On voyait partout du sapin, ce symbole de vie éternelle. Comme si les habitants du village avaient abattu une forêt entière et l'avaient charriée au beau milieu de leurs misérables cahutes.

Au son de la grosse caisse, les deux files s'arrêtèrent, les enfants venant en dernier, et le porte-drapeau fit passer la hampe au-dessus des danseurs. Les extrémités des quatre rangées de vieillards s'immobilisèrent un court instant avant de se scinder en deux groupes qui formèrent un demi-cercle sur quatre rangs, faisant ainsi face aux deux lignes de danseurs qui attendaient. Entre eux, le petit tambour.

Et tout cela se passait dans le vent et la poussière.

Un roulement de grosse caisse. Les yeux des quarante vieillards ne cillaient plus. Ils chantèrent — et la mélodie se propagea comme le vent à travers les pins. Le drapeau se levait puis s'abaissait ; on jetait les rameaux de sapin en l'air et d'autres les rattrapaient habilement ; les clochettes tintèrent, les sabots de cerf s'entrechoquèrent, les crécelles crépitèrent, et les danseurs indolents s'assemblèrent comme les segments d'un serpent coupé en rondelles.

Ils dansèrent.

D'abord en deux longues rangées, quand les mouvements des hommes bondissants contrastaient avec la danse stationnaire des femmes impassibles, ensuite en quatre rangées plus courtes, quand celles-ci devaient se reculer pour faire place à leurs partenaires tournoyants. Et puis, ralentissant la cadence, tous venaient former un grand cercle, chaque femme attachée comme une ombre aux pas de chaque homme.

Les hommes marquaient le rythme d'un pas puissant, pesant et insistant, puis ils accéléraient leur trépignement, précipitant la mesure, jusqu'à plier les genoux complètement ; les matrones grisonnantes, quant à elles, se contentaient d'à peine soulever le pied, tandis que les jeunes filles affectaient une attitude subtile de soumission et frémissaient de tout leur corps au son du tambour.

Parfois une pause, vite interrompue par un cri strident, et le crépitement des crécelles reprenait, suivi du roulement de tonnerre de la grosse caisse, identique à une pulsation cardiaque. Les voix des vieillards étaient si extasiées qu'elles semblaient sourdre des rameaux de sapin, au point que l'on aurait cru qu'une forêt était descendue vers le village de boue afin de disperser l'accumulation des poussières acides dans le ciel alcalin.

Après une demi-heure de ronde effrénée, la première troupe réintégra lentement sa kiva. Mais, quand le Peuple-de-l'Été s'éclipsait, les Gens-de-l'Hiver sortaient de la kiva opposée, et leurs danses se succédèrent ainsi au rythme des saisons.

Les quatre spectateurs ne bougeaient pas de l'encoignure où ils avaient trouvé refuge contre le vent. Angélina tenait un mouchoir appliqué sur le bas de son visage afin de pouvoir respirer à son aise, Martiniano restait enveloppé dans sa couverture, Byers était accroupi dans une attitude de patience; seuls les yeux de Celle-qui-Joue-avec-les-Fleurs brillaient de joie.

Ils brillaient de joie en observant les trépignements, en entendant les chants lancinants — les pas qui martelaient la terre en cadence, tout comme les battements du tambour cognaient dans les veines du front. Et les incantations s'élevaient, aériennes, jusqu'aux rameaux de sapin, jusqu'au sommet du mât orné de plumes-de-pluie, jusqu'aux nuages du ciel turquoise.

Il se passait là quelque chose d'unique : le grondement hypnotique du sang dérobait à l'esprit tout ce qui se passait alentour, lui faisait oublier le vent et la poussière, ce grondement qui unissait le corps à la terre, la terre au corps, qui se propageait dans le maïs, dans la chair de la terre, dans les corps de ceux qui allaient étreindre le maïs de toutes leurs forces afin de se nourrir réciproquement.

En fin d'après-midi, le vent se mit à souffler plus fort, et des nuages de poussière venus des collines nues envahissaient la plaza, formant un brouillard gris et étouffant en dépit duquel même les enfants continuaient de danser ; les garçons portaient des tuniques et des mocassins de poupées, tandis que les petites filles arboraient sur leur tête des *tablitas* miniatures, dont la couleur bleue se trouvait rehaussée de minuscules tournesols — on eût dit deux rangées de poussins à peine éclos pris dans une tempête de sable.

Pâques avait enfin atteint les hautes montagnes. Attiré par l'odeur des champs fraîchement labourés, Il avait apporté avec lui les torrents de printemps, tandis que, dans les basses régions proches du fleuve, la terre était déjà éveillée depuis longtemps, les arbres fruitiers avaient revêtu leurs premières fleurs, le soleil distribuait sa clarté blanche et chaude, et les vallons avaient déjà vu s'égrener piments et melons, mais ici, sur cette ingrate région sablonneuse, Pâques semblait avoir oublié d'apposer sa touche résurrectionnelle, et c'était pourquoi les habitants montraient tant de persistance à implorer cette renaissance à grand renfort de supplications. N'étaient-ils pas eux-mêmes les graines de la vie éternelle semées entre les mystérieux abîmes et sommets de l'univers ? Aussi, ils piétinaient la terre afin de l'éveiller, afin que réapparussent enfin dans les labours les petites pousses vertes annonciatrices du maïs nouveau ; ils tentaient d'amadouer les nuées serpentines qui planaient loin au-dessus d'eux, ils s'efforçaient d'attirer les cumulus ventrus et gorgés de pluie qui survolaient les plateaux lointains et le désert ; tout en agitant leurs touffes de duvet d'aigle, ils imploraient la pluie, la Pluie-aux-Longues-Jambes, ils la conjuraient d'apparaître au Seuil-des-Grands-Nuages.

Pendant ce temps, les Koshares se livraient à leur pantomime favorite, celle qui consistait à singer les prières réitérées des danseurs et des vieux chanteurs. Huit Koshares, tous plus vigoureux les uns que les autres.

Ils allaient entièrement nus, à l'exception d'un pagne de chiffon bleu sombre sur les reins ; leurs corps gris cendré étaient constellés de taches blanches et noires ; leurs visages étaient couverts d'étranges zigzags, leurs cheveux étaient relevés en un chignon attaché à l'aide d'un lambeau de tissu d'un bleu douteux, et durci avec de la terre glaise blanche ; cette houppe était elle-même surmontée d'un grand bouquet composé de feuilles de maïs séchées. Fantastiques personnages que ces ténébreux fantômes des anciens épis !

Et quelle grâce aussi dans leurs mouvements, lorsqu'ils allaient se faufiler sans répit parmi la foule, tels d'agiles léopards tachetés ! Ils dansaient de tout leur corps, la tête baissée, les yeux fixés au sol, sans paraître se soucier des autres participants qui s'évertuaient à maintenir un semblant d'alignement. De leurs bras flexibles aux gestes lents, ils s'employaient à extirper des profondeurs de la terre aussi noire que leur propre corps un pouvoir caché, ils s'efforçaient de puiser les fluides dissimulés dans les racines ; sous leurs doigts, naissaient et s'érigeaient de nouvelles pousses de maïs. Et puis, le rythme se modifiant, ils dressaient la tête et levaient les bras, ils tiraient sur d'invisibles filins comme pour capter la pluie, ils attiraient les puissances célestes et s'emparaient de leurs représentants les plus éminents : l'étoile, le clair de lune, les eaux, et surtout les rayons du soleil, ces flèches de feu aux pointes de rose…

Cependant, ils savaient également se montrer attentifs aux petits danseurs ordinaires, corrigeant ici le pas d'un enfant, indiquant là un changement de temps, relevant la genouillère d'un garçonnet, ou rattachant la *tablita* d'une fillette que le vent avait jetée au sol. En effet, il fallait danser jusqu'à la fin et, lorsqu'une gamine s'effondrait épuisée, un Koshare la chargeait sur son dos et la portait ainsi afin qu'elle pût se reposer un instant.

Cela dura toute la journée. La forêt de rameaux bruissant de murmures, les corps bondissants des hommes cuivrés et dorés, flexibles comme des tiges de maïs, et les silhouettes des femmes droites comme la pluie qui tombe, leur danse à la fois puissante et gracieuse, presque statique, le vacillement infime des *tablitas* sur leur tête verdoyante…

Finalement, à la vue du soleil qui regagnait sa demeure, les deux groupes fusionnèrent, la grosse caisse et le petit tambour se turent, les deux mâts s'abaissèrent et disparurent dans la foule — une centaine de vieux chanteurs et trois cents danseurs.

C'était fini.

Soudain, Angélina parut en proie à un malaise. Elle avait une main posée sur le ventre.

— Tiens, prends ceci, fit Martiniano en lui tendant un morceau de pain. C'est parce que le tambour s'est arrêté que tu as la nausée. J'ai vu ça souvent.

Tout en crachant la poussière, les danseurs vinrent s'aligner devant la guérite ; chacun s'agenouilla et se signa en face de la statuette sacrée.

Les quatre spectateurs s'en furent lentement.

— J'ai l'impression que je pourrais m'envoler ! déclara simplement Celle-qui-Joue-avec-les-Fleurs.

Byers les devançait sans mot dire.

Cette nuit-là, ils campèrent sous les arbres, près de la rivière ; dès la nuit venue, le vent tomba, et l'on n'entendit plus que les craquements des grands peupliers, tels les vénérables mais instables piliers d'une cathédrale abandonnée.

Ils dînèrent de steaks cuits sur la braise, de pommes de terre cuites à l'étouffée, de café, de pain et de fruits. Martiniano jeta encore un peu de bois sur le feu, puis, en se guidant à la lueur des flammes, il alla chercher les couvertures dans la voiture avant de partir faire la vaisselle au bord de l'eau.

Pendant ce temps, Angélina et Celle-qui-Joue-avec-les-Fleurs papotaient allégrement : le voyage s'était si bien passé, ils allaient ramener tant de choses, d'épaisses couvertures navajos, des bijoux d'argent et de turquoises, des poteries anciennes, deux sacs de graines pour Martiniano et un sac d'argile rouge que Byers comptait utiliser pour consolider les cloisons de sa nouvelle chambre. Et puis, ils avaient eu la chance de voir la Danse-du-Maïs-Vert en pleine période de Pâques ! Il leur semblait que cette fête avait conféré à toutes ces trivialités une nuance de mystère, comme si quelque chose de crucial était arrivé, comme si le murmure imperturbable des Anciens avait balayé toutes les toiles d'araignée accumulées dans leurs esprits embrumés par les rigueurs hivernales, comme si le spectacle de la danse avait assoupli leurs membres engourdis, comme si le roulement continuel du grand tambour avait dispersé les impuretés et apporté un flot de sang nouveau, comme si une grande purge, une résurrection, avait transformé leur existence en une vie neuve, rapide, immédiate.

Étendu devant le feu de camp, Byers observait les formes capricieuses des flammes. Il se sentait bien, comme régénéré. « Ça, c'est la vie ! », pensa-t-il. « Aller où bon vous semble, l'humeur vagabonde, une femme avec soi, pas trop éloignée pour ne pas se tracasser à son sujet, mais pas trop près non plus afin de ne pas en être importuné, avec en plus un Indien qui fasse tout le travail ! » En vérité, ce genre d'escapade improvisée constituait le seul luxe que Byers se permettait, car cela lui rappelait les jours d'antan, quand il n'était encore qu'un simple colporteur.

Cette époque-là était bel et bien révolue, comme n'allait pas tarder à l'être l'instant présent, et d'ailleurs Byers se considérait lui-même plutôt comme un homme du passé. « Mais surtout pas de sentimentalisme ! », se répétait-il. « Pas de nostalgie douceâtre ! Pas de retour en arrière ! Pas de présent figé ! La seule chose durable, n'est-ce pas le changement, qui conserve à la vie toute sa fraîcheur en la renouvelant sans cesse ? »

Cependant, Byers ne s'intéressait pas tant aux formes temporaires de l'existence qu'à sa substance même, car au fond, tous les pueblos n'étaient-ils pas identiques ? Partout les mêmes églises, les mêmes kivas, les mêmes murs d'adobe, les mêmes têtes de bétail, les mêmes champs de maïs à l'abandon avec, au loin, la montagne et, tout proche, le désert... jusqu'aux habitants qui se ressemblaient : les hommes trapus et robustes, les femmes râblées aux silhouettes indécises, et tous arborant ces visages hâlés, fiers, simples et vifs, avec cette touche poétique qui accompagnait chacun de leurs gestes ; cependant, il y avait parfois des différences...

Par exemple, dans le pueblo qu'ils venaient de visiter, régnait une ambiance d'inertie et de passivité plus difficile à surmonter que n'importe quel autre obstacle, ambiance due surtout au vieux cérémonialisme à la fois autarcique et indestructible de ce peuple qui présentait les mêmes caractéristiques que la farine de leur pain : la lourdeur, l'inamovibilité, la non-malléabilité. Bornés, autonomes, bien retranchés derrière leurs murs d'adobe, ils demeuraient désespérément réfractaires à tout changement.

Deux ans auparavant, une querelle avait éclaté entre les Anciens et le prêtre blanc à propos des danses ; ce dernier avait fermé l'église et était parti. Désormais, plus de messes, de mariages et de baptêmes pour ce peuple ingrat constitué de pécheurs ! Les Indiens avaient continué à danser. Un an plus tard, ils avaient vu arriver un autre prêtre envoyé par l'Église ; après mûre réflexion, le Pape, le Père leur avait pardonné, avait-il expliqué. Les Indiens avaient fait bon accueil à leur nouveau prêtre — et avaient continué à danser.

— Bravo les gars ! ricana Byers. Accrochez-vous bien à vos fusils !

Cependant, la population du pueblo jouxtant La Oreja n'était pas aussi attardée, car les Pueblos des montagnes avaient subi, au cours du temps, l'influence des tribus des Plaines, ce qui les avait rendus arrogants et susceptibles, à l'exemple de ce Martiniano, à la fois tendre comme une noix et dur comme une coquille.

Était-ce cet apport qui avait rendu ce pueblo particulièrement accueillant vis-à-vis du peyotl ? Ou bien était-ce parce que la foi en la pureté de leur race s'était graduellement éteinte ? Byers ne croyait pas au peyotl. Aucun peuple digne de ce nom n'éprouvait la nécessité d'un stimulant externe, de même qu'aucune secte en pleine possession de son pouvoir spirituel ne devait dépendre entièrement d'un appareil sacerdotal ; la majorité des Indiens étaient d'ailleurs nantis de leur propre dispositif symbolique — mythes fondateurs, cérémonies, danses théâtrales, etc. — au moyen duquel ils exprimaient leur foi indéfectible en la vie.

« Toujours ce problème de la noix et de la coquille ! », pensa-t-il. Toutes ces grandes formes mythiques, dont le contenu n'était accessible aux Blancs qu'au prix d'une traduction imparfaite, eh bien, les Indiens eux-mêmes commençaient à en perdre le sens profond. Déjà, chez nombre d'entre eux, ne persistait plus qu'un symbole dépourvu de tout référent, lequel serait bientôt oublié à son tour et remplacé par un concept orphelin, informe, inarticulé, que plus personne ne serait en mesure de comprendre.

Byers était préoccupé surtout par ce problème de la forme et du contenu, du dehors et du dedans ; il s'émerveillait devant cette approche de la vie purement instinctive et intuitive, cette magnifique reddition du moi aux forces invisibles qui nous gouvernent et dont nous ne parvenons pas à démêler les buts. De par l'infaillibilité de son instinct et la limpidité de sa conscience, l'Indien avait attesté la valeur de cette approche spécifique, mais comme il ne pouvait, ni ne voulait formuler celle-ci de façon claire et discursive, tout allait immanquablement aboutir à un immense chaos indistinct, au sein duquel lui-même disparaîtrait un jour ou l'autre...

Eh bien soit ! Byers, lui, avait eu au moins sa

chance… N'empêche qu'il aurait aimé en savoir un peu plus sur certaines choses… Encore l'un de ces vœux pieux, sans doute !

Cette histoire de serpent à sonnettes, par exemple…

C'était une sensation vague et indéfinissable qu'il avait conservée en sa mémoire depuis de nombreuses années, comme un lambeau féerique qui subsiste longtemps après un rêve dont on a oublié les phases principales. Grâce au clair de lune, Byers pouvait à présent distinguer la silhouette robuste de Martiniano se profilant sous la nef des grands peupliers en bordure de la rivière, et dont la boucle contournait le pueblo comme l'anneau d'un serpent avant de poursuivre son trajet infini parmi les rides chatoyantes et les reflets ondoyants. Cette histoire lui revint à l'esprit, avec la force du souvenir que l'on n'a jamais vraiment oublié et qui n'a fait que sommeiller en nous.

Tout avait commencé alors qu'il n'était qu'un très jeune homme fraîchement débarqué à La Oreja, vivant à droite et à gauche, au hasard des cahutes inoccupées. À cette époque, bien que déjà rusé et endurci, Byers était assez romantique pour revêtir chaque jour une chemise rose avant de filer droit au pueblo. Pourquoi, il ne le savait pas et ne tenait pas à le savoir. Peut-être simplement parce que c'était le seul endroit animé… Il se contentait d'écouter les tambours, les chansons, d'observer les gens puis, sans avoir adressé la parole à quiconque, il s'en retournait chez lui où l'attendait un repas frugal.

Un après-midi, il rencontra un groupe d'Indiens qui l'emmenèrent dans une cabane abandonnée, et l'un d'eux lui parla d'un ton sévère :

— Mon peuple observer toi. Peut-être le jeune Blanc elle veut jeune fille à nous ?

Byers étouffa un juron et cracha par terre.

— Non ? Ben tant mieux ! Parce que pas bon, ça !

Il en fut quitte pour la peur, devint garde forestier dans la montagne, et consacra la plupart de ses loisirs à chasser et à placer des pièges destinés aux castors, aux rats musqués, aux ours, aux cougars, aux sconses et aux cerfs. Parfois, des Indiens faisaient halte dans son bivouac, et il se lia d'amitié avec eux. Plus tard, il revint au village et monta sa petite boutique de troc.

Il noua une relation privilégiée avec un Ancien qui lui conseilla de se montrer prudent, car certaines personnes du pueblo ne l'aimaient guère et lui avaient jeté un sort.

Un jour, tous deux étaient assis dans sa petite boutique, quand un jeune Indien entra pour lui vendre des pommes. Byers refusa. Alors, le vendeur lui proposa d'en prendre une gratuitement. L'Ancien secoua la tête en signe d'avertissement, et plus tard il tenta d'expliquer à son ami que ces pommes étaient maudites, qu'il y avait un ver dans l'une d'elles et que ce ver allait devenir un grand serpent qui le dévorerait.

— Au diable ces sottises ! s'esclaffa Byers. On se demande vraiment où vous allez chercher tout ça !

Eh bien, c'était tout simple : ce printemps-là, l'Ancien était parti en montagne pour couper du bois, quand tout à coup, seul dans une clairière, il avait entendu des paroles venues de nulle part ; bientôt, il avait pu comprendre leur sens : quelqu'un avait enjoint aux serpents à sonnettes de faire du mal à son ami blanc, cet étrange jeune homme qui tenait une boutique indienne, si bien qu'à l'avenir ce dernier devrait porter une méfiance toute particulière aux serpents. D'après l'Ancien, c'était là une très-mauvaise-médecine, peut-être même fatale…

Deux ou trois ans plus tard, la boutique de Byers était déjà très réputée, et il se trouvait accompagner au bord de la rivière une riche « Américaine » qui lui avait confié cent dollars en vue de se procurer une ceinture concho, du modèle le plus ancien, le plus beau et le plus rare qu'il pût trouver. Byers se rappelait avoir aperçu semblable objet dans une maison du pueblo, et tous deux s'y rendirent sur-le-champ, non sans s'être munis au préalable des petits présents indispensables en l'occurrence. La ceinture était bien là, suspendue à une poutre.

C'était une belle et noble bâtisse dont les murs offraient près de quatre pieds d'épaisseur et avaient été récemment recrépis. Les piliers de cèdre grisâtres et moussus encadraient la porte. À l'intérieur, le sol de terre battue était devenu dur et nivelé comme du ciment à force d'avoir été foulé par des générations de va-nu-pieds; au plafond, les longues poutres étaient d'un brun chaud comme du vieux miel. Profitant de ce que sa cliente examinait admirativement un poêle de Santo Domingo[1], devenu depuis une pièce rare, Byers partit s'isoler avec son hôte dans une autre pièce, afin de mieux marchander la ceinture.

Il n'y avait pas de fenêtres, et seul un jour diffus, filtrant d'une petite ouverture d'aération, permettait d'entrevoir quelques vieilles femmes ridées assises devant un feu d'écorces. Byers venait à peine de rabattre la couverture qui servait de rideau que la doyenne des commères se dressa tout à coup sur ses jambes torses; sa cécité manifeste ne l'empêcha pas de cracher en direction du visiteur et de lui lancer un flot d'invectives tout en tordant sa poitrine flasque d'une main noueuse.

Byers recula d'un pas devant cet assaut soudain; son hôte, un homme qui frôlait pourtant la cinquantaine, tenta vainement de s'interposer, mais la harpie continuait de vitupérer :

— Sale Visage pâle qui empeste le poison du serpent à sonnettes! Sors d'ici!

Deux ans plus tard, ce pénible incident était presque sorti de sa mémoire, quand il avait été invité à une partie de pêche à La Jara[2]. Benson venait de se marier, et il avait acheté une voiture afin

1. L'un des villages pueblos.
2. Ville du sud du Colorado.

de célébrer l'événement. C'était la première fois qu'une automobile roulait dans les rues du village, et son propriétaire était si surexcité qu'il ne cessait de presser la pomme de caoutchouc de l'avertisseur. Le coffre était rempli d'ustensiles de pêche, d'un panier de pique-nique, d'un chevalet, d'une boîte d'aquarelles, et Benson avait galamment proposé à sa femme une voilette en guise de cache-poussière avant de l'aider à monter en voiture. Byers s'était installé à contrecœur sur la banquette arrière. Cette excursion ne lui disait rien.

Comme le véhicule quittait le village en cahotant, sa morosité ne fit que croître, au point qu'à mi-chemin de la route défoncée qui longeait le canyon il demanda qu'on le laissât rentrer chez lui à pied, prétextant qu'il éprouvait la prémonition que quelque chose de dangereux ou même de diabolique allait se produire.

Mme Benson s'esclaffa tandis que son mari klaxonnait derechef en éclatant de rire :

— En voilà un vieux garçon ! Il a peur de jeunes mariés ! Ha, ha ! Ne t'en fais pas, on ne va pas faire l'amour devant toi ! Tu apprendras à ma femme à se servir d'une canne à pêche, et moi, je me contenterai de brosser quelques rapides croquis. Après, on déjeunera ! Jette un coup d'œil au panier ! Poulet frit, mon cher !

Résigné, Byers se renfonça dans son siège.

Le canyon, si beau d'habitude, semblait ce jour-là très sombre. Byers ne distinguait pas les cascades limpides qui, comme pour observer une pause musicale, allaient se reposer dans les mares profondes peuplées de truites ; il n'aperçut ni les belles clairières vertes, ni les peupliers aux feuilles humides de rosée, ni les buissons d'ancolie sauvage. Il ne voyait que les hautes parois oppressantes qui paraissaient prêtes à se refermer sur lui.

La voiture avait commencé à peiner à mi-côte, et le moteur chauffait tant que Benson préféra s'arrêter.

— Ici, c'est aussi bien qu'ailleurs, fit-il. Les poissons et les images sont là où on les attrape, pas vrai ? On va laisser la voiture là. De toute façon, qui passe ici ?

Il descendit du véhicule et saisit un caillou qu'il lança dans un fourré.

— Attention ! s'écria-t-il. Je viens de voir un serpent à sonnettes !

Byers était déjà sorti de la voiture. Immobile, les jambes écartées, il respirait avec difficulté et semblait hypnotisé par le fourré. Comme s'il obéissait à une impulsion incontrôlable, il s'avança, se pencha et plongea sa main dans la masse de verdure.

Mme Benson hurla quand elle vit Byers sortir du fourré un serpent à sonnettes qui se tortillait furieusement.

Horrifié, il le rejeta le plus loin qu'il put.

À présent, il se tenait tout raide, des filets de sueur coulaient sur son visage, et son regard hébété demeurait fixé sur une minuscule marque rouge au bout de son pouce droit.

Immédiatement, ils reprirent la voiture. Le voyage aller avait duré une heure car la route montait, mais Benson était maintenant la proie d'une panique extrême et il conduisait comme un fou, si bien que les obstacles s'accumulèrent sur ce trajet du retour : les freins lâchèrent, un pneu creva, que personne ne sut remplacer, et, pour couronner le tout, lorsqu'ils furent enfin parvenus à rejoindre la route principale, un chariot mexicain leur bloqua le chemin.

Byers subit cette invraisemblable suite de contretemps avec un flegme inquiétant. Il n'éprouvait ni douleur, ni frayeur, mais son visage, hâlé d'ordinaire, était devenu blême, sa tête dodelinait, ses bras ballaient entre ses genoux, et le fourmillement de son pouce commençait à envahir sa main entière.

Dès qu'ils furent arrivés sur la plaza, Benson bondit à terre. Il y avait seulement deux docteurs à La Oreja, l'un d'eux, un « Américain » expérimenté, était parti accompagner en urgence l'un de ses patients à un hôpital situé à une journée de route de là, tandis que l'autre — un Mexicain qui, nanti de ses seuls forceps, livrait une âpre concurrence à la horde de sages-femmes indigènes munies de leurs herbes miraculeuses — venait de partir en consultation dans un coin perdu au fin fond du canyon. Il y avait bien ce nouveau dentiste, mais son bureau était fermé. Benson se rua désespérément à son domicile.

Une foule de badauds s'attroupait déjà autour de la voiture, et Byers fut porté hors du véhicule ; l'un d'eux lui ouvrit le pouce avec la lame d'un couteau cautérisée à la flamme d'une bougie, puis deux autres le saisirent par les épaules et le firent marcher de force autour de la petite plaza.

Les habitants surgissaient des boutiques, des bazars, des enclos, des ruelles ; une vieille Mexicaine accourut, un poulet caquetant à la main, elle l'éventra et appliqua l'amas sanguinolent sur la blessure du malade ; muni de cet appendice dégoulinant et emplumé, Byers continua d'arpenter la plaza. Il tremblait de tout son corps, et le fourmillement atteignait maintenant son poignet.

— Nom de Dieu ! jura-t-il soudain. Qui a jamais entendu dire qu'on puisse soigner une morsure de serpent avec autre chose que du whisky ? Allez-y, les gars !

Un vieux joueur de cartes émacié, avec de grandes moustaches tombantes et des yeux bleu pâle, s'avança et lui fit ingurgiter un demi-litre de bourbon.

Benson accourut, suivi de près par le dentiste, et tous deux entraînèrent Byers jusque dans un bureau poussiéreux et désordonné. Le dentiste débutant, visiblement à peine sorti de l'adolescence, parut cruellement embarrassé, car s'il savait arracher une dent, il ignorait comment extirper le poison des veines d'un homme. En désespoir de cause, il alla chercher de l'alcool de grain qu'il mélangea à de l'eau citronnée.

— Si le whisky est bon, ceci devrait être encore

meilleur, fit-il d'un ton à la fois intimidé et sympathique.

Byers but la bouteille d'un trait.

Maintenant, il était vraiment malade : une horrible sensation de vide l'envahissait, comme si on lui avait administré quelque puissant sédatif. Cependant, l'effet du whisky conjugué à celui de l'alcool de grain le ranima l'espace d'un instant ; il se remit sur ses pieds, renversa un plateau d'instruments, et courut ouvrir la fenêtre ; retenu en arrière par un pli coincé de son manteau, il se pencha au-dehors, fou de douleur, et se mit à hurler de manière incohérente : d'après ce que l'on distinguait, il avait enfin rencontré sa destinée et suppliait qu'on le laissât seul.

La nouvelle avait fait le tour du village, et la plaza était à présent encombrée d'attelages, de chariots, de charrettes et de chevaux ; des Indiens, des Mexicains et des Blancs stationnaient sous la fenêtre du dentiste et criaient des encouragements et des conseils ; ils riaient à ce spectacle gratuit et divertissant, murmuraient avec compassion, ou bien attendaient en croisant les bras. Parmi eux, Mme Benson allait et venait en sanglotant et en se tordant nerveusement les mains. Au moment où Byers était de nouveau attiré à l'intérieur de la pièce, son vieil ami l'Indien apparut sur la plaza, avec ses mocassins éreintés et sa couverture rapiécée ; après avoir calmement écouté les commentaires qui fusaient de toute part, il fendit la foule et gravit discrètement l'escalier qui menait chez le dentiste.

La porte était entrouverte. Benson, le dentiste et deux volontaires s'évertuaient à maintenir Byers dans le fauteuil, en prenant soin qu'il eût les jambes levées. Il gisait là, en sueur, sans son manteau, et sa main malade tressaillait sur sa poitrine ; sa respiration était malaisée, ses yeux semblaient contempler le vide, et son esprit n'était plus qu'un maelström d'effroi et de douleur.

Ce qui le frappa tout d'abord, comme il s'en souvint plus tard avec tant de difficulté, ce fut cette brusque impression de clarté aveuglante qui l'enveloppait. Un silence de mort régnait. Byers tourna la tête et s'aperçut que Benson, le dentiste et les autres avaient disparu ; la porte était maintenant fermée, ainsi que la fenêtre qui donnait sur la rue ; même le rideau était tiré. Cependant, l'autre fenêtre restait ouverte, celle qui donnait vers le sud et qui surplombait un verger de pommiers, si bien que la pièce se trouvait baignée de soleil. Le vieil Indien se tenait debout à ses côtés et semblait lui intimer l'ordre de se lever ; Byers obéit et son compagnon le dévêtit avec douceur avant de le conduire vers le flot de lumière et de l'appuyer contre le mur comme s'il s'agissait d'un pantin. De quelque part sous sa couverture, il sortit une touffe de plumes d'aigle et la promena sur le corps de Byers tout en fredonnant une paisible mélopée.

Une grande vague enveloppa Byers dans ses

ondulations et l'emporta au gré du courant ; il pouvait éprouver contre sa peau la chaleur bienfaisante des ondes caressantes, il pouvait entendre la mélodie lointaine des flots ; à la fois passif et confiant, il s'abandonna entièrement au courant. Ses genoux se dérobèrent sous lui, il se laissa glisser sur le plancher. Pendant un instant, il fut vaguement conscient de la lumière du soleil qui entrait par la fenêtre ouverte, et de la présence du vieil Indien assis à ses côtés, qui continuait de chanter tout en effleurant son corps avec les plumes d'aigle. Les yeux du vieil homme ne quittaient plus les siens, noirs, énormes, sereins — deux étangs profonds où des rides naissaient, grandissaient puis venaient enfin se refermer sur lui. Déjà, une autre vague approchait…

Quand Byers reprit conscience, il était seul, chez lui, sur son lit, au sein de cet espace restreint et indéfinissable que délimitent le sommeil et la veille ; échoué sur ce singulier rivage où l'avait déposé quelque vague merveilleuse, il ne resta conscient qu'une fraction de seconde, mais cet instant lui parut constituer l'étrange laps de temps au cours duquel un homme depuis longtemps malade s'aperçoit qu'il va guérir, même s'il comprend que la convalescence sera longue. De même qu'un ivrogne, au plus profond de son hébétude, sait pourtant que le simple fait d'avoir pris conscience de sa violente ébriété équivaut à l'annonce d'une lucidité à venir, aussi lointaine soit-elle.

Il fut malade pendant des jours, et deux mois se

passèrent avant qu'il ne se rétablît complètement. Le docteur « américain » vint à son chevet et lui adressa quelques félicitations d'usage délivrées d'un ton jovial ; il évoqua sa « forte constitution », « la rareté des morsures mortelles » ainsi que « l'appréhension psychologique, laquelle, une fois surmontée... ».

— Fiche-moi le camp d'ici ! grommela Byers. Ce que je veux, c'est dormir !

La guérison était enfin venue et, avec elle, le souvenir de ce moment d'égarement au cours duquel il avait plongé sa main dans le buisson. Peut-être que le vieil Indien lui avait administré à son insu quelque plante médicinale... Quoi qu'il en fût, la simple image, si indistincte fût-elle, du vieillard assis auprès de lui en train de chanter et de l'effleurer avec le plumet, suffit à lui faire entrevoir cette chose invisible, improbable, indéfinissable qui jamais plus ne le quitterait : la foi.

Byers s'étira et regarda autour de lui. Les femmes étaient parties dormir, Angélina près de la voiture, dans un double sac de couchage posé sur un matelas pneumatique, et Celle-qui-Joue-avec-les-Fleurs sur une pile de couvertures, un peu plus loin dans les fourrés. La lune brillait dans le ciel, loin au-dessus des grands arbres paisibles. Entre leurs branches, Byers pouvait contempler le désert, les mesas éloignées au sommet aplati, et, à l'horizon, la chaîne ininterrompue des montagnes ; s'il se tournait un peu, il arrivait à deviner la rivière qui s'étirait paresseusement comme un serpent dont les écailles émettaient des reflets là où le courant venait rencontrer des bancs de sable, et, au-delà, la forme noire et concrète du pueblo. Les montagnes, les mesas, les collines nues, le pueblo : tout cela se tenait.

— Va me chercher la bouteille cachée dans la poche latérale, fit-il d'un ton brusque.

Sans dire un mot, Martiniano quitta sa place devant le feu et se rendit à la voiture ; une fois de retour, il tendit à Byers la bouteille et se rassit, tout en ramenant ses nattes sur son torse. Le Visage pâle fit sauter le bouchon de la bouteille à demi pleine et but une longue gorgée.

— Tiens, bois un coup, dit-il en présentant la bouteille. Il y en a pour deux gorgeons chacun.

— Du whisky ? demanda l'Indien. Ici, en plein pueblo ? Mais c'est interdit par la loi !

Byers ne put cacher sa surprise. Et puis quoi encore ? Cet Indien « scolarisé », ce Martiniano qui avait tué le cerf, qui ne daignait pas participer aux danses, qui avait été pénalisé, battu même pour avoir refusé de porter des habits traditionnels, ce fauteur de troubles, sans aucun doute la pire tête de mule du pueblo, c'était lui qui refusait maintenant de trinquer parce que la loi l'interdisait ! Byers le dévisagea avec une attention renouvelée.

Martiniano était assis en tailleur, une fine couverture jetée sur sa chemise et son pantalon ; il était en train de dénouer lentement ses nattes. La lueur du feu rosissait un peu ses joues hâlées, et ciselait ses traits aigus. Tout à coup, Byers fut frappé d'une certitude aveuglante : il était clair que cet Indien, bien qu'élevé à l'école des Blancs, n'allait pas tarder à « retourner à la couvrante ».

Martiniano acheva de défaire ses nattes, plia soigneusement les rubans colorés qui les maintenaient, secoua sa longue chevelure noire et brillante, et puis il s'empara de la bouteille d'un geste décidé et prit une longue gorgée.

— La loi, dis-tu ! affirma Byers. Seulement voilà, c'est qu'il y en a, des lois ! Celles pour les petits et celles pour les grands. N'empêche que la loi la plus difficile à observer, c'est bien celle que l'homme s'impose à lui-même... Moi, je ne me gêne pas pour boire quand j'en ai envie, et où j'en ai envie, du moment que je ne dérange personne !

Comme s'il réalisait la platitude sentencieuse de cette déclaration de principe, Byers s'empressa d'ajouter :

— Et qu'est-ce que j'en ai à foutre ! Ai-je jamais introduit de l'alcool dans une réserve, que ce soit pour en vendre, ou que sais-je encore ? Au diable ! Là, maintenant, il se trouve que j'ai envie de boire un coup !

Il s'adossa au tronc d'un arbre, croisa les jambes, et leva son regard vers l'immensité étoilée. Il ne pouvait s'empêcher de penser à cette histoire de serpent à sonnettes, même si cette préoccupation servait d'écran à un autre problème qui le tourmentait depuis plus longtemps encore.

Byers était un homme suffisamment averti pour se hasarder à poser une question directe à un Indien. En outre, le principal motif de son hésitation ne résidait pas tant dans son extrême sensibilité à l'humeur d'autrui, ni dans son tact, ni dans sa conviction inébranlable que les explications ne constituent d'ordinaire que de pauvres substituts à une réelle compréhension des choses — toutes qualités foncièrement indiennes par ailleurs ; non, c'était plutôt l'attitude de l'homme assis en face de lui de l'autre côté du feu de camp qui le désarçonnait : avec ses longs cheveux sur ses épaules, Martiniano n'offrait plus l'image du rebelle obstiné et insolent qu'il adoptait auparavant. Il y avait maintenant en lui quelque chose de doux, de docile, et pourtant il était toujours aussi réfractaire, secret et impénétrable.

Oubliant que lui-même se montrait le plus souvent d'une réserve extrême, Byers considéra la palette d'insinuations et de suggestions dont il disposait quand il voulait faire parler quelqu'un.

— Dis-moi, fit-il à brûle-pourpoint, tu sais, pour la peau du cerf… Oui, celle que tu m'avais laissée en gage et que tu es revenu prendre un soir…

Il donna un coup de pied dans le feu, faisant ainsi jaillir une gerbe d'étincelles en tous sens. Rien à faire, les mots lui avaient tout de même échappé !

— La peau du cerf que j'ai tué, acquiesça doucement Martiniano, sans lever les yeux.

— Oui. Je ne t'en avais jamais parlé. En tout cas, j'ai été vraiment désolé pour toi, mon ami. Il fallait bien que je te le dise un jour.

L'Indien entreprit de peigner avec ses doigts sa longue chevelure noire et brillante ; on eût dit qu'il démêlait du même coup l'écheveau qu'avait tissé le temps au fil des jours. La rivière coulait, les rayons de la lune transperçaient les nuages.

— Le cerf que j'ai tué continue de me tourmenter. Voici ce que j'ai pensé : si tu ne peux pas y échapper, alors, autant ne pas essayer. C'est pourquoi je t'ai repris la peau. À présent, elle est tendue sur mon mur.

Et voilà comment une simple question avait abouti à une réponse simple, sans qu'il y eût besoin de se livrer à quelque explication oiseuse. Tout d'un coup, Byers sentit que cette mystérieuse barrière qu'il avait toujours sentie entre eux venait de s'abaisser. C'était comme si, surgie de l'obscurité, une silhouette aux longues pattes agiles s'était avancée vers eux, qu'elle avait frôlé leurs existences de ses bois et qu'elle s'était évanouie dans la lumière. Ce n'était plus un cerf, mais le clignement furtif et véridique qui apparaît à tout homme une fois dans sa vie, et qui, avant de disparaître à jamais, laisse entrevoir sa forme indécise, la forme d'une forme…

— Moi aussi, j'ai eu mon cerf, marmonna l'homme blanc dont le regard était toujours perdu dans les flammes. Et fais-moi confiance, fiston, cela te passera comme à moi !

— Je le crois volontiers, répondit Martiniano sans relever la tête.

Byers sembla délivré d'un grand poids. Il but une autre gorgée, en prenant soin de laisser deux doigts de liquide dans la bouteille avant de la repasser à Martiniano. « Ah, boire un peu de whisky la nuit devant un bon feu avant d'aller dormir ! C'est ça, la vie ! N'importe quoi, pourvu que cela réchauffe le cœur, le sang, l'esprit, et vous fasse vous sentir vivant ! Pas question de s'y refuser ! Telle est la vie ! Telle est ma loi... Mais, afin de ne causer aucun problème, il faudrait tout de même rapporter la bouteille vide dans la voiture, car ce serait dommage qu'on la retrouve dans la réserve demain matin. »

Aussitôt dit, aussitôt fait : Martiniano revint avec un petit tambour, s'accroupit, le plaça entre ses genoux, et commença à faire courir doucement ses doigts sur la peau. Puis il chanta. Sur son visage sombre apparut une douceur presque féminine. Ses dents brillèrent. Peut-être que ces deux petites gorgées avaient suffi à l'étourdir. « L'alcool monte si vite à la tête de ces gens », pensa Byers. Mais les yeux de Martiniano étaient clairs, et sa voix était assurée.

Ils étaient assis devant les braises qui rougeoyaient. Un chant. Une pause. Et ainsi de suite. Un autre chant, très bas, intense, qui résonnait dans la clairière.

Et soudain, comme Martiniano venait d'entonner un refrain, une voix cristalline s'éleva. Celle-qui-Joue-avec-les-Fleurs chantait sous ses couvertures. À la fin de la chanson, elle éclata d'un petit rire joyeux.

— C'est celle que nous avons chantée hier tout l'après-midi dans la voiture, quand nous traversions le désert ! s'écria-t-elle. Maintenant, essayons la Chanson de la Danse du Maïs ! Je me demande ce que cela va donner ! Ah, qu'est-ce que j'aimerais danser !

Et ils chantèrent dans la nuit froide et obscure, séparés mais à l'unisson. Parfois, Angélina se retournait douillettement dans son sac de couchage. Byers gardait la tête baissée. Pour lui, il en serait toujours ainsi — un feu, la nuit, le roulement assourdi d'un tambour, et cette forme invisible que l'on pouvait cependant parvenir à deviner dans ce monde visible — la forme d'une forme.

« Chaque homme rencontre son cerf, pensa-t-il. Moi, j'ai déjà rencontré le mien. » Pour la première fois, il se confessa à lui-même la passion secrète qui l'avait habité si longtemps. Comme elle lui avait semblé belle alors, si jeune, quand lui aussi était jeune, quand lui aussi était solitaire, quand lui aussi était seul... Il la revit... Il revit son visage lunaire, si doux, sa longue chevelure noire et bleutée, ses mouvements de hanches si tentateurs, ses mains si agiles quand elles épluchaient un épi de maïs... Qui la reconnaîtrait maintenant dans cette grosse matrone édentée, adipeuse, au visage marqué par la petite vérole, qui paraissait si réjouie quand il faisait semblant de l'admonester parce qu'elle avait encore souillé la cuisine… Vieille-Femme-le-Bison !

Il leva la tête et jeta un coup d'œil à son épouse qui l'attendait dans l'obscurité. Il retira ses bottes, se redressa et ôta sa veste ainsi que son chapeau.

— Demain, on se lève tôt ! Il faut être rentré pour midi ! grommela-t-il avant de s'éloigner.

Celle-qui-Joue-avec-les-Fleurs avait fini sa chanson. Martiniano continua quelque temps à effleurer de ses doigts la peau du tambour, puis il le posa à l'abri des étincelles et de la rosée avant de se fondre lui aussi dans l'obscurité, mais de l'autre côté.

8

Martiniano plongea une dernière fois sa main dans les graines, puis il noua le gros sac et le porta jusqu'au chariot qui stationnait devant la porte.

— Quelle bonne graine ! D'une excellente qualité ! s'exclama-t-il. J'ai vraiment hâte de semer, surtout dans ce sol encore vierge ! Je te le dis, la chance a tourné pour nous !

C'était la fin de l'après-midi, et Celle-qui-Joue-avec-les-Fleurs paraissait exténuée. Depuis l'aube, ils étaient sur le pied du départ, et maintenant toutes leurs affaires, vaisselle, batterie de cuisine et meubles, étaient emballées et chargées avec soin dans le chariot que Celle-qui-Joue-avec-les-Fleurs conduirait dès le lendemain matin jusqu'à leur nouvelle maison d'été. Martiniano, lui, s'y rendait immédiatement, avec un demi-sac de graines, afin d'éviter de perdre une précieuse journée de labeur. Comme il était impatient de partir !

— Tout sera propre quand tu arriveras. La fenêtre sera réparée. J'allumerai un feu pour faire revivre la pièce et lui donner l'odeur agréable du bois de cèdre. Comme ça, la maison ne sentira pas trop le renfermé.

Il sella sa vieille jument, emmena une collation légère, et partit.

Comme il se sentait bien après cet horrible hiver ! Byers les avait emmenés avec lui pour cette excursion automobile, et il leur avait acheté des graines. Seuls, là-haut dans les montagnes, ils allaient prendre un bon départ. Nanti de sa foi renouvelée, il éprouverait sans nul doute l'impression d'une résurrection. Tandis qu'il avançait sur sa vieille jument poussive, le monde entier semblait accompagner cette ascension d'une rumeur glorieuse.

La route montait en contournant le pueblo, rude et caillouteuse. Martiniano laissait derrière lui les rangées de peupliers malingres. Par-delà les fourrés de pruniers sauvages, il pouvait voir les hommes s'activer dans les champs pierreux, la tête entourée d'une fine couverture de coton ou d'un turban de linge blanc ; certains chantaient d'une voix mâle et grave, dans un ton mineur, et l'écho venait se briser contre l'à-pic de la paroi. Arrivé au premier tournant, Martiniano fit une pause ; non loin, quelques Indiens procédaient à une petite cérémonie en célébration du nettoyage du fossé d'irrigation : Notre-Mère-des-Fossés qui recevait directement l'eau du Lac-de-l'Aube. Deux vieux Mexicains les observaient. L'année allait être bonne, c'était sûr !

Martiniano se dirigeait vers le nord, en se guidant

d'après le canal ; il gravissait la longue côte où l'armoise croissait librement parmi les pins, les cèdres feuillus et les mélèzes. À présent, toute la vallée s'offrait à sa vue : le pueblo au pied de la montagne, à l'entrée du canyon, les maisons en adobe de La Oreja, la profonde échancrure qui indiquait les gorges de la rivière, et, au loin, éclairé par le soleil, le désert tendu comme la peau d'un tambour.

« Nous allons être dans notre nid comme de vrais aigles ! pensa-t-il avec fierté. Il n'y a pas un couple qui soit monté aussi haut pour rejoindre sa maison d'été, ni un homme qui ait fait son champ à une telle altitude ! »

Et il entonna le Chant de l'Aigle, d'une manière un peu saccadée, car il ne le connaissait pas très bien.

Il jeta un coup d'œil empreint d'une fierté accrue aux paumes de ses mains, encore toutes craquelées et couvertes d'ampoules à cause du travail harassant qu'il avait fourni en déracinant les touffes d'armoise.

Tout à coup, il fit stopper sa jument essoufflée, s'arrêta net de chanter, et son visage se ferma comme celui d'un mort. Là, sur le flanc de la montagne parsemé d'armoise, se trouvait le terrain noirâtre qu'il avait dégagé. Un troupeau de moutons y paissait. Derrière eux, à côté de l'unique peuplier, il vit la petite cahute d'adobe qu'il avait réparée et apprêtée. Une fumée sortait de la cheminée.

Martiniano resta pantois. La jument avait

retrouvé son souffle, mais à présent elle était en sueur et piétinait dans la brise fraîche qui commençait à souffler. Il reprit enfin ses esprits et, d'un coup vicieux, la frappa du talon sur son flanc. Surprise, elle rejeta sa crinière en arrière et bondit en avant.

Le visage animé d'une rage froide, il sauta de sa monture en rabattant les rênes et darda sur la cahute un regard furieux. La fine colonne de fumée s'élevait toujours tranquillement dans le crépuscule. Tout autour, les moutons s'ébattaient parmi les roches et les pins, semblables aux flots d'écume d'un torrent ; il y en avait d'autres derrière la maison, qui souillaient obstinément les abords de la source que Martiniano avait eu tant de mal à dégager la semaine précédente.

Il se glissa en tapinois jusqu'à l'embrasure de la porte ; la pièce était si sombre et poussiéreuse qu'il ne put distinguer que le rougeoiement de l'âtre fraîchement replâtré. L'endroit semblait désert, mais un paquetage sale qui traînait le long du mur trahissait pourtant une présence. Martiniano avança la tête et aperçut un homme agenouillé qui lui tournait le dos. C'était un Mexicain en train de défaire la peau de mouton qui entourait son paquetage ; il en sortit de la nourriture et la disposa sur le sol. Un fusil était appuyé contre le mur. En un clin d'œil, Martiniano jaugea l'homme. Il avait des cuisses musculeuses enserrées dans une paire de vieux Levis, de larges épaules et un crâne en forme d'obus surmonté d'une tignasse de longs cheveux emmêlés.

Martiniano estima la distance qui séparait l'intrus de son fusil.

Du coin de l'œil, le berger se rendit compte qu'une silhouette masquait la clarté venue du dehors. Aussitôt, il se tourna, révélant un visage mal rasé aux traits grossiers.

— *Pase!* fit-il. Mais entrez donc!

Martiniano ne répondit pas et resta où il se trouvait, bien campé sur ses deux jambes, les bras ballants, les pouces passés dans la boucle de cuivre de son ceinturon.

Le Mexicain poursuivit son déballage; il sortit une poêle à frire graisseuse, une cafetière noircie, du café, un sac de farine qui contenait quelques poignées de haricots secs, et enfin une couverture qu'il déplia et plaça sur la peau de mouton.

— Ma maison est la vôtre, fit-il selon l'ancien usage. Quelqu'un l'a nettoyée pour moi. Autant de corvée en moins!

Le ton employé ne dénotait pas tant du mépris pour cette maison en particulier qu'une aversion profonde pour les endroits propres en général; il exprimait aussi parfaitement la différence irréductible entre l'amour que l'Indien porte à sa demeure, et la façon dont le Mexicain considère la sienne, c'est-à-dire un lieu qui lui permet simplement, lui et ses bêtes, de ne pas passer la nuit dehors. Martiniano avait bien souvent constaté un tel antagonisme de points de vue, mais il fut profondément choqué par la brutalité avec laquelle cette évidence venait d'être proférée.

— C'est ma maison ! Barre-toi !

La rudesse de cette réponse fut telle que la main du Mexicain resta figée en l'air. Très lentement, il reposa la cafetière, se tourna complètement, et qui vit-il sur le pas de la porte ? Un Indien vagabond qui s'était sans doute arrêté en route en retournant à son pueblo. Le visage veule du berger afficha alors une expression où la ruse le disputait à l'indolence. Depuis le temps qu'il faisait paître ses moutons dans la montagne, il ne connaissait que trop les Indiens arrogants qui prétendaient que ces terres leur appartenaient.

— Mais comment donc ! fit-il avec une feinte affabilité. Cela fait des années que je viens ici et je ne serais pas au courant ? Cette baraque m'est bien utile quand je fais transhumer mon troupeau dans la montagne comme le veut la coutume — et comme le permettent les hommes du gouvernement auxquels je paie mon dû.

Il fit une pause afin d'accentuer cette référence à l'autorité officielle puis, d'un ton conciliant qui ne faisait cependant pas oublier sa fin de non-recevoir à l'exigence formulée par l'Indien, il ajouta poliment :

— Allez, repasse quand tu veux, *compadre* ! Il y aura toujours de la place pour installer ta couverture, chauffer ton café, et faire sécher tes fringues.

Le Mexicain était suffisamment aguerri pour

savoir qu'après cet ultimatum poli il lui fallait se détourner et continuer de vaquer à ses occupations comme si de rien n'était. Quelque chose l'en retenait cependant. Le silence de mort de l'Indien. Son regard, aussi. Dur comme de l'obsidienne. Fixe comme celui d'un reptile. Quand le berger comprit ce qui se tramait derrière ce regard, il était trop tard.

Martiniano bondit en avant, son pied gauche projeta le fusil hors d'atteinte, mais le Mexicain l'accueillit d'un coup de poing qui l'atteignit à la tempe. L'Indien tomba à genoux, mais comme son adversaire plongeait la main vers son couteau accroché à sa ceinture avec une grimace sardonique et triomphale, il parvint à le désarmer d'un grand coup de poêle à frire.

Le berger recula d'un pas et s'apprêta à lui asséner un autre coup de poing ; cependant, la rapidité de l'Indien, l'éloignement du fusil, le fait d'avoir été désarmé si douloureusement avec la poêle à frire en métal, tout cela tempéra son ardeur et il ressentit une frayeur soudaine. L'attaque portée par l'Indien avait été si délibérée, témoignait tant d'une intention clairement destructrice, qu'il demeura pétrifié un instant de trop ; avant qu'il ait pu s'élancer, Martiniano avait déjà fondu sur lui. Ils tombèrent sur le sol. Le Mexicain se défendait à coups de poings de l'attaque de l'Indien qui tentait de le saisir à la gorge, tout en lui bloquant les jambes avec son genou.

Le berger était le plus grand des deux hommes, avec de longues cuisses musclées au cours de ses marches incessantes tandis que l'Indien, dont les jambes étaient plutôt courtes, à l'instar de ses congénères, avait néanmoins pour lui l'avantage des bras et des épaules développés par les travaux des champs, si bien qu'au sol, c'était lui qui dominait nettement. Aussi, le Mexicain s'efforçait-il de l'atteindre au visage de manière à pouvoir se redresser le plus vite possible. Sans se soucier de sa tempe meurtrie, Martiniano donnait des coups de tête sur le torse de son adversaire ; il s'accrochait comme une panthère, toujours visant son ennemi à la gorge avec une surprenante férocité, puisée dans la conviction d'être dans son bon droit.

Ils roulèrent l'un sur l'autre, renversant la vaisselle, la cafetière et les haricots, et se cognèrent à grand bruit contre le mur du fond. Là ! Mais, au moment où l'Indien parvenait à s'assurer une prise autour du cou de son adversaire et qu'il commençait d'enfoncer ses pouces dans sa glotte, il se produisit une explosion terrifiante juste derrière eux. Pendant un instant, ils restèrent abasourdis, comme pétrifiés sur le sol, puis le berger se dégagea avec un hoquet et parvint lentement à se redresser. Martiniano était toujours agenouillé.

Le Mexicain se tenait debout devant lui, les yeux écarquillés de frayeur, fixés sur le sang qui coulait le long de sa manche de chemise. L'un d'entre eux avait donné un coup de pied dans le fusil, actionnant ainsi la gâchette, et la balle avait emporté la moitié de l'oreille du Mexicain.

Poussant un hurlement de souffrance et de peur frénétique, celui-ci se détourna et s'enfuit à toutes jambes.

À bout de souffle, Martiniano se releva. Tel un homme en proie à une idée fixe, il rassembla méthodiquement la couverture, la peau de mouton, la poêle à frire, la cafetière et les haricots avant d'aller jeter le tout au-dehors. Et puis enfin il s'effondra devant l'âtre.

Les flammèches finirent par s'éteindre, ainsi que l'incendie qui faisait rage en lui ; l'obscurité descendit, apportant avec elle le regret et la crainte. Il brisa le fusil en deux et le lança à l'extérieur après en avoir ôté les cartouches. Les moutons s'étaient dispersés, il pouvait voir leurs silhouettes pâles qui dévalaient la pente, et il les entendit bêler jusque dans les sous-bois. Silencieusement, il se glissa au-dehors, ôta le harnachement de sa monture, la pansa, puis il retourna rallumer le feu dans la maison. Cependant, il préféra passer la nuit dans les buissons au cas où le Mexicain serait revenu se venger.

Le Mexicain ne revint pas, de même que Martiniano ne dormit pas. Il resta assis sur le flanc de la montagne, enveloppé dans sa couverture, le regard fixé sur la lune jaune et vide.

Au matin, il alla se baigner dans la mare boueuse creusée sous la source, puis il reprit sa garde. Vers midi, il eut de la visite comme prévu. Celle-qui-Joue-avec-les-Fleurs n'était pas seule cependant. Un groupe de cavaliers l'accompagnait.

Et voilà, Martiniano, l'invétéré fauteur de troubles, avait encore fait des siennes ! Mais cette fois l'homme qui avait tué le cerf avait failli tuer un berger...

La déposition du Mexicain fut d'une simplicité désarmante autant que redoutable. Au début du printemps, et jusqu'à la période de l'agnelage, il gardait ses brebis en bas, sur l'autre rive du fleuve, et puis, à la fonte des neiges, il les menait en haute montagne, au milieu des pins. Pardi ! N'était-il pas qu'un pauvre berger, sans famille et sans amis ? Dormir à la belle étoile, seul avec ses moutons, c'est ce qu'il préférait ! Et si chaque année, à l'aller ou au retour, il avait l'habitude de faire une halte de quelques jours dans cette petite cabane abandonnée, quel mal y avait-il à cela ? Pourquoi cela devait-il changer ?

Madre de Dios ! Qui aurait pu se douter d'une chose pareille ? Il était en train de préparer son repas quand ce drôle d'Indien était entré. Il avait refusé son hospitalité, il n'avait pas dit un mot et s'était jeté sur lui. Et lui — José-Maria, pauvre berger ! — eh bien, il avait bien fallu qu'il se défende, non ? Mais, Sainte Vierge ! ce fou d'Indien s'était emparé du fusil qu'il utilisait contre les coyotes et il l'avait visé à l'oreille ! Regardez comme elle pend maintenant !

Telle fut l'explication que livra le berger aux Mexicains de La Oreja. Son employeur envenima le conflit naissant en allant rapporter l'histoire au chef du Parc National forestier, Téodor Sanchez, lequel encaissait régulièrement les taxes pour l'élevage de moutons. Sanchez aggrava les choses à son tour en demandant une audience officielle au gouverneur du pueblo.

— Ce Martiniano ne nous est pas inconnu, fit-il d'un ton froid. Il s'agit de l'homme qui a tué le cerf. Il a déjà attaqué l'un de mes hommes, et le voilà qui recommence. Il est clair qu'il possède des tendances homicides. L'an dernier, nous lui avons accordé les circonstances atténuantes. Mais cette fois-ci, *Señor Gobernador*, ajouta-t-il avec une politesse excessive, nous demandons une entière coopération de votre part en ce qui concerne son châtiment.

Ainsi, Martiniano se vit de nouveau déféré devant le surintendant des Affaires indiennes et devant les Anciens. Il raconta son aventure avec simplicité et lassitude, sans toutefois présenter la moindre excuse. Comme preuve de sa bonne foi, il allégua les travaux qu'il avait effectués dans la vieille bergerie, le défrichage du terrain, le déracinement des touffes d'armoise ainsi que le dégagement et l'aménagement de la source. Il montra les graines, la facture de Byers encore impayée et ses paumes couvertes d'ampoules.

Tous l'écoutèrent avec gravité et le laissèrent partir en réservant leur jugement. Martiniano retourna dans sa cahute en haut de la montagne. Il lui semblait n'avoir plus d'autre endroit au monde où aller.

— Tout le monde est contre moi, se dit-il avec tristesse. Tout ce que je fais est mal.

Cette fois-ci, Celle-qui-Joue-avec-les-Fleurs ne chercha pas à le consoler par des sourires. Sur son visage apparut l'expression courroucée des femmes utes.

— Tu cherches la foi. Eh bien, regarde ce que tu sèmes ! Moi aussi, j'ai une foi. Celle que tu sèmes en moi quand on fait l'amour ! Ne perdons pas la foi. Pour nous, l'heure la plus sombre est venue.

Alors, il continua à semer, tout en se demandant si on n'allait pas l'appeler pour être châtié, et sans savoir s'il récolterait un jour ce qu'il semait.

Pendant ce temps, les Anciens débattaient âprement. Ce Martiniano avait tué un cerf. Il avait été dûment puni. Mais ses agissements, comme des pierres jetées dans un lac, créaient des remous qui atteignaient les criques les plus sombres… Et aujourd'hui, ce même Martiniano avait failli tuer un berger. C'était encore une pierre, bien plus grosse, qu'il jetait ainsi dans leur lac. Le Lac-de-l'Aube. Et les rides continuaient à se propager…

On sollicita de nouveau l'avis de Strophy. Il se montra plus silencieux qu'à l'ordinaire, car il était plus préoccupé qu'à l'ordinaire. Il écouta mieux.

Il écouta d'abord Sanchez, le berger, et son employé. Puis il écouta le gouverneur et les Anciens.

Les deux versions convergeaient sur un point indéniable. Un Mexicain et un Indien s'étaient battus dans une cabane isolée en pleine montagne.

Bien sûr, chacun présentait son interprétation de ce qui s'était passé. Aucun témoin. Une affaire personnelle, en quelque sorte. Chacune des deux parties pouvait recourir à la justice si elle le souhaitait. Mais le pueblo et le Bureau des Affaires indiennes n'avaient rien à voir dans cette affaire. Ils ne pouvaient pas punir ce Martiniano, puisqu'il ne représentait ni sa tribu, ni même le pueblo, et ce en aucune façon.

Non sans raison, Sanchez regimba. Légalement parlant, ce fichu Indien ne représentait peut-être pas le pueblo, mais c'était bien ce qu'il faisait pourtant ! Déjà, il avait tué un cerf sur les terres du gouvernement et s'était battu avec un garde-chasse. À présent, il y avait des dissensions entre les Indiens et les gardes qui patrouillaient dans la montagne. Et puis voilà que ce même Indien se battait avec un berger ! Bientôt, tous les Hispano-Américains allaient avoir peur de se promener dans la montagne…

— Mais nom de Dieu, Strophy ! s'écria-t-il exaspéré. Qu'est-ce que tout cela veut dire à la fin ? Le gouvernement autorise tout homme à faire paître son troupeau, du moment qu'il paie un dollar par tête de bétail. À présent, mes hommes ont presque peur d'effectuer leurs patrouilles, et tout cela parce que vos sacrés Indiens se sont mis dans la tête que ces terres leur appartenaient toujours ! Dites-moi donc à qui appartiennent ces terres !

Strophy écouta ensuite les membres du Conseil.

Ces derniers s'exprimèrent plus sereinement que Sanchez :

— Par sa conduite regrettable, ce Martiniano s'est en effet montré un Indien méprisant des lois, aussi l'avons-nous puni. C'est là notre fonction, comme vous le savez. Mais aujourd'hui, nous sommes confrontés à un problème plus important. Cette terre, située à flanc de montagne. Elle appartient à ce Martiniano qui la tient lui-même de son père, c'est sa part qui lui vient de la tribu. Jusqu'à présent, il ne l'avait pas mise en valeur, mais il s'en réservait le droit quand il le jugerait bon. En tout cas, ce n'était pas la terre de ce Mexicain, puisque cette terre n'a jamais appartenu à aucun Mexicain. Aussi, a-t-il défendu sa terre contre l'intrusion d'un étranger. N'en parlons plus, et tenons-nous-en aux choses importantes.

Aï. Il y a une chose importante qui nous concerne tous. Notre terre, la terre des Indiens. Les montagnes qui entourent notre lac sacré. Notre Lac-de-l'Aube.

Écoutez ! Ce Mexicain faisait paître ses moutons dans ces montagnes. Ces montagnes qui entourent notre Lac-de-l'Aube, le lac sacré. Et pas une seule fois, mais plusieurs fois. À présent, nous disons : que faisait là ce Mexicain, en menant ainsi paître son troupeau dans nos montagnes, abîmant l'herbe et profanant le Lac-de-l'Aube ? Viendra-t-il d'autres bergers ? D'autres Martiniano devront-ils alors s'y opposer ? Viendra-t-il d'autres gardes forestiers du gouvernement pendant la saison de la chasse au cerf, et d'autres Martiniano qui entreront en conflit avec eux ?

Ne parlons plus de tout cela. Nous ne voulons plus de ces promesses de restitution qui n'aboutissent jamais. Rendez-nous notre terre. Comprenez-vous ce que nous disons ?

Strophy soupira et fronça les sourcils. Il avait compris. C'était toujours cette même querelle qui sans cesse renaissait...

En 1551, le souverain d'Espagne, Charles V, avait donné aux Indiens pueblos une parcelle de terrain. Pendant tout le temps où l'Espagne avait régné sur cette contrée qui, à présent, faisait partie des États-Unis, les Pueblos avaient gardé ces droits sur leur terre.

En 1848, eu égard au traité conclu entre les États-Unis et le Mexique, qui avaient alors repris cette région à l'Espagne, les États-Unis avaient reconnu les Indiens comme propriétaires de cette terre, privilège confirmé par le Congrès en 1859.

En 1864, le Président Lincoln avait convoqué à Washington le chef tribal du pueblo concerné, ainsi que les gouverneurs des seize autres pueblos, et il lui avait remis l'acte de propriété établi par le roi d'Espagne, ainsi qu'une canne au pommeau d'argent, qu'il devrait utiliser comme l'insigne de sa fonction, ainsi que tous les gouverneurs du pueblo qui lui succéderaient.

Ces terres comprenaient les montagnes, le plateau et la vallée. Mais, petit à petit, des immigrants mexicains étaient venus s'y établir. Ils y avaient construit leurs petits bâtiments d'adobe, leurs petits ranchs, planté leurs champs de maïs en bordure de ces limites mal définies. Puis d'autres colons, des Blancs cette fois, s'y étaient installés à leur tour. Tout cela s'était passé de manière relativement pacifique. Si un Mexicain désirait une parcelle de terre indienne, son propriétaire indigène se montrait si ravi de l'aubaine qu'il l'échangeait contre un cheval, une couverture, quelques pesos ou un cruchon de whisky. Peu à peu, les Blancs firent monter les prix, et le gouvernement n'entreprit rien, avant 1913, pour protéger les Indiens de ces manœuvres. Alors, la Cour Suprême décida que les Indiens seraient protégés par le gouvernement et qu'ils ne pourraient disposer de leurs terres sans le consentement des autorités, car la terre ne leur appartenait pas individuellement, par un simple titre de propriété, mais plutôt par un acte de propriété communal.

Il était trop tard. Une bourgade s'était déjà développée non loin du pueblo — La Oreja. Le gouvernement voulut protéger l'alimentation en eau et s'institua, à cet effet, le gardien des montagnes.

Que restait-il ? Un pueblo coincé à l'entrée d'un profond canyon, dans une réserve grande comme un mouchoir de poche. Mais que leur fallait-il de plus ? La population s'était dangereusement réduite d'une bonne quinzaine de milliers d'habitants à l'époque précédant la conquête, jusqu'aux sept cents hommes d'aujourd'hui.

Strophy expliqua tout cela à grand renfort de citations et de croquis. Les Anciens haussèrent leurs épaules sous leur couverture.

— Rendez-nous notre terre si vous voulez éviter d'autres ennuis, dirent-ils sereinement. Rendez-nous notre Lac-de-l'Aube.

— Il est vrai que l'on a maltraité votre peuple, concéda Strophy, alors que le reste du monde autour de vous évoluait. Mais à présent, le gouvernement veut vraiment vous aider. Que peut-on faire ? Les temps ont changé, Bon Dieu ! Désirez-vous que le gouvernement fasse déménager La Oreja, et toute la putain de ville, tout cela parce qu'elle se trouverait sur votre terre ?

Exaspéré par l'attitude butée de ses interlocuteurs, il fit une grimace qui pouvait passer pour un sourire.

Mais les Anciens, eux, ne souriaient pas du tout, et, sur leur visage, pas un seul muscle ne tressaillait.

— Rendez-nous notre terre. Rendez-nous le Lac-de-l'Aube. Nous n'avons rien de plus à vous dire.

Strophy savait ce qui l'attendait à présent. Il télégraphia à Washington. Le commissaire fit le déplacement. Des représentants du gouvernement vinrent sur place. Des experts géomètres aussi, qui s'installèrent pour un long moment. Ils entreprirent d'examiner des registres empoussiérés, au tribunal et à la préfecture. Ils lurent d'épais rapports qu'on leur envoyait quotidiennement. Ils commencèrent d'inventorier les titres de propriété et les testaments.

Les nouvelles se propagèrent comme une traînée de poudre : le gouvernement allait procéder à des restitutions en faveur des Indiens, et ce probablement au frais du contribuable. Et tout cela par un accès de sentimentalisme absurde ! Car évidemment, à La Oreja, il n'y avait pas une seule propriété, pas un seul emplacement commercial sur la plaza dont le propriétaire eût en sa possession un titre de propriété légal dûment établi. Et voilà que cet infortuné propriétaire allait devoir payer quelque chose à cette bande d'Indiens loqueteux et illettrés qui prétendaient posséder la ville ! Où donc allait mener semblable chicane ? À payer des prix faramineux, des milliers, voire des dizaines de milliers de dollars !

C'était du moins ainsi que les Blancs envisageaient le problème. Ils commencèrent à écrire des lettres et à envoyer des télégrammes de protestation à leurs députés.

Les enquêteurs entreprirent d'interroger les villageois mexicains. Ils se rendirent de *ranchito* en cahute dans tous les canyons tributaires. Et, à chaque famille, ils posaient inlassablement les mêmes questions.

— *Señor Alebardo y Mondregon ?* Pardonnez-nous ces questions ridicules, mais est-ce là votre terre ?

Le señor Alebardo se gratta le mollet avec son orteil qui pointait hors de sa *huarache*[1].

— Bien sûr, bien sûr ! À moi ! À mon père, puis à moi.

— Vous avez les papiers ?

— Les papiers ? Euh... J'ai bien des papiers... Laissez-moi réfléchir... Je les ai encore vus le printemps dernier, ou était-ce le printemps d'avant ?

Il se tourna et montra l'entrée aux enquêteurs.

— *Pase, pase, amigos !* Je vais demander à ma femme... Femme ! Où sont les papiers ? Les papiers d'ici ?

La señora Alebardo y Mondregon apparut, le crâne aussi dégarni qu'un vieux plumeau ; elle balaya une horde d'enfants morveux hors de la cahute décrépie, fouilla dans les tiroirs d'une vieille commode sculptée à la main, sortit des piles de daguerréotypes moisis, et bouscula des piles d'assiettes ébréchées sur une étagère, tandis que son mari s'occupait de ses hôtes.

— C'est une bonne terre que j'ai là, *señores.* Il est vrai qu'elle est un peu boueuse par endroits. C'est parce que l'eau coule jusqu'au pied de la montagne, qu'elle passe sous la surface du sol et qu'elle ressort par ici, un peu plus au sud. Mais on peut dire aussi que celui qui a besoin d'un puits n'a pas à creuser bien profond. Regardez ! C'est de la belle eau, claire et douce !

1. Sandalette de cuir.

Il tira une gourde d'un seau d'eau croupie qu'il venait d'attraper dans un coin.

— Je regrette, mais aujourd'hui, je n'ai pas une goutte de vin à offrir à mes visiteurs. Mais... En tout cas, c'est vraiment une bonne terre ! Vous voulez acheter, peut-être ? Dans ce cas, vous aimerez aussi la maison, elle est bien agréable. Grande, ça oui ! Trois chambres. Eh oui, quand mon cinquième enfant est né, il a fallu ajouter une troisième chambre. Et comme depuis, notre union bénie a été récompensée par l'arrivée de deux autres, je ne l'ai pas regretté... Bon, eh bien...

— Les papiers ! Les voilà ! annonça la señora hors d'haleine. Je les ai retrouvés. Dans le vieux coffre en cuir, qu'ils étaient ! Ils y sont tous.

Le señor Alebardo les parcourut de ses doigts calleux. Il clignait des yeux dans la semi-pénombre.

— Douze pesos... Douze pesos... Ah voilà ! Treize pesos et quarante-neuf centavos ! C'était quand les impôts ont augmenté, et que nous avons élu ce *republicano*. Un voleur, oui ! Bon ! Ça revient cher d'être propriétaire de nos jours !

L'un des enquêteurs tendit la main et s'empara calmement de la liasse.

— Mais mon cher ami, ce sont de simples feuilles d'impôts, rien de plus.

— Absolument. Est-ce que nous n'avons pas payé nos impôts ? Je ne me souviens vraiment pas que nous n'ayons pas payé nos impôts.

— Mais auriez-vous d'autres papiers ? Des

papiers certifiant que cette terre vous appartient, des papiers qui indiquent le nom du vendeur, avec un état des lieux ? Un titre, un testament ?

— Bah ! Qui a besoin de ce genre de papiers ? Tout le monde est au courant. Le père de mon père a acheté cette terre à l'un des Indiens du pueblo. Je me souviens même que l'on m'a raconté ce qu'il avait payé : un bon cheval, quarante pesos d'argent, et une bride en prime. Et depuis, ici, sur cette terre, nous avons toujours vécu, nous les Alebardo y Mondregon. Le père de mon père, son fils, moi, et mon propre fils qui vient de se marier. Il est en train de construire sa maison, juste en dessous. Une seule pièce. Si vous achetez, vous pourrez y mettre votre *carro*. Vous avez bien une voiture ? Mais oui, je la vois ! C'est bien la vôtre ? Eh oui, pardi ! Toute belle, toute neuve... Bon ! Donc, je disais, nous avons toujours payé nos impôts...

Les enquêteurs prenaient des notes tout en ne cessant de chuchoter entre eux. Le señor Alebardo devint soupçonneux.

— Vous ne croyez pas que c'est ma terre ? C'est pour ça que vous ne voulez pas acheter ?

La réponse ne se fit pas attendre :

— N'avons-nous pas dit, mon ami, que nous faisions une enquête pour le gouvernement ?

— Ah ! Mais alors, vous n'êtes pas acheteurs ! Vous m'avez trompé ! Vous êtes de ceux qui veulent nous reprendre nos terres parce que nous n'avons pas de papiers ! Vous voulez rendre la terre à ces flemmards d'Indiens ! Ma pauvre terre, boueuse, ingrate, tellement gorgée d'eau que le maïs n'y dépasse pas le genou ! Tous ces petits épis qui suffisent à peine à nous nourrir depuis des années ! Et en plus, nous devons payer des impôts ! Et pourquoi ? Pour que vous nous la repreniez sous prétexte que nous n'avons pas les papiers ! Des papiers ! *Madre de Dios !* Imposteurs ! Partez ! Vous n'êtes plus mes invités !

C'est ainsi que les villageois mexicains prirent les choses, et c'est ainsi que la rumeur se répandit dans chaque versant de montagne, dans les canyons les plus éloignés. C'était une région sauvage et désolée, aux parois vertigineuses qui pointaient devant les sommets enneigés, retombant en talus rocheux dans les grandes moraines glacières et dans les buissons impénétrables en lisière du désert vide et aride. Cependant, à l'embouchure d'un large arroyo, se trouvait un petit hameau de maisons d'adobe et d'enclos aux murs de pierre. Bien des années auparavant, une troupe de hors-la-loi avait trouvé refuge dans cet endroit désolé, loin du monde civilisé, et ils y étaient restés à élever des chèvres et des moutons, à cultiver quelques plants de maïs entre les moraines, afin de faire des tortillas.

Un soir, ils se réunirent pour commenter la rumeur qui leur était parvenue, selon laquelle ils allaient être dépossédés de leur terre. C'étaient tous des hommes rudes et primaires, au visage acéré, dur, brûlé par le vent et la pluie, habillés de vestes de cuir cousu main. La lueur des bougies accentuait encore l'aspect patibulaire de leur physionomie. Après avoir roulé des cigarettes entre leurs doigts noueux et éraflés, leurs mains larges comme des battoirs se refermaient instinctivement sur les poignées en os des couteaux qu'ils portaient tous à la ceinture, mais leurs yeux noirs étaient encore plus perçants que les lames de ces poignards.

Ils ne se reconnaissaient pas de chef; chacun d'entre eux vivait pour lui-même, observait un silence inaltérable, et leurs opinions restaient enfermées sous l'épaisseur de leur crâne. Finalement, l'un d'eux s'aventura à parler.

— Ce sont ces Indiens qui veulent récupérer la terre avec l'aide du gouvernement. Nous l'avons entendu dire. Ils sont de l'autre côté de la montagne. Qu'en pensez-vous ? Vont-ils venir jusqu'ici ?

Ils haussèrent leurs larges épaules, tandis que leurs mains faisaient glisser les lames dans les passants de leurs ceintures.

— Ces Indiens ! Ils ont déjà les meilleures terres de toute la région ! Riches, pleines de graines. Alors que les nôtres ont du mal à produire le peu dont nous avons besoin. Et qu'est-ce qu'ils en feraient ? Tous ces feignants d'Indiens, gâtés et pourris ! Qui sucent comme des agneaux les mamelles du gouvernement !

Après un long silence, un autre homme prit la parole.

— Cette terre est à nous. Elle n'a aucune valeur,

sauf pour nous, à qui elle permet d'être libres. Mais elle est située juste au pied de ces hauts pics neigeux qui entourent ce petit lac que les Indiens vénèrent tellement. Tout le monde ici se souvient du jour où nous avons observé leurs cérémonies, avant qu'ils nous fassent partir ? C'est sûrement pour ça qu'ils veulent reprendre cette terre.

Ainsi restaient-ils, assis dans la pièce en désordre, à la lumière des bougies, échangeant des regards angoissés.

— Eh bien, qu'en pensez-vous ? Qu'allons-nous faire ? demanda d'un ton désespéré l'homme qui avait parlé en premier. Que l'aîné d'entre nous réponde !

Le vieillard que l'on venait ainsi d'interpeller non sans rudesse se tourna et hocha à grand-peine sa tête dodelinante. On eût dit une bête prise au piège, emprisonnée par son silence et sa solitude. Arrivé dans cette région lugubre quarante ou cinquante ans auparavant, il avait vécu dans une solitude angoissante, un silence oppressant, s'en était échappé en jouant du couteau et y était revenu dans un martèlement de sabots. À présent, il était trop vieux pour s'enfuir, trop faible pour se battre, et survivait, seul et brisé, dans une cahute minuscule, avec un peu de maïs qu'il faisait pousser afin de combattre sa faim de vieillard édenté. Et maintenant, voici que l'on faisait appel à lui pour rompre le silence, pour parler, pour établir un semblant de solidarité entre eux, afin qu'ils pussent, ensemble, envisager un moyen de se défendre. Mais il en était incapable. Ce silence qui leur pesait à tous, cet isolement angoissant, tout cela lui coupait les jambes, empêchait ses mains difformes d'accomplir le moindre geste. Il supportait un poids énorme qui alourdissait ses paupières, qui faisait trembler sa mâchoire. Il ne parvenait pas à repousser les chaînes qui cloîtraient son esprit.

Alors, secouant de nouveau sa tête, il cligna des yeux sans espoir, sous ses épais sourcils blancs comme neige. Puis il sortit son couteau d'une main tremblante.

— *Quien sabe?* maugréa-t-il.

Ce furent ses seules paroles.

« Qui sait ? » Telle était leur seule réponse — tant à la vie qu'à la mort.

Puis, doucement, après un long moment, ils sortirent l'un après l'autre dans l'obscurité glaciale, montèrent sur leurs chevaux ou partirent à pied le long des chemins — des hommes séparés les uns des autres que seule unissait la crainte d'un danger.

Les choses suivirent leur cours. Les Blancs s'égosillaient à travers tout un continent afin d'éveiller l'attention de leurs députés et de leurs avocats, les villageois mexicains échangeaient en chuchotant des mauvaises nouvelles, tandis que les hors-la-loi regardaient de loin, le couteau ballant librement à la ceinture, muets et esseulés.

Au milieu de tout cela, les habitants du pueblo se rapprochaient les uns des autres, entre les murs de leur communauté. Ils formaient un même corps, un même esprit, un même cœur, un seul homme.

Et seul l'un d'entre eux, l'initiateur involontaire de tous ces problèmes, continuait de se rendre à son travail d'un pas léger. L'Indien. L'homme qui avait tué le cerf.

Il laboura son champ, planta ses nouvelles graines, et, non sans mal, fit dériver un nouveau fossé d'irrigation depuis l'Acequia Madre avant d'aménager les alentours de la petite source. De la modeste cahute, il parvint à faire un véritable foyer. Il y avait un lit en bois, une table, un banc, une caisse pour ranger la vaisselle. N'ayant pas de fourneau, ils devaient cuisiner sur les braises de la cheminée. Le sol était de terre meuble, propre et bien balayé. Pas de tableaux au mur, mais le paysage montagneux que l'on apercevait en ouvrant la porte était bien suffisant. Enfin la paix, une paix fleurant bon l'armoise et le bois de cèdre que Celle-qui-Joue-avec-les-Fleurs brûlait afin de dissiper les odeurs de cuisine.

La Lune-des-Semailles-du-Maïs était passée, ainsi que la Lune-des-Pétales-de-Maïs. À présent était venu le temps de la Lune-de-la-Maison-du-Soleil, le solstice d'été.

Son maïs leva, petit, dru, et bien formé. En attendant qu'il parvînt à maturité, Martiniano bâtit un petit enclos de troncs d'arbre pour son attelage et sa jument, derrière la maison, à flanc de coteau afin de s'épargner l'élévation d'un mur supplémentaire et d'intégrer discrètement le tout au paysage. Cette besogne achevée, il construisit avec de l'adobe un magnifique four à pain en forme de fourmilière pour Celle-qui-Joue-avec-les-Fleurs.

Les premières miches furent enfin prêtes. C'était le milieu de la matinée, mais Martiniano n'attendit pas midi pour rompre l'une d'elles, et il s'assit pour la déguster avec du café.

— Du pain ! s'exclama-t-il tout en trempant une tartine dans sa tasse. Cela faisait combien de temps ?

Il y avait encore de l'amertume et de l'anxiété dans sa voix, qui démentaient la sérénité crânement affichée des dernières semaines. Il avait fini son travail. Celle-qui-Joue-avec-les-Fleurs avait bien profité de l'air de la montagne ; son regard était clair et son visage resplendissait des teintes chaudes d'un hâle mordoré. Lui-même se sentait bien mieux dans sa peau. Mais...

— Ah, si seulement nous avions cette superbe couverture navajo pour étendre sur le sol pendant la journée, et sur nous pendant la nuit ! s'exclama Celle-qui-Joue-avec-les-Fleurs. Alors, il ne me manquerait plus rien !

Martiniano ne répondit pas. Elle venait de remuer le fer dans la plaie, la couverture en question étant celle qui lui avait été confisquée au cours de la dernière cérémonie du peyotl.

Le pain frais se fit amer dans sa bouche. Il reposa la tartine près de la tasse.

— Qu'y a-t-il ? demanda Celle-qui-Joue-avec-les-Fleurs. Tu n'aimes pas mon pain ? J'ai mis trop de sel, peut-être ? Ou pas assez ? Attends ! Je vais te donner de la graisse de bacon que j'ai mise de côté depuis des semaines !

— Non, ce n'est pas la peine, répondit Martiniano d'un ton maussade. Le pain est très bon. Mais pour autant, dois-je m'empiffrer comme un cochon ? J'ai assez mangé comme ça. Et puis j'en ai marre de travailler ! Je vais aller pêcher un peu. À quoi bon avoir une maison d'été dans la montagne si l'on ne va jamais pêcher ? Allez, c'est décidé, je rapporte une truite pour le dîner !

Il se leva et s'enfuit sans même se munir d'hameçon ou d'appât avant que sa femme n'eût l'idée de le suivre. Il pêchait comme on le lui avait appris quand il était enfant. Il faut s'agenouiller sans bruit à l'ombre des sapins près d'un endroit profond, se servir d'un petit lasso composé de crins de cheval tressés, attendre avec patience — et quelle patience ! — qu'apparaisse la silhouette ombreuse d'une truite dans la rivière. Et puis, quand l'une d'elles montre son nez, se redresser d'un bond, tendre le lasso et immobiliser la prise à l'aide du nœud coulant avant qu'elle ne s'éloigne de la rive. Pêcher de cette manière ne peut s'accomplir en présence d'une femme, car cela demande de la concentration, de la patience, beaucoup de patience… De toute façon, quand Martiniano se trouvait dans un tel état esprit, il n'aimait rien tant qu'être seul.

Et tandis que ces longues heures de solitude s'écoulaient et qu'il scrutait les formes à peine visibles qui se faufilaient çà et là sur le miroir de ses pensées, Martiniano comprit ce qu'il avait à faire. Il ne lui était plus possible de supporter la simple évocation de Palemon en son esprit, Palemon qui avait confisqué sa couverture au cours de l'expédition, qui savait fort bien à qui elle appartenait et qui n'en avait pourtant jamais parlé. Martiniano avait certes prévenu Rena que le peyotl n'était pas sa route, mais à présent, il fallait que tout le monde le sût. Il ne pouvait pas non plus supporter la seule vision de la dépouille de ce cerf qu'il avait tué. Il ne pouvait plus la voir en face, cette peau suspendue au mur de sa maison, suspendue jour et nuit, cette chose ni vivante, ni morte, qui à tout instant pouvait prendre forme devant lui, s'éveiller à la vie au moindre frisson, reprendre un pouvoir qui le menacerait, frapperait d'inanité son sentiment de sécurité illusoire.

« Non, toute fuite m'est désormais impossible, pensa-t-il. J'ai fait ce que j'ai fait, et maintenant je dois affronter les conséquences de mon acte avant d'en venir à le regretter pour de bon. »

Dès le lendemain, il retourna au pueblo afin de réclamer sa couverture.

Et ainsi Martiniano, celui-là même qui avait refusé de couper les talons de ses chaussures et de découper le fond de ses pantalons, qui avait refusé de danser, qui avait épousé une fille ute (laquelle n'avait toujours pas d'enfant), qui avait roulé en chariot sur la plaza en période de tranquillité, qui avait tué le cerf, provoquant ainsi tous ces litiges autour du Lac-de-l'Aube, eh bien, ce même fauteur de troubles acharné reconnaissait à présent avoir mangé du peyotl ! Mais soit ! Du moins, cela compenserait le fait de ne pas avoir été puni pour l'agression du berger !

— Elle est là, ta couverture ! fit le nouveau gouverneur. Et à demain matin sur la plaza pour recevoir tes quinze coups de fouet !

Le lendemain, le soleil était déjà haut dans le ciel quand Martiniano s'agenouilla sur la plaza, tout près du mur d'enceinte du pueblo. La plupart des hommes étaient à leurs travaux d'irrigation. Les grands peupliers formaient autant de nuages de verdure. Un aigle traçait des cercles dans les airs.

L'amertume disparut du cœur de Martiniano quand il s'agenouilla, sans pour autant quitter l'aigle du regard ; son visage ne portait plus aucune trace de défiance. L'aigle volait plus bas, il tournait maintenant juste au-dessus de lui. Ses longues ailes se replièrent et il plongea. Martiniano put entrevoir ses yeux jaunes, son bec acéré, puis l'oiseau reprit son envol avec un sifflement dans les branches, comme le bruit d'un papier que l'on froisse ; il traça un nouveau cercle, les serres crispées, la queue déployée comme un éventail à peyotl.

Comme c'était étrange, ce grand aigle venu l'observer ! Martiniano se souvint qu'autrefois son père lui avait raconté que certains animaux sauvages se surveillent et se protègent mutuellement, révélant ainsi de curieuses affinités. Pour cette raison, avait-il ajouté, le chasseur ne doit pas être vu par un aigle quand il est en train de chasser, car alors l'aigle risquerait d'avertir le cerf. En effet, ce sont de très bons amis.

Tout en continuant d'observer l'aigle, Martiniano songeait au cerf qu'il avait tué. Aussi ne prêtait-il guère attention aux Anciens qui se pressaient autour de lui, pas plus qu'il ne remarqua une jeune femme qui, surgie de l'ombre des peupliers, s'était un peu rapprochée et se tenait à présent sous les saules, en bordure de rivière.

Le nouveau gouverneur se souvint de la peau de mouton que le coupable avait une fois dissimulée sous son pantalon afin de se protéger. Il ordonna que la chemise lui fût retirée.

— Es-tu prêt ? demanda-t-il.

Martiniano jeta un bref coup d'œil derrière lui et fut envahi par une grande compassion. C'était Palemon que l'on avait choisi pour le fouetter. « Pauvre Palemon, pensa-t-il, ce doit être bien difficile pour lui ! » Aussi, afin de ne pas créer un embarras supplémentaire à son ami, il afficha une impassibilité totale et opina calmement comme s'il ne l'avait pas reconnu.

Palemon fit de même. Lui aussi était un homme

digne de ce nom, et nul signe de reconnaissance n'apparut sur son visage tandis qu'il élevait le fouet.

Au premier coup, Martiniano eut l'impression qu'un immense sapin s'abattait sur lui, et que les branches venaient de lacérer son dos.

« Jésus ! pensa-t-il. Ce Palemon est un vrai bûcheron ! » Et il se raidit dans l'attente du deuxième coup de fouet.

Palemon frappa avec la puissance de l'éclair. Martiniano put entendre le brusque craquement, le crépitement de la foudre, le grondement du tonnerre, tout cela en un seul instant. L'impact fut tel qu'il resta ébloui un court moment. Afin de dissiper les flammèches qui dansaient devant ses yeux, il leva la tête. L'aigle planait toujours juste au-dessus de lui, attentif à tout ce qui se passait. Martiniano aperçut de nouveau son regard, son bec à demi ouvert. L'oiseau souriait cette fois. Gentiment. Sans ironie.

Le troisième coup tomba. Il lui sembla alors avoir été jeté dans une caverne où tous les vents du monde se seraient donné rendez-vous. Son corps n'éprouvait plus de douleur précise. Il y avait seulement cette sensation de force irrésistible, immatérielle, qui l'attaquait de toute part, qui bourdonnait à son oreille.

Ce coup l'avait projeté face contre terre. Il se remit à genoux et dit d'une voix basse et stoïque :

— Pardon, j'ai glissé ! Là, sur ce caillou !

Il retrouva l'ouïe, et put entendre derrière lui la

respiration de Palemon, ainsi qu'un murmure grandissant autour de lui.

Le quatrième coup fut le plus étrange. Il lui sembla être précipité au fond d'un grand bassin noir et visqueux. Sa tête enfla sous la pression, ses yeux s'écarquillèrent, il reprit à grand-peine son souffle tandis que le fouet retombait en se lovant autour de lui. Un filet chaud coulait sur son flanc.

— Aï, aï, aï, firent les Anciens.

Le ton de ce chuchotement exprimait tout à la fois l'admiration pour celui que l'on fouettait et un avertissement pour le bourreau, ce nouvel officier frais émoulu, qui, à l'instar de son supérieur hiérarchique, le gouverneur, se révélait partisan d'une justice plus rigoureuse.

— Cinq ! comptèrent-ils.

Martiniano prit conscience de la présence de la jeune femme qui l'observait depuis les saules. C'était Celle-qui-Joue-avec-les-Fleurs. Il était parti tôt ce matin-là, sous le prétexte transparent d'avoir une course à faire au village, afin qu'elle n'eût pas vent de cette punition dégradante. Néanmoins, elle était là, une main posée sur la poitrine, légèrement penchée en avant, la tête haute.

— Sept !

Sur le visage de sa femme se lisait une expression singulière, ce n'était pas de la colère contre Palemon et les Anciens, pas non plus de la honte, de la pitié ou de la compassion à l'égard de son époux. Rien de tout cela. Elle était détendue, presque souriante.

— Dix !

Le regard anxieux de Martiniano se réfugia dans les yeux de Celle-qui-Joue-avec-les-Fleurs. Il ne pouvait croire ce qu'il voyait dans ces deux lacs sombres ; ils étaient remplis de tout l'amour possible, et aussi turbulents que si une flotte de truites s'y ébattaient, joyeuses. Elle était triomphante, exaltée même !

Et les coups continuèrent de pleuvoir, rythmés de pauses judicieusement choisies. Les exclamations des Anciens paraissaient perdre en puissance. Après le cinquième coup, Palemon semblait avoir retenu son bras. Peut-être cette impression était-elle due au sourire étrange de l'aigle, à moins que ce ne fût l'expression victorieuse de sa femme qui rendait les coups plus faciles à supporter.

— Quinze ! Aï, aï, aï ! Ça va comme ça !

Comme il se relevait, les Anciens s'avancèrent vers lui. L'un d'entre eux lui tendit sa couverture. Martiniano ignora ce geste de conciliation, il reprit son bien sans mot dire et le jeta négligemment sur son épaule. C'était fini.

Au-dessus de lui, l'aigle émit un cri glaçant qui suspendit les commentaires. Tous s'arrêtèrent de marcher et regardèrent en l'air avec curiosité. L'immense oiseau tournoya une dernière fois avant de disparaître dans l'azur limpide.

Cloués sur place d'émerveillement, plusieurs Anciens s'efforcèrent longtemps de le suivre des yeux. Martiniano arrangea les plis de sa couverture, salua froidement et s'éloigna. Deux hommes passaient. Un groupe de femmes traversaient le pont en file indienne. Un vieux chariot déglingué cahotait sur la plaza. Martiniano s'avança vers sa femme d'une démarche digne et calme.

Elle se porta à sa rencontre, les yeux brillants, souriante et détendue, comme si rien ne s'était passé.

— Dès que j'ai su, je suis venue. Peut-être que ce n'est pas vrai, mais en tout cas, cela ne m'est jamais arrivé ! s'exclama-t-elle d'un ton vibrant. D'habitude, c'est toujours pendant cette phase de la lune, mais là, rien ! Martiniano ! Mon cher mari ! Je... Oui, oui ! C'est arrivé ! Ce que nous attendions est arrivé ! Je le sens. Je le sais. Quelque chose me dit que c'est vrai !

Ainsi, pour lui comme pour elle, ce châtiment n'avait été qu'un rêve irréel, aussitôt éloigné, presque déjà oublié. Pour la deuxième fois de sa vie, le sol se déroba sous ses pieds comme s'il se trouvait au bord d'un précipice et que le voile du monde se déchirait devant ses yeux. Martiniano planait dans les cieux, tel un aigle porté par le vent, un aigle souriant, compréhensif, empli d'une force nouvelle, et qui crie son triomphe.

Il roula une cigarette, l'alluma, puis reprit son chemin en compagnie de Celle-qui-Joue-avec-les-Fleurs.

Deux Anciens enveloppés dans leur couverture restaient immobiles à l'endroit où on l'avait fouetté.

Ils le regardèrent partir. Le couple marchait d'un pas régulier, sans honte ni fierté, lentement, comme si rien ne s'était passé.

Ils firent une halte dans la clairière à l'ombre des peupliers. La femme lava le dos de son mari avec l'eau de la rivière, nettoya les plaies avec de l'herbe, et l'aida à remettre sa chemise. Puis ils montèrent à cheval et rentrèrent chez eux.

Cette nuit-là, une nouvelle et étrange tendresse vint les envelopper. L'un près de l'autre, ils étaient conscients d'une troisième présence à leurs côtés. Et quand elle s'endormit, il se leva pour la mieux contempler. Un fin rayon de lune éclairait son visage, empreint d'une singulière expression où une humilité radieuse le disputait au sentiment de triomphe. Martiniano avait déjà entrevu sur le visage de sa femme la succession de ces deux émotions, mais à présent qu'il constatait leur simultanéité, c'était d'autant plus merveilleux. Elle était à la fois le cerf qu'il avait tué, et l'aigle parti à tire-d'aile avertir son ami de ce qui s'était passé.

Une pensée étrange traversa rapidement son esprit : il n'y a qu'une seule et vraie foi, la foi dans le mystère de la vie. La foi dans cette vie qui nous envoie un fils.

« Qu'il en soit ainsi, pria-t-il. Qu'il en soit ainsi... »

9

Ainsi, peu à peu, commença-t-il à comprendre les richesses et les merveilles de la vie.

Dans la chaleur de midi, il s'accordait quelque repos. Allongé à l'ombre d'un pin, il regardait croître son maïs, ses robustes pousses d'un vert mordoré qui paradaient le long des pentes comme de vaillants petits guerriers qui combattaient en son nom, avec leurs aigrettes qui flottaient au vent comme des plumes de guerre. Il sentait l'odeur de l'eau qui coulait dans son fossé, observait sa femme qui ratissait les cendres chaudes du four avant de mettre son pain à cuire. En elle, comme en son champ, il avait déposé sa semence. Cependant, il existait un autre pouvoir qui donnait la vie, et Martiniano n'avait évidemment qu'une part infime dans ce mystère de la création.

La nuit, il s'étendait près de Celle-qui-Joue-avec-les-Fleurs, caressant tendrement son corps afin de se rendre compte du changement, puis, dans un demi-sommeil, il se demandait : « Est-ce que ce sont les cuisses de ma femme, ou bien de simples bûches de sapin qui gisent dans un désert d'armoise ? Et là, ses seins ? Un peu aplatis au sommet, arrondis comme les bosses des vieux bisons… Est-ce que ce ne sont pas plutôt les collines qui dominent notre maison ? Quel est ce cœur que j'entends battre, en sourdine certes, mais aussi régulièrement qu'un lointain tambour ? » Il songeait alors au petit lac bleu de la vie désormais profondément caché en eux-mêmes, ce petit lac par lequel leur union s'était trouvée enfin bénie. Nous ne sommes que les images d'une grande forme qui nous dépasse, et pourtant nous obéissons aux mêmes lois qu'elle.

Parfois, il allait dormir seul au-dehors, mais le plus souvent il n'arrivait pas à trouver le sommeil, tant étaient exquises les sensations qui l'enveloppaient. La lune jaune, très basse à l'horizon du désert, les étoiles scintillantes au-dessus des cimes des grands pins, les lucioles, le roulement éloigné d'un tambour, le silence, le voyage tragique et silencieux du globe terrestre à travers le temps — tout cela serrait son cœur comme dans un étau et lui coupait le souffle.

Son ressentiment contre l'injustice le quitta, ainsi que son amertume et sa colère rentrée. La vie était supérieure à ce qu'il voyait, entendait et sentait, elle s'étendait au-delà du visible et des limites sensorielles. Quand il se rendait au pueblo, Martiniano prenait soin de n'adresser aucun regard méprisant au bec-de-lièvre d'une vieille femme, à son pied bot, ou à l'œil strabique d'une autre, bref de ne prêter aucune attention particulière aux disgrâces physiques des uns et des autres, de peur que leur futur enfant n'en subît les conséquences. Il enjoignit à Celle-qui-Joue-avec-les-Fleurs d'observer la même prudence et l'adjura de ne jamais plonger un couteau dans l'eau, de crainte que son enfant ne se trouvât à jamais séparé de son lac prénatal. Il n'omit pas de lui donner une pointe de flèche en pierre afin de se protéger de la lune qui dévorait un enfant à chaque éclipse et retardait d'autant sa croissance.

Tôt un matin, Martiniano descendit seul de la montagne. Dès qu'il fut parvenu sur la plaza, il pressentit quelque chose. Les fours fumaient comme à l'ordinaire, les femmes, toujours chaussées de leurs belles bottes blanches, allaient et venaient le long de la rivière, portant des jarres et des cruches emplies d'eau sur la tête, les jeunes gens étaient occupés aux enclos et les Anciens fumaient, assis contre les murs inondés de soleil. Un véritable secret au grand jour que cette vie quotidienne du pueblo que rien n'était jamais venu altérer. Cependant, si la forme en demeurait inchangée, la substance, elle, se trouvait un peu modifiée. Pendant la nuit, une pernicieuse sensation d'accalmie avait insensibilisé la population du pueblo. Maintenant, une tension palpable rôdait dans l'air. Les gens murmuraient. Un mot par-ci, une phrase par-là. Un froncement de sourcils. Une couverture déplacée un peu brusquement. Un homme qui s'écartait précipitamment d'un autre. Pas si précipitamment, à bien regarder.

Martiniano avait des courses à faire. Il commença par se rendre à la boutique de Byers.

— Notre récolte s'annonce bien, très bien même. Tu seras sans doute aussi heureux que réconforté de l'apprendre.

Byers grommela une brève réponse. Il fronçait les sourcils et semblait furieux.

Martiniano se rendit ensuite à La Oreja, et attacha sa monture à un poteau. Comme toujours au milieu de l'été, la plaza était encombrée de touristes blancs, de Mexicains et d'Indiens portant leur chemise la plus bariolée et leur plus fine couverture ; cependant, ces derniers restaient en petits groupes près de leurs chariots, ou bien ils procédaient à des brefs échanges avant de s'éloigner d'une démarche flegmatique.

Martiniano s'empressa de conclure ses achats. Il revint au pueblo avec un sac de farine en travers de la croupe de sa jument, plus un petit paquet de gâteaux au gingembre pour Celle-qui-Joue-avec-les-Fleurs.

Durant l'après-midi, il s'échina dans son petit lopin situé hors de l'enceinte du pueblo car il l'avait un peu négligé ces derniers temps au profit de l'autre. À la tombée du soir, il alla chez Palemon et y resta pour dîner. Cette hospitalité n'allait pas sans quelque formalité : Palemon et Martiniano mangeaient d'abord seuls à la table de la cuisine, servis par Estefana et Batista, lesquelles venaient ensuite prendre leur place. Pendant que les femmes mangèrent, les hommes restèrent assis en silence dans l'autre pièce. Le visage de Palemon était impassible et Martiniano devinait qu'il était soucieux, mais il fit comme si de rien n'était. Quand les femmes eurent fini leur repas, il donna à chacune un gâteau au gingembre avant de refermer le petit paquet avec soin. Batista avait grandi. Ses cheveux étaient gonflés sur le devant et attachés par-derrière. Elle se tenait dans l'embrasure de la porte, le regard fixé sur la plaza plongée dans l'obscurité.

— Ne t'en fais pas, tu vas bientôt les entendre, soupira Martiniano à son intention, tout en se levant pour prendre congé. Ces jeunes fous qui chantent toute la nuit sous les saules ! Remarque, je ferais bien comme eux et chanterais volontiers pour la grande fille de mon ami, s'il n'y avait cette Ute qui m'a capturé — et qui m'attend certainement derrière la porte, une baguette de cèdre à la main !

Batista eut un petit rire timide.

— Cette nuit, je ne pense pas qu'ils chanteront beaucoup, répondit doucement Palemon. Cela attire les Blancs qui viennent de la ville pour les écouter, et cela, nous ne le voulons plus. Peut-être même devrons-nous aller jusqu'à leur interdire tout accès… Bon, il est tard, je te raccompagne à ta monture !

Tout se passa comme Palemon l'avait dit. En traversant la plaza pour rejoindre les enclos, ils entendirent les chants qui peuplaient la nuit. Tandis que Martiniano sellait sa jument, une voiture venant de la ville apparut sur la route, et ses phares éclairèrent la portion de terre située entre les enclos et la plaza, jusqu'au groupe de chanteurs drapés de blanc qui se tenaient près de la rivière. Les chants cessèrent aussitôt. Une silhouette émergea de l'ombre et vint se placer devant la voiture. Martiniano surprit la conversation.

— Quoi faire ?

— On est juste venu écouter les chants. Nous ne sortirons pas de la voiture. On va juste éteindre les phares et rester ici un moment.

— Pas bon. Vous partir.

— Et pourquoi ? On est toujours venu ! On aime vos chants. Tu nous connais, Joe ! On t'a toujours donné des cigarettes pour toi et les chanteurs.

— Le gouverneur, elle dit non. Elle dit que c'est territoire indien, notre pueblo. Et c'est nos chansons aussi. Nous sommes d'accord. Alors, partez !

— Mais pourquoi ? Tu…

— Vous partir ! Vous déguerpir !

La voiture recula dans la sente étroite, fit demi-tour à regret, puis s'éloigna en rugissant de colère. Les chants ne reprirent pas. Déjà, les taches blanches traversaient le pont. Ce soir-là, il y avait réunion du Conseil.

Quand Martiniano fut monté sur sa jument, Palemon saisit la bride et les guida un peu plus loin à l'abri des oreilles indiscrètes.

— Maintenant, je vais te dire ce que tu voulais savoir, fit-il avec calme. À propos de cette chose lamentable, ce terrible livre de papier. Il raconte tout !

Il se mit à chuchoter.

— Tout, tout, absolument tout ! répéta-t-il d'une voix blanche. Sur notre pueblo, sur nos coutumes, sur nos croyances. Même nos noms sont dedans !

Il fit une pause afin de laisser à son interlocuteur le temps d'assimiler le caractère odieux de cette nouvelle, puis, d'une voix qui exprimait la plus profonde répugnance et la plus grande tristesse, il poursuivit :

— Ils l'ont écrit sur du papier, et tout le monde peut le lire à présent. Tout le monde peut savoir le nom de nos kivas !

Martiniano s'aperçut qu'il épiait les ténèbres, les oreilles indiscrètes dissimulées derrière chaque buisson, les yeux cachés derrière chaque pierre, la terre profanée et les étoiles exorbitées d'horreur.

— Je ne sais pas ce qui va se passer maintenant, continua Palemon avec tristesse. C'est peut-être la fin de notre bonne vie. On m'a raconté qu'autrefois la neige avait quatre pieds d'épaisseur à la sortie du pueblo. À présent, il y en a à peine assez pour recouvrir la cheville d'un homme. La belle source dans la Grande Prairie où nous gardons nos bisons, elle est presque tarie. L'herbe s'assèche et s'assombrit depuis mon enfance. Et pourquoi ? Parce que nous n'avons pas su garder la foi ! Nous avons perdu nos pouvoirs. Alors, la vie quitte cette terre et les cieux se recroquevillent, comme de la vieille peau. Et voilà qu'il nous arrive une chose encore plus diabolique. Nos secrets ont été trahis… Non, vraiment, je ne sais pas ce qui va se passer…

Puis, sans dire au revoir, il se fondit dans l'obscurité. Martiniano rentra chez lui.

Comment savoir ce qui s'était passé ? Ces Indiens ne lisaient jamais de livres, ni même de journaux. Comment avaient-ils été avertis de l'existence d'une simple brochure apparue brièvement dans une boutique ou deux, dans quelque ville éloignée de plus de quatre cents kilomètres ? Personne à La Oreja, pas même Benson ou Byers, n'avait entendu parler de cette affaire. N'empêche que le livre avait fini par atterrir dans les mains du gouverneur, moins d'une semaine après sa publication.

Ce livre, intitulé *Étude préliminaire à une connaissance de la culture pueblo*, comprenait quelques photographies, une description des coutumes ainsi qu'un court rappel historique assénant la théorie bien connue selon laquelle les Indiens étaient les descendants de Mongols ayant traversé le détroit de Béring.

Ce n'était pas tout. Il y avait aussi une carte du pueblo indiquant l'emplacement exact de chaque kiva, avec son nom, ainsi que le plan cadastral des champs communaux et des pâtures, une liste exhaustive des noms de famille, tant indiens que mexicains, sous-divisée en les divers groupes d'appartenance aux différentes kivas. Il était même fait référence à une kiva depuis longtemps disparue. Cette kiva, nommée Jamais-Recouverte-par-l'Eau-du-Déluge, était importante culturellement et historiquement, mais son existence remontait à une époque mythique. Elle avait été établie ici, au centre mystique du monde, par les Grands Anciens quand ceux-ci étaient apparus à la surface de la terre. L'auteur faisait ainsi litière de la contradiction qu'elle-même avait suscitée en postulant l'origine mongole des Indiens. D'après la brochure, des sacrifices humains avaient sans doute été perpétrés dans cette kiva, et l'on y avait reçu Montezuma lorsque ce dernier avait rendu visite aux tribus du Nord, quatre cents ans auparavant, apportant la flamme sacrée, qui d'ailleurs brûlait toujours dans des profondeurs « inusitées ».

Le gouverneur fit signe à l'interprète de se taire. C'en était trop. Toutes ces choses énoncées, toutes ces conjectures issues d'un livre imprimé prenaient forme devant lui et le faisaient se raidir dans une attitude de révulsion. Son vieux visage se ravina un peu plus. Il aurait fait meilleure contenance si son pantalon était tombé sur ses chevilles tandis qu'il accueillait un groupe de dames venues en touristes prendre des clichés à un dollar chacune. Il se sentait plus nu et plus honteux encore. Le ressentiment et la colère ne vinrent qu'ensuite, pendant la tenue du Conseil des Chefs de clans.

Cinq nuits d'affilée, ils se réunirent, enveloppés jusqu'aux yeux dans leurs couvertures, mais une seule voix se faisait entendre, celle de l'interprète qui lisait la brochure page par page. Personne ne l'interrompait. À l'aube, il s'arrêtait. On cachait le livre, et les Anciens se dispersaient sans prononcer une parole, pour revenir le prochain soir.

L'interprète ne parvint à la fin du livre qu'au cours de la cinquième session, juste après minuit. « En août, on arrive à l'apex de la vie cérémonielle du pueblo, traduisit-il lentement. Quand la population réunie en une longue procession gravit le flanc de la montagne jusqu'au Lac-Sacré-de-l'Aube… Des tipis sont bâtis sur la rive. Des grands feux se reflètent dans les eaux bleues et limpides, ainsi que les silhouettes des danseurs nus. Le roulement des tambours, et l'écho des voix qui chantent retentissent jusqu'à la cime de grands pins. Ces cérémonies sont secrètes. Nul étranger n'a jamais été autorisé à y assister. Les pistes y menant sont étroitement gardées. Révéler ce qui s'y déroule est puni de mort. Mais il existe tout de même des indications. Des jeunes hommes et des jeunes femmes se voient obligés de s'y rendre et, quand les jeunes vierges en reviennent, on dirait des fleurs fanées. Le fait que tous participent à de monstrueuses orgies semble avéré. »

L'interprète reposa la brochure et se retira dans un coin. Les Anciens découvrirent leur visage. La palabre commença et se poursuivit des nuits durant.

Il ne fut jamais question de savoir si le contenu de la brochure approchait ou non la vérité. Ces Indiens faisaient partie d'un peuple identifiant à tel point leur vie avec le grand flux de toute existence qu'ils ne manifestaient aucune individualité et qu'ils étaient, en quelque sorte, impersonnels. Ils avaient acquis la faculté de s'effacer quand ils étaient regroupés, et même leurs visages perdaient leurs traits distinctifs pour ne former que le visage de la tribu tout entière. Selon eux, le langage parlé avait valeur de pouvoir, tandis que l'écriture anéantissait tout. Ils ne regardaient, ni ne pointaient jamais leurs doigts vers l'objet ou la personne dont on parlait, et ne prononçaient jamais le nom de quiconque. Ils se référaient à un homme quand ils disaient « elle », et à une femme quand ils disaient « il », afin de ne pas donner l'impression de vouloir s'emparer du pouvoir de la personne désignée.

Et maintenant, voilà ce qui leur arrivait ! L'incroyable. L'impossible. L'intolérable. Les yeux et les doigts du monde entier étaient dirigés sur eux. Leurs noms ayant été prononcés et imprimés, on leur avait donc retiré leur pouvoir du même coup.

Un frisson d'horreur les parcourut, une sombre fureur s'empara de leur esprit, mais, du moins en apparence, ils témoignèrent d'un calme et d'un flegme tels qu'une seule et unique déclaration filtra de ces nombreuses réunions nocturnes jusqu'à certaines oreilles attentives. Ce fut au plus Ancien des Anciens qu'incomba d'énoncer ce verdict sans appel :

— La mort serait une punition trop douce pour un tel sacrilège !

Qui les avait trahis ? commencèrent-ils à se demander. Ce livre en papier avait été écrit par une certaine Mme Blackstone[1]. Ainsi, même le nom de l'auteur attestait son caractère démoniaque ! Cette personne avait séjourné l'an dernier à La Oreja, c'était une amie de ce peintre qui avait tant portraituré Panchilo, qu'à peine si le malheureux possédait encore un visage. On convoqua donc Panchilo-le-Poivrot, et tous purent constater *de visu* que sa vie et son pouvoir lui avaient été en effet retirés depuis longtemps.

— Cette femme blanche t'aurait-elle fait échanger *nos* vies et *nos* pouvoirs contre une bouteille de whisky ? lui demandèrent-ils.

— J'ai pris le whisky, mais je n'ai rien révélé. J'ai menti ! chevrota Panchilo couvert de ses oripeaux. La femme il m'a dit : « Panchilo, tu es pauvre, malheureux et incompris. Dorénavant, viens me parler chaque après-midi, nous serons seuls, et je te donnerai de quoi t'acheter une nouvelle chemise et des souliers tout neufs. » Alors, j'y ai été, j'ai parlé et j'ai acheté du whisky avec ce qu'il me donnait. Est-ce de ma faute si je suis pauvre, malheureux, incompris et possédé par cette soif étrange ? Mais même Panchilo s'est montré plus malin que lui. J'ai menti et il n'a pas vu la dif-

1. Roche noire.

férence, cette femme blanche ignorante qui croyait que j'allais trahir mon peuple.

Son courage revenait. Un rictus déformait son visage dissolu. Il entreprit d'imiter sa protectrice. Sa pantomime fit les délices de l'assistance.

— Elle a minaudé comme ça : « Panchilo, aujourd'hui, je veux absolument entendre l'histoire de la création. Comment sont nés les Indiens ? Comment le Grand Esprit a-t-il donné la vie à ses Enfants Rouges ? » Alors, je me suis longuement gratté et j'ai commencé : « Alors, Dieu, elle a créé le monde ! Elle a fait les arbres, les fleurs, les oiseaux, les poissons. Elle a fait le ciel et les étoiles aussi. C'est bonnard mais pas assez et Dios elle dit, je fais les gens. Alors, elle fait grand four, elle prend terre glaise, et sculpte avec ses doigts figure comme homme, et place dans grand four chaud. Après, elle sort homme du four, elle vivante mais toute noire. Dios l'a laissée trop longtemps au four, elle toute brûlée. Oh ! dit Dios. Toi homme noir ! Vivre ailleurs !

Alors, Dios elle essaie encore, mais retire terre trop vite. Homme vivant, mais trop pâle. Oh ! dit Dios. Toi Visage pâle ! Vivre ailleurs !

Alors, Dios elle essaie encore une fois. Elle laisse terre au four juste bien. Homme sort du four bien cuit. Belle couleur brun-rouge. Ah ! ah ! dit Dios. Toi Indien ! Toi vivre ici !

La grimace de Panchilo se transforma en un sourire qui se voulait spirituel.

— Cette femme blanche, il dit à Panchilo :

« Panchilo, c'est une bonne histoire, mais je voudrais savoir d'où venait la terre glaise. » Alors, je lui ai dit : « Des puits de terre glaise en haut de l'Arroyo Blanco. C'est le nom exact. C'est pour cela que l'Indien se peint en blanc quand elle danse. » Et puis j'ai fait comme ça...

Il recula d'un pas, ouvrit les pans de sa chemise sale, dévoila son ventre crasseux et se frotta le nombril.

— Et j'ai dit : « L'Indien elle a ce trou dans le ventre. Pourquoi ? Parce que quand les Indiens sont dans le grand four, Dios ouvre la porte et met son doigt dans terre pour voir si nous cuits comme il faut, et puis il laisse ce trou. Tu vois ? Maintenant, montre à Panchilo si Blancs aussi ont trou dans ventre ! »

Il prit appui sur ses talons et partit d'un grand éclat de rire. Panchilo était certes un ivrogne réprouvé par l'ensemble de la population, mais néanmoins il demeurait un « bon » Indien. Ils le laissèrent donc s'en aller de la démarche sobre et digne qu'il avait adoptée depuis quelques mois.

Afin d'obtenir un supplément d'information, on envoya chercher Manuel Rena, qui lui aussi avait été vu en train de parler avec la femme blanche un après-midi devant une boutique.

Le Chef-Peyotl ne cilla pas. Il répondit d'une voix assurée :

— Nous nous sommes querellés à propos de cette Église Indigène Américaine. Je la soutiens d'ailleurs toujours. Je crois toujours en Notre-Père-le-Peyotl. C'est notre affaire. Nous sommes tous des Indiens. Mais quel est l'homme qui m'accuse de trahir mon peuple, ma tribu, mon pueblo ?

On fit venir ensuite Vieille-Femme-le-Bison.

— Tu travailles pour le señor Byers, lui dirent-ils. Un jour, cette femme blanche est venue voir celui dont nous parlons, et c'est ainsi que tu l'as connue. Le lendemain, elle est descendue à la rivière afin de cuire de la viande, de faire du café, de laver des assiettes, et d'écouter nos garçons chanter et jouer du tambour. Elle a pique-niqué là. Ensuite, elle t'a payée pour que tu ailles toi-même cuire la viande, faire le café et nettoyer les assiettes à la rivière. Eh bien ! Contre de l'argent, que lui as-tu révélé de nos coutumes ? Parle !

La grosse femme tremblota d'effroi.

— Je lui ai parlé, mais j'ai menti, comme on doit le faire ! Quelle est la femme qui sait quelque chose des kivas, des affaires importantes ? Ne sommes-nous pas des pies bavardes qui parlons uniquement de choses futiles ? Écoutez-moi. Voilà ce qui s'est passé. Je n'ai parlé que de petites choses, et encore j'ai menti.

La femme blanche m'a demandé comment nous enterrions nos morts, il m'a questionnée au sujet des plumes de dindon et des Mères-du-Maïs. Il voulait connaître nos coutumes. Contre deux dollars d'argent, je lui ai confié le grand secret de Femme-Indienne. Je lui ai dit que, quand une chose a été volée, nous brûlons une bougie à l'envers, le jour de la San Antonio, et la flamme se tourne vers l'endroit où la chose a été cachée. Eh bien, c'est une coutume mexicaine, comme vous le savez ! C'est ce genre de choses que je lui ai dites. J'ai menti, comme on doit le faire.

Les Conseillers n'étaient toujours pas satisfaits. Ils ne le seraient d'ailleurs jamais. Ainsi, trente ans auparavant, un fétiche de pierre blanche avait disparu de l'une des kivas et, depuis, plusieurs hommes du pueblo avaient été dépêchés à Washington afin de rencontrer Grand-Père-Blanc, le Président. Le premier endroit qu'ils avaient demandé à visiter était le Musée indien, car ils espéraient retrouver dans une vitrine le fétiche manquant et ainsi connaître le voleur.

Les auditions se poursuivirent, et l'impénétrable manteau du secret se referma sur le pueblo. Sur la route comme sur la piste, on évitait de croiser les vieux Mexicains du voisinage. Les derniers fils d'amitié qui unissaient encore les Blancs et les Indiens se brisèrent. Une jeune Indienne qui travaillait au pair dans une famille du village devenait soudain inexplicablement muette, timide et maussade. Un touriste qui demandait un cheval et un guide à un Indien qui passait se vit répondre : « J'ai du travail », avant de voir l'homme retourner dormir sur la plaza ensoleillée. Quand un visiteur s'en venait au pueblo, immédiatement un garçon indien surgissait de la maison du gouverneur et s'accrochait à ses bottes comme une ombre. Tous les visages paraissaient fermés. Personne ne semblait plus comprendre l'anglais. De temps en temps, il arrivait qu'un cavalier traversât le pueblo afin de se rendre dans la montagne. Aussitôt, une colonne de fumée s'élevait de l'un des toits, et bientôt un Indien jaillissait des fourrés en écartant les bras en signe de dissuasion.

Même Byers fut atteint d'ostracisme, lui qui pourtant fournissait gracieusement les Conseillers en feuilles de tabac achetées au Mexique, ainsi que des plumes de perroquet destinées aux cérémonies, ce qui attestait la confiance dont il jouissait. Les Indiens le traitaient certes toujours avec respect, mais à distance, comme pour affecter de ne plus entretenir que des relations commerciales avec lui.

Il se procura un exemplaire de la brochure et la lut. Certains passages le firent tiquer, d'autres le firent simplement rire. C'était surtout n'importe quoi, une vraie histoire de fous ! Mais la réaction que cette publication avait entraînée chez les Anciens ne se laissait pas aussi facilement réduire, ni même analyser.

Ils s'étaient un peu calmés. Bien sûr, mensonges et billevesées constituaient la majeure partie de cet écrit inique ; le plan cadastral et la liste des noms pouvaient avoir été collationnés d'après les registres du précédent gouverneur. Seulement voilà, on avait aussi inscrit les noms des kivas, leurs propres noms, imprimés en lettres de feu, montrés du doigt, profanés par des quolibets.

Enfin, il y avait cette allusion aux cérémonies secrètes se déroulant sur les rives du Lac-de-l'Aube. Impossible de passer cela sous silence ! Leur Lac-de-l'Aube !

Le surintendant des Affaires indiennes avait lui aussi découvert l'existence de la brochure. C'était un coup de malchance — une sacrée déveine ! Et au mauvais moment, en plus ! Il fit en sorte que le livre fût retiré de la vente dans l'État avant qu'il ne provoquât davantage de dissensions entre les Indiens et les Blancs. À cet effet, il télégraphia au commissaire.

Celui-ci ne pouvait d'ailleurs pas différer sa visite plus longtemps. Il demanda aux Anciens la raison pour laquelle ils n'avaient pas envoyé de représentant au Conseil-de-Tous-les-Pueblos.

— Nous avons nos vies et nous avons notre pueblo, lui répondirent-ils froidement. Nous ne voyons pas pourquoi il faudrait discuter, discuter, et encore discuter quand cela ne nous apporte rien. Nous attendons toujours de voir ce que le gouvernement entend faire de nos terres, de notre Lac-de-l'Aube.

Ils tinrent un langage identique à Strophy ainsi qu'au gouvernement.

Les enquêteurs avaient rendu leurs conclusions. Une commission composée de trois membres représentant respectivement le Président, le département de la justice et celui de l'intérieur fut créée afin d'examiner les plaintes. Ces derniers parurent tomber d'accord sur le fait que, quand un Indien s'était vu spolié de sa terre au profit d'un Blanc ou d'un Mexicain, il devait faire l'objet d'une indemnisation. Et là où les Blancs et les Mexicains étaient propriétaires de leur terre et payaient des impôts depuis des années, bien que n'étant pas détenteurs de titres de propriété, eux aussi devaient être indemnisés. On s'aperçut bientôt que les conséquences d'une telle procédure seraient vertigineuses. Pour dédommager le pueblo, il fallait débourser 84 000 dollars, et 57 000 dollars pour compenser les pertes que les Blancs et les Mexicains prétendaient subir. On atteignait donc un total de 141 000 dollars rien que pour les réclamations concernant 18 000 acres.

Que se passerait-il alors quand on s'occuperait du village entier de La Oreja ? Il faudrait recourir à une subvention gouvernementale ! Perspective aussi fantastique qu'impensable !

Sur ces entrefaites, Strophy et le Bureau des Affaires indiennes envoyèrent un télégramme. Maintenant que tous les Pueblos avaient pris connaissance du conflit, ils exigeaient eux aussi soit une indemnisation, soit la restitution de leurs terres — les terres promises.

Bien qu'étant rappelé d'urgence à Washington, Strophy dut pourtant s'expliquer une fois de plus avec ces têtes de mules de Conseillers.

— Je vais rencontrer le commissaire, dit-il, ainsi que le Grand-Père à Washington, le Président en personne — le Grand Gouvernement qui dirige tous les Conseils. Mais je suis d'abord venu vous parler afin de connaître vos souhaits. Voulez-vous vraiment que tous vos amis blancs, tous vos voisins mexicains quittent ce pays sans avoir nulle part où aller ? Et où achèterez-vous la farine, le sel, les couvertures et les chaussures ? Où vendrez-vous votre maïs ? Où échangerez-vous un sac de blé contre des denrées ? Dans quelle épicerie ? Comment ferez-vous ? Il faut savoir ce que vous voulez ! ajouta-t-il d'un ton ironique.

— Notre Lac-de-l'Aube !

— Eh bien, parlons-en donc du Lac-de-l'Aube ! répondit-il d'un ton sec.

— Non. Nous n'en parlerons plus. Nous en avons déjà parlé de trois manières différentes. Y en a-t-il d'autres ?

Nous en avons parlé quand nous avons parlé du peyotl. Nous en avons parlé comme d'une église. Le gouvernement a dit : « Nous vous donnons cette église du peyotl, cette Église Indigène Américaine. » Et nous avons dit que nous ne voulions pas d'autre église. Nous en avons déjà une — notre Lac-de-l'Aube, d'où proviennent tous les bienfaits. Voilà ce que *nous*, nous disons.

Nous en avons aussi parlé quand nous avons évoqué les dédommagements que le gouvernement nous doit pour nos terres confisquées. Nous avons dit : « Rendez-nous notre terre, celle qui est dans les montagnes, autour de notre Lac-de-l'Aube. Qu'elle redevienne notre terre. Et pas une terre avec plein de policiers américains et de Mexicains avec leurs moutons. » Voilà ce que *nous*, nous disons.

Et nous en avons parlé encore une autre fois. À propos de ce livre de papier. Des Blancs viennent visiter notre pueblo pendant la nuit. Ils écoutent les jeunes gens qui chantent sous les saules. Ces jeunes gens-là ne chantent pas pour les Blancs ignorants qui ne comprennent pas leurs chansons. Ils chantent pour les jeunes filles du pueblo qui attendent sur le pas de leur porte, cachées dans l'obscurité. Tous les jours, des Blancs viennent pour visiter le pueblo. Ils fourrent leur nez chez nous comme des chiens affamés. Ils entrent dans nos maisons sans y être invités. Et pourquoi ? Est-ce qu'aucun Indien est jamais rentré chez un Blanc en ville en disant : « Tenez ! Regardez comment vivent les Blancs ! Comme c'est amusant ! » Est-ce que l'Indien s'empare d'une couverture ou d'une paire de chaussures en disant : « Combien pour cela ? » Et malgré tout, les Blancs ne cessent de venir ! Ils regardent nos danses, ils campent sous les arbres, ils laissent derrière eux des sacs en papier qui déparent le paysage, ils souillent nos rêves et puis ils écrivent des livres pleins de mensonges sur nous ! Alors, nous demandons : « À qui appartient ce pueblo, à qui sont ces danses et ces chants, ces coutumes et ces vies ? » Nous disons également ceci : « Les Indiens n'ont pas l'habitude de montrer leur nombril à tout le monde, de raconter leurs affaires, de vider leur cœur à la cantonade. Nous avons besoin d'un lieu pour chanter et danser, pour vivre et travailler comme nous l'entendons, libres aux yeux du monde, sans que l'on nous montre du doigt où que l'on révèle nos noms par des cris. Rendez-nous notre Lac-de-l'Aube. » Voici ce que nous, nous disons.

Ainsi, nous en avons parlé comme d'une église, comme d'une terre et comme d'une façon de vivre, avec toute la modestie requise, mais sans non plus avoir honte aux yeux du monde. Nos paroles viennent du cœur, de l'esprit et du corps. Comment voulez-vous que nous parlions à présent ?

Nous sommes un seul homme. Nous voulons notre Lac-de-l'Aube. Maintenant, nous avons parlé.

La Lune-du-Maïs-Mûr paraissait au-dessus des pins. Les nuits étaient plus longues, et une légère brume bleutée subsistait pendant la journée.

Martiniano était en train de couper du bois ; il s'était débarrassé de sa couverture et avait attaché ses nattes derrière la tête, afin d'être libre dans ses mouvements. Son vieux blue-jean était serré à la taille par un gros ceinturon à boucle de cuivre ; sa vieille chemise rouge collait à ses larges épaules en sueur. Il élaguait un pin abattu et portait avec sa hache des coups rythmés et précis qui résonnaient dans la paisible clairière ; les copeaux tombaient sur le sol l'un après l'autre, comme les pages d'un livre que l'on aurait déchirées. Quand il en eut terminé, il s'essuya le visage du revers de la main et passa à l'arbre suivant.

Celle-qui-Joue-avec-les-Fleurs le suivait, vêtue

d'un châle turquoise et de vieux souliers lacés à l'aide de bouts de ficelle graissée. Elle s'agenouilla, posa une corde par terre et y plaça les fagots rassemblés. Quand le tas eut atteint la hauteur de sa taille, elle se redressa, noua la corde et se dirigea vers le chariot ; malgré son fardeau, elle ne dévia pas de son trajet et, à son retour, son souffle était toujours égal.

Ce n'est pas la force avec laquelle on abat la hache qui compte, mais la précision et la régularité que l'on apporte dans les coups. De même, les Indiennes ont appris à transporter de lourdes charges en répartissant le poids sur leur tête afin d'ainsi compenser l'attraction de la pesanteur.

Quand le soleil fut à son zénith, ils firent un feu pour y cuire de la viande et faire du café.

— Ces sandwichs si fades que mangent les Blancs ! s'exclama Martiniano avec dédain. Mon ventre se glace rien que d'y songer ! Un feu, et quelque chose de chaud, voilà ce qu'il faut ! Nous ne sommes pas des chiens, que diable !

Puis il s'étira et roula une cigarette.

Celle-qui-Joue-avec-les-Fleurs récura la casserole dans laquelle elle avait réchauffé les gâteaux de maïs, puis elle lava les assiettes. Un lapin apparut en bondissant sur le sol parsemé d'aiguilles de pin. La fumée avait attiré des geais bleus qui pépiaient dans les arbres. À leurs pieds, le torrent chantait gracieusement sur les cailloux. Elle s'étendit et considéra le bleu du ciel, sentant le soleil qui réchauffait son corps à travers ses vêtements. Comme la vie était belle !

Seule une pensée venait ternir son allégresse. La semaine dernière, ils s'étaient rendus au pueblo. Après avoir laissé le chariot et l'attelage dans la clairière sous les peupliers, ils avaient coupé à travers champs jusqu'à la plaza. C'était un champ comme le leur, aux contours naturels et irréguliers, flanqué de buissons de prunes sauvages. Ils marchaient sans faire de bruit le long d'une haie quand ils furent arrêtés par la vision d'un étrange personnage accroupi devant eux, à demi caché par les fourrés, qui écartait les branches de ses mains levées.

C'était Estefana, l'épouse de Palemon. Elle semblait être aux aguets. Son étrange posture, l'expression à la fois avide et défaite de son visage, cette façon d'être ramassée sur elle-même, tout dénotait qu'elle ne s'était pas rendu compte de leur présence.

Avant que Celle-qui-Joue-avec-les-Fleurs n'ait pu dire un mot, Martiniano lui fit signe de garder le silence tout en désignant une trouée dans la masse des fourrés. De l'autre côté, flânait un petit garçon. Celle-qui-Joue-avec-les-Fleurs ne reconnut pas Napaita au premier regard. Ses mocassins étaient grossiers et décousus ; il avait grandi, et sa couverture décolorée par les fumigations s'entrouvrait pour révéler un long corps maigre aux côtes saillantes. Mais c'était surtout son visage hâve, bien que curieusement vivace, qui retenait l'attention : sa bouche était entrouverte, il semblait éprouver des difficultés à respirer, et son regard errait en tous sens comme s'il exprimait une joie éperdue de contempler les champs et les collines alentour. Il progressait par longues foulées bondissantes, repliant ses jambes sous lui comme si c'était la toute première fois qu'il se trouvait libre de ses mouvements.

Toujours cachée dans les buissons, la femme le vit passer sans faire un geste. Martiniano tira Celle-qui-Joue-avec-les-Fleurs par la manche, et tous deux rebroussèrent chemin.

— C'était son fils ! Napaita ! Et elle... Pauvre Estefana ! murmura Celle-qui-Joue-avec-les-Fleurs. Pourquoi est-ce que...

— Il est encore à la kiva, comme l'exige la coutume, l'interrompit Martiniano. Il est sorti prendre un peu l'air, voilà tout. Et toi, tu aurais voulu qu'il adresse la parole à une femme alors que cela lui est interdit ? Si je n'y connais pas grand-chose, toi, tu en sais encore moins !

Celle-qui-Joue-avec-les-Fleurs se sentait triste pour son amie, ainsi réduite à se cacher derrière des buissons pour seulement voir son fils. Et pourquoi ? Après tout, c'était Estefana, et non elle-même, qui avait attendu des mois durant la renaissance d'un fils — ce fils épié en secret tandis qu'il se promenait au soleil, ce fils qu'elle ne pouvait entrevoir qu'à la dérobée, ce fils à qui il lui était encore interdit d'adresser la parole.

Ce jour-là, ils s'arrêtèrent de travailler tôt dans

l'après-midi et se rendirent au pueblo. Le chariot lourdement chargé traversa lentement deux clairières. Dans l'une d'elles, une grosse matrone se leva de la souche où elle était assise, couvrit sa lourde poitrine brunie de sa robe rouge cerise, rendit le nourrisson à une vieille femme en noir qui se tenait auprès d'elle, s'empara d'une hache à double tranchant et se remit au travail. Deux enfants plus âgés ramassaient les branches pendant qu'une petite fille d'à peu près quatre ans s'affairait à rassembler les copeaux. Un peu plus loin, deux hommes abattaient des pins qu'ensuite ils écorçaient avec soin. Pendant tout l'hiver, les longs troncs jaunes allaient être laissés dehors ; quand ils auraient suffisamment durci, on en ferait des poutres et des madriers que l'on ferait rouler vers le prochain chantier. Plus bas, le long de la rivière, on entendait les bavardages d'un groupe d'Indiennes qui récoltaient des cerises et des prunes sauvages. En face, sur le flanc de la montagne, on pouvait apercevoir les silhouettes de quelques vieilles femmes en train d'emplir patiemment de grands sacs de pignons. La route était encombrée d'ânes bâtés, chargés de fagots, au trot nerveux et rapide, que de petits garçons faisaient avancer à coups de bâton. Des chemises bariolées, des châles fleuris, des bandeaux aux couleurs chatoyantes étincelaient dans la verdure et parsemaient de taches colorées les collines ensoleillées. Des bribes de chansons parvenaient des profondeurs des canyons rocheux.

Bien que le crieur n'eût pas encore donné le signal d'engranger le maïs, la population était si attentive au changement de saison que déjà elle entreprenait de nouvelles tâches dans les fines brumes automnales.

Martiniano s'agitait nerveusement sur le siège de son chariot.

— Encore un chargement jusqu'à notre petite maison d'en bas, et nous pourrons tout envisager. Cela occupe bien son homme que d'avoir deux maisons et deux champs à cultiver !

Sa voix était emplie d'une nouvelle fierté. Celle-qui-Joue-avec-les-Fleurs sourit discrètement en percevant cette intonation orgueilleuse. Martiniano se préparait à vivre un hiver long, froid et rigoureux comme s'il avait une famille de dix personnes à nourrir ! Décidément, ce qui leur arrivait lui conférait une nouvelle importance.

Cela se devinait dans son visage, dans sa démarche, et tant qu'ils furent au pueblo cette lueur ne quitta pas son regard. Sur le chemin du retour, il finit par s'expliquer :

— Maintenant, je sais ce qui me réjouit tant. Tu te rappelles comme ils ont parlé, ces vieillards ridicules quand ils s'occupaient de ce livre ? *La mort serait une punition trop douce pour un tel sacrilège !* As-tu remarqué ce tremblement dans la voix de Palemon, l'effroi qu'il y avait dans ses yeux ? Ha, ha ! Et pourquoi ce ne serait pas Martiniano, hein ? Ils m'ont soupçonné, puni, mis à l'amende, fouetté pour tout, mais pas pour ça ! Tu te rends compte ? Un problème apparaît au pueblo, et ils ne viennent pas le déposer devant ma porte ! C'est bien la première fois ! Seraient-ils devenus plus sensés ?

Martiniano alla se coucher, mais il ne put s'endormir, tant il était heureux. Pour la première fois, il était en paix avec lui-même. La récolte de son nouveau champ lui permettrait de rembourser ses dettes. Sans nul doute, dès l'an prochain, il serait riche. D'ici là, il aurait fondé une famille et trouvé sa voie. Et tout cela, il ne le devrait qu'à lui-même ! Une sensation de triomphe l'envahit.

Étendu dans l'obscurité, il songeait. « Jamais auparavant je ne m'étais rendu compte de qui j'étais vraiment. Jamais je n'avais vraiment compris les vieilles histoires. Un jour, ce que nous vivons maintenant appartiendra aux brumes du passé. Et même nous ! Alors, je deviendrai un personnage légendaire ! »

Il se plongea dans les fantaisies que suscitait son immense orgueil. Que pourraient bien raconter ces histoires futures ? Eh bien jadis, il y avait eu un problème au pueblo. La tribu s'était vu déposséder du Lac-de-l'Aube. Des Blancs et des Mexicains étaient venus troubler la vie coutumière des Indiens. Et puis un jour quelque chose était arrivé. Il y avait un jeune homme pauvre que personne n'aimait, Martiniano. Et ce jeune homme, ce Martiniano donc, eh bien, il avait tué un cerf, et on l'avait battu et puni. Mais cet acte avait rassemblé les Anciens autour du Lac-de-l'Aube. Une religion étrange était née, qui s'appelait la Route du Peyotl. Martiniano avait mangé du peyotl, et il avait été aussi puni pour ça. Mais entre-temps, il avait appris que cette route n'était pas la bonne, ce qui avait remis la tribu sur la bonne voie, sur le chemin de la vérité. Et puis, il était arrivé encore autre chose. Martiniano avait rossé un berger mexicain qui occupait sa terre, là-haut sur la montagne qui entoure le Lac-de-l'Aube. Il avait été fouetté pour ça. Mais il avait enduré cette correction comme un homme, ce qui avait poussé la tribu à se réunir afin d'exiger la restitution de leur terre. Aï. Et pour tout cela, il avait été mis à l'amende, on l'avait puni, on l'avait fouetté. Personne ne lui adressait plus la parole. On l'appelait Martiniano-le-Fauteur-de-Troubles.

La vie est limpide comme la surface d'un profond lac bleuté. Mais que l'on y jette un caillou, et les rides se propageront jusqu'aux rives les plus lointaines. L'existence de tous s'en trouve affectée, cela se répand de pueblo en pueblo, jusqu'à Washington même ! Et lui, il était la main qui avait lancé le caillou. Ce pauvre jeune homme qui, grâce à sa force et à sa sagesse, avait défié tous les hommes, avait connu tous les ennuis possibles et avait pourtant réussi à sauver son peuple. À présent, le voici devenu un grand homme, un héros, un sauveur, et personne ne l'appelle plus Martiniano-le-Fauteur-de-Troubles. Dans cette légende, il apparaît sous le nom de l'Homme-qui-a-tué-le-Cerf...

Ainsi rêvait-il, tout à sa satisfaction d'avoir pour une fois échappé aux ennuis, et empli d'un monstrueux orgueil pour avoir entr'aperçu les premières étincelles de la foi.

De temps en temps, sa rêverie était troublée par un léger craquement provenant de l'extérieur. Il avait l'étrange sensation d'être observé par la porte ouverte, mais il parvint à écarter ces pensées et finit par s'endormir.

Le lendemain matin, dès son réveil, il se rendit sur le seuil et comprit aussitôt qu'un visiteur nocturne était venu. On avait piétiné son maïs, son magnifique et nouveau maïs !

Sur le sol, juste devant la porte, comme une réfutation sarcastique de tous ses rêves de la nuit, il vit des déjections toutes fraîches — et l'empreinte d'un cerf.

L'étrange pressentiment d'un malheur s'abattit sur lui. Il nettoya son fusil, le graissa, dormit tout l'après-midi et veilla sur son maïs pendant toute la nuit.

Il choisit l'endroit avec soin. Dans une rangée de sapins, entre la source et la bordure des champs, il se dissimula derrière un gros rocher. Enroulé dans sa couverture, il assista au lever de la lune, à la dissolution des ombres dans le pâle brouillard verdâtre qui venait de la montagne et s'élevait au-dessus du désert.

Des lapins s'ébattaient près de lui, et ils furent

effrayés par l'ombre d'un hibou errant. Des coyotes hurlaient dans la vallée. Il vit passer un petit renard. Bientôt les peupliers perdraient leur ramure là-haut dans les canyons. Les oursons bruns allaient faire leur apparition, terrifiant les vieilles femmes qui cueillaient des baies sauvages. Des oiseaux de nuit chantaient dans leur sommeil. À l'aube, il vit un dindon qui plongeait dans l'eau, figure d'airain, silhouette farouche, originelle…

Il était tard au cours de la troisième nuit quand ils s'embuchèrent. Trois cerfs. Comme dans un rêve, ils se glissèrent en silence jusque sous le rocher où il se cachait et humèrent l'air de la nuit. Un mâle, pourvu de cinq andouillers, et deux petites biches à sa suite.

Martiniano arma le barillet sans faire de bruit et épaula son fusil.

Les trois animaux s'avançaient doucement, comme les ombres de nuages devant le soleil, formes sans substances. Trois rêves cendrés et fantomatiques sous les rayons de la lune. Conscients de leur pureté originelle, maîtres de la terre, des pentes parsemées d'armoise, du désert et de l'horizon bleuté. Économes de leurs mouvements, tels des patriciens fiers de leur héritage, ils émergèrent dans le clair de lune. Martiniano prit le mâle pour cible, visant la base de son crâne.

Il ne tira pas. Son doigt s'immobilisa sur la gâchette. Ses genoux tremblèrent. Frappé d'une terreur indicible, la bouche sèche, il dénombra les andouillers et s'efforça de détailler la robe du cerf ; sa couleur cendrée était un peu verdâtre au clair de lune, mais il y avait bien ces mêmes marques noires, cette même tache blanche sous l'épaule gauche.

Les cerfs avaient doucement progressé au-delà des touffes d'armoise, entre les sapins et les champs de maïs. Le mâle se tenait toujours en avant. Il se tourna brusquement, comme s'il avait reçu un signal. Les deux biches stoppèrent en tournant les pétales de leurs oreilles. Puis, en un éclair, le premier cerf franchit la barrière qui le séparait du champ de maïs. Comme si quelqu'un l'avait soulevé de terre et tenu suspendu dans les airs, comme si sa peau avait été décrochée du mur de la maison et lancée à travers les airs, emplie d'une nouvelle vie. Sa tête était dressée, ses pattes antérieures gracieusement ramenées sous la poitrine, et les postérieures tendues en arrière. La petite queue blanche était toute droite. Aussi léger qu'un papillon, il rebondit par deux fois entre les épis de maïs et se rembucha.

Les deux biches se regardèrent et frottèrent leur museau. Puis, à leur tour, elles sautèrent la barrière.

Malgré le tremblement de ses mains, Martiniano tenta de s'agripper à la crosse de son fusil. Impossible ! Trahi par ce ridicule souvenir du cerf qu'il avait tué ! Il grinça des dents. Cette fois-ci, il n'allait pas laisser passer sa chance ! Il saisit une pierre et la lança au milieu des épis. Aussitôt, les cerfs réapparurent à l'extrémité du champ de maïs. À les voir ainsi, gracieux, dociles et silencieux, ils semblaient attendre la suite d'un mystérieux message.

Là encore, Martiniano n'eut pas le cœur de la leur délivrer.

D'un geste furieux, il donna un coup de pied dans une pierre qui roula sur la pente en rebondissant par-dessus les souches et finit par s'immobiliser avec un bruit sourd sur le tapis des aiguilles de pin. Le mâle dressa une oreille afin de mieux localiser le bruit, puis, superbe de dédain, il tendit son museau vers l'horizon et, levant bien haut ses pattes effilées, il s'éloigna, lestement suivi par ses douces menines.

Martiniano se redressa, frappa la crosse de son fusil contre le rocher, et se mit à hurler. Ils s'enfuirent aussitôt, comme effacés par un revers de main de la nuit. Une fois encore, il avait manqué ce cerf qu'il avait tué! Il le maudit et s'enroula dans sa couverture, prêt à passer une autre nuit blanche.

Il les revit par deux fois, mais ne put toujours pas se résoudre à faire feu. Ils arboraient une telle prestance, témoignant de tant de liberté et de gentillesse farouche que sa main s'en trouvait paralysée. Alors, il se contenta de les tenir à distance, ne voulant pas être le jouet d'une autre hallucination. Chaque nuit, il s'installait dans sa couverture, tremblant de froid, et les effrayait par des cris et des jets de pierres.

Ainsi, Martiniano se vit non seulement dépossédé de son immense orgueil mais, en plus, il se sentit lâche. Et tout cela pour ce cerf! Chaque matin, après sa garde, il se relevait avec difficulté et boudait l'aurore.

— Ce cerf que j'ai tué, jurait-il solennellement, je n'en ai pas fini avec lui !

10

Ils étaient debout dans la forêt et formaient un cercle sombre autour d'un pin immense. Leurs visages étaient habités d'un profond respect et leurs yeux noirs brillaient d'émerveillement. Ils étaient nombreux, et ce fut Palemon qui fut choisi pour prendre la parole et dire la prière avant qu'ils n'abattissent leur frère.

Nous savons que ta vie est aussi précieuse que la nôtre. Nous savons que nous sommes tous les enfants d'une seule mère, la Terre, et de Notre-Père-le-Soleil. Mais nous savons aussi qu'une vie doit parfois s'effacer devant une autre afin que le grand flot de la vie puisse continuer de s'écouler sans interruption. Nous t'avons demandé la permission d'accomplir ce sacrifice et nous avons obtenu ton consentement.

Alors, ils l'abattirent, celui qui s'était tenu là, grand, paisible et fier bien avant qu'eux-mêmes ne fussent devenus adultes, lui qui avait réservé un accueil favorable à leur requête rituelle et spirituelle.

Ils lui coupèrent le tronc, le dépouillèrent de son

écorce jusqu'à ce qu'il fût lisse et blanc, et, le soir venu, le traînèrent le long de la piste avant de le déposer au milieu de la plaza. Un mât fait d'un tronc de pin gigantesque, étincelant, lisse et blanc, trop large à la base pour être enserré et trop effilé au sommet…

Pendant ce temps, un autre groupe d'hommes marchait dans le canyon obscur, armés de fusils, portant des cordes et de longs couteaux aiguisés. Quand le sacrifice eut lieu, ils étendirent le cerf — leur frère — en plaçant sa tête vers le levant, le parsemèrent de pollen et de farine de maïs. Cérémonieusement, ils arrosèrent le sol des gouttes de son sang, jetèrent des lambeaux de sa chair en hommage à leur Mère-la-Terre et lancèrent vers le ciel des poignées de pollen et de farine de maïs en l'honneur de leur Père-le-Soleil, leur père à tous. Il devait en être ainsi puisque le cerf — leur frère — avait consenti à son propre sacrifice.

Puis ils le transportèrent, la tête et les bois pendants, la gorge tranchée, le ventre béant. Ils lièrent les quatre petits sabots pointus comme des flèches et le hissèrent au sommet du grand mât blanc…

Un troisième groupe apporta de grandes courges givrées et des épis de maïs nouveau dont les spathes jaunâtres étaient encore humides de rosée. On fit aussi amener un vieux sac de farine contenant du pain frais et diverses denrées qui furent également suspendues au sommet du mât.

Ensuite, ils l'élevèrent au milieu de la plaza et ils

le fichèrent profondément dans le sol. Un immense mât blanc avec, en son sommet, un cerf à la gorge tranchée, du maïs, des courges, un vieux sac de farine rempli de pain frais et de diverses denrées…

Depuis le seuil de sa maison, Martiniano avait vu passer la première file d'hommes silencieux. Ils s'étaient éloignés dans la forêt sans même le saluer.

— Ils vont préparer la fiesta, dit-il à Celle-qui-Joue-avec-les-Fleurs. J'ai reconnu Palemon. Il fait partie du comité qui a choisi l'arbre.

À l'aube, il entendit la détonation assourdie d'un fusil. C'était sûrement les membres du comité qui poursuivaient un cerf. Peut-être même venaient-ils de tuer ce cerf aux cinq andouillers, alors il n'aurait plus à effrayer celui-ci pour le chasser de son champ de maïs ! Plein d'espoir, il réveilla Celle-qui-Joue-avec-les-Fleurs.

— Allez, debout ! Mettons-nous au travail tout de suite ! Comme ça, on pourra assister à la fiesta. Je ne veux pas rater ce spectacle !

Oh, combien il le haïssait, ce cerf qu'il avait tué, ce cerf qui rendait sa sécurité si précaire ! À l'instar de chacun, Martiniano pouvait supporter les coups du sort, mais pas les piqûres de guêpe qui irritaient sa vanité et sa fierté. Et, comme tous les hommes, il préférait s'en prendre au « tireur d'élite invisible » plutôt qu'à sa propre vulnérabilité.

En fin d'après-midi, tout le monde était réuni autour du mât. Tels des busards qui fondent sur une charogne, quelques Apaches étaient venus en deux groupes, les Llaneros et les Olleros ; de grands hommes bruns portant des *stetson* noirs et des boucles d'oreilles en argent, accompagnés de leurs femmes vêtues de vestes rose et pourpre et de boléros rayés. Les potiers des pueblos voisins avaient étalé sur le sol bols et jarres, ainsi que des figurines d'argile représentant des sconses, des cerfs, des ours, des lapins et des tortues. Des utes uncompahgres étaient descendus à cheval de leurs montagnes. Un Navajo squelettique avait même traversé le désert avec une cargaison de bijoux d'argent et de turquoise. Il y avait aussi quelques Indiens des Plaines, assez riches pour s'offrir le voyage en train, qui se tenaient derrière Rena, avec leurs magnifiques couvertures jetées négligemment sur des habits de serge froissés. Ils étaient en train de converser en langage gestuel avec un Ute de la Rivière Blanche, et leurs mains expressives traçaient dans l'air ces signes infiniment poétiques et éloquents qui traduisaient si bien le discours intérieur de leur âme taciturne. Chacun portait ses plus beaux habits, ses plus anciennes vestes de peau. Le soleil rayonnait librement sur les bottes immaculées et les mocassins perlés, sur les châles fleuris, les tuniques et les soieries chatoyantes. On eût dit qu'une gigantesque couverture multicolore se déployait lentement au-dessus du pueblo.

Le mât avait toujours été érigé à cet instant précis, entre les languissantes lumières de l'été et les fallacieuses aurores de l'automne qui dardait ses premiers rayons sur les cimes des peupliers. Hier, ils avaient dansé la Danse du Couchant, après les vêpres. Une très belle danse, sereine, rapide, merveilleuse, frémissante et silencieuse. Un petit groupe d'Anciens suffisait à remplir la petite église récemment ravalée et blanchie de façon à refléter les rayons roses du soleil couchant. Ils étaient en rang par deux, nus jusqu'à la taille, portant de vieilles jambières en daim et des mocassins neufs. Ils agitaient doucement des bouquets composés de ces branches de peuplier d'un jaune vif, rose clair et rouge que l'on avait conservées depuis l'été. Ils avançaient d'un pas léger avant de s'évanouir rapidement dans le crépuscule.

On avait toujours marqué un temps de pause pour cette fête du mât, quand la course du soleil s'achevait et qu'il commençait son voyage hivernal. Très tôt, ce matin-là, les jeunes gens s'étaient élancés sur la piste pour une course de relais, jusqu'à la statue de San Geronimo, lequel les attendait sur la ligne d'arrivée, depuis son abri de verdure.

La présence du mât accompagnait également, depuis des temps immémoriaux, les grandes Fêtes d'automne de cette contrée sauvage, aussi la plaza était-elle peuplée des silhouettes floues des fantômes d'autrefois. Des trappeurs de daim vêtus descendaient de grandes automobiles luxueuses. Des *caballeros* mexicains, venus de La Oreja sur de vieilles rosses cagneuses, arboraient fièrement leur costume noir brodé d'argent. Des *señoras* avec des mantilles de dentelle et des grandes barrettes ornant leur chevelure paradaient tout en mâchant de la gomme et en mangeant du maïs soufflé.

C'était la San Geronimo — jour de fête d'origine obscure, coutume profondément ancrée dans cette terre indienne, par laquelle se mariaient d'heureuse façon les traditions de la fiesta mexicaine et celles de la foire américaine. L'attraction principale était sans conteste ce haut mât de sapin écorcé, planté au milieu de la plaza, avec à son sommet un cerf à la gorge tranchée, du maïs et des courges, un vieux sac de farine contenant du pain frais et diverses denrées.

Martiniano était assis en tailleur sur le sol en compagnie de Celle-qui-Joue-avec-les-Fleurs. Ni l'un ni l'autre n'étaient de bonne humeur. Ils avaient rapporté vaisselle et couvertures de leur cabane d'hiver et avaient abattu et dépouillé un mouton avant de faire cuire du chili, des courges et une fournée de pain, tout cela pour accueillir, selon les lois traditionnelles de l'hospitalité, des amis de Celle-qui-Joue-avec-les-Fleurs, deux Utes et trois Apaches, cinq hommes en tout, taillés dans le roc, qui s'empiffraient de grillades et épongeaient la graisse avec leur morceau de pain, tenant ainsi Celle-qui-Joue-avec-les-Fleurs au fourneau pendant deux jours. Ensuite, ils étaient tous allés à La Oreja, les Utes avaient emmené Celle-qui-Joue-avec-les-Fleurs sur la grande roue vétuste, et l'un des Apaches lui avait même offert une crème glacée de couleur rose. Après cela, Celle-qui-Joue-avec-les-Fleurs avait paru pâlir, et, à peine rentrée, elle s'était empressée de vomir. À présent, elle ne disait rien et restait près de Martiniano dans une attitude apathique.

« Et voilà ! pensa-t-il, l'œil sombre. Bientôt, c'en sera fini de cette fiesta ridicule qui nous coûte les yeux de la tête ! De toute façon, nos invités sont surtout venus pour assister à la grande fête de ce soir. Il y aura du gibier. De ce cerf, précisément ! Je me sentirai mieux quand on l'aura fait cuire, quand on l'aura mangé et quand il aura disparu d'ici. Alors, je verrai enfin la fin de mes ennuis. »

Non sans éprouver un ressentiment exacerbé ainsi qu'une funeste prémonition, il contempla la dépouille qui se balançait lourdement au sommet du grand mât. Oui, c'était bien le cerf qui avait piétiné son maïs ! Mais l'autre cerf — celui qu'il avait tué — sans doute se moquait-il encore de lui puisqu'il avait fait cette dépouille à son image ! Tout son ressentiment se teinta en plus d'une profonde appréhension.

Tout à coup, on entendit un hurlement aigu, suivi d'un cri plus strident encore. Six Indiens se précipitèrent en criant et en gémissant sur la plaza bondée, presque nus, à l'exception d'un pagne en toile et de mocassins, corps et visage mouchetés de terre glaise blanche et noire. C'étaient les Yeux-Noirs, les Koshares, les Chiffonetas — bouffons indissociables de toute cérémonie pueblo. De véritables clowns, très adroits, qui sautaient de tous côtés, mimaient une course de chevaux, effrayaient les enfants et imitaient à ravir les Blancs et les Mexicains.

L'Indien pueblo se montre invariablement patient et charitable envers les estivants. Pourtant, à observer le jeu antique des Chiffonetas, il est loisible de constater combien en fait il est astucieux et doté d'humour. L'un d'entre eux portait attaché à son bras un vieux réveille-matin. Il lui jetait un coup d'œil avant de s'écrier : « C'est l'heure d'avoir faim ! », et aussitôt il s'emparait du paquet de pop-corn d'un badaud. Un autre, au visage de hibou, tirait sur une vieille bouffarde. Un troisième s'emparait d'un chapeau de femme, il s'en coiffait et s'éloignait en se dandinant comme s'il portait des talons hauts. Ainsi interprétée par un sauvage, la civilisation dévoilait toute son absurdité.

À présent, leur humour et leur pantomime comportaient une touche de malice supplémentaire. Les clowns peinturlurés entraient insolemment dans les maisons, imitant la conduite des touristes. Ils ouvraient les sacs des femmes et demandaient à tue-tête, en anglais, quel en était le contenu. « Combien, pour ce mouchoir ? Combien ? Ceci être indien ? » Assis sur le sol, ils dessinaient un petit carré et marchandaient son prix dans un espagnol caricatural : « Ça terre indienne ! Pas bonne ! Nous l'échanger contre whisky ! » Un couple de ces grotesques partirent dans la montagne afin de tuer un cerf. Les quatre autres leur tombèrent dessus à bras raccourcis, les roulèrent dans la poussière et leur infligèrent une correction imaginaire, imitant ainsi les agents du gouvernement jusque dans leurs tics langagiers. Quand le dernier d'entre eux se releva, il attrapa le mouchoir d'un spectateur afin de panser sa tête cassée, ensuite il cracha dessus et finit par le piétiner.

La plupart des spectateurs regardaient cela avec un rire forcé, sans essayer de se défendre, gardant leurs critiques pour plus tard, d'autres restaient totalement imperméables à la signification de cette mise en scène extravagante. Les Indiens, eux, comprenaient l'ironie subtile de ces mimiques et adressaient des sourires crispés à ces personnages inénarrables qui ne cessaient de hurler et de ramper.

Martiniano subissait en silence cette représentation qui lui évoquait irrésistiblement tous les ennuis dont il avait été la cause. Il endurait stoïquement les regards de l'assistance dont il était la cible toute désignée. Dans son orgueil immense, démesuré, il avait rangé ses actes passés dans la mémoire collective de son peuple et, à présent, on les représentait devant lui, non pas dans une tragédie légendaire, mais comme une bouffonnerie futile incarnée par des clowns frivoles ! Aï ! Il ressentait une grande honte à se voir traité de la sorte devant des Blancs et des Mexicains. Il était surtout gêné par le cerf qu'il avait tué, qui se gaussait pourtant toujours de lui, et qui pendait là-haut dans la peau d'une doublure envoyée pour détruire son maïs. Quel lâche et quel idiot il avait été, en se refusant ainsi à l'abattre ! Eh bien, l'heure était venue de venger son honneur ! On allait voir ce que l'on allait voir !

Le jeu était terminé. L'un des Chiffonetas à tête de gargouille avait fait une découverte : quelque chose qui gisait là, dans la poussière, de l'autre côté de la plaza, près du mur d'enceinte du pueblo. Il appela les autres qui accoururent. Tous s'accroupirent, désignèrent la chose du doigt, échangèrent quelques mots, puis s'éparpillèrent dans les quatre directions, tels des chiens errants.

L'un d'eux revint au centre de la plaza, plié en deux, les muscles de ses cuisses zébrées de terre glaise étaient tendus à tout rompre. Dès qu'il avait fait quelques pas, il s'arrêtait afin de renifler le vent. Il tournait son visage de gargouille dans tous les sens, le regard de ses yeux cerclés de noir était intense et surexcité. Ce n'était plus le bouffon grotesque de l'instant précédent, mais un homme lucide, tout à fait éveillé. Le véritable éveil à la vraie vie !

Les murs d'enceinte du pueblo semblèrent s'écrouler derrière lui, laissant place aux grands pins, au vent et au pâle soleil de septembre. Pendant un instant, le passé oublié parut refluer — le temps d'un éclair, d'un clin d'œil, d'une vision.

À présent, il s'était métamorphosé en une étrange bête de proie qui s'éloignait en émettant des sons insolites avant de s'arrêter à nouveau. C'était encore une imitation, mais d'un genre tout différent — l'imitation d'une vie immaculée, pure et cruelle.

Et pendant tout ce temps, il étudiait des traces invisibles sur le sol.

Martiniano comprit soudain ce que l'homme était en train de faire. Furtive et légère, sa main droite se refermait à intervalles réguliers, trois doigts restaient levés, et elle imprimait dans la poussière les empreintes d'un cerf. Il dessinait une piste que les autres pourraient suivre.

Et en effet, bientôt, ils la suivirent en glapissant, courbés en deux. Leur chef revint. Ils étaient de nouveau réunis, tous les six, reniflant, grattant le sol, se tournant et se retournant sur eux-mêmes dès qu'un cri retentissait. L'un d'eux avait trouvé une autre empreinte de cerf. Ils humèrent encore une fois l'air, la bouche ouverte, et s'aventurèrent un peu plus loin.

La piste les conduisit jusqu'au pied du mât, ce pin dénudé, avec à son sommet le gibier : le cerf sacrifié, avec sa gorge tranchée, sanglante et béante. C'était la première fois qu'ils le voyaient de si près. Extasiés par leur découverte, ils gémirent et s'avancèrent afin de l'encercler.

Profondément fiché dans le sol, le mât atteignait à peu près une douzaine de mètres de hauteur, et il était si large à sa base qu'un homme ne pouvait l'entourer de ses bras. L'un des Chiffonetas s'agrippa et se pencha en arrière. « Quel dommage qu'on ne puisse pas le plier ! », paraissait s'exclamer le visage peint, tout en se tournant dans tous les sens. Un autre ne cessait de bondir autour du mât, déclenchant ainsi les sourires des spectateurs silencieux. Ce clown minuscule qui essayait de déraciner un sapin !

Attention ! Voici les grands chasseurs !

Ils sortirent leurs arcs et leurs flèches. Les arcs étaient faits de branches de saule recourbées, d'un pied de long, les flèches, des tiges de paille jaunie qui s'élançaient sur le grand mât tout lisse, avant de s'y briser et de s'envoler au gré du vent.

Tandis que les Chiffonetas se donnaient ainsi en spectacle avec force grimaces de déception, en mimant des actes de bravoure héroïque, Palemon s'approcha de Martiniano. Il portait sa plus belle couverture et arborait une expression de grande fierté.

Martiniano croisa son regard et l'accueillit d'une remarque polie.

— Tu fais partie du comité qui a choisi cet arbre, n'est-ce pas ? Toutes mes félicitations !

Son ami ignora cette pointe d'ironie et, après lui avoir adressé un modeste salut, il s'éloigna.

Martiniano ne le suivit pas du regard. Son visage s'était couvert d'un masque sombre et solennel. Loin derrière ce masque, tout au fond de son esprit, grandissait un obscur pressentiment dont la scène présente constituait la parfaite illustration. On eût dit que ce grand mât d'une blancheur aveuglante avait gardé quelque chose de la foi qui l'avait érigé, tandis que ces frivoles Yeux-Noirs n'incarnaient, eux, que la somme des efforts démesurés que lui-même, Martiniano, avait déployés pour la vaincre. Bien qu'ils fussent tous deux morts à jamais, le grand sapin dénudé et le cerf suspendu à son sommet lui semblaient plus victorieux dans leur mort que lui-même dans sa propre vie. Avec une impatience qui ne cessait de croître, il attendit l'heure de leur défaite définitive.

Enfin, les Chiffonetas passèrent aux choses sérieuses : grimper le long du mât et s'emparer du cerf, du maïs, des courges et du vieux sac de farine rempli de pain et de denrées qui devaient servir pour la fête du soir. L'un après l'autre, ils entourèrent le mât de leurs bras, appliquèrent leur joue sur la surface lisse, et se hissèrent en rassemblant toutes les forces de leurs cuisses musculeuses qui se tendirent dans la lumière du soleil. Sur leur visage, la sueur commençait à se mêler au maquillage. Leurs mocassins crissaient et dérapaient sur le bois brillant. Mais chacun à son tour glissait jusqu'en bas, laissant des traces de glaise qui marquaient leur degré d'ascension.

La base du tronc était trop large. Ils s'assemblèrent afin d'unir leurs efforts, et firent passer le grimpeur sur leurs épaules. Poussé par ses compagnons, celui-ci parvint à se hisser plus haut d'un pied ou deux, mais il restait à ce niveau, haletant, avant de glisser de nouveau jusqu'au sol.

Vaincus, les six hommes restaient au pied du mât, une expression d'absurde tristesse peinte sur leur visage, ils essuyèrent leurs mains humides sur leurs cuisses. Ils n'étaient plus de simples bouffons, ces pauvres Chiffonetas ; ils n'étaient plus des chasseurs aux sens aiguisés, ils n'étaient même plus des Indiens, non, ils n'étaient plus que six hommes épuisés, six hommes qui ne parvenaient tout simplement pas à se hisser en haut d'un mât.

Un murmure parcourut la plaza. Après une brève attente, des renforts survinrent, portant une courte échelle. Voilà qui était mieux. Placée au pied de l'arbre, elle atteignait à peu près le quart de sa hauteur. Un cri. Puis un grimpeur qui s'élevait. Le mât paraissait plus fin, à présent. Il parvint à enrouler ses bras et ses jambes autour de l'arbre, mais il lui fut impossible de monter plus haut.

Martiniano grinçait des dents. La tête toujours pendante, le cerf fixait les hommes qui s'agitaient impuissants au-dessous de lui ; ses yeux étaient morts et collés, et pourtant on voyait son regard dans lequel s'attardait un éclat de tristesse ironique. Tout autour de lui, Martiniano entendait les touristes blancs qui s'ennuyaient et donnaient distraitement des coups de klaxon. Les Mexicains ricanaient. Même avec une échelle, ces Indiens n'arrivaient pas à grimper en haut de leur mât ! Palemon lui-même ne semblait ni fier, ni heureux. Plutôt préoccupé.

Les Anciens commençaient eux aussi à murmurer et semblaient fort soucieux. « Mauvais présage que cela ! » Ils furent interrompus par une explosion brutale qui dispersa la foule — c'était Byers qui arrivait dans sa voiture. Il s'arrêta près du mât, descendit et donna quelques ordres. Mais le toit de l'automobile était trop fragile pour supporter le poids de l'échelle, le coffre était trop bas, et Byers dut finalement renoncer.

L'instant était grave, et les Anciens tinrent un bref conseil.

Martiniano ne put en supporter davantage. Fou de colère et de frustration, il se leva, rejeta sa couverture, ôta sa chemise, ses chaussures et son pantalon puis, vêtu d'un simple pagne, il s'avança et parlementa quelques minutes avec les Anciens. L'un après l'autre, tous acquiescèrent à sa proposition et ils envoyèrent chercher un vieux poteau que Martiniano se souvenait avoir vu posé quelque part dans le pueblo.

Le soleil disparaissait peu à peu derrière la mesa ; sur les pentes, les sapins prirent une teinte rouge sang. Tout en attendant les préparatifs, Martiniano leva les yeux vers le mât étincelant de blancheur et se sentit envahi par un mélange d'orgueil et de confiance inébranlable. Il avait enfin la chance de montrer à ces vieillards ce qu'il savait faire : vaincre le cerf et grimper au mât.

Il s'imagina en train de grimper lentement, avec précaution, pied à pied, le long du pin brillant et lisse. Agrippé au tronc, la jambe gauche en appui, tandis que la jambe droite soutenait son poids, il s'imagina en train de pencher la tête sous le sac et les courges, attraper les cordes qui retenaient le cerf pendu, puis, enfin perché au sommet, défaire les nœuds et descendre le fardeau jusqu'à terre à l'aide de la petite poulie.

Puis, dans des saturnales de cris et d'acclamations, d'applaudissements, de sifflets et de coups de klaxon, il s'imagina en train de se balancer au sommet, ses cheveux au vent, sa tête brune se détachant sur la crête des montagnes, le corps humide de sueur, marqué des reflets rougeâtres du soleil couchant. Et puis, les jambes toujours bien serrées, il lèverait alors les bras et hurlerait un seul cri, celui de l'aigle victorieux !

Cela, il l'avait vu faire année après année. Mais, cette fois-ci, ce serait lui, Martiniano, le fauteur de troubles, qui sauverait la réputation des siens, et qui, finalement, vaincrait le cerf...

Les jeunes gens apportèrent le vieux poteau. Ils le placèrent le long du mât, et les Chiffonetas se virent confier la tâche ingrate de le maintenir pendant que Martiniano essaierait d'y grimper.

Dès qu'il commença son ascension, les klaxons des automobiles cessèrent d'émettre leurs sonorités rauques d'encouragement et de dérision.

C'était encore plus difficile qu'il l'avait cru — de grimper ainsi le long d'un poteau de la grosseur d'un bras incliné à 60°. Martiniano avait l'apparence d'un singe glabre. Courbé, la tête baissée, il montait lentement, s'agrippait au poteau et s'évertuait à placer ses pieds nus dans les rares nœuds du bois ; il avait besoin de toute la puissance de sa poigne s'il voulait éviter de tourner sur lui-même, sans compter qu'il lui fallait répartir son poids de façon que l'extrémité du poteau ne glissât pas du mât.

Bien qu'habitué aux rudes travaux des champs, Martiniano sentait les muscles de son dos se raidir sous l'effet de crampes. Son visage ruisselait de sueur, et il dut fermer les yeux. Il serra les dents et poursuivit son ascension dans un silence de mort.

Soudain, on entendit un grand bruit dans la foule. Au même instant, ses mains touchèrent une surface lisse. Il avait atteint le haut du poteau, à la moitié du grand mât. Il l'étreignit alors de ses bras puissants, comme s'il s'agissait d'une femme. Il appliqua sa joue contre le bois et se reposa un instant, jusqu'à ce qu'il fût de nouveau en mesure de rouvrir les yeux. D'ores et déjà, ce qu'il venait d'accomplir ne constituait pas un mince exploit.

Il repoussa le poteau d'un coup de talon, et commença à grimper avec une difficulté encore accrue. Après quelques mètres, il sut qu'il avait gagné, car à présent il pouvait entourer le mât de ses bras, et il avait des forces en réserve. Ses jambes tenaient bon. Son désir de vaincre était toujours intact, et le sang battait dans ses tempes à tout rompre. Alors, il força, tira, s'échina, s'éreinta — mais sans plus avancer d'un pouce. On eût dit qu'un poids invisible venu d'en haut pesait atrocement sur ses épaules. Il lança un regard désespéré vers la tête du cerf, décela de nouveau cette lueur ironique dans ses yeux morts et se crispa d'autant plus. Il était arrêté à mi-chemin, la tête rejetée en arrière — le corps inerte d'un homme qui contemple la dépouille d'un cerf suspendue au-dessus de lui.

Puis, lentement, il se laissa glisser jusqu'en bas, accompagné d'une dernière salve de klaxons. Sans un mot, il regagna sa place dans la foule, renfila ses habits, remit sa couverture, et se laissa tomber à terre.

Le soleil était couché à présent, et un vent froid soufflait depuis le canyon. Les touristes rentraient chez eux. L'incroyable s'était produit — un déshonneur tel que l'on n'en avait pas connu depuis des lustres.

Une fois revenu chez lui, Martiniano se jeta sur sa couverture et écouta les bruits de hache provenant de la plaza obscure — on était en train d'abattre le mât.

Avec la chute du mât, Martiniano crut entendre s'écrouler les derniers remparts de son orgueil.

Ainsi, le cerf qu'il avait tué venait de remporter une autre victoire, peut-être décisive, celle-ci, car Martiniano savait maintenant qu'il y avait là quelque chose d'insurmontable pour lui, quelque chose auquel il ne pouvait échapper, qu'il devait à tout prix comprendre s'il voulait vivre avec.

Découragé et contrit, il repartit dans la montagne afin de commencer la récolte du maïs.

C'est une vérité profonde, mais difficile à admettre, que celle-ci : si un homme désire accomplir de grandes tâches, il doit être assez chanceux pour préserver son incognito, s'il ne veut pas voir son action contrariée par des acclamations prématurées.

La vie est comme la surface tranquille d'un lac bleu et profond dans lequel une pierre est jetée. Qui peut savoir à quelle distance, et sur quelles rives vont aboutir les rides ? Cependant, une fois lancée, la pierre a d'ores et déjà accompli son œuvre. Il faut la laisser sombrer, inconnue, sitôt oubliée, dans les profondeurs troubles et bleutées. Jusqu'à ce qu'un jour, la tempête ayant cessé, les hommes puissent de nouveau plonger leur regard dans l'eau tranquille, et y voir, brillante encore, la pierre qui repose tout au fond, telle une étoile scintillante…

Ainsi songeait Martiniano, l'esprit obnubilé par un troublant paradoxe : comment la discrétion proverbiale de son peuple pouvait-elle s'accommoder de l'immense orgueil dont il avait fait preuve en exhibant ainsi son nombril devant la foule amassée sur la plaza, en un ultime effort aussi futile que vaniteux ?

Quand il s'affairait à sa récolte dans son champ, Martiniano portait toujours un drap noué comme un sac, lié sous son bras gauche. C'était une tâche harassante que d'emplir le sac avant d'aller le vider devant la maison, et ce une centaine de fois par jour. Le visage inquiet, Celle-qui-Joue-avec-les-Fleurs était assise à côté du tas de maïs, en train d'éplucher les épis.

— Ce n'est rien, fit-elle. Ce doit être à cause de

la grande roue et de la crème glacée pendant la fiesta. Qu'est-ce que j'ai été malade ! Maintenant, à chaque fois que je repense à cette sensation de tournis, de mauvais goût dans la bouche, je ressens comme un grand froid dans mon ventre, et alors je recommence à vomir. Voilà tout. Bientôt, je n'y penserai plus.

Martiniano eut alors un double sujet de préoccupation : sa récolte et sa femme. Non seulement il lui fallait se hâter de conclure sa récolte avant l'arrivée du gel, mais il lui fallait aussi laisser sa femme à la maison pour monter la garde et décortiquer les épis pendant qu'il descendait moissonner. Martiniano ne voulait en aucun cas demander à emprunter la batteuse de la communauté ; aussi devait-il une fois de plus opérer à la main. Après avoir éparpillé le maïs sur le sol bien nettoyé de son enclos, il le fit piétiner par ses chevaux pour le piler, puis il alla retrouver sa femme.

Celle-qui-Joue-avec-les-Fleurs l'accueillit d'un sourire. Elle paraissait aller mieux, et tout le maïs épluché formait à présent un tas énorme, magnifique, multicolore : bleu, rose, rouge sang, jaune, et moucheté.

— C'est drôle, non ? demanda-t-elle. N'avions-nous pas planté uniquement du maïs blanc ?

— Il faut dire que la terre est vierge. De la terre indienne. C'est elle qui donne ces jolies couleurs au maïs. Elle s'est approprié les graines, c'est bon signe ! Regarde ce beau tas ! Le blé aussi a poussé en abondance. Je suis impatient de le mesurer, de le peser et de le montrer à Byers. Je suis sûr que nous parviendrons à le rembourser.

Si Celle-qui-Joue-avec-les-Fleurs n'avait pas reçu de visite, elle n'avait guère souffert de la solitude pour autant puisqu'elle s'était fait deux nouveaux amis !

— Et comment cela ? demanda Martiniano. Tu parles par énigmes maintenant ?

— Tu verras bien cette nuit, se contenta-t-elle de répondre d'une voix douce.

Le soir venu, elle lui dit d'aller se cacher dans la maison et d'observer tandis qu'elle resterait sur le pas de la porte. Peu après, il les vit arriver — les deux petites biches qu'il avait vues avec le grand cerf aux cinq andouillers. Elles sortirent du couvert des grands pins, les oreilles dressées, les naseaux palpitants. Poliment, l'une après l'autre, elles se désaltérèrent à l'eau de la source, léchèrent délicatement les dernières gouttes sur leurs lèvres noires puis s'avancèrent jusqu'à la barrière. L'une d'elles donna un coup de tête sur les barreaux, comme pour demander la permission d'entrer.

Celle-qui-Joue-avec-les-Fleurs se tenait debout en silence dans les ténèbres. Elle tendit la main avec douceur et gentillesse. Aussitôt, la biche franchit l'obstacle d'un bond et traversa le champ.

Martiniano sentit un frisson parcourir son échine. Ses genoux tremblèrent, une vision lui serra la gorge. Tout à l'heure, il avait coupé les tiges de maïs et les avait rangées en petites piles coniques ; maintenant, à la faveur de l'obscurité, elles ressemblaient à un village de tipis au milieu d'une grande plaine ; les biches s'avancèrent dans cette fantastique perspective, et se fondirent elles-mêmes en une forme géante et fantomatique qui dépassait les plus hauts mâts. Une peur ancienne, atavique et merveilleuse monta en Martiniano, et il vit avec les yeux de son peuple l'un des plus grands symboles animaliers de sa race : le cerf qui avait peuplé la terre, les forêts et les plaines par myriades, celui qui avait donné son nom aux Pléiades célestes, dont les sabots, devenus crécelles cérémonielles, étaient indispensables à chaque danse, celui qui complimentait l'aigle qui vole et le serpent qui rampe ; celui qui avait fondé le Clan du Cerf et des Prêtres-Antilopes ; celui dont la sauvagerie, l'agilité et la gentillesse demeuraient un mystère pour tous les hommes. Dans un éclair d'intuition, tout cela apparut clairement à Martiniano. Cette vision merveilleuse incluait aussi une femme étrange qui avait dans ses yeux la même douceur, la même lueur farouche qu'il avait remarquée lors de leur première rencontre, quand elle avait dansé ; une femme qui n'était plus son épouse, mais bel et bien un cerf ayant pris forme humaine, devenant ainsi la détentrice du pouvoir de commander aux deux silhouettes qui s'avançaient vers elle.

L'instant d'après, il n'y eut plus rien. Rien que deux petites biches qui léchaient la poignée de sel que Celle-qui-Joue-avec-les-Fleurs leur présentait.

Martiniano s'avança sans bruit, mais, au premier mouvement qu'il fit, les biches s'enfuirent à travers champs telles deux flèches grises, elles sautèrent la barrière, s'arrêtèrent et jetèrent un regard en arrière. Celle-qui-Joue-avec-les-Fleurs se frotta les mains afin d'enlever le sel et elle resta à les regarder qui se rembuchaient à l'ombre des grands pins.

Elle n'avait pas échangé une seule parole avec Martiniano. En se tenant ainsi à son côté, il pouvait ressentir l'aura étrange qui l'entourait. Et il sut soudain, avec une étrange prescience, qu'elle faisait partie d'un tout qui l'outrepassait, lui. Désormais, elle était hors de son atteinte, inviolable.

Au cours des jours suivants, il se surprit souvent à l'observer. Son visage devenait curieusement anonyme, ses mouvements étaient calmes et assurés. Sans paraître en avoir conscience, elle s'éloignait un peu plus de lui chaque jour.

Les nuits se rafraîchirent. Chaque aurore voyait les courges étinceler sous le givre. Une brume bleutée venait troubler les plus belles journées. Martiniano avait fini son travail sur les flancs de la montagne. Il suggéra qu'il était temps pour eux de regagner leur maison située hors de l'enceinte du pueblo, mais Celle-qui-Joue-avec-les-Fleurs secoua la tête en signe de dénégation.

— Je suis chez moi dans les montagnes. La solitude ne me fait pas peur. Il y aura assez de palabres pendant l'hiver, aussi, laisse-moi donc ici quelque temps... Mais toi, mon cher époux, tu peux descendre afin de faire ton travail. Il faut vendre la récolte et rembourser ce bon Byers. Notre maison nécessite quelques réparations. Tu n'oublies pas la fuite du toit ? Et il te faudra aussi convoyer le bois, le couper…

Martiniano se sentit congédié, et il s'en fut. Tous les trois ou quatre jours, il revenait la ravitailler en bois et en nourriture.

La saison de la chasse au cerf débuta. Il nettoya son fusil et le graissa tout en nourrissant le vague projet d'aller chasser. Un matin, très tôt, il se mit en route et fit une halte dans leur maison de montagne. Tandis qu'il attendait que Celle-qui-Joue-avec-les-Fleurs lui préparât son repas, il entendit une salve de coups de feu suivie d'un bruit dans les buissons.

Ils se précipitèrent sur le seuil. Au-dessus d'eux, se détachant contre le ciel clair, passait un groupe de cavaliers qui venaient de La Oreja — des chasseurs blancs. Plus bas, fuyant l'abri précaire des buissons, deux éclairs gris sautèrent la barrière et foncèrent tout droit vers la maison. Celle-qui-Joue-avec-les-Fleurs courut à leur rencontre et ouvrit l'enclos ; sans marquer la moindre hésitation, les deux petites biches s'y réfugièrent, essoufflées et tremblantes. Elle leur donna un peu de foin, referma la barrière et rejoignit Martiniano qui était resté figé sur le seuil. Ils suivirent du regard les chasseurs qui chevauchaient sur la crête.

— Elles sont déjà venues une fois, fit-elle. J'ai

eu du mal à les faire entrer, mais il y avait un chien. Maintenant, elles me connaissent bien. Leurs jours de crainte sont comptés.

Martiniano avait laissé son fusil dans l'étui suspendu à la selle de sa jument. Il retourna au pueblo sans lui avouer qu'il était venu pour chasser. Une fois au bas de la pente, il se retourna. Celle-qui-Joue-avec-les-Fleurs faisait sortir les biches de l'enclos. Une nouvelle appréhension s'empara de lui. Il ne parvenait pas à oublier le pouvoir que sa femme exerçait sur la race des cervidés — cette race qui l'avait vaincu, lui !

11

Les Anciens réfléchissaient toujours à ce qui se cachait derrière le mât abattu. Peut-être était-il un peu trop large à la base, peut-être était-il un peu trop lisse, ou trop haut, ou trop bien poli pour que l'on parvînt à y grimper. Aucun reproche ne fut adressé à Palemon puisqu'il avait prononcé la prière selon le rituel requis. Ils avaient évoqué le problème avec les membres des autres comités, ils avaient examiné le cerf, le maïs, les courges ainsi que le pain frais. Ils avaient également disséqué la tentative de Martiniano. Certes, ce dernier n'était pas un Chiffoneta, et il avait toujours obstinément refusé de participer aux danses. Cependant, au vu de l'échec de leurs tentatives, il était intervenu avec célérité et avait accompli un effort remarquable, sans précédent.

— C'est un jeune homme bien étrange que cet entêté de Martiniano, dirent-ils d'un ton magnanime. Il refuse de faire ce qu'on lui demande et il fait ce qu'on ne lui demande pas ! De toute façon, il n'est pour rien dans cette affaire. C'est bien nous qui avons échoué, et nous seuls.

Ils réfléchissaient à ce qui se cachait devant le mât abattu. Cette impossibilité de le gravir attestait l'échec de leur « médecine ». Et si maintenant leur pouvoir se révélait trop faible pour mener à bien leur fiesta annuelle, est-ce que cela ne démontrait pas aussi un défaut autrement rédhibitoire ? Se trouvaient-ils déjà réduits à l'impuissance, alors qu'ils commençaient à peine à vouloir sauver leur terre, leur Lac-de-l'Aube ? Alors, ils raidirent leur volonté avec une opiniâtreté renouvelée, et, puisque l'automne s'éloignait maintenant à grands pas, ils effectuèrent les minutieux préparatifs nécessaires aux danses hivernales.

Cependant, le surintendant du Bureau des Affaires indiennes et Strophy étaient revenus au pueblo accompagnés de représentants du Président des États-Unis, du département de la justice et de l'intérieur.

Ces derniers avaient opéré un recensement rapide des quelque cinq mille plaintes déposées. Cette estimation approximative indiquait que les indemnités accordées aux Blancs et aux Mexicains ayant travaillé sur des terres indiennes s'élevaient globalement à 230 000 dollars pour les premiers et 100 000 dollars pour les seconds. Afin d'apaiser la tempête de mécontentement qui agitait toujours la contrée, le Bureau des Pueblos avait reçu pour mission de poursuivre les investigations et d'établir des rapports détaillés, comprenant des consignes concernant chaque pueblo, particulièrement celui d'où toute l'affaire était partie et qui refusait tout arbitrage. D'où cette visite officielle.

Les indemnités accordées à ce pueblo précis se montaient à une somme de 84 000 dollars correspondant à la dette des États-Unis à son égard, ceci sans compter le droit de préemption sur les terres et les étendues aquatiques qui leur avaient été soustraites de manière abusive.

Tout cela présentait l'apparence de la plus stricte légalité, et donc de la plus extrême complexité ; des heures entières d'explication, des jours même furent nécessaires. Nécessaires et non suffisants, car les Anciens demeurèrent intraitables.

— Rendez-nous notre territoire des montagnes, rendez-nous notre Lac-de-l'Aube. C'est tout ce que nous demandons.

Au début de l'hiver, une délégation quitta Washington afin de mettre en application l'une des lois les plus étonnantes sur laquelle le gouvernement des États-Unis eût jamais à statuer : un pueblo indien proposait de renoncer à une indemnisation pour des terres que des Blancs et des Mexicains lui avaient prises, et ce en échange de la propriété exclusive d'un petit lac de montagne censé être son « église » ! Quelle autre communauté raturerait ainsi d'un trait une somme approchant les 100 000 dollars, et ce pour récupérer une simple église et « laver son déshonneur » ? Quelle autre congrégation croyait que de son église « découlaient tous les bienfaits de la vie » ?

Cette proposition de loi fut présentée avec l'approbation du secrétariat au ministère de l'Intérieur, lequel écrivit ceci :

« Cet amendement, s'il est adopté (...) mettra fin au plus ancien litige opposant des Indiens au gouvernement des États-Unis (...) S'il ne l'est pas (...) mesure vexatoire d'un effet désastreux pour des milliers d'Indiens, ainsi que pour leurs voisins blancs. »

Comme le fit remarquer un congressiste d'un certain âge :

« Je n'ai en cette affaire aucun intérêt personnel, mais, depuis des années, je vois que, sous un prétexte ou un autre, l'on nous soumet les projets de lois concernant les Indiens, ce qui a pour unique résultat d'énormes dépenses — des millions de dollars. Le gouvernement des États-Unis s'est toujours montré humain et compréhensif envers le peuple indien, sans jamais hésiter à lui manifester son soutien charitable. Et maintenant, voilà que l'on vient nous dire qu'il s'agit d'une mesure d'urgence ! Il n'empêche que, même si le règlement était différé de plusieurs années, personne ne s'en trouverait plus mal. »

Et un autre :

« Si jamais vous allez à La Oreja, il vous sera difficile de trouver un seul commerce qui ne soit pas aux mains des Blancs, bien qu'aucun d'eux n'en possède le titre légal... »

Objection :

« Prenez La Oreja ! Les Blancs y paient leurs impôts et exercent leurs droits de propriété. Est-ce que nous allons leur racheter toutes ces terres pour les rendre aux Indiens ? Et pourquoi ne paieraient-ils pas eux-mêmes directement ? Pourquoi ne pas laisser au moins les frais de justice à leur charge ? Le département de la justice du gouvernement des États-Unis fonctionne parfaitement bien ! Si un plaignant dispose d'un bien qui appartient de fait à une tribu pueblo, qu'il rembourse celle-ci ! Le tribunal enregistrera toutes les plaintes — et qu'on laisse au juge et au jury le soin de répartir les responsabilités ! »

« Mais — ainsi qu'on le fit aussitôt remarquer — les Indiens se prévalent surtout de la propriété d'un lac perdu quelque part dans les montagnes qui surplombent le pueblo. »

« Quoi ! Ils réclament cette parcelle où est placée la réserve d'alimentation en eau de la ville de La Oreja ? Mais elle fait partie du Parc national forestier ! »

Ainsi, les rides continuèrent à se propager...

Mais d'abord, qu'était-ce qu'un pueblo indien ? Qui étaient exactement ces Indiens ?

Les rapports des différents surintendants des Affaires indiennes firent également l'objet d'un examen minutieux.

« Alors qu'auparavant les Indiens pueblos se conformaient à la loi, nous avons pu observer cette année l'apparition de pratiques regrettables, telles que des châtiments cruels, inhumains, souvent injustifiés, et en tout cas disproportionnés…

« D'ailleurs, les Pueblos tiennent beaucoup à préserver leur ancienne forme de gouvernement. Aussi longtemps qu'on leur permettra de vivre selon les règles de leur communauté, d'appliquer leurs anciennes lois, aussi longtemps resteront-ils ces Indiens ignorants, ignares et sauvages qu'il faudra pourtant bien civiliser un jour. La forme même du gouvernement pueblo exclut toute autre autorité : les écoliers qui reviennent au bercail après cinq années de pensionnat doivent immédiatement reprendre les habitudes indiennes, et ce sans transition. Ils doivent se soumettre sans discussion aux anciennes traditions de leur peuple. Tout réfractaire est aussitôt puni. Alors, la plupart d'entre eux régressent au point que l'on pourrait croire qu'ils ne sont jamais entrés dans une salle de classe. »

Un autre rapport confirmait cette vision des choses :

« Il existe chez les Pueblos un irrépressible besoin d'autarcie et d'indépendance vis-à-vis des Blancs beaucoup plus vivace que dans toute autre tribu… Ils se moquent littéralement de l'école. L'écolier qui revient au pueblo se voit confronté à une tâche bien plus ardue qu'elle le serait dans une autre tribu : par exemple, il est plus aisé de revenir au tipi et de mener une existence d'homme blanc chez les Sioux que de retourner au pueblo tout en gardant les manières apprises au pensionnat.

Dans la vie pueblo, la domination d'un seul homme — ce fameux gouverneur qui fait trembler tout le pueblo —, cette domination, donc, suffit à maintenir le peuple dans les rênes de l'obéissance. Les lois des Pueblos sont si rigoureuses qu'une personne ne peut pas cultiver son blé, planter son maïs, ou même faire sa récolte à l'automne s'il n'a pas demandé et obtenu la permission des autorités. Les Pueblos placés sous ma juridiction adhèrent à une religion composée en majeure partie de vieilles coutumes et de règlements désuets — Taos, Picuris, Santo Domingo et Jemez — et, en aucun de ces lieux, n'a été observé le moindre recul de ces rites païens. »

Ces rapports des différents directeurs des Affaires indiennes avaient été retenus par la Cour Suprême des États-Unis, laquelle tenait en général les Indiens des pueblos « essentiellement pour des gens simples, inférieurs et incultes ».

De l'opinion de la Cour, il ressortait que « jusqu'à ce que les vieilles traditions et pratiques indiennes soient extirpées de ces populations, nous ne pourrons escompter de grands progrès en ce domaine délicat. Le pire des maux consiste sans doute dans cette danse secrète interdite aux Blancs. Ce qui se passe à cette occasion, je n'essaierai pas de le dire, mais je crois fermement que s'y déroulent de véritables débauches. Le clergé catholique ne parvient plus à enrayer ces pratiques infernales, ni même à savoir de quoi il retourne vraiment. Les auxiliaires des Postes se voient refuser l'accès de certaines rues quand ces danses s'y déroulent. Les voyageurs sont arrêtés aux abords du pueblo et détournés sous bonne escorte. Nul doute que les Pueblos doivent abandonner sans tarder ces vieilles coutumes païennes et s'employer enfin à devenir d'authentiques citoyens».

Sans tarder ? Enfin ?

Cette controverse dégénéra en une véritable querelle. En effet, si les choses ne changeaient pas bientôt, le Congrès aurait alors à voter un budget de 100 000 dollars, lequel proviendrait, d'une façon ou d'une autre, des poches des électeurs et autres contribuables. Ou bien allait-on abandonner à un groupe d'Indiens têtus une partie du Parc national forestier, et tout cela pour un petit lac autour duquel ils pourraient continuer à se livrer à leurs vénérables rites païens, autrement dit à leurs bacchanales ?

Les feuilles des arbres perdirent leurs couleurs et moururent avant que Celle-qui-Joue-avec-les-Fleurs ne fût redescendue de la montagne. Martiniano ne lui avait pas demandé de revenir plus tôt tant il était évident qu'elle préférait la compagnie des deux biches à la sienne.

À présent qu'elle était de retour, elle semblait avoir acquis certaines qualités particulières aux biches. Ses grands yeux bruns offraient cette même luminosité aqueuse, ses mouvements gracieux présentaient cette même aisance, cette même fluidité onirique ; elle avait mûri, et ses hanches étaient plus fortes, plus affirmées. Bien que domestiquée, toute sa personne exprimait plus clairement que jamais une force intangible et un atavisme farouche.

L'hiver était là. La période des grandes cérémonies approchait. Comme il traversait la plaza, Martiniano fut hélé par un Ancien. Non sans ressentir une légère appréhension, il le suivit respectueusement à l'intérieur de sa demeure où les deux hommes fumèrent une cigarette en silence avant que l'Ancien ne se décidât à ouvrir la conversation.

— Tu as eu ta part d'ennuis, mais c'est la vie elle-même qui t'a puni pour ne pas avoir compris certaines choses bien que ce soient nos mains qui t'aient infligé le châtiment. Tu restes cependant l'un des nôtres. Un jour, tu comprendras...

Martiniano étudia la physionomie du vieil homme qui lui faisait face, les joues creuses et polies, les yeux brillants et clairs, la mâchoire résolue. Il y décela une sorte de bienveillance indomptable.

— Nous t'avons observé ces temps derniers, reprit son hôte. Il y a tout de même des choses que tu commences à comprendre. Alors, nous te demandons encore. Pour les danses. Il le faut. Es-tu prêt à accomplir ton devoir ?

— Mon grand-père, je vais te dire une chose, répondit Martiniano d'un ton respectueux. Voilà.

Je n'arrive pas à saisir le sens de ces danses, mais quelque chose dans mon cœur me dit qu'elles sont bonnes. Il y a autre chose. La religion d'un homme se trouve dans son cœur. Elle s'exprime par le cœur de cet homme. Librement. On ne peut la contraindre. S'il y a une cérémonie et que mon cœur m'affirme que cette cérémonie est bonne, alors, j'irai danser. Librement. Sans y être obligé. Mais si on crie mon nom du haut des toits, si je suis puni parce que je n'ai pas obéi aux ordres, alors, mon cœur n'est pas libre, et je n'ai plus aucune joie à faire mon devoir. Ma foi est faussée. Alors, je dis ceci : laissez-moi libre d'abriter ma religion dans mon cœur, et non pas sous la coupe de l'autorité.

— Mais comment un cœur pourrait-il être libre ? Il n'existe qu'un seul cœur. Un grand cœur. Celui de notre pueblo, de notre tribu, du monde entier. Nous ne sommes qu'un seul être, formé de tout ce qui nous entoure.

— Mon grand-père, je te répète que je ne veux pas être obligé à faire quoi que ce soit, fit Martiniano d'un ton obstiné. Je préfère continuer à battre mon blé avec les sabots de mes chevaux, à l'ancienne, et ne pas bénéficier de la machine de la communauté. Je préfère continuer à vivre en paria, hors de l'enceinte du pueblo, et à souffrir ces injustices alors que je n'ai causé aucun tort.

— Ainsi, tu ne veux pas prendre part à nos danses, quand bien même il le faudrait ? Tu veux maintenir cette illusion selon laquelle tu irais seul, séparé des autres ? Eh bien, soit. Peut-être comprendras-tu plus tard. Maintenant, qu'en est-il de ta femme ? Est-ce qu'elle aussi refuse de participer aux fêtes ? Car en tant que femme, elle le doit.

— Comment pourrais-je répondre pour ma femme, grand-père ? Je vais laisser parler son cœur, comme j'ai laissé parler le mien.

Puis Martiniano s'était retiré, toujours aussi buté, mais vaguement troublé.

Vint le soir de Noël, et, avec lui, le début des grandes cérémonies. Quand la neige tomba, la petite troupe de bisons fut amenée depuis la Grande Prairie pour être enfermée dans l'enclos près du pueblo. Un après-midi, enveloppé dans sa couverture afin d'être protégé de la neige, Martiniano regardait un petit groupe d'hommes qui dansaient la Danse-du-Bison, têtes et épaules recouvertes de la toison de l'animal. Leurs corps nus peints de rouge flamboyaient contre les murs d'adobe, les masques se balançaient, les cornes pâles oscillaient, le tambour marquait le rythme. Tout cela dégageait une onde chaleureuse et jaune, semblable au piétinement des grandes bêtes lointaines.

Un matin, il se leva à l'aurore afin d'assister à la Danse-de-la-Tortue. La plaza était encore immaculée sous son manteau de givre, froide et déserte à part deux ou trois fantômes comme lui-même qui grelottaient contre un mur. Puis, tout d'un coup, à la première lueur du jour, il distingua un groupe d'hommes qui sortaient en file indienne de la kiva.

Ils traversèrent la rivière gelée, s'avancèrent entre les monticules de neige jusque devant l'église. Trente danseurs vêtus de kilts de cuir, avec une peau de renard dans le dos, jambes et torse nus dans le froid mordant, sans maquillage, à l'exception d'une ligne blanche en travers du visage qui allait d'une oreille à l'autre en passant sous la lèvre inférieure — une bouche de tortue. Dans leur chevelure, deux plumes d'aigle dressées en forme de V comme des oreilles de lapin avec au milieu une petite touffe colorée, la queue d'un perroquet, d'une caille ou d'un ara.

Fermant la longue file, un homme que l'on ne voyait pas jouait du tambour ; en tête, enveloppé d'une couverture bleue, le guide marquait le pas, portant à la main une brassée de branches de sapin bleu. C'était l'une des rares danses au cours de laquelle les danseurs chantaient eux-mêmes, au lieu d'être accompagnés par un chœur. Un chant magnifique s'éleva dans le froid intense de l'aube, comme s'il provenait de la vapeur de leur haleine. Ils brandirent les crécelles et les rameaux de sapin jusqu'aux pics bleutés et blanchâtres qui, tout comme eux, émergeaient des profondeurs obscures du premier monde jusqu'à la terre des hommes et des animaux.

Ils chantèrent, dansèrent, firent demi-tour et se replacèrent en ligne afin de retraverser la plaza enneigée et de regagner la kiva avant le lever du soleil. Quelque chose qui avait émergé du crépuscule du matin, qui convoyait le souvenir d'une autre émergence, depuis longtemps passée, jamais encore oubliée, mais simplement dissipée par la lueur diurne qui venait d'apparaître.

Quelles danses! Chacune avait sa vie propre et palpitante, qui éveillait quelque chose de profond en Martiniano sans qu'il parvînt à en saisir la signification. Elles étaient comme des symboles familiers dont les contours s'étaient curieusement estompés au fil des années, et il les observait avec une curieuse fascination.

Cet après-midi-là, de retour dans sa maison, Martiniano vit une vieille femme assise par terre en compagnie de Celle-qui-Joue-avec-les-Fleurs. Autour d'elles étaient éparpillées une longueur de coton blanc, une peau de daim, une paire de bottes blanches en peau de cerf. Elles parlaient précipitamment, chuchotaient lentement et puis s'interrompaient. La visiteuse rassembla les objets, le salua poliment et s'en fut. Étrange! Cette vieille femme n'était jamais venue auparavant! Jusqu'à la nuit, Martiniano attendit les explications de Celle-qui-Joue-avec-les-Fleurs. Elle s'exprima de manière laconique, comme si tout cela n'exigeait pas d'approfondissement particulier.

— Cette année, il y a la Danse-du-Cerf. J'ai dit que j'allais y participer.

Martiniano grommela. Avec un peu d'appréhension, il jeta un coup d'œil au corps alourdi de son épouse.

— Ils ont été très gentils, quand ils me l'ont demandé. Ce sont les Anciens qui m'ont vue quand je dansais dans la clairière. Ils se sont souvenus que j'avais appris le *Sariche* aux enfants. C'est pour cela qu'ils m'ont fait cette proposition, et aussi parce que la vieille femme qui avait toujours tenu ce rôle est morte. Alors, j'ai accepté d'être l'une des deux Mères.

Une Mère-Cerf! Martiniano parvint à dissimuler sa surprise. C'était un rôle des plus sacrés, dans une danse très sacrée elle aussi. Il fallait être une excellente danseuse doublée d'une femme extrêmement pieuse. D'ailleurs, les deux femmes qui occupaient ce rôle n'avaient pas été remplacées pendant de nombreuses années.

— Alors, Joséfita est venue me faire essayer la robe et les bottes avant qu'on ne les range dans la kiva en attendant le jour dit. Elle reviendra plus tard pour m'aider à apprendre mon rôle. Peut-être serait-il préférable qu'à ce moment-là tu ne te trouves pas à la maison, ô mon époux.

Elle se leva, s'étira voluptueusement et ajouta d'un ton badin :

— Je sens que je vais bien danser, car je sais que grâce et puissance m'ont été accordées.

Martiniano lui lança un regard étonné, puis il s'enfuit sous le prétexte d'avoir à bricoler dans son enclos. Au fond de lui, il se sentait congédié. Le mari, en lui, ne pouvait s'opposer à la volonté de son épouse, mais l'homme, lui, en voulait à cette femme, car il décelait en elle un étrange pouvoir féminin qui défiait sa virilité, et contre lequel nulle rébellion n'était envisageable.

Les choses suivirent leur cours. Celle-qui-Joue-avec-les-Fleurs se levait tôt le matin pour allumer le feu, elle préparait les repas, faisait le ménage de la maison, déblayait la neige autour des murs. Elle était respectueuse, soumise, dévouée, tendre même par instants. En un mot, irréprochable. Quand Joséfita venait lui rendre visite l'après-midi, Martiniano ne voyait plus dans sa femme qu'une étrangère, qu'un symbole en lequel toutes les femmes se trouvaient réunies, ce qui lui déplaisait souverainement.

Une Mère-Cerf! Il se souvint de leur première rencontre, quand elle avait fait montre de cette grâce, de cette puissance, de cette timidité farouche propres au cerf. Il se rappela quand il l'avait vue dans la montagne en compagnie des deux biches. Il songea aussi au cerf qu'il avait tué. Tout lui revint en mémoire, et, conformément aux prédictions des Anciens, tout vint s'assembler en un grand tout.

— Et ce cerf que j'ai tué! murmura-t-il. Et s'il l'avait ensorcelée, elle aussi? La malédiction me frapperait-elle à présent à travers ma femme?

Il était tourmenté, presque terrifié, mais il ne se révoltait pas car il avait appris à ne plus dépasser un certain point. S'il devait vivre avec une telle chose, alors, il valait mieux la comprendre.

Il n'avait plus qu'à attendre le jour de la danse.

Le soleil était haut dans le ciel sans nuages et les montagnes autour du pueblo scintillaient sous une légère couche de neige fraîche. Ils sortirent de la kiva — une longue file de personnages étranges, mi-hommes, mi-bêtes, conduits par des Dieux en habits d'homme. Ils traversèrent la rivière gelée, passèrent entre les talus enneigés et marchèrent en silence sur la plaza tranquille, vers la foule impatiente. Ils semblaient sortir de la forêt couverte d'un blanc manteau afin d'apporter à tous le mystère merveilleux des forces obscures rendues enfin visibles.

Deux guides d'un maintien majestueux, splendidement vêtus d'amples tuniques de daim, de longues jambières frangées et de mocassins, portant des carquois de daim blanc emperlés. Deux Chefs-Cerfs, également de blanc vêtus, avec des bois sur la tête. À leur suite, en file indienne, toutes les silhouettes animalières des plaines et des forêts, des hommes aux masques et peaux de cerf, d'antilopes, de bisons, de chats sauvages, de coyotes et de cougars. Courbés en deux, ils progressaient lentement, dans chacune de leurs mains un bâton pointu figurant les pattes antérieures, masques et bois fièrement relevés, le bas du corps dénudé, sans aucune peinture sous les peaux et les fourrures qui les enveloppaient. Derrière eux, des petits garçons représentaient les faons et les renardeaux, suivis par les Yeux-Noirs au maquillage grotesque, qui portaient arcs et flèches.

Martiniano consacra une attention particulière aux deux personnages que l'on avait soigneusement maquillés et apprêtés dans la kiva, et qui traversaient à présent la plaza étroitement escortés afin que nul ne pût les toucher. Deux femmes vêtues de robes blanches de cérémonie laissant libres l'épaule gauche et les deux bras, qui foulaient la neige de leurs hautes bottes de daim immaculé. À l'arrière de leur chevelure bien peignée, s'élevaient deux grandes plumes d'aigle avec, au sommet, une petite touffe éclatante de plumes de perroquet. Leurs joues étaient tachetées de noir et un trait transversal de même couleur épousait le contour de leur mâchoire. D'une démarche lente et digne, elles passèrent devant lui en baissant les yeux, assez proches pour que l'on pût les toucher, mais de fait trop distantes dans leur maintien pour que l'on pût même y songer. Deux femmes de même taille, qu'aucune différence d'âge ne séparait plus, unies par un lien qui transcendait la notion même de durée. Il était impensable de reconnaître en ces silhouettes imposantes et anonymes une nommée Joséfita et une nommée Celle-qui-Joue-avec-les-Fleurs, oh que non ! Elles étaient des personnages sacrés, des Mères-Cerfs.

Ainsi tous passèrent-ils devant lui dans un silence d'une blancheur éblouissante, ces personnages pâles sur la neige aveuglante, ni hommes, ni bêtes, mais pures forces rendues visibles afin d'incarner cette tragédie noble et sanglante que constituait leur héritage commun à tous.

Martiniano recula respectueusement afin de leur laisser le passage, tout comme les autres spectateurs dans les yeux desquels se reflétaient de bien mystérieux miracles. Tous voyaient les montagnes se rapprocher, le ciel gris s'abaisser entre deux parois vers les clairières enneigées. Il y avait maintenant deux files d'animaux en attente. Le tambour résonna.

Un par un, venant des deux longues files qui se faisaient face, les animaux commencèrent à se balancer d'avant en arrière. Tous dansaient ployés en avant, les cornes dressées, les courtes pattes antérieures pointant vers le sol enneigé, les cerfs, les antilopes, les bisons, les coyotes, les chats sauvages et les cougars. Puis, entre eux, grandes et inaccessibles, bougeant en rythme sous leurs longues robes de daim, s'avancèrent les Mères-Cerfs. Elles dansèrent en silence, lentement, comme dansent les femmes, et pas une seule fois leurs bottes blanches ne quittèrent le sol scintillant de neige. Avant d'accomplir une volte-face, elles observèrent une pause, agitèrent leurs crécelles de la main droite et brandirent les rameaux de sapin et les deux plumes d'un aigle dans la main gauche. À leur approche, on put voir leur visage impassible, immobile, inexpressif presque, si ce n'était une nuance de sévérité qu'accentuaient leurs joues tachetées et le tracé noir qui soulignait leurs maxillaires. Quand elles tournaient ainsi sur elles-mêmes, on avait la chance d'admirer le tissu chatoyant et brillant qui recouvrait leur dos, une peau de canard sauvage au plumage iridescent ainsi que de magnifiques plumes d'aigle au-dessus de leur tête.

La foule s'écarta encore un peu. Même les cerfs sauvages, les antilopes gracieuses, les bisons massifs, les vils coyotes, les chats sauvages grimaçants, les cougars, les faons et les renardeaux, tous reculèrent en tremblant et en poussant d'étranges cris, afin de s'effacer devant les inaccessibles Mères-Cerfs, et puis, quand celles-ci se tournèrent, les yeux toujours baissés, comme insensibles à leur présence, ils les suivirent en traçant des grands cercles, des spirales et des diagonales qui finirent par dessiner comme un œuf gigantesque. Ils la suivirent irrésistiblement dans la neige douce et poudreuse, toujours émettant ces insolites grondements étouffés, empreints de défiance et de ressentiment. Et toujours la figure ovale se reformait.

Pendant ce temps, le tambour continuait à résonner au milieu du cercle, alors que tout autour les Yeux-Noirs, horriblement rayés et maquillés de terre grise et bleue, roulaient des yeux énormes semblables à d'immenses disques noirs.

La forme ovale que formaient les danseurs se rétrécit sensiblement quand les enfants Cougars, Coyotes et Chats-Sauvages s'écartèrent avec des regards intimidés et effrayés des Cerfs et des Antilopes, à l'exception de l'un d'eux qui s'enhardit jusqu'à toucher précisément un Cerf. Un puissant aboiement, un concert de hurlements retentit. Les Yeux-Noirs accoururent en sautant et en pataugeant dans la neige ; l'un d'eux brandit son arc miniature et tira sur l'Enfant-Cougar avec une paille jaune, puis il l'attrapa, le jeta sur son épaule et s'éloigna avec son fardeau en courant dans la neige.

Cependant, les deux guides magnifiquement vêtus, les Gardiens-Cerfs, veillaient, et l'un d'eux quitta promptement le cercle afin de poursuivre l'Œil-Noir qui tentait de s'enfuir. Il parvint à le rattraper de l'autre côté de la plaza et ramena l'enfant pantelant, enfin délivré de son animalité.

Tout cela formait une petite scène fort divertissante, la fuite de l'Œil-Noir, le garçon prisonnier qui se débattait, le Gardien-Cerf lancé à leur poursuite, et la lutte folle dans la neige qui s'ensuivait. Il y eut aussi une bagarre derrière un four, beaucoup de plongeons, de tours et de volte-face ; quelques violences intempestives, et plus rarement un Œil-Noir qui parvenait à traverser le petit pont avec son fardeau et galopait allégrement jusqu'à la kiva.

Toutefois, les spectateurs ne se déridaient guère car ils décelaient dans cette fuite l'amorce d'une transgression de la loi qui préservait l'intégrité du cercle des animaux tristes et défiants — une défection inacceptable qui, si elle se trouvait couronnée de succès, devrait être expiée ultérieurement par des cérémonies appropriées dans la kiva.

Les festivités se poursuivirent ainsi dans cette clairière enneigée entre les hautes murailles d'adobe au centre de l'épine dorsale de la forêt — tragédie sanglante où se donnaient libre cours des forces déchaînées dont chaque acteur détenait une partie en lui-même : les Yeux-Noirs qui sautillaient en essayant d'empoigner leurs proies, les Gardiens-Cerfs avisés qui aidaient celles-ci à s'échapper, les Chefs-Cerfs qui agitaient gaiement leurs andouillers aux côtés des tambours, et enfin les Mères-Cerfs qui dansaient lentement devant les animaux tombés en servitude.

Tous cédaient devant Elles, comme toujours les mâles accèdent aux désirs impérieux du beau sexe. Ils tentaient vainement de briser le cercle, de rompre l'enchantement, mais toujours pour s'y voir irrésistiblement ramenés, comme un homme qui, luttant pour sa liberté, se trouve constamment en butte à l'autorité féminine, à la voix du sang, dont il ne peut jamais tout à fait se libérer. Et pendant tout ce temps, ils continuaient à émettre des cris étrangement étouffés, témoignant ainsi de l'horreur universelle des mâles qui prennent subitement conscience de leur soumission. Cette sensation d'impuissance, ils l'exprimaient avec force sanglots, tremblements de dégoût, sursauts d'aversion, accès de désespoir, frissons de haine. Et malgré tout, ils accomplissaient leur fonction, comme ils l'avaient toujours fait car les forces primitives, archaïques et indomptables qu'ils mimaient les poussaient à LA suivre en signe d'obédience à ce principe spirituel et cosmique qui doit exister afin de préserver, d'alimenter, d'entretenir et de perpétuer jusqu'à leur ressentiment.

Les deux Mères-Cerfs continuaient à danser, impersonnelles, impassibles, statiques, les yeux baissés, paraissant dédaigner le pouvoir qui leur était échu, cette faculté de voir tous leurs désirs exaucés.

Martiniano les contemplait, comme hypnotisé et horrifié. Il avait l'impression d'être contraint d'obéir servilement à la même force aveugle qui l'avait auparavant obligé à lutter pour une vie meilleure et à réintégrer l'humanité dont il faisait pourtant déjà partie. Sa propre révolte, sa colère et sa crainte surgirent à nouveau dans sa conscience comme en un écho intérieur des sanglots et des cris torturés du cerf.

À présent, pour la première fois de sa vie, il ressentit dans le même temps la conscience qui nous fait nous retourner sur le passé et l'intuition qui illumine le prochain pas et nous maintient sur la voie de la plénitude. Il parvint même à entrevoir la force invisible, indéfinissable et irrationnelle qui ne présente aucune signification, hormis celle qu'elle se confère à elle-même. Et maintenant, cette force était là, devant lui, silencieuse, inscrutable, revêtue d'une peau de daim blanc — sous la forme anonyme qu'avait choisi d'emprunter celle qui avait été son épouse, et qui, désormais, était la Mère qui commandait à l'humanité dans son intégralité.

Et quand tous eurent quitté la plaza enneigée, les Mères-Cerfs guidant silencieusement la foule des animaux, on aurait pu croire que le manteau blanc des montagnes se refermait lentement sur ces forces réincarnées qui, rejetant brusquement l'apparence humaine qu'elles venaient d'endosser, laissaient néanmoins dans le cœur des spectateurs la réalité tangible de leur existence et le mystère magique et merveilleux de ce qu'elles venaient de représenter au vu et au su de tous.

La danse était finie. Il faisait nuit noire. Celle-qui-Joue-avec-les-Fleurs était de retour chez elle dans ses vieux habits usés.

— Le dîner est prêt ! annonça-t-elle tout en disposant sur la table les tasses ébréchées, les plats en fer-blanc et les bols en terre.

Martiniano ne quitta pas sa place devant la cheminée. Cela faisait deux heures qu'il n'avait pas bougé.

— À table, mon époux ! Tout est prêt ! Viens !

Il se raidit, effrayé par le simple son de sa voix, se leva et marcha comme s'il était tiré par une corde passée autour de son cou. La femme était debout devant le fourneau. Il passa devant elle en prenant garde de simplement l'effleurer et se réfugia avec veulerie à l'extrémité du banc où il s'assit dans une attitude présentant tous les signes d'une peur abjecte. Celle-qui-Joue-avec-les-Fleurs lui servit des haricots et de la viande avant de poser une tortilla brûlante à côté de son assiette.

— Je n'ai pas faim !

Il se releva et lui jeta un regard affolé.

— J'ai du travail qui m'attend dehors...

Puis il s'enfuit dans la nuit glacée.

Le cerf qu'il avait tué, les deux biches dans les montagnes, les sœurs de Celle-qui-Joue-avec-les-Fleurs, le cerf qui dansait en soumission aux Mères-Cerfs... Le cerf mort, le cerf vivant, le cerf incarné.. Qui pouvait dire à présent lequel était vivant, lequel était chair, lequel était esprit, quand tous galopaient autour de lui, lui criant que toute chair morte est imprégnée d'esprit vivant, que toutes les formes de vie ne sont que les incarnations de puissantes forces déchaînées qu'il n'est pas question de redouter ou d'apprivoiser, mais uniquement de comprendre ?

Il ne savait pas… Il n'arrivait pas à savoir. Mais il sentait quelque chose qui s'éveillait en lui. Ce pouvoir en lui, qui justement savait ce que lui ne savait pas. C'était comme un grand serpent enroulé sur lui-même, endormi en son for intérieur. Comme le légendaire serpent terrestre de son peuple, qui un jour s'éveillerait, se déroulerait et frapperait de tout son poids de sagesse et de puissance, transformant ainsi la chair meurtrie en aigles hurlants de désir.

Réveille-toi ! Réveille-toi ! Réveille-toi !

12

Pendant des semaines, la controverse fit rage à Washington, elle flambait, s'éteignait et puis reprenait. Cependant, à La Oreja, Byers était l'unique habitant à étudier attentivement tous les discours et arguments contre l'amendement proposé; en surface, ceux-ci paraissaient raisonnables et objectifs. Chaque jour, le monde évoluait à une vitesse toujours accrue, les Indiens étaient laissés loin derrière, et lui-même n'allait pas tarder à se retrouver exposé dans l'une de ses propres vitrines — une belle pièce de musée! Que le diable les emporte tous! s'écriait-il alors au comble de la mauvaise humeur. Des jours durant, il négligeait de se raser et pestait contre la neige sempiternelle.

Lors de ces accès de noire mélancolie, il mettait sa casquette en fourrure rongée aux mites et se rendait à La Oreja afin de boire du whisky bon marché dans un petit bar. Il restait debout devant le poêle ventru, tournant le dos à une bande de joueurs de cartes mexicains qui se querellaient, et restait à contempler la plaza enneigée. Dehors, quelques Indiens allaient et venaient, que ce fût à pied, à dos d'âne, à cheval, ou bien entassés dans des chariots. Il les regardait rentrer dans un magasin, un sac de graines à la main, pour en ressortir une demi-heure plus tard avec un morceau de viande grossièrement enveloppé dans du papier journal, un paquet de gâteaux au gingembre ou une tête de chou piquée des vers.

Par une fin d'après-midi de janvier, comme il sortait de l'établissement, il vit un vieil Indien qui traversait la plaza déserte ; d'une main ridée, il tenait sa couverture serrée contre lui, et ses pieds pataugeaient dans la boue, protégés par des sacs de toile. Un flot de compassion envahit l'âme de Byers quand il reconnut Élan-du-Soleil ; le spectacle du vieil homme complètement édenté lui fit de la peine, et il décida de lui apporter quelque réconfort teinté de malice.

— Salut, Grand-Père ! Quelle journée ! Hein ? Quelle journée !

Élan-du-Soleil s'arrêta et grimaça un sourire à l'intention de cet étrange Visage pâle qui tenait une boutique indienne, son ami de longue date. Il écarta un peu sa couverture et sentit l'odeur du whisky qui flottait dans l'air.

— Alors, Grand-Père, plaisanta Byers, comme ça, il paraîtrait que les grosses légumes de Washington vous montrent du doigt et se moquent de vous ! Sûr que vous allez perdre votre Lac-de-l'Aube. Comme si c'était déjà fait !

Le visage du vieil homme se plissa jusqu'à devenir un masque fripé qui exprimait la bonne humeur et la tolérance.

— Indien elle pas perdre Lac-de-l'Aube ! Toi penser quoi de grande palabre ?

Byers indiqua la fenêtre du petit télégraphe du village, à côté du bar. Tous deux observèrent les relais qui crépitaient.

— Tous ces fils et ces machins, ça vient de Washington, et ça transporte les paroles. Tu verras.

Comme il l'avait déjà fait plus de mille fois, Élan-du-Soleil regarda à travers la vitre avec une expression où le soupçon le disputait à l'incrédulité.

— Ces machines qui parlent ! Ces fils qui disent les paroles ! Chez nous, y a des jeunes qui les croient, mais pas moi ! Ah non ! Si les Blancs ont tant pouvoir, tant bonne médecine, alors pourquoi elle utiliser machines bruyantes et longs fils pour porter pensées ? L'Indien qui sait rien elle s'en sert pas et sait aussi vite quand même. Nous pas perdre Lac-de-l'Aube !

Sur ce, il fit volte-face et s'éloigna d'un bon pas. L'instant suivant, Byers reprit le chemin de sa boutique. À mi-trajet, il s'arrêta comme si une idée venait de lui traverser l'esprit.

— Mon Dieu ! murmura-t-il en repensant aux paroles du vieillard. L'un de nous deux est sans nul doute un fieffé imbécile ! Si seulement je savais lequel !

Le soleil se couchait quand il arriva chez lui. Le spectacle d'Angélina revêtue de sa plus belle robe et de ses mocassins perlés lui remit en mémoire un fait incontournable : c'était le soir du banquet qu'il donnait chaque hiver pour ses rares amis. Cet événement lui occasionnait beaucoup de tracas et il appréhendait ce moment au point de le maudire. Cependant, le jour fatidique venu, il finissait invariablement par savourer ces réjouissances sans arrière-pensée.

Byers grommela, gratta sa barbe naissante, soupira puis entreprit d'enfiler une chemise propre et une cravate noire, des chaussettes blanches et des chaussures noires avant, bien sûr, de remettre sa vieille veste de daim blanc.

Une fois dans la cuisine, il sortit les bouteilles de scotch, de gin et de vermouth avec un dédain d'Occidental pour tous ces objets, sauf envers le whisky bon marché qu'il ajouta sur le plateau. Vieille-Femme-le-Bison soulevait le couvercle de la marmite noirâtre tout en riant grassement. Elle venait de donner naissance à un autre enfant et paraissait toujours aussi corpulente. Byers renifla et regarda le contenu de la marmite. Des tranches d'élan toutes fraîches mijotaient dans une purée avec des herbes qu'il avait cueillies dans un ravin connu de lui seul. Byers était l'inventeur de ce plat qu'il avait baptisé le ragoût Picuris[1].

1. L'un des villages pueblos.

La plupart des invités étaient déjà arrivés quand il pénétra dans la salle à manger. Perdu dans l'immensité de la pièce, Benson baguenaudait devant les tableaux :

— Ma première peinture à l'huile ! s'exclama-t-il en s'arrêtant net. Tu ne l'as pas encore vendue ! Je l'ai peinte quand je suis arrivé ici la première fois. Si seulement j'avais assez d'argent pour la racheter ! Elle n'est pas si mal, quoiqu'un tantinet romantique. Regardez-moi tout ce bleu, cette guirlande de feuilles vertes, cette flûte !

En dépit de sa chevelure grisonnante, Benson s'amusait encore comme un enfant. Puis il ajouta tristement :

— Il faut dire qu'à cette époque, ils étaient doux comme des agneaux et pas encore corrompus... Hein, Byers ?

Assise à côté de son épouse, une femme bien mise aventura un sourire.

— Si on veut comprendre les Indiens, il faut creuser ! Creuser pour trouver des objets d'art, des reliques d'ateliers de vannerie, des paniers, des cabas, que sais-je ? Creuser afin d'atteindre la vraie structure de leur vie quotidienne. En fait, c'est la culture qui importe vraiment. *Ne pensez-vous pas ?*

Byers se pencha sur son whisky avant de conduire un jeune Indien timide dans le coin où se tenait l'artiste peintre.

— J'aimerais que tu jettes un coup d'œil sur les aquarelles de ce garçon, fit-il d'un ton bienveillant.

Ce plant de maïs, ces taches sur le cheval pie qui galope, ces dessins stylisés, ces nuages gorgés de pluie, les crinières de ces bisons — ne dirait-on pas qu'ils portent une couverture sur leur bosse ? Je fais tout pour l'empêcher d'aller à l'école. Son talent en serait gâché à tout jamais.

Angélina conversait avec un vieil épouvantail, issu d'une vénérable famille espagnole, ainsi qu'avec l'épouse de celui-ci, une femme au visage olivâtre, qui portait une mantille sentant la naphtaline. Le couple s'extasiait devant la nappe de dentelle espagnole qui recouvrait la table de bois massif, sculptée à la main, qui trônait au milieu de la pièce. Le couvert était luxueux, couteaux, fourchettes et cuillères en argent, verres de cristal et chandeliers. Au-dessus était suspendu un grand lustre rond chargé de bougies et fait de branches de saule entrecroisées sur lesquelles était tendue, comme sur un tambour, une peau de bison tannée, suffisamment fine pour diffuser une lumière jaune qui éclairait les longues solives supportant le toit, lui-même composé de lattes alternées de sapin blanc et de cèdre rouge.

— *Ay de mi, Dona Angelina !* roucoula la femme tout en faisant le signe de croix. Votre nappe vient de Chihuahua, sans aucun doute. Un trésor, que dis-je, un miracle ! Cela réchauffe le cœur de voir une chose si gracieuse en ces temps de vulgarité. Vraiment, vous devriez la sortir plus souvent. D'ailleurs…

On frappa doucement à la porte. Byers se leva et

alla ouvrir. C'était le dernier invité. Il restait sur le seuil, la tête tournée vers l'extérieur, comme s'il écoutait quelque chose. Les paroles de bienvenue de Byers moururent sur ses lèvres. Il se borna à tendre la main. Soudain, les deux hommes entendirent la pulsation d'un tambour qui semblait provenir des prairies enneigées. Ils s'immobilisèrent un instant afin de mieux prêter l'oreille puis Byers rentra, suivi de Manuel Rena.

L'Indien traversa la pièce en direction d'un tabouret isolé devant la cheminée. Malgré le feu qui ronflait, il conserva sur ses épaules sa magnifique couverture d'apparat de couleur rouge vif. L'un des coins, rabattu, montrait la doublure bleue; c'était une couverture de pure *bayeta* rapportée du Mexique. Rena s'assit; ses longs cheveux noirs gominés étaient partagés au milieu par une raie, ses longues nattes attachées par des rubans blancs et verts reposaient sur sa poitrine; son visage sombre et massif, au nez romain et aux sourcils épilés, était empreint d'une impassible dignité. Les bouts de ses belles bottes de cheval dépassaient de sa couverture, et son silence dénotait une attitude hautaine.

L'amie de Mme Benson tendit à Rena son étui à cigarettes. Il y eut un bref duel de regards, mais finalement ce fut elle qui se leva et alla vers lui. Rena prit une cigarette et la porta à sa bouche.

— Attention au filtre! le prévint-elle non sans malice.

Imperturbable, Rena retourna la cigarette, alla

l'allumer au feu de la cheminée et se rassit dignement.

Le dîner était-il enfin servi ? *Como no ?*

— Cela ne fait jamais qu'un an qu'on attend ! fit sèchement remarquer Byers.

Alors, tous prirent place à table, à la lueur des flammes et des bougies, devant les couverts d'argent et les verres de cristal, les Hispano-Américains, les Indiens et les Blancs : Byers et Angélina, Benson et sa femme, le señor et la señora Trujillo, le jeune Luis, honteux à cause de ses vêtements de mauvaise coupe, Manuel Rena drapé dans sa couverture rouge, et cette étrange Mme Anderson.

Vieille-Femme-le-Bison allait et venait, aussi fumante que les plateaux qu'elle apportait. Le jeune Luis, raide comme un piquet, venait de faire une tache de sauce rouge sur la nappe et se recroquevillait sous le regard fulminant de la servante. Manuel lui adressa la parole en dialecte, afin qu'elle apportât plus de poivre. Le señor et la señora Trujillo s'exclamèrent : *Que sabrosas !* à l'intention d'Angélina. Benson se léchait les babines tout en évoquant de vieux souvenirs avec Mme Anderson.

Byers présidait la tablée, et il mangeait en silence, tout comme Manuel, sans pour autant cesser d'observer ses invités.

— Luis ! Si tu utilisais ta cuillère pour la sauce au lieu de tes doigts ? Ou au moins un bout de pain ! Hep ! s'écria-t-il à l'adresse de Vieille-Femme-le-

Bison, si tu apportais à M. Rena ce bon morceau d'élan que tu gardes dans la cuisine ?

Il y avait même du vin. Le visage de Benson s'empourprait sous ses cheveux gris. Pensive, Dona Caterina suivait de son doigt la courbe cristalline de son verre.

— *Ay de mi!* soupira-t-elle. Il fut un temps où ces vieilles mains racornies étaient douces et roses, couvertes de bagues...

— Et de baisers aussi! fit son vieux Don Juan de mari en riant. Les miens, *querida mia*... Ou bien étaient-ce d'autres lèvres ? D'autres mains ?

— Prends-en encore, Manuel, allons! insistait Byers.

L'homme à la couverture rouge s'adossa brutalement sur sa chaise. Un geste de sa main brunie indiqua qu'il était repu.

Les neuf convives se levèrent et se groupèrent devant la cheminée. Byers disposa une nouvelle bûche. Un vrai régal que cet élan! Succulent! Nourrissant! Roboratif! *Madre de Dios! Que sabroso!* Et le vin donc! Il pétillait jusque dans l'estomac! Tout cela, ils l'exprimaient d'un geste, d'un mot, brisant doucement la glace du silence.

— Comme il fait chaud ici! Surtout après un tel dîner! s'exclama Angélina. Cela ne vous dérange pas si j'ouvre une fenêtre ? s'enquit-elle en se levant.

Une douce pulsation venue du pueblo envahit la salle de séjour. Byers tressaillit et jeta un regard furtif autour de lui. Personne ne semblait avoir entendu.

Appuyé contre le mur, Manuel Rena semblait dormir les yeux ouverts. Soudain, il fixa Byers qui restait le regard perdu dans les flammes, toujours à l'écoute du murmure étouffé des tambours lointains.

C'était maintenant la nuit, et il neigeait toujours lorsqu'un jeune garçon revêtu d'une couverture trop fine émergea du bois de pins et s'arrêta sur le flanc de la montagne. Il plongea son regard dans les profondeurs du canyon. Quand il aperçut la forme solide et indistincte du pueblo qui se détachait derrière les flocons tourbillonnants, une lueur de soulagement et de triomphe illumina ses yeux noirs. Il avait tant couru qu'il était encore agité de spasmes. Sur sa poitrine qui se soulevait et retombait, il y avait une petite sacoche en daim accrochée autour de son cou par une lanière. Ayant repris son souffle et retrouvé sa confiance en lui, le garçon s'avança avec précaution le long de la piste. Avec une dignité silencieuse, il traversa la plaza, jusqu'à l'une des kivas, et descendit par l'échelle.

La lueur d'un petit foyer éclairait quelques hiérophantes accroupis et projetait leurs ombres sur le mur circulaire. Quand le garçon descendit par l'échelle, l'un d'eux se leva pour l'accueillir. D'un geste solennel, il brossa le garçon avec une plume d'aigle, l'aspergea de farine de maïs puis il dessina à son intention un chemin de farine sur le sol et lui fit ainsi traverser la pièce. Quatre autres garçonnets étaient déjà assis contre le mur. On fit prendre au nouvel arrivant le contenu d'un petit bol fumant avant de le laisser se reposer et se réchauffer.

L'attente recommença.

Tous les garçons — y compris le dernier venu — ne pouvaient dissimuler leur anxiété. De temps en temps, l'un d'eux jetait un bref coup d'œil à ses compagnons afin d'être rassuré quant à l'absence inexpliquée du sixième, puis il reportait son regard sur l'échelle.

Hélas, seuls des vieillards en descendaient. Un par un, ils allaient s'asseoir sur le sol et observaient sans mot dire le groupe incomplet des garçons. Les choses ne parlaient-elles pas d'elles-mêmes ? Cependant, leurs sombres visages ridés ne trahissaient ni anxiété ni impatience.

Une heure passa, peut-être plus. On entendait parfois un grognement. Assis à la meilleure place, près du feu, les Anciens prirent une forte inspiration et firent prière commune, les mains élevées devant le visage, les paumes en dedans. L'un d'eux s'empara d'un tambour, et la pièce s'emplit d'un battement sourd et lent.

Au-dessus d'eux, sur la plaza, on entendait un son d'abord peu perceptible, provenant du sous-sol. On eût dit que la terre, jusque-là endormie, venait de se réveiller sous son épaisse couverture blanche. Les Prêtres-de-la-Nuit avaient tiré leurs lourds rideaux. Il n'y avait pas de lune. Les pyramides communales s'élevaient, sans vie, comme des rochers. Parfois une porte s'ouvrait, laissant apparaître la silhouette furtive d'un homme qui se fondait aussitôt dans l'obscurité menant à l'une des six kivas.

Le rythme profond et souterrain s'accélérait, s'amplifiait et fut bientôt rejoint par un autre tambour, dans une autre kiva. Les portes des maisons laissaient filtrer cette rumeur incessante ; les murs eux-mêmes semblaient participer, et le pueblo tout entier résonnait à l'unisson.

Assis dans sa cahute située hors de l'enceinte du pueblo, Martiniano entendit le tambour au moment où la troisième kiva se joignait aux deux autres. Il jeta un coup d'œil à Celle-qui-Joue-avec-les-Fleurs qui ne leva pas même la tête. *Quelque chose ne va pas ! Écoute les tambours des kivas !* Tôt dans l'après-midi, comme il s'en revenait de la montagne avec un âne chargé de bois, Martiniano avait vu passer un garçonnet sur la piste, au-dessus de lui ; sans doute était-ce un initié de la kiva à qui l'on avait confié quelque étrange mission, car qui d'autre, si petit et si légèrement équipé, pouvait s'aventurer ainsi tout seul dans les montagnes enneigées ? Savait-on même s'il était revenu ?

Martiniano se leva et sortit. Il était tard à présent. La terre était blanche ; le ciel, vacant de neige, commençait à s'éclaircir par endroits. En arrière-plan, on devinait les peupliers effeuillés, le pueblo et le sommet de la montagne aiguisé comme une lame de couteau qui luttait avec l'atmosphère incisive. C'était une mauvaise nuit pour se perdre, mais pourtant personne ne semblait se porter au secours du jeune garçon. Pas une terrasse éclairée, pas une lanterne, ni dans les enclos ni sur la plaza. Rien que la nuit dans toute sa désolation et sa vacuité.

Martiniano frissonna en entendant le morne roulement des tambours. Plus il y pensait, plus une conviction s'imposait à lui : le garçon entr'aperçu était Napaita, le fils de Palemon. Quelque chose dans cette façon de tourner la tête, cette hâte furtive... Oui, il en était sûr, tout comme il était certain que le gamin n'était pas revenu. Indécis, il restait là, malgré l'obscurité et le froid mordant. Le double battement assourdi des tambours était censé exprimer pour tous le réconfort, l'affirmation et la puissance. Mais pour lui, cela résonnait comme un étrange avertissement. Il y devinait le sombre mystère impénétrable de cette foi depuis si longtemps interdite pour lui, mais qui ne cessait de rôder, invisible.

Martiniano écarta Palemon de ses pensées, repoussa la vague idée qui lui avait traversé l'esprit, celle de partir à cheval, muni d'une lanterne à la recherche de Napaita. Il retourna se coucher.

Chez Byers, Mme Anderson ouvrait de plus en plus souvent et nerveusement son étui à cigarettes, mais sans le proposer autour d'elle. Depuis une demi-heure, elle avait tenté vainement de tirer un mot de ces Indiens. Rena était demeuré drapé dans sa couverture, ses yeux dissimulés par d'invisibles rideaux.

Ce masque d'indifférence indolente ! Cette torpeur inerte ! Qui pouvait savoir ce que cela cachait ? Même le jeune Luis, allongé sur une peau d'ours, feignait de dormir ou bien d'être mort. Oh la, la ! Qu'est-ce qu'ils pouvaient être ennuyeux à la fin !

Seul Benson paraissait au mieux de sa forme. Il était venu dans l'Ouest en tant que jeune illustrateur pour la *Santa Fe Railway Company.* Il était tombé sous le charme de la diversité de cette vie colorée et rustique, et il était resté ; même encore maintenant, il y séjournait cinq mois de l'année. Il était devenu un peintre célèbre, certes un peu trop romantique et mièvre pour l'époque actuelle, mais ses tableaux représentant les « Américains authentiques » étaient exposés dans les plus prestigieuses galeries et reproduits dans tous les magazines et les calendriers. Un brave type, somme toute, qui valait mieux que son œuvre.

— Non que je dénigre les Indiens, disait-il, puisque leur vie colorée, l'attrait romantique qu'ils possédaient avant que les routes modernes ne viennent jusqu'à chez eux, tout cela donc m'a comme embelli la vie, en tout cas, l'a grandement agrémentée. Mais parfois, je me demande s'ils ont quelque chose d'autre à offrir. De vraies valeurs morales, une vie intérieure digne d'accompagner ces plumes votives et ces peintures rituelles. Quelque chose qui tienne le coup derrière ces jeûnes, ces chants, ces prières, ces cérémonies et ces danses — tout ce truc dans la kiva. Bref, quelque chose que nous ne nous serions jamais donné la peine de comprendre, ni même de connaître, si tant est qu'il y ait quelque chose à connaître ! Vous savez, on en entend de belles !

Benson adressa un clin d'œil à sa femme pour la prévenir qu'il essayait de pousser Byers à raconter quelque anecdote. Byers se remémorerait une chose, Benson une autre, et ils se renverraient ainsi la balle pendant toute la soirée.

— Écoute-moi un peu celle-là ! fit Byers d'un ton insouciant, tout en jetant un regard en coin à Rena qui semblait somnoler. Cela remonte à trente ans en arrière — peut-être même quarante, c'est égal ! À l'époque, j'étais jeune et je commençais tout juste à me débrouiller en affaires. Je m'étais mis en route avec un groupe de Pueblos d'ici pour aller en territoire indien dans l'Oklahoma. Aucun d'entre nous n'avait encore été là-bas.

Nous étions tous à cheval — peut-être une vingtaine d'hommes en tout. Mais nous avions emmené un chariot rempli de verroteries, de couvertures, de tambours, de plumes, d'habits, de cadeaux destinés aux Cheyennes, aux Arapahœs, aux Kiowas, aux Osages, je vous passe les détails…

Bien sûr, il y avait quelques clôtures et, parfois, nous rencontrions même un ranch solitaire, ou des tentes de pionniers, mais rien de plus. L'automne approchait. Il y avait du vent et de la poussière.

C'est tout. Nous traversions ces plaines brunes d'herbe à bison pendant des jours. Au bout d'une semaine, certains d'entre nous commencèrent à éprouver le mal du pays, vous savez, quand il n'y a plus de montagnes à l'horizon, pas un seul arbre, pas le moindre ruisseau, rien quoi ! Seulement cette plaine brune qui ondule de colline en colline sans qu'on en voie jamais la fin.

Nous étions tous très jeunes, certains même plus que moi, comme je disais. Ceux-là n'étaient jamais partis de chez eux auparavant. Sans cesse, je m'efforçais de les rassurer. Quand ils seraient de retour, ne les appellerait-on pas des braves ? Le soir, on chantait des chants guerriers en s'accompagnant du tambour, mais rien n'y faisait. Ils continuaient à se sentir mal. Ils ne mangeaient plus, on aurait cru des femmes amoureuses ! Au bout d'un temps, certains nous quittèrent, sans même ressentir de honte, en expliquant que l'endroit était funeste, que cela allait empirer et que des esprits leur avaient ordonné de s'éloigner.

S'éloigner de quoi, d'abord ? Bon, en tout cas, ceux qui restèrent poursuivirent leur route, et, deux jours plus tard, nous étions arrivés. Où, je ne me souviens plus du nom. Peut-être la *Canadian River*, la *Red River*, ou bien le *Big Skin Bayou*, j'ai oublié, en tout cas, c'était un cours d'eau. Au loin, nous pouvions apercevoir des arbres et des bosquets, les premiers depuis bien longtemps, et je peux vous assurer que nous étions contents, car tout cela avait comme un petit air de fête : enfin du bois, de l'eau, des bosquets vivants, des arbres !

Et pourtant, quelque chose n'allait pas ! Je ne saurais l'expliquer, mais c'était comme si, plus nous nous approchions, plus nous ralentissions ! Nous n'osions même plus jurer, c'est dire ! Bref, grande nervosité ! À nous voir longer le ruisseau, on aurait pu croire que nous étions sur le sentier de la guerre ! À la fin, nous avons planté la tente dans un vieux champ de maïs en friche, vraisemblablement abandonné par quelque pionnier. Rien d'autre à la ronde !

L'endroit regorgeait de lapins. Nous fîmes un grand ragoût, en empilant le bois dans le feu comme de vrais Pieds tendres, et puis nous nous préparâmes à passer la nuit là. C'est alors que tout commença. Impossible de fermer l'œil. Mes cheveux se dressaient sur ma tête, mon échine frémissait, mon corps était parcouru de frissons. J'ai fini par me lever.

Les autres s'étaient déjà rassemblés près du feu. Ils ne jouaient pas du tambour, ils ne chantaient pas, ils ne roulaient pas de cigarettes, ils n'échangeaient pas la moindre parole. On aurait dit qu'ils s'accrochaient à leur couverture. Leur respiration était malaisée et leurs yeux roulaient dans leurs orbites.

Tout à coup, nous entendîmes hurler un coyote d'un côté, un loup de l'autre, et puis un hibou. Deux secondes plus tard, on avait l'impression d'être entourés d'une nuée d'oiseaux nocturnes. C'était vraiment imité à merveille. Il n'y a que les Indiens pour le faire aussi bien. Les bruits se rapprochaient, ni trop vite, ni trop lentement. Plutôt régulièrement.

La lune était haute dans le ciel. Nous étions dans une grande clairière, au milieu des chênes-lièges et des peupliers, sur la rive du torrent boueux à l'opposé de celle où se trouvait le champ de maïs abandonné. Tout autour, la prairie ondoyante qu'on apercevait au travers des arbres. Il faisait clair comme en plein jour, et je jure qu'on ne voyait pas âme qui vive à des kilomètres !

Cependant, nous pouvions nettement entendre ce bruit dans le champ de maïs, ce bruit qui s'approchait sans cesse. Et ce n'était pas le vent non plus !

Les chevaux se mirent à hennir. L'un d'entre eux envoya un coup de sabots dans une souche. Quel chambard ! Nous les libérâmes rapidement, avant de charger le chariot, et nous fîmes un grand feu. Nous avons tous pris nos fusils tandis que notre aîné à tous partit se réfugier sous les couvertures, une arme sur les genoux, un couteau entre les dents. Et puis nous avons attendu.

On entendait les épis de maïs qui bruissaient. Et tout à coup, des voix ! Ce n'étaient plus des imitations d'oiseaux ou d'animaux, mais bien des voix réelles ! Des voix d'Indiens. L'aîné d'entre nous — celui qui tenait son arme sur ses genoux et son couteau entre les dents — rejeta sa couverture et se leva. Il était debout, torse nu, avec ses mocassins d'apparat. Enfin, tout cela, je ne m'en suis souvenu qu'après coup. Sur le moment, cela m'a paru naturel…

Au même instant, un long cri, un véritable hurlement s'éleva du champ de maïs, puis un autre, en aval du torrent, et encore un troisième, venu des bosquets situés derrière nous. Trois lances sonores qui venaient de déchirer le ciel, et dont l'empennage vibrait encore dans nos oreilles.

Je crus qu'elles avaient transpercé la voûte céleste et que les étoiles allaient tomber du ciel. L'enfer venait d'ouvrir ses portes toutes grandes. L'air résonnait d'appels, de cris, les bosquets s'agitaient, les épis de maïs craquaient avant de s'abattre sur le sol.

Une minute plus tard — je vous jure que c'est vrai —, tout était terminé. Nous nous sommes relevés, tremblants, écoutant une voix rauque et assourdie qui venait du champ de maïs. Cela s'arrêta aussi. Il y eut des craquements, comme si on traînait un corps à travers les plants. Nous crûmes distinguer un martèlement de sabots dans la prairie, et puis, peu après, un appel lointain. C'était fini…

Enfin presque! fit Byers après avoir observé une pause. Je vous assure que nous n'avons pas tardé à déguerpir. Mais à l'aube, l'aîné et moi sommes revenus à cet endroit. Pas un seul plant de maïs n'était plié! Pas une seule trace! Pas le moindre indice d'une quelconque présence! À part la nôtre, bien sûr...

Et ce n'est pas tout! poursuivit-il. Finalement, nous rentrâmes chez nous. À peine avions-nous donné nos cadeaux au Chef de Guerre que nous avons raconté notre randonnée. J'avais moi-même rapporté de fort belles choses, par exemple cette belle tresse pawnee que l'on peut voir actuellement au Musée de l'État... Nous avons donc parlé à un Ancien — il est mort maintenant. Eh bien, il pouvait décrire l'endroit aussi bien que nous! Il nous raconta qu'au temps de sa jeunesse, un groupe de Pueblos était allé chasser le bison dans la plaine, et que, selon toute probabilité, ils avaient campé à cet endroit précis, près du cours d'eau. Au milieu de la nuit, une bande de Cheyennes et d'Arapahœs sur le sentier de la guerre était survenue et les avait tous tués. Tous, sauf un vieillard et un jeune homme. Le vieillard était blessé à la tête, et le jeune homme l'avait ramené sur la croupe de son cheval.

Il y eut un long silence. Manuel avait relevé sa couverture sur son visage, et seuls ses yeux brillaient dans l'ombre.

Benson était ravi. Une lueur ironique étincelait dans son regard.

Étendu par terre devant la cheminée entre les deux hommes, Byers les considéra attentivement. « Malgré cette attitude puérile, enfantine, en un mot, artiste, qu'il affecte, pensa-t-il, il y a tout de même quelque chose chez Benson, mais ce quelque chose n'est palpable que si l'on perce son armure de gouaille continuelle. Et cette même chose, dans sa pureté indéfinissable, se retrouve également chez Manuel. Est-ce qu'ils se rencontreront un jour ? »

À cet instant, Benson se frotta les paumes d'un air réjoui et éclata de rire :

— Quelle histoire ! Non, mais quelle histoire ! Plausible, si tu veux, oui, mais tout de même hautement improbable ! Pour sûr !

Il regarda Byers qui était en train de rouler une cigarette. « À part pour ses intimes, il y a chez cet homme un aspect indéniablement illusionniste », pensa-t-il. C'était même le plus grand bluffeur qu'il eût jamais rencontré ! Sous la vieille veste de daim qui recouvrait son corps de manière impénétrable, sous son existence tout entière, se cachait quelque chose que Benson n'avait jamais pu percer à jour, et même cette façon faussement naïve qu'avait eue Byers de raconter une aventure de jeunesse ne parvenait pas à lui faire oublier que cet esprit retors réussissait toujours à se tirer de n'importe quel piège, et par une pirouette toujours impeccablement accomplie. Cet homme détenait en lui l'essence même de l'Indien et, depuis vingt ans qu'ils se connaissaient, Benson n'avait jamais réussi à le cerner.

— Allez, quoi ! poursuivit-il, je ne mets nullement en cause la véracité de ton histoire, et moins encore son originalité. Nous croyons tous aux émanations surnaturelles et aux ondes psychiques. Non, je dis simplement que, de la façon dont tu l'as racontée, cela me paraît hautement improbable. Et pourquoi ? Parce que tous tes compagnons ont ressenti la même chose ! Si c'était arrivé à un seul d'entre vous, ou bien même uniquement à toi, passe encore ! T'as toujours été un drôle de pistolet, pas vrai ? Il t'arrive que des trucs incroyables ! Bon, maintenant je te le dis comme je le pense : tu étais si pris par ce qui se passait que tu t'es pris au jeu, et tu t'es imaginé que les autres entendaient la même chose que toi, alors qu'en fait tu t'es laissé gagner par la nervosité ambiante. Sans parler de ton talent de conteur !

Benson jaugea son ami ; ils avaient souvent joué au poker ensemble. Mais cette fois, Byers demeurait imperturbable. Il ne mordait pas à l'hameçon, il refusait la donne. Au bout d'un moment, il se contenta de hausser les épaules et de marmonner un « Peut-être bien ! ». Puis il resta immobile, prêtant l'oreille au bruit qui venait de la fenêtre, les yeux fixés sur le feu.

Les roulements des tambours continuaient, guère audibles, mais ils pénétraient dans la pièce, sourdement, obstinément, profondément, comme la rumeur incessante d'une mer lointaine. Cette tonalité discrète mais d'une puissance fabuleuse résonnait aux oreilles de Byers, elle s'insinuait jusque dans ses veines et dans ses nerfs.

Au diable ces gens-là ! Étaient-ils tous aussi insensibles ? Même Benson, le soi-disant artiste si délicat, qui aimait parler d'émanation surnaturelle et d'onde psychique, eh bien, il restait flegmatique comme un roc. Comment aurait-il pu croire à son histoire alors qu'il se passait quelque chose juste sous son nez, et qu'il était manifestement incapable de s'en apercevoir ?

Byers fit semblant de réprimer un bâillement et s'étira. Il en avait assez de tout le monde ! À croire que ses invités s'étaient ligués contre lui pour gâcher sa soirée ! Avec leurs propos qui tombaient toujours à plat, la présence de cette inconnue, Mme Anderson, la tentative de Benson pour le lancer dans une longue discussion intellectuelle... Et par-dessus tout, le battement de ces tambours ! Qu'est-ce que cela pouvait bien signifier à cette heure de la nuit, à cette période de l'année ?

Manuel Rena n'avait pas desserré les dents de toute la soirée, pas plus qu'il ne saluât ou serrât les mains des autres invités quand ceux-ci prirent congé. Engoncés dans leurs beaux vêtements fleurant l'antimite, le señor et la señora Trujillo partirent en chariot retrouver leur petite masure en adobe, le couple Benson raccompagna cette Mme Anderson dans leur belle voiture toute neuve ; Luis se laissa guider à travers champs par son vieux bourricot ; Benson emporta un lot de croquis. Byers les regarda qui s'éloignaient.

Angélina rangea rapidement l'argenterie et partit se coucher. Manuel rajusta la couverture sur ses épaules.

— Eh bien, je m'en vais, fit-il.

Byers le raccompagna jusque sur le pas de la porte. La nuit était froide. Il y avait du givre. Les étoiles scintillaient, comme si elles flottaient haut dans le ciel, à la surface d'un océan d'ondes sonores invisibles. Les deux hommes s'immobilisèrent et se dévisagèrent un court instant. Que pouvaient-ils se dire de plus ? Ils se serrèrent la main en silence et se séparèrent. Byers regarda son dernier invité qui s'éloignait. C'était lui l'aîné qui, bien des années auparavant, avait été son compagnon dans ce voyage à travers les plaines.

Elles étaient toutes parties, ces présences humaines qui avaient empli la pièce de leurs vibrations. Il n'en restait plus qu'une, distincte et impérieuse, qui venait de la nuit et ne cessait de grandir. Sachant qu'il lui serait impossible de dormir dans l'immédiat, Byers souffla les bougies et s'assit devant les braises mourantes.

Dans l'obscurité, il entendit la pendule de la chambre d'Angélina qui sonnait minuit. Les tambours battaient toujours.

13

La kiva — et toutes les autres kivas au même instant — s'était transformée en une véritable caisse de résonance. Une étoile solitaire était seule visible par l'ouverture au sommet, comme si elle avait été peinte sur une membrane vibratile tendue sur les cieux. Au milieu de la pièce, tel un point dans un cercle, se trouvait un autre symbole, un petit trou rond signalant l'accès au centre de la terre — le lieu de l'émergence. Les murs circulaires trépidaient.

La pièce baignait dans la pénombre et l'odeur de cèdre brûlé. De temps en temps, quelqu'un jetait des brindilles sur le feu, et le faible halo de lumière intermittente flamboyait brusquement, dévoilant un court instant les ornements rudimentaires de l'autel : un dessin de farine de maïs blanche représentant une perspective nuageuse, un bol d'eau médicinale puisée à l'une des sources sacrées, les bâtonnets de prière en saule rouge décorés de plumes, un poignard d'obsidienne rapporté du monde souterrain, et un fétiche anthropomorphique de pierre blanche... Mais déjà tout retombait dans l'obscurité, et seuls les officiants demeuraient visibles, tous en cercle devant le Créateur, autour d'un petit tambour. Silencieux, la tête baissée, ils restaient assis, concentrés sur un but unique.

Parfois, un Ancien se levait, quittait le cercle, et se rendait à l'autel en suivant une ligne de farine blanche, longeant ainsi la route de la vie. Son corps paraissait flasque, son expression était figée, et ses yeux revêtaient une fixité singulière. Petit à petit, il se reposait, son corps s'allégeait, il reprenait vie, le sang revenait colorer son visage, ses yeux semblaient voir de nouveau. Alors, il jetait du maïs dans les quatre directions, plaçait une nouvelle branche de cèdre sur les flammes puis réintégrait le cercle autour du petit tambour qui résonnait doucement, dans le grand tambour que constituait la kiva elle-même.

Personne ne bougeait plus. Tous étaient en sueur, bien que leurs seuls vêtements fussent un pagne et des mocassins. Assis en tailleur, la tête basse, ils fixaient le petit trou rond dans le sol.

Nous sommes venus de ce lieu du premier commencement, là où se tient le cerf. Nous tenons nos routes de nos pères, les prêtres qui donnent la vie. Afin de perpétuer ce rite qui nous vient du premier commencement, nous sommes revenus nous asseoir en silence devant ce lieu.

Le feu sacré brûle devant nous. Nous formons une

coupe avec nos mains, et nous élevons celles-ci devant notre visage, nous incorporons le souffle de la vie, et nous y incluons l'essence de notre prière. Sur notre autel se trouve notre demeure dans les nuages. Nos corps attestent la terre, ainsi que nos Mères-le-Maïs, les chairs du maïs blanc par lesquelles nous traçons nos chemins. Nous rendons grâce à l'esprit qui nous domine, qui nous transcende. Nous rendons grâce au serpent sage et puissant qui dort dans la terre au-dessous de nous, et qu'aujourd'hui nous appelons. Bleu, jaune serpent à sonnettes, rouge, blanc, multicolore, noir : les prêtres qui les représentent : prenez-nous comme vos enfants. Nous désirons la médecine de nos pères afin de nous aider à prendre la route.

Perpétuant ainsi le rite pratiqué depuis le premier commencement, nous sommes assis en silence devant le lieu. Les jambes croisées, la tête basse, nous sommes assis dans notre posture prénatale, et nous rendons grâce aux directions qui nous entourent, qu'elles soient au-dessus ou au-dessous. Nous sommes le corps, le cœur, l'esprit; nous sommes indifférenciés. Nous sommes indéterminés, indivisibles, infinis.

Comme cela semblait à la fois simple et étrange ! Moins étrange, mais plus simple peut-être qu'une grande salle située quelque part sur la terre, silencieuse également, si ce n'était la pulsation monocorde d'un monstrueux groupe électrogène : le tambour circulaire, tournant sur lui-même, rencontrait des lignes de force magnétique provenant de la roue extérieure, lamellaire, génératrice d'électricité et la transmettait au loin, par-delà les montagnes et les plaines. C'était magnifique, incroyable, mais simple finalement, si l'on comprenait les lois qui régissaient ces forces — ce mécanisme redoutable, oppressant, de la science moderne qui permet à l'homme de transmettre la puissance et la pensée ; à présent, il faut que ce dernier apprenne à désintégrer la substance matérielle, à la transmettre sous forme d'électrons et à la recomposer à distance dans une forme matérielle identique. Cependant, comprendra-t-il jamais que l'esprit humain ayant créé ces moyens dénaturés, monstrueux et artificiels peut accomplir la même chose avec des moyens naturels ?

Qui doute des courants magnétiques parcourant la terre, ou bien des radiations psychiques émises par l'être humain ? La chair de la terre et la terre de la chair ne sont que des corps similaires qui obéissent aux mêmes lois que le Grand Tout qui les incorpore comme des parties également intégrantes de son esprit universel. Venue des profondeurs de l'organisme humain, comme des strates de l'univers physique, la force vitale s'écoule jusque dans les lacs et les réservoirs du système nerveux, pour enfin rejoindre le flux primordial qui irrigue le cerveau. Et là, transformés et assimilés, la force physique vitale et le pouvoir psychique s'unissent afin d'être diffusés dans tout le corps désormais en éveil, afin d'être dirigés par la volonté de ce corps. Qui peut alors douter de l'efficace de la prière lorsque ce processus spirituel et psychique est envisagé et utilisé à de bonnes fins, pour le bien de l'homme, à l'exemple du processus mental et matériel ?

Ainsi, une heure après l'autre, ce groupe électrogène humain, ces vieillards assis en silence, se penchaient plus avant dans la nuit. Ils appelaient la chaleur et le pouvoir du Serpent-qui-Dort-dans-la-Terre par cette petite ouverture ronde pratiquée dans le sol. Ils l'appelaient de toute la profondeur de leurs propres corps, de leurs organes génitaux, cet ombilic de la terre qui était leur force vitale. Chacun appelait à ciel ouvert ce pouvoir et cette grâce infinie qui imprègnent toute chose, de toute cette volonté et de toute la conscience de son esprit stimulé.

Et toute cette force, ce pouvoir, cette grâce et cette volonté, émanaient d'eux comme si la suture pinéale du sommet du crâne, provisoirement recouverte par le cuir chevelu mais toujours agissante, équivalait à l'ouverture du sommet de la kiva, comme si un puissant flux psychique et vivant dirigé à leur guise suivait le tracé de leur propre concentration.

Celui que l'on avait connu sous le nom de Napaita, fils de Palemon, était étendu au cœur de la montagne, emprisonné dans une immense grotte obscure et glaciale, plongé dans une torpeur sans rêves.

Tôt cet après-midi-là, il avait quitté la kiva avec cinq de ses compagnons, tous maquillés et parés de plumes, vêtus de la même couverture fine et sombre, de couleur terreuse, portant autour du cou de petits sacs-amulettes et tenant à la main de courts bâtons de saule rouge écorcés. Ils s'étaient séparés à l'entrée du canyon : l'un d'eux devait escalader un rocher escarpé jusqu'à un petit mausolée, un autre devait trouver de l'argile médicinale rouge, le troisième, une source sacrée, le quatrième devait faire jaillir des étincelles d'un silex caché quelque part au pied de la montagne. Chacun s'était vu assigner une direction particulière correspondant à la couleur de leur maquillage. Ils étaient tous à la fois effrayés et résolus. En tout cas, ils devaient se hâter s'ils voulaient être revenus avant la tombée de la nuit.

Napaita contourna le petit bois de pins et tourna à droite en suivant la crête, afin de ne pas être aperçu depuis un groupe de maisons peu éloignées. Un brouillard gris et dense lui dérobait le monde au-dessous de lui. Il se mit à neiger dès le début de son ascension ; les flocons tombaient lentement sur la forêt silencieuse, les frondaisons s'épaississaient, les arbres grandissaient. Confronté à leur vénérable stature, le garçon avait l'impression de devenir un nain, tant il se sentait oppressé. On eût dit une assemblée de vieillards méditatifs, parmi lesquels il se devait d'avancer en rampant comme un ver de terre.

Il n'était jamais venu ici puisque les Anciens l'en avaient toujours dissuadé. Cependant, il savait très bien où il se trouvait, car la description qu'on lui avait fournie de l'endroit se révélait être d'une parfaite exactitude. Quand il eut dépassé les derniers pins, il vit s'élever devant lui deux pics rocheux un peu en retrait de la paroi, entre lesquels passait un étroit défilé. Avec précaution, il suivit la vieille piste presque effacée en se guidant grâce à un petit filet d'eau capricieux. Et tout à coup, il se trouva devant la grotte.

L'entrée ressemblait à un petit rectangle. Souvent, pendant les pluies d'été, une cascade bruyante se formait juste au-dessus, mais, ce jour-là, l'entrée était fermée par un rideau de gel, accroché aux rochers de chaque côté, blanc et mince comme du duvet d'aigle. Un jour par an, l'ombre du canyon venait recouvrir entièrement l'entrée de la grotte, puis, quand arrivait le solstice d'hiver, le soleil parvenait à se faufiler entre les parois resserrées du canyon. Alors, le duvet d'aigle gelé fondait et disparaissait. Ainsi, la grotte était pour une fois accessible au miracle de la lumière, comme en souvenir de la première émergence des Grands Anciens quand ceux-ci avaient quitté la matrice ancestrale du Temps.

Non sans crainte, le garçon s'approcha. Les flocons se raréfiaient, le soleil baissait, toujours voilé par une épaisse couche de brouillard grisâtre. Le rideau de glace était lui aussi d'un gris fuligineux. Il découvrit enfin une anfractuosité entre la glace et la paroi et se glissa à l'intérieur de la grotte.

À la faveur de la lueur diaphane du crépuscule, il

s'empressa de planter des bâtons de prière dans les murs rocheux et glacés, juste au-dessous des symboles anciens qui transparaissaient encore au plafond, puis il inspecta les lieux, hors d'haleine et frissonnant.

Le sol était jonché de cailloux provenant d'éboulis. Il gravit un petit surplomb qui semblait conduire au fond de la grotte.

Une longue forme apparut. Caché quelque part, très haut dans la voûte de la grotte, il y avait un trou par où s'écoulait un filet d'eau qui, avec le gel, s'était métamorphosé en un immense phallus de glace. Le garçon s'agenouilla et planta à la base du stalagmite sa dernière plume de prière.

Une pierre roula dans des profondeurs lointaines, et l'écho de ses multiples rebonds résonna dans la caverne silencieuse. Napaita se redressa en tremblant de tous ses membres, puis, dans un mouvement d'effroi irrépressible, il recula vers l'entrée de la grotte. Tout à coup, l'un de ses mocassins glissa sur la pierre lisse, son pied se déroba et il tomba la tête la première.

Tout en essayant de s'agripper à la paroi, il entendit un grand fracas derrière lui, un coup violent, comme s'il s'était ouvert la tête en tombant. Puis le silence l'enveloppa. Tremblant de douleur et de peur, Napaita porta une main à sa tête bourdonnante et s'aperçut qu'un maigre filet de sang coulait sur son visage. Il s'était fait une grosse coupure au cuir chevelu. Chose pire encore, l'un de ses pieds était coincé. Il s'assit et tâtonna dans l'obscurité. Son pied avait détaché du mur un talus de roches décomposées, provoquant ainsi l'éboulement.

Le garçon essaya patiemment mais vainement de se dégager en grattant le sol de ses doigts. Il s'était coincé la jambe dans une crevasse entre deux rochers qu'il ne pouvait soulever, ni même distinguer. Son pied ne lui sembla pas être fracturé, mais il était douloureux et enflait déjà au-dessus de la cheville. Il s'arrêta de lutter et le froid commença à pénétrer à travers sa couverture. Il frissonna jusqu'à n'en plus pouvoir, puis resta ainsi à demi allongé, au bord de l'inconscience. À présent, la peur le torturait, mais il ne pouvait rien faire d'autre que de rester là étendu dans le froid et le silence, prisonnier d'une grotte taboue, perdue dans la montagne enneigée loin au-dessus du monde des hommes.

Et, gisant ainsi, il vit la mort qui venait des profondeurs de la grotte. C'était une file ininterrompue de silhouettes anthropomorphes, d'étranges hommes-bêtes qui marchaient à quatre pattes, les yeux mi-clos, en poussant des cris inarticulés. La mort s'avançait ainsi sous le masque de la vie, mais une vie avortée, non encore parvenue à la Grande Vie, toujours prisonnière dans le vide indifférencié de l'incréé primordial, condamnée à attendre au sein d'une ténébreuse irréalité le rai lumineux qui la délivrerait de sa servitude infinie. Ces formes défilaient devant le garçon immobile. Inachevées, inarticulées, aveugles, dépourvues de toute grâce, mystérieuses, fabuleuses, elles foulaient inutilement et inlassablement la piste de l'existence, à tout jamais recluses dans le royaume lugubre de l'incréé.

La bouche d'ombre de la grotte se recouvrait lentement d'une mince couche de glace jusqu'à ne plus former qu'une fine membrane translucide, qu'une taie mince et transparente laissant passer un semblant de luminosité. Soudain, loin vers l'ouest, le soleil couchant perça la brume. Pendant un court instant, un dernier rayon vint frapper le rideau obliquement, comme une flèche tirée de haut. Il atteignit le sol de la grotte, éclaira l'obscurité et fit se disperser cette armée d'ombres infrahumaines.

Et que fuyaient-elles, ces formes ingrates ? Une lueur diffuse ! Une resplendissante promesse de vie ! Ainsi Napaita comprit leur futilité tentatrice et leur impuissance ! Mais, comme il se dressait pour tenter de capter cette clarté revigorante, emblème d'une liberté inespérée, celle-ci disparut, emportant tout à sa suite, l'obscurité, la nuit, les ténèbres lugubres, le fantôme fugace et radieux de l'aube... Il sombra de nouveau, serrant son petit sac-médecine contre lui.

Dehors, les grands arbres gémissaient. Le vent du soir hurlait dans le canyon. Puis, l'obscurité approchant, tous ces bruits cessèrent. Seul le silence rugissait à ses oreilles. Une noirceur impénétrable et désolante s'appesantit sur lui. Au sein de la profonde nuit hivernale, le garçon s'enfonça dans une torpeur sans rêves.

Plus tard, il lui sembla que s'élevait en lui-même

le roulement d'un tambour, d'abord doucement, puis plus fort. Ce bruit emplit son corps de chaleur et son cœur de courage. Si tout cela comportait un sens, un message, il ne le savait pas, mais il était heureux de sentir cette présence. Enroulé dans sa couverture, allongé sur la pierre froide, il resta là, dans la nuit, à guetter les heures. Accroché à son petit sac-médecine, agrippé au souvenir de la lumière, il attendait de repasser à travers la fine membrane qui séparait l'ombilic ancestral où il se trouvait de la vraie vie du dehors. Il sut alors une chose : quand bien même un homme n'aurait surpris qu'une fois dans sa vie cette lumière ineffable, au grand jamais il ne devra la laisser s'évanouir.

Non, Martiniano ne pouvait pas trouver le sommeil. Allongé pendant les heures d'amer découragement qui précèdent l'aube, à l'écoute du murmure syncopé des tambours souterrains, il se souvenait de cette nuit où il s'était retrouvé dans la montagne, avec la tête brisée, avant qu'une aide miraculeuse ne survînt. Il lui semblait étrange que personne ne fût parti à la recherche de Napaita, et plus étrange encore qu'une tonalité indéfinissable dans la pulsation des tambours parût lui interdire d'y aller lui-même. Tout cela, c'était sans doute quelque noir dessein, bien au-delà de son entendement. Il souffrait d'incompréhension.

Peu avant l'aube, il se lava, s'habilla et se rendit sur la plaza. La neige était profonde, pas une seule trace visible. De la kiva s'élevait une mince colonne de fumée accompagnée de la rumeur des tambours.

Comme il y avait de la lumière chez Palemon, Martiniano frappa, et on le fit entrer. Estefana somnolait, assise devant le fourneau, tout habillée.

— Tu es bien matinal aujourd'hui, dit-elle poliment.

— Je vais dans la montagne pour voir s'il reste du bois, répondit-il. Je n'avais pas prévu que les nuits seraient si froides.

Un instant, ils demeurèrent silencieux à l'écoute des tambours. Martiniano parcourut la pièce du regard, sans paraître remarquer la couche inoccupée près de Batista.

— Tu prendras bien du café ? demanda Estefana, comme si elle lisait dans ses pensées. J'en ai tenu au chaud pour Palemon, mais il n'est pas rentré de la nuit. Il y a quelque chose qui ne va pas, c'est sûr.

— C'est sûr, en effet. Bon, faut que j'y aille. Je ne vais pas rester là et boire le café de mon ami. Il sera bien content d'en trouver quand il reviendra.

Telle fut sa réponse, bien qu'ils sussent tous deux que Palemon observait le jeûne et qu'il ne rentrerait pas de sitôt.

Il sortit, sella son cheval, et longea lentement le mur d'enceinte. C'était bien ce qu'il avait pensé : Palemon n'était pas allé chercher Napaita, et Estefana ignorait qu'il était arrivé quelque chose à son fils. Il était de plus en plus convaincu que l'on était en train de sacrifier le garçon à quelque chose qui les dépassait tous. Néanmoins, il poursuivit sa route et parvint à l'endroit où il avait aperçu le garçon pour la dernière fois. Sous la lumière avare du crépuscule, la piste enneigée s'élevait, vide et désolée, jusqu'à l'orée de la forêt. C'était l'heure grise, l'heure du loup, quand les hommes s'abandonnent au désespoir, quand ils oublient que de cette brume surgira non plus l'obscurité mais bien la lumière. Martiniano n'avait aucun espoir de trouver une trace du garçon, ni même de savoir dans quelle direction il s'était dirigé. Il n'était d'ailleurs pas sûr de vouloir le faire. Il fit avancer sa monture dans la neige aussi loin que possible. Sans conviction, il sortit son fusil de l'étui. Un lapin ou deux, et puis il rentrerait.

Quand le jour se leva, il avait atteint la forêt. Les sommets des montagnes apparaissaient comme des îles noires dans une mer tranquille. Des nuages laineux coloraient le ciel d'un gris sale, les grands sapins s'élevaient comme des poils dressés sur le dos d'un chat, presque phosphorescents, et soudain les frondaisons des arbres parurent s'embraser.

Martiniano s'arrêta afin de regarder derrière lui. Loin, tout au bas de la pente, il pouvait voir les fumées qui s'échappaient des cheminées du pueblo. Subitement, il s'aperçut que le son des tambours ne parvenait plus jusqu'à lui, et il se sentit heureux d'être délivré de leur emprise. Il éperonna sa monture haletante dans le miracle de la lumière renaissante, jusqu'aux sapins épais adossés aux parois, afin qu'elle pût se désaltérer au torrent qui émergeait d'une petite crevasse.

Et là, juste de l'autre côté de la piste enneigée, se trouvait Napaita, couché sur le flanc, le regard absent, tourné vers le soleil qui apparaissait par-dessus les montagnes. Martiniano nettoya le sang séché sur le visage du garçon, frictionna ses mains transies avec de la neige et se pencha pour examiner le pied de Napaita. Il avait perdu un mocassin, et sa cheville était écorchée comme si elle était passée entre deux lames de scie. L'enflure était telle que Martiniano ne put s'assurer s'il s'agissait ou non d'une fracture.

Sans plus perdre de temps, il porta le corps pantelant du garçon sur sa jument, et redescendit à faible allure au pueblo. Napaita avait la fièvre et parlait dans son délire. Martiniano se boucha les oreilles. Pourquoi donc s'était-il mêlé de cette étrange affaire qui ne concernait que les Anciens de la kiva ?

Ce sentiment d'avoir participé à un événement singulier censé être tenu secret ne le quitta plus jusqu'à son arrivée dans le pueblo. Sur les toits enneigés des maisons, un vieil homme de blanc vêtu prenait son poste comme à l'ordinaire, bien que les tambours se fissent toujours entendre. Martiniano s'avançait lentement le long du mur d'enceinte et fut bientôt arrivé à la plus proche kiva. Il hésita, attendit le départ des premières femmes de corvée d'eau, puis il descendit de cheval et porta Napaita jusqu'à l'entrée de la kiva. Il ne prit pas la peine d'avertir ceux qui se trouvaient à l'intérieur et se contenta de déposer le garçon sur la neige au pied de l'échelle avant de rejoindre sa monture.

Il chevaucha à travers la plaza déserte. Quand il passa devant chez Palemon, la porte de sa maison s'ouvrit, laissant apparaître Estefana, une jarre à la main.

— Déjà de retour ? fit-elle. Alors, tu as vu pour ton bois ?

— Oui, j'ai vu pour mon bois, répondit-il avant de s'éloigner.

Maintenant, il ne faisait plus aussi froid, et la neige commençait à fondre. Les champs, les routes et la plaza se changèrent en bourbiers. Le vent se leva. Puis, pendant des semaines, les hauts plateaux furent entourés de nuages de poussière jaune provenant du désert.

Martiniano répara une herse, aiguisa le soc de la charrue, la lame de la faux et de tous les couteaux, il ressemela ses bottes, fabriqua un banc en bois et rempailla une chaise. Mais toujours il s'obstinait à réfléchir à des problèmes insolubles, et ces pensées finissaient par former un épais brouillard lui interdisant toute vision claire. Alors, il tenta de se distraire en rivetant, en martelant, en sciant et en façonnant les moindres objets qui lui tombaient sous la main — bref, tout ce qui pouvait lui donner l'impression d'être occupé.

Ce ne fut pas suffisant.

Il n'était pas en très bons termes avec Celle-qui-Joue-avec-les-Fleurs, car cette dernière était maussade et absorbée par le mystère auquel elle participait corps et âme. Il alla voir Palemon et fut surpris de ce qu'il vit chez ce dernier. Batista et Estefana étaient livrées à elles-mêmes, elles coupaient et transportaient le bois dont elles avaient besoin, elles manquaient de farine de blé et n'avaient pas mangé d'aliments frais depuis des jours.

— Palemon travaille pour le soleil, déclara Estefana avec tact. En ce moment, il a beaucoup de devoirs à accomplir.

Martiniano leur apporta de la farine et quelques têtes de chou sans se livrer au moindre commentaire. Il ne cherchait même plus à comprendre.

Il alla voir Byers dans sa boutique. Celui-ci avait élevé ses nouveaux murs d'adobe, et les grands pins qui serviraient de solives avaient suffisamment durci pendant l'hiver. Byers avait besoin d'un aide pour la charpente, et Martiniano accepta volontiers la proposition. Ce travail lui ferait gagner un peu d'argent et surtout l'occuperait pendant les quelques semaines qui le séparaient des semailles.

Tous deux œuvrèrent en silence, lentement mais sûrement, en prenant le temps de fumer une cigarette, de boire un café et d'aller en ville chercher du matériel.

« Quel étrange Visage pâle ! pensait Martiniano. Guère étonnant que les Anciens lui fassent confiance !

Et moi donc ! Il comprend les choses. Il en connaît long, il pense bien et n'en dit jamais trop. Un honnête homme, en somme ! » Certes, mais qui n'encourageait pas la confidence…

Tout à sa tâche, Byers savait fort bien lui aussi à qui il avait affaire. À deux personnes en vérité : d'un côté, le charpentier adroit de ses mains, un jeune dégourdi qui avait été à l'école, qui parlait anglais et espagnol et qui avait l'esprit vif. Et puis, il y avait cet autre homme au visage fermé, avec ses longues tresses noires dans le dos, qui s'accroupissait patiemment, heure après heure, occupé à sculpter une longue poutre, qui travaillait dans le but de s'abrutir. Ses orteils s'enfonçaient dans le sol, ses muscles se raidissaient, son torse hâlé, révélé par l'échancrure de sa chemise, était parcouru d'un frémissement rapide, qui passait sur ses bras, sur ses doigts habiles, dans la lame acérée puis dans le bois. Parfois, il fredonnait quelque refrain évoquant des nuages et des grandes pluies aux longues jambes qui marchaient dans les champs de maïs. Alors, les nuages s'assemblaient près de lui et les grandes pluies tombaient autour de la poutre en tapant des pieds. C'était un tout qui s'écoulait naturellement, qui passait des orteils jusqu'au bout de ses doigts, jusque dans le bois qu'il travaillait et qu'il sculptait sans effort apparent d'un motif simple, paraissant n'utiliser ni son corps, ni ses os. Soudain, Byers se rendit compte que les talons des vieilles bottes de Martiniano n'existaient plus.

Avec un léger froncement de sourcils, il se tourna et se remit au travail. Ce qu'il venait de voir l'empêchait de poser certaines questions relatives à ces mystérieux tambours qui avaient résonné dans les kivas pendant toute une nuit, quelques semaines auparavant ; Byers aurait également souhaité en savoir plus long au sujet de cet étrange remède que l'on avait donné à un garçon qui, d'après la rumeur, s'était égaré en montagne.

« Bah ! soupira-t-il, ces sorcelleries sont ridicules ! »

Bien qu'il connût par cœur et depuis longtemps tous les subterfuges employés par les sorciers navajos (par exemple quand ils faisaient danser des plumes sur le sol devant des foules crédules), il y avait tout de même quelque chose dans ce qu'il avait entendu dire qui le mettait vaguement mal à l'aise.

Il se souvint de ce qui s'était produit quand Martiniano avait tué le cerf. Il se remémora également d'autres choses auxquelles il avait assisté pendant ses années de colportage. Sans même évoquer les tours de passe-passe, les boniments, toutes ces croyances au surnaturel, sincères autant que puériles, les superstitions absurdes et les pures idioties, il y avait tout de même des aspects troublants... Quoi donc ? Eh bien, par exemple, rien que ce simple fait aussi curieux qu'indiscutable qu'une fois un vieux sorcier très affaibli, vêtu seulement de mocassins et d'une couverture en guise de pagne, ait pu grimper dans la montagne enneigée au plus fort de l'hiver et rester toute la nuit sans feu, en maintenant son corps à la température requise grâce à un parfait contrôle physiologique obtenu par la seule vertu de ses connaissances magiques et de ses prières. Cela, Byers l'avait vu de ses yeux.

« Il y a une différence entre les races, pensa-t-il, une différence entre les corps, dans la structure des ligaments et des os, dans la composition chimique du sang, ainsi que dans le rythme même de la vie biologique. » Qui pouvait définir une telle race ? Cette race qui avait bâti des pyramides selon des méthodes restées inconnues à l'homme d'aujourd'hui, qui avait autrefois élaboré un calendrier plus précis que celui utilisé à présent, et qui savait déjà trépaner un crâne quand les tribus barbares d'Europe se fracassaient encore le leur à coups de masses de pierre ! Cette race dont les membres avaient conquis un continent, se plaçant ainsi à l'origine d'une civilisation dont les anciens mystères continuaient à défier l'analyse de l'homme moderne, et dont les pitoyables vestiges recelaient encore à ce jour le noyau secret d'une réelle vie intérieure...

Bien qu'il y eût une énorme différence entre cette race et celle qui l'avait supplantée, personne ne se trouvait en mesure de l'expliquer ni même de la décrire de manière satisfaisante. « Guère étonnant à bien y songer ! pensa Byers. Si chaque être humain détient une vision particulière de lui-même et des autres, pourquoi devrait-il résulter de l'ajout de ces différences une vision globale ? »

Byers méditait sur le monde de la nature tel que le considère l'homme blanc : les torrents turbulents et les fleuves impétueux qui génèrent la force électrique, les montagnes creusées pour leur gisement aurifère, pour l'argent et le profit, afin que se répande le commerce dans le monde. Le fer, l'acier et le bois, arrachés à la terre, coupés et assemblés, fondus et rivetés dans le seul but d'affronter en coquille de noix la terreur illimitée des océans ; un monde sans défense, inanimé, que l'homme blanc remodelait selon sa volonté, dans sa folie magnifique et courageuse de vouloir assigner un but à l'éternité. Et même alors, que savait-il de cette terre stoïque qu'il creusait sans merci, des mers éternelles qu'il franchissait, des étoiles insouciantes qui clignaient de l'œil devant ses efforts grotesques ?

Puis il méditait sur le monde de la nature tel que l'Indien le perçoit : selon ce dernier, le monde entier est animé, jour, nuit, vent, nuages, arbres, tendres pousses de maïs, tout est vivant et sensible, toute matière est indissociable de son essence spirituelle, et l'homme fait partie intégrante de cet univers. Les êtres qui l'entourent ne sont ni hostiles, ni amicaux, mais de simples parties harmonieusement réparties dans le Grand Tout. Il n'y a pas de Satan, pas de Christ, pas d'antagonisme entre le bien et le mal, entre l'esprit et la matière. Le monde forme une totalité vivante dans laquelle, si l'homme meurt, l'humanité, elle, demeure. Dès lors, comment l'homme pourrait-il être le seigneur de l'univers ? Les forêts ne lui ont pas été confiées pour qu'il les dépeuple. En importance, il est l'égal de la montagne, du brin d'herbe, du lapin, de la tendre pousse de maïs. Ainsi, quand la vie de l'un de ceux-là doit être sacrifiée sur l'autel de la nécessité, il faut que son consentement soit obtenu par un rituel, si l'on souhaite préserver l'équilibre du Tout.

Qu'est-ce alors qu'un sapin ? se demanda alors Byers. Le mât virtuel d'un navire ? Une vie qui se tient debout comme un homme, qui respire et meurt comme lui ? Une pensée sculptée ? Qu'est-ce alors que le monde visible ? Il s'adapte à chaque vision singulière, et cette vision est elle-même composée des tissus et des vaisseaux sanguins des yeux, du sang qui les nourrit, des nerfs qui vont jusqu'au cerveau, et des sensations qui stimulent une image dans son esprit. Et ce n'est qu'à cet instant que ce monde existe dans l'esprit de l'homme qui le contemple comme lui seul peut le faire, selon sa conception de la vie, cette vie dont lui-même fait partie.

Ainsi méditait Byers, en regardant tour à tour la poutre et l'homme qui la sculptait, sachant que tous deux y voyaient une chose différente.

La fraternité ! Quel mot dénué de sens ! Quel espoir futile, et ce tant que chaque homme ne réalisera pas qu'il est lui-même un reflet distinct et immatériel du Grand Tout Invisible !

Il y a ceux qui ont des yeux mais ne voient pas, qui ont des oreilles mais n'entendent pas. Ils sont sourds, aveugles, et leur langage n'est qu'un balbutiement quotidien. Car quel est celui d'entre nous qui sait éveiller l'esprit d'un homme endormi, afin que celui-ci puisse voir au-delà de l'horizon, entendre le cœur qui bat jusque dans la pierre, et parler en silence de ces vérités qui sont en nous tous ?

Un moyen terme, une langue, un lieu commun, un pont jeté entre les hommes qui leur permette de franchir ce gouffre innommable qui toujours nous sépare ! Tel est le cri du cœur de chacun.

Byers regarda Martiniano. Ils ne se dirent rien.

14

Il venait de passer deux jours à l'abattage de jeunes peupliers dans la montagne. Après avoir émondé le sommet de l'arbre, il l'ébranchait et le dépouillait de sa douce écorce verdâtre. Maintenant, chaque tronc séchait sur le sol de la forêt, nu, blanc, un peu humide comme une larve à peine éclose, destiné à se transformer en lattes minces et droites de dix centimètres d'épaisseur; celles-ci formeraient alors comme une arête de poisson entre les poutres, et renforceraient le plafond de la maison de Byers.

Sitôt le travail terminé, Martiniano s'en retournait au pueblo, le cœur gonflé de joie. Ses champs étaient labourés; il n'avait plus qu'à livrer les peupliers à Byers, et le jour des semailles serait arrivé. Comme c'était merveilleux, cette progression des saisons, l'annonce du printemps! On eût dit qu'un grand fleuve allait emporter tous les hommes dans sa crue, et lui-même se sentait convoyé par ce flot puissant et magnifique.

La terre fraîchement remuée se reposait, les bourgeons des pruniers sauvages grossissaient, les sources et les torrents chantaient dans la vallée. Martiniano entendait la rivière qui grondait dans le canyon. Le ciel bleu et clair était tendu comme un ballon de fête, la terre entière s'étirait et s'éveillait à une nouvelle vie. Il chanta.

Celle-qui-Joue-avec-les-Fleurs était elle aussi tendue à tout rompre, comme un ballon, énorme, presque monstrueuse, encore plus grosse que Vieille-Femme-le-Bison. Nul doute qu'elle allait bientôt exploser, et alors il aurait un fils ! Tout cela semblait très simple. Pourquoi se poser des questions ?

Il éprouvait l'étrange sensation d'être dissocié de son épouse. En effet, à mesure que la grossesse de cette dernière s'accentuait, que son apparence se transformait, elle n'avait plus rien qui lui rappelât la jeune fille vive et alerte qu'il avait connue sous le nom de Celle-qui-Joue-avec-les-Fleurs. Ce n'était plus qu'une grosse femme taciturne qui allait et venait dans la maison dans un cliquetis continuel de casseroles et d'assiettes. Encore heureux s'il pouvait fuir sa présence !

Ces derniers temps, Martiniano éprouvait des sentiments mitigés à son égard ; ce n'était plus une personne, mais un symbole anonyme de la terre qui luttait, combattait avant de mettre bas, de s'ouvrir en bourgeons éclatés et de se découvrir en labours fraîchement retournés. Alors, il songeait à la graine qu'il avait semée et recommençait à chanter.

Un jour, en rentrant chez lui, il s'aperçut que la porte était fermée et que la cheminée fumait. Bizarre par une telle chaleur ! Il se sentit envahi par un malaise intense. Un instant plus tard, la terre cessa de trembler, et la lueur aveuglante disparut, comme si elle avait été aspirée par un gigantesque siphon invisible.

Martiniano reprit conscience. Il était descendu de cheval juste devant la maison et se trouvait à présent agrippé des deux mains au pommeau de la selle. Ses genoux tremblaient et sa gorge était sèche. Il fixait la porte d'un air farouche.

Il fit un pas, mais le son qu'il entendit le cloua sur place, bien qu'il s'y attendît. C'était un cri faible mais aigu — le premier cri d'un enfant nouveau-né...

Il n'est rien sur la terre, nul cri qui ne symbolise à ce point la réalité même de la vie. Dans ce cri unique s'exprime à la fois la victoire de la chair délivrée et le hurlement désespéré de l'âme qui plonge dans des profondeurs d'où elle ne se dégage qu'au prix d'un effort qui dure toute la vie. Au cours de son existence ultérieure, la voix humaine n'atteindra plus jamais l'intensité de cette note haut perchée, et, comme dans une mélopée primitive, elle devra se contenter de descendre la gamme de la destinée.

Pour l'Indien, la respiration constitue un acte sacré. Afin de mieux accueillir l'essence de la prière, il place ses mains devant sa bouche et inspire profondément devant ses paumes accouplées. Par ce geste, il affirme l'essence vivante de l'univers qui l'entoure. Aussi, le premier souffle d'un enfant ne représente-t-il pas seulement le début d'une vie exclusivement physique, mais aussi une initiation à la vie spirituelle ; dès son premier souffle, le voici lié d'emblée à cet univers, et l'atmosphère cosmique qu'il inspire ainsi l'intègre à la totalité du système solaire.

L'enfant réagit alors en poussant un cri violent. Ce moment est grandiose. Avant, il n'était qu'un embryon dans le ventre de sa mère, qui absorbait les éléments nécessaires à sa croissance physique et à la récapitulation de sa race, et maintenant il est devenu une personne qui doit se développer en tant qu'individu. Du même coup, il a reçu la graine fertilisante de cette grande vie cosmique qui naîtra elle aussi en son temps.

Et tout cela ramassé en l'espace d'un instant, en l'espace d'un cri aigu.

Martiniano se précipita en avant, s'arrêta et entra lentement chez lui. La sage-femme avait fini son travail : Celle-qui-Joue-avec-les-Fleurs était couchée sous des couvertures, elle semblait morte ou endormie. L'assistante de la parturiente était penchée sur une cuvette et sur une petite chose qui se trouvait à côté ; elle l'enveloppa dans un linge doublé d'une couverture avant de la transporter jusqu'au milieu de la pièce. La femme tourna sur elle-même en adressant des murmures aux six directions qui avaient concouru à ce premier souffle.

Martiniano serra les dents et s'efforça de maintenir un masque d'impassibilité sur son visage malgré la tourmente intérieure qui l'envahissait. Il parvint à glisser un regard par-dessus l'épaule de l'assistante afin d'apercevoir ce qu'elle tenait dans ses bras, mais la tête lui tourna. C'en était trop. Il partit s'asseoir sur le pas de la porte et s'employa avec difficulté à rouler une cigarette.

Les deux femmes arpentaient la pièce et discutaient comme s'il n'était pas là.

— La naissance s'est bien passée, fit l'une d'elles. Elle n'a jamais été méchante et a toujours donné des petits cadeaux aux enfants quand ils passaient devant chez elle, ce qui fait que ni le bébé, ni le placenta n'ont adhéré. As-tu regardé le bébé ? Pas une marque, pas un bleu ! C'est parfait ! Elle a vraiment bien fait de ne jamais se moquer des difformités des autres.

— C'est bien une Ute tout de même ! répondit l'autre. Sinon, elle ne serait jamais allée à La Oreja voir ces images qui bougent. Bien sûr qu'elle y est allée ! J'ai cru voir l'enfant donner une ruade. Exactement comme dans ces drôles d'images.

— Je croyais qu'elle n'avait fait que regarder par l'entrebâillement de la porte et qu'elle était tout de suite rentrée chez elle, enchaîna la première femme. En tout cas, l'enfant s'est bien détaché... Non, décidément, la naissance s'est bien passée... Mais que fait cet homme ici ?

C'était Martiniano qui venait de se relever et qui s'avançait en tremblant.

— J'aimerais savoir comment va ma femme, fit-il à voix basse. Et l'enfant aussi. Vous dites que c'est un garçon ?

La sage-femme échangea un regard perplexe avec son assistante.

— Un garçon ? As-tu jamais entendu pareille question ? Il croit avoir engendré un fils ! Comme ça, la première fois ! Mais cela demande un sacré coup de rein, croyez-moi !

Elle éclata de rire et le raccompagna sur le seuil.

— Un fils ! Ben voyons ! Rien que ça ! Non, mais... Allez, dehors ! Il y a encore beaucoup de travail à faire !

Il y eut du travail pendant quatre autres jours — des menues tâches importantes, effectuées dans le silence requis, afin que les mots ne leur ôtent pas toute leur puissance. Le placenta et le cordon ombilical furent enterrés dans un champ. Au lever du soleil qui suivit la naissance, l'enfant fut porté à l'extérieur de la maison, de la nourriture fut épandue sur le sol, et l'on pria le soleil de lui accorder longue vie. Celle-qui-Joue-avec-les-Fleurs sauta par-dessus un feu, lequel fut ensuite amené dans la maison afin d'en éloigner les maladies. La demeure fut balayée et nettoyée de fond en comble. Un repas fut préparé pour la sage-femme et son assistante, et on leur fit des cadeaux. Palemon et Estefana furent invités en compagnie de quelques autres amis, dont Byers et Angélina, lesquels apportèrent des présents. L'infirmière du district leur rendit une visite formelle et donna quelques conseils. Le prêtre du village vint percevoir à l'avance le paiement du baptême.

Cette suite d'événements plongea Martiniano dans une grande confusion. Un enfant venait de naître ! Mais de qui était-il le fils ? Il avait peine à croire que ce fût le sien.

Puis vint le jour où Celle-qui-Joue-avec-les-Fleurs pût se lever et reprendre ses tâches quotidiennes. Puis vint la nuit où ils purent se rasseoir seuls devant la cheminée. L'enfant repu dormait dans un berceau creusé dans une grosse bûche de pin. La petite tête ronde et fripée était rose et fraîche sur sa couverture. La femme frictionnait ses mamelons endoloris avec de la graisse avant de les couvrir de sa vieille robe. L'homme était assis et roulait une cigarette en silence. Tout était comme avant. Mieux qu'avant même puisqu'ils avaient un fils ! Un fils ! Rendez-vous compte ! Martiniano commençait à savourer son émerveillement.

Cependant, il y avait une étrange modification des valeurs entre eux. Pendant sa grossesse, Celle-qui-Joue-avec-les-Fleurs avait été énorme, taciturne, vague et impersonnelle. À présent que sa tâche était accomplie, elle redevenait elle-même, alerte, vivace, un peu plus forte peut-être, mais son visage épanoui resplendissait de bonheur. Quelle joie de la retrouver !

— Comme il est beau, notre fils ! murmurait-elle, ravie, comme une enfant, sans cesser de rajuster la couverture autour du bambin. J'ai hâte de l'emmener chez le prêtre! Quel sera son nom devant Dieu, mon cher époux? Pomosino? Donaciano? Juan de Jesus? Jose Maria? C'est fou ce qu'il y a comme beaux noms! Ce que j'adore vraiment, c'est lui mettre ces rubans rouges, qui viennent de la boîte de bonbons que le marchand nous a donnée le jour où je me suis plainte de la viande avariée qu'il nous avait vendue. Et les rubans bleus, là, ne sont-ils pas jolis aussi? Un peu défraîchis, peut-être, mais comme ça, ils ressemblent plus à la couleur du ciel, non? Oh mais il faut aussi que je pense à lui fabriquer ses premiers mocassins! Avec beaucoup, beaucoup de perles…

Martiniano avait écouté ce babillage sans dire un mot.

— Cette peau de cerf qui est accrochée au mur, fit-il au bout d'un instant, la peau du cerf que j'ai tué. Tu pourrais l'utiliser. Je me demande bien pourquoi je l'ai gardée si longtemps.

« Quelle femme étrange, pensa-t-il. Mais aussi, quelle est celle qui voit plus loin que le bout de son nez? » On pourrait croire qu'après avoir donné naissance à un fils, sa tâche était terminée… Peut-être bien… Mais alors, c'était la sienne qui commençait à peine! Tout à coup, il se sentit très vieux, très important, très « homme ». Le fardeau de ses responsabilités lui parut accablant. Le fait d'avoir un fils impliquait un tas de choses qui ne lui étaient jamais encore venues à l'esprit. Il fallait choisir un nom espagnol pour les papiers et le prêtre — nom sous lequel il serait connu par les autorités de la ville. Et puis son nom véritable, le nom indien, lequel devrait être confirmé au cours des cérémonies du solstice d'été. Est-ce que ce garçon serait adopté par l'une des kivas? Est-ce qu'il y serait caché, confiné, isolé tout comme Napaita, afin de recevoir une éducation spirituelle et tribale? Ou est-ce que tout cela serait annulé au profit d'une instruction plus prosaïque, telle que lui-même avait reçue à l'école des Blancs? « Qui est mon fils? se demanda-t-il. Est-ce que je désire qu'il jouisse d'une vie noble et spirituelle, avec la paix intérieure et la pauvreté apparente qui vont avec, ou bien d'une vie matérielle plus confortable, comme ceux qui apprennent à vivre en empiétant sur le domaine des autres, nous-mêmes en l'occurrence? J'attendrai un signe », décida-t-il. Et jusque-là, il lui faudrait ensemencer ses champs, préparer la cabane d'été dans la montagne. Trois bouches à nourrir à présent! Mais aussi toute la vie devant lui, la longue vie du père de famille... Père de famille!

Celle-qui-Joue-avec-les-Fleurs finit de border l'enfant, puis elle se redressa afin d'embrasser Martiniano. Pour la première fois depuis des mois, il sentit tout contre lui la pression de ses seins et le contact de son corps ferme. Et toutes ses pensées prirent leur envol comme une nuée d'aigles. Très bientôt, ils seraient à nouveau mari et femme. Comme avant. Mieux qu'avant.

Les jours qui les séparaient de la fête de la Sainte-Croix, propice aux semailles, passèrent comme des flèches, et Martiniano se sentait de plus en plus heureux à mesure que le temps s'écoulait. Tout était redevenu comme avant. Les saules verdissaient le long de la rivière. Les buissons de pruniers en fleur flottaient au clair de lune tels de blancs nuages odoriférants. Les jeunes gens commencèrent à chanter. Il avait une femme, un fils, de la bonne graine et du courage à revendre. Pour lui, la vie était devenue une chanson. Une chanson qu'il avait envie d'entonner.

Cependant, quand la voix du crieur se fit entendre du haut des toits afin d'annoncer une chasse au lapin, Martiniano en ressentit quelque contrariété, et le matin venu, quand il vit les hommes s'éloigner, il eut l'impression que son bonheur avait perdu la parole et que sa vigueur resterait inemployée. Il les observa qui chevauchaient à cru jusqu'à la Grande Prairie où les bisons étaient gardés. Les garçons nus, sans armes à feu, s'élançaient sauvagement dans les buissons en se penchant sur l'encolure de leur monture afin d'assommer et transpercer les petites boules de fourrure qui tentaient de fuir entre roches et fourrés. Cette nuit-là, il entendit les tambours et les chants qui résonnaient dans les kivas. Il savait à quoi étaient destinés les lapins.

Il alla voir les Anciens.

— Cette année, je n'ai participé à aucune danse, leur remémora-t-il d'un ton respectueux. Je ne voulais pas agir à contrecœur. Mais à présent, je me dois de prendre une décision. Demain, je ferai la course.

Les Anciens lui répondirent avec aménité, et Martiniano s'en retourna chez lui fort satisfait.

Il prit place sur la ligne de départ en cette belle matinée du mois de mai. Palemon l'avait aidé à se maquiller. Il était nu, à l'exception d'un pagne coloré autour des reins ; son corps était tacheté de terre grise et rayé de rouge et de jaune. Ses cheveux étaient rassemblés en un chignon, tendu et orné de touffes de duvet d'aigle ; il ne portait pas de mocassins, mais avait enroulé des bandes de fourrure autour de ses chevilles. La piste était large et poussiéreuse ; utilisée depuis des temps immémoriaux, elle s'étendait d'est en ouest, suivant le parcours du soleil au milieu des champs et des touffes d'armoise. Elle commençait à quatre cents mètres du village, traversait la brèche du mur, passait devant une kiva, sur la plaza, et longeait la pyramide située au sud du pueblo. Couronnées d'un grand nombre de spectateurs, les terrasses des maisons étincelaient sous les rayons de l'astre du jour. La plaza se peuplait de touristes. Le long du trajet pierreux, les Anciens paradaient tout en écartant la foule de leurs rameaux de sapin.

À l'extrémité de la piste, un groupe de coureurs attendait, parmi eux Martiniano. Cinquante garçons ou plus, tous peinturlurés. À l'autre bout, appuyés à la saillie d'un mur, le second groupe attendait lui aussi. Les deux premiers coureurs partirent au signal, ils s'élancèrent tête haute sur la piste, tels des chiens rapides, dans le but de passer le relais aux deux suivants.

Et cela continua sous le soleil radieux qui montait au zénith, avec les encouragements des touristes et le silence de la troupe des Indiens. Deux garçons en haut, et deux autres en bas, tous fouettés le long du chemin par les rameaux et les cris anxieux des Anciens ; un coureur trébucha sur une pierre et se blessa au pied ; un autre, malade d'épuisement, alla vomir dans un fourré ; un Ancien le suivit et lui fit une passe curative en promenant ses doigts sur son estomac avant de le relancer dans la course.

Des courses, il y en avait toujours eu, et bien plus longues, quand les jeunes gens devaient parcourir trente kilomètres, voire quarante, à travers les montagnes enneigées — une vraie course autour du monde. Et puis il y avait les courses plus courtes, au printemps et à l'automne… Ces nombreuses épreuves n'étant qu'une illustration supplémentaire des efforts dérisoires de l'homme et de son envie courageuse et inaltérable de se joindre et de se confronter au mystère éternel de la création.

Ainsi, l'un après l'autre, les jeunes gens s'élançaient sur les pierres, avec leurs pieds nus et meurtris, avec leur corps dénudé peint de rouge, de jaune, de noir et de gris, avec leur chevelure pommadée et ornée de touffes de duvet d'aigle afin de capter la puissance de l'air. Ils ne couraient pas pour gagner, mais pour faire l'offrande de leurs forces au soleil, dont celui-ci allait avoir besoin pour accomplir une nouvelle trajectoire, afin qu'en échange il pût leur donner le pouvoir de maintenir l'existence de la tribu pendant une autre année. Ils couraient, avec des pointes de vitesse, tandis que les Anciens les fouettaient au passage de leurs rameaux de sapin et leur adressaient des exclamations d'encouragement.

— Oom-a-pah! Oom-a-pah!

C'est la course de l'individu contre ses propres limites, et c'est aussi la course infinie de l'humanité avec les prodiges de la création. L'homme ne gagne, ni ne perd. Mais, l'épreuve finie, tandis qu'il s'éloigne, la poitrine oppressée, les genoux tremblants, on devine dans son regard l'extase de celui qui s'est donné entièrement et qui, avant d'être obligé de s'arrêter, a vu paraître à l'horizon les premiers rais de sa victoire finale.

« Comme cela fait du bien ! » pensa Martiniano en rentrant chez lui à bout de forces. Il s'était senti dépouillé de sa vie personnelle comme de ses vêtements, il avait arboré les couleurs de la terre avec ses marques de feu, d'air et d'eau, avant d'être enfin couronné de ce qui symbolisait la noblesse farouche et immortelle de son peuple — une plume. Une plume votive, même si ce n'était qu'une simple touffe de duvet d'aigle... Il n'avait fait qu'un avec les autres. Ils n'étaient plus des hommes, ils étaient moins que des hommes, ils étaient devenus des symboles qui incarnaient l'humanité grandissante. Sa joie avait passé les bornes, et il avait exprimé ses espoirs, ses soucis, sa prière, d'un seul effort, à la fois sobre et frénétique. À présent, il était nettoyé, vidé, intact, indemne, intègre.

Assis sur le seuil ensoleillé de sa maison, il tirait d'amples bouffées de sa cigarette avec un plaisir sans mélange, tandis que Celle-qui-Joue-avec-les-Fleurs s'employait à retirer les quelques débris de plumes restés collés dans ses cheveux ; ensuite, elle lui laverait la tête, ôterait les traces d'argile avec de l'herbe saponacée, puis tous deux déjeuneraient d'un bon plat de viande, d'oignons, de haricots et de piments. Déjà, un exquis fumet s'échappait de la marmite que Martiniano humait avec délice. La vie est simple quand on l'accepte…

Dès le lendemain, Martiniano commença d'ensemencer le champ derrière sa maison. Le dimanche, ils se rendirent à la messe où le prêtre baptisa leur fils du nom de Juan Batista.

— Quel beau nom que celui de notre petit Jean-Baptiste ! déclara Celle-qui-Joue-avec-les-Fleurs. Regarde ! Je lui ai mis les deux rubans ! Le rouge et le bleu !

— Parfait, se contenta de répondre Martiniano, préoccupé davantage par le véritable nom du garçon, qui serait confirmé aux cérémonies du solstice d'été, avant que l'éventualité de son affiliation à une kiva fût envisageable.

Une semaine plus tard, il partit dans la montagne

afin de préparer leur séjour estival. Il chérissait la solitude qui lui permettait de réfléchir en toute quiétude à la voie qu'il souhaitait voir prendre à son fils.

Il y avait une fuite dans la toiture, il la colmata ; la neige avait endommagé les murs, il les recrépit ; il creusa autour de la source, nettoya le fossé d'irrigation, et commença à sarcler et à semer. La nuit venue, il allait s'allonger au-dehors afin de se délasser sur le sein altier de la terre qui s'animait sous le ciel étoilé et immobile.

Martiniano n'était plus tourmenté par ce cerf qu'il avait tué. Il n'en avait reçu aucun signe depuis longtemps. Il y avait seulement cette puissance qui savait ce que lui ne savait pas, et sur laquelle il pouvait compter. Comme il restait étendu, le regard dirigé vers les étoiles, il lui sembla que, dans ces immensités sans limites, ces abysses informes d'époques révolues, l'existence humaine présentait la même brièveté que l'éclat d'une bougie, la même ténuité qu'une trace de pas dans les ténèbres. Il n'y avait aucune route prédéterminée qu'il pût conseiller à son fils de suivre. Une seule certitude habitait son esprit : la vie consistait dans le courage d'un homme à tenter d'accomplir un pas hors des ténèbres ; telle était la lumière qui lui permettait de vivre sans connaître la peur.

Tous s'étaient réunis chez Palemon. Il y avait Estefana, Batista, Martiniano, Celle-qui-Joue-avec-les-Fleurs, Juan Batista avec ses rubans roses, tous les Anciens, Byers et sa femme, les oncles et tantes, plus deux douzaines de parents à des degrés plus ou moins discernables — tous s'étaient rassemblés afin d'accueillir celui que l'on avait connu sous le nom de Napaita. Le garçon avait achevé sa longue initiation dans la kiva ; la cérémonie avait pris fin, la tribu l'avait formellement adopté, et il avait à présent un nouveau nom.

La journée était chaude, mais on avait quand même allumé un petit feu dans la cheminée afin d'égayer la pièce. Les murs avaient été récemment lessivés et reblanchis à la *tierra blanca.* Dans la petite foule des invités se côtoyaient les plus belles couvertures, les châles les plus ouvragés et les chemises d'un goût plus criard. Entre les deux pièces, les femmes transportaient les plats, déplaçaient les bancs, installant la grande table sur laquelle les hommes allaient festoyer en premier ; au menu, viande, chile, riz, haricots, café frais, tomates en boîte, gâteaux, fruits, douceurs, encore de la viande et aussi des pommes de terre. L'atmosphère était conviviale et détendue. Les hommes murmuraient tout en fumant les cigarettes de Byers ; les femmes s'affairaient grandement en dépit de fréquents fous rires ; les enfants lançaient des regards affamés aux plats qui défilaient sans cesse devant eux.

Quant à l'objet de toutes les attentions, de toutes les félicitations, l'hôte d'honneur enfin revenu dans la maison du père, il restait silencieux debout dans un coin, emmitouflé dans une « toge » neuve portée sans ostentation exagérée, cet emblème de son humanité fraîchement acquise n'étant après tout qu'une couverture bon marché aux couleurs gaies, achetée chez Montgomery-Ward. Il avait un peu grandi, mais restait toujours de petite taille. Comme il s'écartait pour livrer passage à une femme, on remarqua qu'il boitait légèrement. Napaita, un petit garçon, qui était revenu dans sa maison retrouver celle qui à présent était trop petite pour le contrarier en quelque façon.

Estefana ne pouvait détacher son regard de son fils ; elle rayonnait de contentement en contemplant sa belle couverture, sa nouvelle chemise jaune à plis, ses magnifiques mocassins perlés. Comme attirée par un aimant, elle allait sans cesse lui parler, le toucher, mais le garçon semblait fuir son contact et se résigner à l'écouter, elle et toutes les femmes qui le sollicitaient, avec la même attention qu'il eût accordée à une nuée de pies jacassantes.

Byers s'avança pour le féliciter. Napaita hocha virilement la tête comme pour minimiser son mérite, tandis que ses yeux noirs et sensibles contemplaient l'homme blanc avec une acuité pénétrante.

Envers les Anciens, il se montrait respectueux, déférent et confiant, comme s'il se trouvait dorénavant sur un terrain d'égalité avec eux. Il était à présent tellement habitué au jeûne et à la frugalité qu'il contemplait le banquet avec une curiosité incrédule. C'était maintenant un garçon qui ne subirait plus l'emprise autant protectrice que destructrice de sa mère, un homme, en somme...

C'était un spectacle à la fois magnifique et pathétique de voir ce petit garçon enfin délivré de la folie de son enfance et lancé vers son devoir comme une flèche vers la cible. Tel était son héritage, l'héritage d'une race qui, dans l'adversité et la nécessité, avait appris à sacrifier l'ombre pour la proie et désormais n'hésitait plus à choisir les vraies valeurs de la vie.

Byers fronçait les sourcils. « Cela finit toujours par ressortir, pensa-t-il, on pense qu'ils s'adoucissent, qu'ils s'émoussent, qu'ils sont cuits, et pan ! Ces enfants sont de véritables petits silex ! » Puis il reprit sa bonne humeur en songeant à l'honneur qu'on lui avait fait de l'inviter ainsi. Il s'avança vers la table. Premier service !

Le repas des hommes terminé, il s'attarda un moment auprès d'un petit groupe qui se tenait sur le seuil. Il serra la main de Napaita et s'entretint quelques instants avec Martiniano, soudain frappé de l'expression d'assurance identique sur leurs deux visages. Son ex-charpentier, ce fauteur de troubles obstiné, comme il avait changé depuis que son fils était né ! Byers s'aperçut qu'il portait des mocassins. « Encore un qui retourne à la couvrante ! », se dit-il. Il se courba pour voir l'enfant endormi dans les bras de Celle-qui-Joue-avec-les-Fleurs qui serrait contre sa poitrine la petite face mongole comme s'il s'était agi d'une fleur fragile.

— J'ai une petite paire de mocassins arapahœs qui iraient très bien à ce jeune homme, marmonna-t-il avant de prendre congé. Vous viendrez les chercher, d'accord ?

— Quel beau garçon, ce Napaita ! On dirait déjà un petit mâle ! fit Angélina tandis qu'ils traversaient la plaza.

Byers rabattit le bord de son grand chapeau et commença à siffloter entre ses dents.

Et dans les yeux des trois personnes qui le regardaient s'éloigner, se trouvait le secret de sa vie. Ainsi que le secret de la vie de tous les hommes.

Le secret de l'enfant né de la femme, surgi du mystère informe de la vie éternelle pour passer son existence dans les replis étroits de la chair humaine, lié à l'univers illimité dès son premier souffle, mais restreint pour un temps à cette image personnelle et individuelle.

Le secret du garçon né grâce à la longue initiation par laquelle il a été éveillé, tiré du monde étroit de la chair afin de plonger dans celui, plus glorieux, de l'esprit, dans la conception de son unicité avec le monde cosmique, les montagnes qui respirent, les pierres vives, les jeunes plants de maïs et les cerfs, toute cette vie qui, ayant déjà existé, existera toujours, au même moment, au sein d'une durée intemporelle.

Et le secret de l'homme qui renaît à la vie après avoir rejeté la dépouille de son « moi ». Car tout comme il y a différentes façons de croire et différentes façons d'interpréter le paradoxe selon lequel l'homme existe en tant que chair transitoire et esprit éternel, de même toutes ces fois s'unissent en une seule et unique, la foi en ce merveilleux mystère dont nous faisons tous partie. Que chaque homme, qu'il soit professeur ou élève, prêtre ou précepteur, ne dépende que de sa foi, qu'il renaisse à la vie dans le Grand Tout, et qu'il voit enfin devant lui, à travers les cycles de sa perception immensément agrandie, la voie qui est la sienne.

« En vérité, bien que je ne sois qu'un ignorant[1],
Séparé de toutes choses,
Moi, tout comme mes pères, les prêtres qui donnent la vie,

Je demande le souffle du prêtre du nord,
Du prêtre de l'ouest,
Du prêtre du sud,
Du prêtre de l'est,
Du prêtre d'en-haut,
Du prêtre d'en-bas,
Je leur demande ce souffle vivifiant,
Le souffle de la vieillesse,
Le souffle des eaux,
Le souffle des graines,
Le souffle de la fécondité,
Le souffle des richesses,

1. À qui l'instruction « religieuse » fait défaut.

Le souffle de l'énergie spirituelle,
Le souffle de la puissance,
Le souffle des bonnes fortunes,
en quelques mains qu'elles se trouvent ;
En demandant ainsi leur souffle,
Nous incluerons leur souffle dans la chaleur de nos corps
Et nous y ajouterons le vôtre.

Ne dédaignez pas le souffle de vos ancêtres,
Mais incluez-le dans votre corps,
Afin que nos routes atteignent la route vivifiante,
Là où commence la route de notre père le soleil,
Afin que, serrés l'un contre l'autre,
Tenant l'un à l'autre,
Nous puissions finir nos routes ensemble ;
Afin qu'il en soit ainsi, je m'adjoins ton souffle.

Et quand nous arriverons à terme,
Quand nous atteindrons le Lac-de-l'Aube,
Que nos destinées s'accomplissent.
Puissions-nous avancer en âge,
Et que les destinées de nos peuples s'accomplissent. »

Au début du mois de juin, l'attention de Byers se trouva captée par un entrefilet dans le journal. Il le lut avec soin : le Congrès avait promulgué un décret concernant les indemnisations des Indiens pour les diverses terres dont ils avaient été spoliés. Tout en lustrant sa vieille veste de daim, Byers se demanda s'il s'agissait réellement de l'amendement proposé au cours de l'automne dernier. Le sujet n'avait plus été évoqué depuis des mois. L'étalage des propositions et contre-propositions avait cessé d'encombrer les journaux. Même les Indiens paraissaient n'y plus songer. Comme d'habitude, controverses, dissensions et doléances étaient réapparues pendant la réclusion hivernale puis, le printemps venu, les intervenants avaient repris le chemin des champs, toute polémique cessante. « Ce peuple était-il donc un véritable baromètre pour refléter ainsi la moindre variation climatique ? » se demanda Byers.

Trois jours plus tard, d'autres documents furent acheminés, et l'entrefilet sibyllin s'épanouit en plusieurs pages de style concis. L'amendement était passé par la Chambre des représentants et le Sénat, et avait finalement été approuvé le 31 mai. Comme prévu, les indemnisations s'élevaient à 762 000 dollars pour les Indiens des différents pueblos et à 232 000 dollars pour les pionniers blancs et les nombreux « Non-Indiens » qui, « ayant prouvé leur bonne foi, avaient néanmoins été déboutés de leur demande » et devaient à présent partir. Le règlement desdites sommes serait effectué dans quatre ans par le Trésor des États-Unis, et ce en trois annuités.

Byers siffla d'étonnement et se reporta vivement en bas de page, afin de connaître le montant échu à ses amis du pueblo et du village : 85 000 dollars pour le pueblo et 57 000 dollars pour les Non-

Indiens. La mention d'une clause particulière l'intrigua fortement : à la demande du Secrétariat à l'Agriculture, une étendue d'environ 30 000 acres appartenant au Parc National forestier était « mise à la disposition des Indiens eu égard à leurs problèmes de ravitaillement en eau, en bois, et réservée à leur usage personnel, plus particulièrement en tant que *lieu destiné à certaines de leurs cérémonies religieuses* »... de manière que « ces terres soient rétrocédées aux habitants dudit pueblo sous l'autorité du gouverneur et du Conseil, leur donnant par la présente la permission d'occuper les terres concernées et d'utiliser les ressources de l'endroit pour l'usage exclusif de ladite tribu, et ce pour une période de cinquante ans »...

Le Lac-de-l'Aube ! Et les terres alentour aussi ! « Que Dieu me damne ! », grommela Byers. Malgré toutes ces phrases entortillées, c'était bien encore ce problème de la coquille de noix qui resurgissait ! À force d'obstination, ces sacrés Indiens avaient donc fini par récupérer leur Lac-de-l'Aube ! C'était-y pas gentil de la part de l'Oncle Sam ? Il n'était que d'écouter Sanchez et ses subordonnés hurler à la mort ! Et les bergers mexicains quand ils seraient expulsés de leurs pâtures ! Et les touristes, quand on les empêcherait de faire du camping et de pêcher ! Byers savait déjà ce que tous diraient. Cela semblait tellement fantastique, impossible, inconcevable même ! En cette époque de rationalité fébrile, une bande d'Indiens déguenillés se voyait donc octroyer 30 000 acres de forêt domaniale situées près d'un plan d'eau, juste pour le plaisir de pouvoir sauter en cadence au cours de leur orgie annuelle…

C'était à n'y pas croire! Mais les minutes du Congrès étaient imprimées sous ses yeux, noir sur blanc. Et tout fut confirmé par la suite des événements : le visage défait et la mort dans l'âme, Téodor Sanchez donna à ses subordonnés l'ordre de ne plus accepter un sou des éleveurs mexicains et de ne plus accorder de permis de camper aux touristes blancs sur cette portion de terrain. Une semaine ou deux plus tard, Byers rencontra au village le surintendant qui venait récupérer, en compagnie de Strophy, les documents dûment signés par le gouverneur et contresignés par le Conseil. Cependant, les Indiens ne crièrent pas victoire. Il n'y eut pas de célébration, pas de démonstration, pas de palabres. Ils vaquaient à leurs occupations habituelles, silencieux, mystérieux, impersonnels.

Un jour, Élan-du-Soleil entra dans sa boutique afin d'acheter du tabac. Byers fit glisser le paquet sur le comptoir.

— Alors, vous l'avez, votre Lac-de-l'Aube! grogna-t-il.

Le vieil homme défit le paquet, roula une cigarette de ses mains ridées et rangea soigneusement le tabac et le papier avant de demander une allumette. Il tira quelques bouffées puis lança à son interlocuteur un regard sarcastique.

— *Como no?* fit-il d'un ton serein. Et pourquoi pas?

Et puis il clopina jusqu'à la porte.

— *Madre de Dios!* proféra Byers. Pourquoi pas? Bien sûr!

Byers fut étonné par le ressentiment irrationnel qui montait en lui. Il s'était habitué à considérer ces «Américains en Voie de Disparition» comme des bateleurs de cirque, qui paradaient pour la galerie dans des costumes criards, pour les beaux yeux des touristes, et lui-même, qu'était-il sinon un vieux regain qui n'allait pas tarder à être fauché? Tel un condamné qui se réconcilie avec son destin, il était perplexe à l'idée de se voir accorder cinquante ans de liberté supplémentaire. Il réalisa que ce sursis couvrait exactement le temps qu'il lui restait à vivre. Il aurait toujours cette boutique comme unique moyen de subsistance. Il y aurait donc toujours ce son lointain des tambours, ces silhouettes fantomatiques dansant à la lueur des flammes, ces visages calmes et impénétrables qui l'avaient entouré depuis son enfance, ainsi que cet impalpable mystère dont leurs simples existences se trouvaient imprégnées — cette existence qu'il menait lui aussi, au beau milieu de cette forêt d'acier et de pierre qui se refermait inexorablement sur eux.

Quelque chose clochait cependant. Il ne peut y avoir d'oasis dans le désert du temps, ni de clairière idyllique renfermant quelque culture primitive dans cette forêt qu'était l'humanité, ni de tour d'ivoire de la pensée. Nous sommes tous entraînés par la marée du changement perpétuel. Ces pueblos, ces réserves, étaient voués à disparaître, le flot rouge endigué par le flot blanc. Le gouvernement n'avait fait que surseoir à l'inévitable. Le ressentiment de Byers s'estompa, cédant la place à une profonde tristesse. Même pour les Indiens, cette victoire présentait toutes les caractéristiques d'un marché de dupes.

Car tout cela pouvait facilement se déduire d'après les différences existant entre les hommes, entre leurs façons de vivre, leurs particularismes, et non d'après l'esprit éternellement tâtonnant de l'humanité. Cet ordre des choses était maintenu par les Blancs, heureux de pouvoir ainsi confiner les Peaux-Rouges dans une sorte de petit zoo, et par les Peaux-Rouges eux-mêmes, avec leur entêtement, leur goût du secret traditionnel et leur résistance opiniâtre devant tout changement. Ainsi, ces deux attitudes se trouvaient conduites à l'échec : l'Indien d'abord, de par ses postulats d'ordre spirituel intraduisibles en termes actuels, mais finalement le Blanc aussi, tout nanti qu'il fût de son matérialisme artificiel et monstrueux.

Mais peut-être aurait-on le temps d'apprendre de ce peuple, avant qu'il ne soit balayé de la surface de la terre, laquelle leur appartenait pourtant en priorité, cette vérité qui leur est propre, mais qui doit appartenir à tous — cette vérité simple et prodigieuse de la solidarité qui relie l'homme à tout ce qui respire et ne respire pas, à tout ce qui vit maintenant et qui vivra encore dans le sein inexploré de la terre (que d'ailleurs nous foulons si négligemment), sous la voûte stellaire qui scintille moins brillamment mais plus longtemps que nos propres existences.

Comme les semaines passaient et que le solstice d'été approchait, Byers constata un léger changement, à peine perceptible, au pueblo ainsi qu'au village. Il y avait moins d'hommes au travail dans les champs et dans les magasins de La Oreja. Les touristes ne parvenaient plus à trouver guides et montures. Dans la montagne, les sentiers étaient étroitement surveillés. Et soudain, un matin, il sut que le temps était venu. C'était au début du mois d'août, quand l'année religieuse atteint son apogée, quand les novices sortent de leur kiva et que tous les jeunes gens et jeunes filles à marier accomplissent leur pèlerinage annuel au Lac-de-l'Aube.

Byers chevaucha le long du canyon un certain temps avant d'être arrêté. Une procession disparaissait sous ses yeux au tournant du chemin, entre les arbres. Les couvertures multicolores, les châles fleuris, les têtes brunes couronnées de verdure — tout cela suscita dans l'esprit de Byers une vision où se mêlaient l'étrangeté idyllique, la barbarie inhumaine, la douceur enfantine d'une vie encore intègre dont il gardait le souvenir, sans oublier un immuable mystère — ce merveilleux mystère que chacun devrait toujours veiller à préserver.

Martiniano s'était installé dans sa résidence d'été. Il lui restait de la graine de l'année passée, de l'argent pour le ravitaillement, et du crédit chez ce brave Byers. Son maïs était semé. La couverture en guise de turban, il se promenait dans les sillons, désherbant avec précaution. Celle-qui-Joue-avec-les-Fleurs était assise sur le seuil avec Juan Batista. Elle surveillait la cuisson de son pain dans le four d'adobe situé devant la maison.

Il reposa sa houe. La fin de l'après-midi approchait et son travail était terminé. Il s'agenouilla devant la source et but une longue gorgée, laissant l'eau couler le long de ses joues et du col de sa chemise. « Ah, que c'est bon ! pensa-t-il. L'eau la plus limpide et la plus fraîche de la montagne ! »

Celle-qui-Joue-avec-les-Fleurs avait déjà sorti le pain du four, et elle avait déposé sur la table quatre grosses miches brunies. Martiniano rompit un morceau de croûte qu'il dévora, tant il était affamé. « *Bueno, que bueno !* pensa-t-il. Il n'y a rien de meilleur que le pain frais ! » Et celui-ci était exquis…

Tandis que Celle-qui-Joue-avec-les-Fleurs préparait le dîner, il s'assit sur le seuil et fuma une cigarette tout en surveillant son fils. L'enfant, presque nu, jouait sur une épaisse couverture de selle disposée sur le sol. Sa mère lui avait donné un bout de gras à sucer qu'elle avait attaché par une ficelle à l'un des orteils de l'enfant ; quand il avalait le cube de graisse et qu'il s'étouffait, il roulait sur lui-même en donnant de grands coups de pied dans le vide. Et hop! le morceau de graisse sautait hors de sa bouche! L'enfant le cherchait et finissait toujours par le retrouver, aussi heureux que la première fois.

Martiniano sourit. Il se tourna vers le soleil qui descendait lentement les pentes et traversait le canyon avant de sombrer dans le désert. Celle-qui-Joue-avec-les-Fleurs alla coucher l'enfant puis ils s'attablèrent.

« Décidément, Celle-qui-Joue-avec-les-Fleurs n'était pas une épouse difficile à vivre », pensa-t-il avec satisfaction. Bien sûr, comme toutes les femmes, elle se montrait parfois exigeante, elle désirait des petites choses, une toile cirée à motif écossais, par exemple. D'ailleurs, ne venait-elle pas de mentionner la nécessité d'un second fourneau, et ce pour la deuxième fois en peu de temps ?

— Suis-je donc une squaw pour cuisiner ainsi à même la cheminée ? s'enquit-elle en souriant. Moi qui ai appris à frire le bacon sur le gaz! Moi qui sais me servir des glaçons en été! À mon avis, Martiniano, tu ferais bien d'amener notre fourneau du pueblo sur ton chariot. Ici, je n'ai pas la place suffisante pour toutes mes casseroles, comprends-tu? Maintenant, nous sommes une famille, et c'est plus difficile...

Il approuva tout en continuant de manger. Son repas fini, il se carra dans son fauteuil et glissa ses pouces dans la boucle de son ceinturon.

— J'aimerais aussi que tu nous rapportes d'autres

biscuits au gingembre du village, ajouta-t-elle. Ainsi qu'une grande boîte de tomates. Quoi de meilleur en été qu'un plat de tomates froides après un potage brûlant ? De plus, l'enfant raffole des gâteaux. Ils sont si tendres qu'ils ne lui font pas mal aux gencives.

Ils parlèrent ainsi de façon détendue, tandis que le soir progressait à flanc de montagne. Bientôt, Celle-qui-Joue-avec-les-Fleurs allumerait une lampe et ferait la vaisselle. L'enfant se réveillerait alors, et elle lui fredonnerait une chanson des Utes ou une berceuse des Arapahœs, le Chant-de-la-Danse-du-Maïs, par exemple. Ensuite, ils iraient se coucher, et Martiniano se serrerait contre le corps chaud et ferme de sa femme, son dos serait agréablement soumis à la fraîcheur nocturne, et il se demanderait pourquoi il n'avait plus aucun souci, et s'il pourrait réparer sa clôture le lendemain...

Cependant, il se leva de table et prit sa couverture.

— Je vais faire un tour, lui dit-il laconiquement, comme un homme doit parler à sa femme, quand tous deux connaissent leurs rôles respectifs. Pendant ce temps, tu n'as qu'à laver toutes ces assiettes graisseuses. J'en ai pour un bon moment.

D'un pas tranquille et assuré, il monta le long de la piste jusqu'à la source et pénétra résolument dans la forêt de pins. Déjà, il entendait les tambours.

Il faisait nuit noire quand il parvint sur la crête et s'assit sur sa couverture. Ils étaient déjà là, comme prévu, juste en dessous de lui. Les Indiens qui accomplissaient le pèlerinage du Lac-de-l'Aube campaient toujours à cet endroit. Certains étaient allés chercher du bois afin d'ériger les tipis. Garçons et filles partaient dès l'aurore, des guirlandes de verdure en guise de bandeaux, et des chansons accompagnaient leur ascension.

N'étant membre d'aucune kiva, Martiniano n'avait jamais eu l'opportunité d'accomplir ce pèlerinage, mais il en connaissait à peu près le déroulement. Le petit lac de montagne, les silhouettes blanchâtres et coniques des tipis dressés le long des berges, le sombre rideau des sapins derrière eux, tout cela apparaissait à la lumière rosée des feux de camp, tandis que les pèlerins dansaient ; leurs corps vermeils se reflétaient à la lueur des flammes, ils devenaient noirs à l'ombre des sapins puis grisâtres, presque verdâtres sous la lune. Comme de juste, tous revenaient à la source originelle, au petit œil bleu de la foi, au profond lac turquoise de la vie, au même secret tribal — au Lac-de-l'Aube.

« Personne ne devrait jamais oublier son origine », pensa Martiniano. C'était pour cela qu'il avait consenti à ce que son fils fût adopté par une kiva. Palemon était son parrain et son tuteur. Les temps changeaient, et son fils se devait de connaître le passé avant d'être confronté au monde moderne. Il n'en avait pas parlé à Celle-qui-Joue-avec-les-Fleurs. Qu'elle profite bien de l'enfant pendant ces dix ou douze années qui précédaient l'initiation ! Il se pouvait même que ce jour n'arrivât jamais, car il devenait de plus en plus difficile de soustraire un enfant à l'école du gouvernement et de le garder au secret dans la kiva. Ah, mais si cela arrivait ! Eh bien, la nuit viendrait où il s'assiérait ici même afin d'observer son fils qui serait juste au-dessous, tout comme Napaita !

Il tenta de mieux distinguer ce qui se passait dans la petite clairière. Les pèlerins avaient fini de manger. Les flammes grandissaient. Il pouvait voir les étincelles rougeoyantes s'élever telles des lucioles jouant sur la paroi, il entendait le torrent qui se changeait en cascade. Le roulement du tambour s'affirmait. Il distinguait le cercle des pèlerins autour du feu, avec leurs couvertures bariolées et leurs visages fermés. Un par un, ils reculèrent d'un pas. Le cercle s'agrandissait, un homme, une femme en alternance, puis un garçon et une fille, tous se tenant par la main ; ils commencèrent à danser, le genou droit fléchi, le pied gauche jeté en arrière, sitôt rejoint par la jambe droite, et le prochain pas, les hommes courbés, tête haute, et les femmes toutes droites, marquant la mesure de tout leur corps, hanches, genoux, épaules, tous réunis dans un grand cercle qui tournait lentement à l'inverse des aiguilles d'une montre, le feu au milieu. C'était, sur un tempo très lent, la Danse-des-Fantômes. Un vrai moment de plaisir.

Puis lentement, toujours au rythme du tambour, ils commencèrent à chanter de leurs voix distinctes et graves une mélodie qui s'éleva au-dessus de la cime des grands arbres, jusqu'au sommet des parois, hors du canyon obscur, le long du torrent, telle une fumée qui monte vers le ciel d'été étoilé.

Martiniano s'étendit et se blottit dans sa couverture. Le son lui parvenait plus distinctement à présent, le chant et la pulsation de la grosse caisse, l'éclat d'une bûche de pin. Le murmure des cascades, le refrain du torrent sur les roches. Au loin, un coyote hurla. Puis il n'y eut plus qu'une seule rumeur, un chant unique, le chant de la nuit, de l'été, du Lac-de-l'Aube et de son peuple qui n'avait pas oublié. Allongé sur le dos, Martiniano écoutait, le regard fixé sur les étoiles.

La constellation du Cerf était visible, elle étincelait, de toute sa forme immémoriale, inaltérable. Martiniano pouvait discerner les longues pattes, les bois, le museau pointu, et même la petite queue blanche dressée. C'était bien un grand cerf, le corps glorieux de tous les cerfs qui brillait tout là-haut. Il compta les andouillers. Cinq ! Il y en avait bien cinq ! Il reconnut aussi la menue tache blanche, là où la poussière d'étoiles se faisait plus dense, juste sous l'épaule gauche. Il vit la marque noire, là où le firmament apparaissait. Et soudain, il comprit pourquoi le cerf qu'il avait tué ne venait plus le tourmenter. Il comprit que rien ne peut être tué, que rien ne peut se perdre, pourvu que l'on sache regarder assez loin, assez haut ou assez profondément, et constater que le signe transmué est clairement imprimé afin que tout homme puisse en lire et en comprendre le sens. Aï. Un homme lance un simple petit caillou dans le grand lac de la vie, les rides superficielles se propagent jusqu'à d'invisibles rivages, puis elles se figent en une forme étale que viennent effleurer les cieux éternels de la nuit.

Ainsi reposait-il à l'écoute des chants, heureux, délivré de tout souci, Martiniano, le fauteur de troubles, l'homme qui avait tué le cerf.

DU MÊME AUTEUR

Aux Éditions du Rocher

L'HOMME QUI A TUÉ LE CERF (Folio n° 3580)

LE LIVRE DU HOPI

Composition Interligne
et impression Bussière Camedan Imprimeries
à Saint-Amand (Cher), le 7 octobre 2001.
Dépôt légal : octobre 2001.
Numéro d'imprimeur : 014587/1.
ISBN 2-07-041295-4./Imprimé en France.

94234